Ella Zeiss

Wie Gräser im Wind

TINTE & FEDER

Das Buch

1930 wütet das Sowjetregime mit Enteignungen und Verhaftungen in den ehemals wohlhabenden deutschen Dörfern der Krim. Jeder, der noch Land oder Einfluss hat, schwebt in Gefahr.

Der Landwirt Wilhelm Scholz weigert sich, seinen letzten Grundbesitz an den Staat zu überschreiben. Mitten in der Nacht zerren bewaffnete Männer ihn, seine Frau Anna und ihre kleinen Kinder aus dem Haus. Die Familie wird in die eisige Wildnis des Hohen Nordens gebracht, wo sie gezwungen werden, in den gewaltigen, grenzenlosen Wäldern Bäume zu fällen. Inmitten von Hunger, Krankheit und klirrender Kälte kämpfen Anna und Wilhelm ums Überleben und um einen Platz in der neuen Weltordnung.

Der Dorflehrer Samuel Pfeiffer entgeht einem ähnlichen Schicksal nur durch eine rechtzeitige Flucht. Mit seiner Familie lässt er in einer Nacht- und Nebelaktion alles zurück. Doch die Verschnaufpause währt nicht lang. Als deutscher Lehrer wird er immer wieder verfolgt und denunziert. Eine Odyssee von der Krim bis nach Baku beginnt …

Die Autorin

Ella Zeiss wurde 1980 in Alma-Ata / Kasachstan geboren. Im Alter von 10 Jahren zog sie als Aussiedlerin mit ihren Eltern und Großeltern in die Bundesrepublik Deutschland. Nach dem Abitur studierte sie BWL und internationales Management an der Universität Münster und der Copenhagen Business School und arbeitete anschließend mehrere Jahre in der freien Wirtschaft. Jetzt wohnt sie in der Nähe von Köln und widmet sich hauptberuflich dem Schreiben. Mit ihrer authentischen Familiensaga »Tage des Sturms« gewann Ella Zeiss den Kindle Storyteller Award 2018.

Ella Zeiss

WIE GRÄSER IM WIND

TAGE DES STURMS

ROMAN

TINTE & FEDER

Die Originalausgabe erschien 2018 unter dem
Titel »Wie Gräser im Wind« im Selbstverlag.

Veröffentlicht bei
Tinte & Feder, Amazon Media EU S.à r.l.
38, avenue John F. Kennedy, L-1855 Luxembourg
März 2019

Umschlaggestaltung: bürosüd° München, www.buerosued.de
Nach dem Originaldesign von: Laura Newman, design.lauranewman.de
Umschlagmotiv: © Prosto Vov4ik / Shutterstock; © Karjalas / Shutterstock; © ValeryMinyaev / Shutterstock; © Lily Solopova / Shutterstock © Masson / Shutterstock; © Oleg Krugliak / Shutterstock; © Remus Rigo / Shutterstock; © stockyimages / Shutterstock; © Lily Solopova / Shutterstock; © Kamenetskiy Konstantin / Shutterstock; © Dmetsov Alexey / Shutterstock; © VIKTOR KHYMYCH / Shutterstock; © Martina Birnbaum / Shutterstock; © indira's work / Shutterstock

Lektorat und Korrektorat: Verlag Lutz Garnies, Haar bei München, www.vlg.de

Gedruckt durch:
Amazon Distribution GmbH, Amazonstraße 1, 04347 Leipzig /
Canon Deutschland Business Services GmbH, Ferdinand-Jühlke-Str. 7, 99095 Erfurt /
CPI books GmbH, Birkstraße 10, 25917 Leck

ISBN 978-2-91980-867-0

www.tinte-feder.de

Nach wahren Begebenheiten

Für meine Großeltern,
Yvo und Harald,
in tiefer Liebe, aufrichtiger Bewunderung
und ewiger Erinnerung.

Familie Scholz
Familie Pfeiffer
Lusa
Moskau
Timofehevka
KASACHSTAN
UKRAINE
USBEKISTAN
Armawir
Krim
TURKMENISTAN
SCHWARZES
MEER
GEORGIEN
Baku
ASERBAIDSCHAN
KASPISCHES
MEER
TÜRKEI
Aghstafa

Prolog

Müde stützte Yvo die Arme an der dunklen Küchenplatte auf und wartete, bis sich ihre Atmung wieder beruhigt hatte. Ihr Körper wollte einfach nicht mehr so, wie sie es wollte.

Sie liebte die Sonntage, wenn sich die ganze Familie bei ihnen versammelte und das Lachen und die trippelnden Schritte ihrer Urenkel die sonst eher stille Wohnung mit Leben erfüllten. Aber sie konnte nicht leugnen, dass es sie anstrengte. Sie war schon lange keine zwanzig mehr.

Ihr Blick wanderte durchs Fenster nach draußen, wo Harri gerade mit seinem Urenkel Himbeeren pflückte. Sie sah, wie Harris Finger leicht zitterten, als sie sich um eine saftige Beere schlossen, und ihr fiel auf, wie vorsichtig er einen Schritt vor den anderen tat.

Auch er war alt geworden, sehr alt.

Als hätte er ihren Blick gespürt, hob er den Kopf und sah sie an. Yvo lächelte. Sein Haar war weiß und schütter, seine Haut faltig und vom Alter gezeichnet, doch das Feuer in seinen großen, dunklen Augen war ungebrochen. Es lag noch immer die gleiche Liebe darin wie vor fast siebzig Jahren.

Laute Rufe aus dem Nebenzimmer rissen sie aus ihrer Versunkenheit. Kinderschritte hallten im Flur.

»Oma, was ist das?« Aufgeregt schoss Yvonne in die Küche, ihre beiden kleineren Cousinen im Schlepptau. Das Mädchen hielt ihr fragend eine silberne Kette entgegen, an der ein großer, in all den Jahren fast schwarz angelaufener Anhänger baumelte.

»Habt ihr etwa in meiner Schmuckschatulle gekramt?« Missbilligend schüttelte Yvo den Kopf, konnte sich ein Lächeln aber nicht ganz verkneifen.

»Da sind so schöne Sachen drin!«, schwärmte Miri entschuldigend.

»Was ist das, Oma?«, beharrte Yvonne. »Es sieht alt aus.«

»Oh ja, das ist es auch.« Behutsam nahm Yvo dem Mädchen die Kette ab, strich mit den Fingern wehmütig über die filigranen Verzierungen, tastete nach dem verborgenen Verschluss des Medaillons.

Wie lange hatte sie es nicht mehr herausgenommen und betrachtet?

»Es hat einmal meiner Ururgroßmutter gehört«, setzte Yvo zu einer Erklärung an, als ihr auffiel, dass die Mädchen sie noch immer neugierig musterten. »Diese Kette ist über 200 Jahre alt. Meine Vorfahren haben sie mitgenommen, als sie Deutschland auf der Suche nach einer besseren Zukunft verließen, sie sollte sie immer an ihre Heimat erinnern.« Sie verstummte und atmete tief durch.

Bilder, die sie längst vergessen zu haben glaubte, stürmten plötzlich auf sie ein, fluteten ihren Geist.

Diese Kette war zweimal um die halbe Welt gereist und hatte unvorstellbares Leid, grausame Ungerechtigkeit sowie pures Glück miterlebt.

TEIL 1: ENTWURZELT

Kapitel 1

1930, deutsche Siedlung auf der Halbinsel Krim, Sowjetunion

Das laute Rattern eines Motors ließ Anna alarmiert innehalten. In ihrem Dorf besaß niemand einen Wagen. Das Geräusch konnte also nur eins bedeuten.

Von einer dunklen Vorahnung erfüllt, wischte sie sich hastig die vom Kneten des Brotteigs mehligen Hände an der langen Schürze ab und trat vorsichtig ans Fenster.

Sie hatte sich nicht geirrt. Ein Kleinlaster fuhr die Hauptstraße entlang. Drei bewaffnete Männer von der Volkskommission für innere Sicherheit saßen darin.

Anna stockte der Atem. Selbst Yvo, die in der Ecke mit ihren Holzklötzchen spielte, schien die plötzliche Anspannung der Mutter zu spüren und wurde ganz still.

Besorgt schaute Erich von seinen Hausaufgaben hoch. »Mama?«

»Sch!« Schweigen gebietend hob Anna die Hand und wagte erst wieder aufzuatmen, als der Wagen ihr Haus passiert hatte. Besorgt folgte sie ihm mit den Augen und spürte, wie sich ihr Magen zu einem eisigen Klumpen zusammenzog, als das

Fahrzeug vor dem Pfarrhaus abrupt hielt. Das verhieß nichts Gutes.

Rufe wurden draußen laut. Anscheinend verwehrte man den Männern den Eintritt.

»Mama, was ist los?« Ängstlich trat Erich zu ihr und versuchte, einen Blick aus dem Fenster zu erhaschen. Yvo lief tapsig auf sie zu und umklammerte ihre Beine.

Zitternd schlang sich Anna ein Wolltuch um die Schultern und warf ihren Kindern einen unsicheren Blick zu. Sollte sie es wirklich wagen, jetzt hinauszugehen, sich einzumischen?

Anna atmete tief durch. Ihr würde schon nichts passieren. Das Interesse der Männer galt dieses Mal offensichtlich Pfarrer Friedrich. Doch sie konnte einfach nicht zulassen, dass die Sicherheitsmiliz auch Rita, dessen kleine Tochter, mitnahm, um sie in irgendein Waisenhaus zu stecken.

Ernst sah Anna ihren Sohn an, der ihren Blick für seine acht Jahre viel zu verständig erwiderte. »Erich, du bleibst bei Yvo. Hast du mich verstanden?«

Er nickte unsicher.

»Und egal was passiert, ihr bleibt hier im Haus.«

»Ja, Mama.« Er nickte erneut und nahm seine kleine Schwester tapfer bei der Hand. »Komm, Yvo, wir bauen jetzt einen ganz hohen Turm.«

Anna sah ihm dankbar hinterher und huschte aus dem Haus.

Sie kam gerade rechtzeitig, um zu sehen, wie sich die Tür des Pfarrhauses öffnete und Friedrich Hamann mit gefasstem Gesicht heraustrat. Schnell versteckte sie sich im Vorgarten des Nachbarhauses hinter einem Baum.

Annas Herz zog sich schmerzhaft zusammen. Friedrich wusste genau, was geschehen würde. Und sie wusste es auch. Wenn er Glück hatte, warteten nur zehn Jahre in einem sibirischen Arbeitslager auf ihn.

Einer der Männer – offensichtlich der Ranghöchste – packte Friedrich grob am Arm und zog ihn mit sich. »Wieso hat das so lange gedauert? Hast wohl versucht, Beweise zu vernichten? Glaub mir, das wird dir nichts nützen, wir können bezeugen, dass du drinnen etwas getan hast.«

Würdevoll entriss Friedrich ihm den Arm.

»Wie soll ich Beweise vernichten, wenn ich nicht einmal weiß, was man mir vorwirft?«

»Diese Lücke können wir gerne schließen.« Der Mann holte ein offizielles Papier aus seiner Umhängetasche. »Friedrich Hamann, Sie sind verhaftet wegen der Verbreitung antisowjetischer Propaganda und Verbrechen gegen das Volk.«

Kein Muskel zuckte im Gesicht des Pfarrers.

Es spielte keine Rolle, wessen man ihn beschuldigte. Das Urteil stand bereits fest. Er hatte Einfluss auf die Gemeinde, eine Gemeinde, die trotz der Enteignungen und der horrenden Abgaben noch immer etwas *besaß*. Und das allein reichte aus, um den Unwillen der Obrigkeit auf sich zu ziehen. Die Tatsache, dass sie sich dieses bisschen durch Fleiß, harte Arbeit und Ausdauer Tag für Tag erkämpfen mussten, schien hier keine Rolle zu spielen.

»Ich habe diese Verbrechen nicht begangen«, erklärte Friedrich ruhig. »Ich bin ein Mann Gottes.«

»Schlimm genug!« Der Mann zu seiner Linken boxte ihm in den Bauch. »Für solche wie dich gibt es in der neuen Weltordnung ohnehin keinen Platz mehr.« Seine Kameraden feixten.

»Nun denn. Dann lassen Sie uns gehen.«

Anna biss sich auf die Lippe, um ein Schluchzen zu unterdrücken. Er war der Mann ihrer besten Freundin Berta gewesen, die vor knapp einem Jahr gestorben war. Sie hatten gemeinsam unzählige Abende verbracht, gescherzt, gelacht, gesungen. Sie konnte nicht glauben, dass dieser lebensfrohe, leidenschaftliche Mensch sich so widerstandslos in sein Schicksal ergab.

»Nicht so eilig, Freundchen. Erst wollen wir sehen, was du sonst noch so da drinnen versteckst!«

Zum ersten Mal, seit er aus dem Haus getreten war, huschte eine Regung über Friedrichs Gesicht. Und plötzlich verstand Anna, warum er so lange gezögert hatte, der Sicherheitsmiliz die Tür zu öffnen – es war wegen Rita.

Er musste sie irgendwo versteckt haben. Nur deshalb blieb er so ruhig – weil er hoffte, dass sich die Männer mit ihm zufriedengeben und seine Tochter in Ruhe lassen würden.

Doch er hatte nicht mit ihrer Gier gerechnet. Wenn es in dem Haus irgendwelche Wertsachen gab, würden die treuen Mitglieder der *Sicherheits*kommission sie sich bestimmt nicht entgehen lassen.

»Im Haus ist nichts!«, rief Friedrich verzweifelt, doch die Männer beachteten ihn nicht.

»Du passt auf ihn auf«, wies der Anführer den Jüngsten der Truppe an. »Wir schauen uns drinnen mal um.«

Der junge Mann musterte den Gefangenen nervös und nestelte mit den Fingern am Griff seiner Waffe. Offensichtlich war er noch nicht lange dabei.

Friedrich schloss die Augen, und von ihrem Versteck aus konnte Anna sehen, wie er stumm die Lippen bewegte.

Sie krallte die Finger in die harte Baumrinde und stimmte in sein leises Gebet ein.

Bitte Herr, mach, dass die Männer Rita nicht finden. Und bitte sei gnädig zu Friedrich.

Doch dieses Mal wurden ihre Gebete nicht erhört.

Ein spitzer Schrei ertönte aus dem Inneren des Gebäudes und Friedrich riss erschrocken die Augen auf. Sein Körper zuckte, als wollte er ins Haus stürmen.

»Keine Bewegung!«, rief der junge Milizionär zitternd und brachte die Waffe in Anschlag.

»Schon gut!« Friedrich riss beschwichtigend die Arme hoch.

Im nächsten Moment tauchten die beiden Männer auf der Türschwelle auf, eine völlig verängstigte Sechsjährige zwischen sich.

»Vater!« Rita schrie gellend auf und stürmte auf ihn zu.

Friedrich ließ sich auf die Knie fallen und schlang die Arme um sie.

»Vater, ich habe versucht, mich zu verstecken«, schluchzte das Mädchen aufgelöst. »Aber die Männer haben mich trotzdem gefunden. Ich habe es wirklich versucht.«

»Ich weiß.« Er drückte das Kind fest an sich, während sich in seinen Augen die Tränen sammelten. »Alles wird gut, es wird alles gut.«

»Das reicht jetzt!« Grob riss der Anführer ihn auf die Beine.

»Vater!« Panisch versuchte Rita, sich an ihn zu klammern.

»Ist schon gut. Ich muss nur kurz mit den Männern mitgehen. Ich bin ganz bestimmt bald wieder zurück.«

»Nein!« Verwirrung, Angst und Trotz mischten sich in den Blick, mit dem das kleine Mädchen die Männer bedachte. »Und ich?« Endlich schien sie den Ernst ihrer Lage zu begreifen.

»Du kommst ins Heim«, erklärte der Anführer schroff und zog sie von Friedrich fort.

»Vater?« Rita sah ihn verängstigt an. Es war offensichtlich, dass sie die russischen Worte des Mannes nicht verstanden hatte. Sie schrie erneut auf, als der Mann sie wieder fortzuziehen versuchte, und begann, sich mit Händen und Füßen gegen seinen Griff zu wehren. »VATER!«

»Sei still!« Der Milizionär verpasste ihr eine so schallende Ohrfeige, dass das Kind zu Boden geschleudert wurde.

»Lasst sie in Ruhe!«, donnerte Friedrich und stürzte zu seiner Tochter.

In diesem Augenblick ertönte ein Schuss.

Anna brauchte einen Moment, um zu begreifen, was sie gerade sah. Friedrich lag auf dem Boden, seine leichenblasse, erstarrte Tochter halb unter sich begraben. Ein großer Blutfleck breitete sich rasant auf seinem Rücken aus.

»Er … Er wollte fliehen«, stammelte der junge Milizionär erschrocken, den rauchenden Revolver noch immer in der Hand. »Ihr … Ihr habt es doch genau gesehen?«

Der Anführer zuckte gleichgültig mit den Achseln. »Aber klar haben wir das. Ein Rückenschuss ist genau das Richtige für diesen Verräter.«

»Vater? Vater?« Rita konnte nur noch flüstern.

Mein Gott, wieso hilft ihr denn keiner? Tränen liefen Anna übers Gesicht. Hilfe suchend sah sie sich um. Doch sie wusste, dass die Nachbarn genauso viel Angst um ihre eigenen Familien hatten wie sie. Deshalb hatte sich noch niemand herausgetraut, obwohl sie ganz sicher war, dass alle die grauenvolle Szene, die sich gerade vor ihnen abspielte, entsetzt mitverfolgten. Doch Frauen konnten hier ohnehin nichts ausrichten, und die Männer waren alle auf dem Feld. Und vielleicht war das sogar besser so. Sonst wäre es womöglich zu noch mehr Blutvergießen gekommen.

Annas Blick fiel auf Rita, die sich nun völlig verstört aufrichtete, nachdem einer der Männer den Körper des Vaters mit einem Fußtritt beiseitegerollt hatte.

Das Mädchen schien nicht zu begreifen, was soeben passiert war.

Noch bevor Anna bewusst wurde, was sie tat, lief sie aus ihrem Versteck und zog das unter Schock stehende Kind fest an sich.

Sie spürte, wie sich Rita dankbar an sie lehnte, wie sich ihre Hände Halt suchend in Annas Oberschenkel krallten, und wusste, sie würde das Mädchen nicht im Stich lassen können.

»Vater …?« Ritas Schultern zitterten.

»Schht.« Beruhigend strich Anna ihr über den Kopf und hoffte inständig, dass sie gerade keinen fatalen Fehler beging.

»Ihr Name?« Streng sah der Anführer sie an.

Anna schluckte. »Anna Scholz.«

»Nun, Genossin Scholz. Was wollen Sie?«

»Das Mädchen. Sie hat eine Tante in der Ukraine. Ich kann mich um sie kümmern, bis diese sie zu sich holen kann.«

Der Mann dachte kurz nach, dann zuckte er gleichgültig mit den Schultern. »Von mir aus. Ein Balg weniger, um das wir uns kümmern müssen.« Dann beugte er sich zu dem toten Pfarrer hinunter und fühlte seinen Puls. »Schreib auf«, befahl er anschließend seinem zweiten Mann. »Verstorben am 27. September 1930. Festgenommen wegen Verbreitung antisowjetischer Propaganda und Verbrechen gegen das Volk. Erschossen auf der Flucht.«

Nachdem er damit fertig war, sah er Anna, die sich nicht zu rühren wagte, fest an. »Sie dürfen ein paar Sachen für das Kind zusammenpacken, der restliche Besitz des Verräters ist ab sofort von der Regierung beschlagnahmt. Morgen kommt jemand vorbei, um sich darum zu kümmern.«

»Und was ist … mit ihm?« Zitternd deutete Anna auf Friedrichs leblosen Körper.

»Den werden wir wohl mitnehmen müssen.«

Sie nickte. Wie gern hätte sie Friedrich ein christliches Begräbnis ermöglicht, doch sie wagte es nicht, dem Mann zu widersprechen. Sie hatte sich schon genügend in Gefahr gebracht, indem sie sich für Rita eingesetzt hatte. Eine offene Sympathiebekundung für einen Verräter konnte sie sich einfach nicht leisten.

»Danke, Genosse.« Anna rang sich ein Lächeln ab.

Rita versuchte, sich aus ihrer Umarmung zu befreien, als die Männer den Körper ihres toten Vaters auf die Ladefläche des Lasters hievten, doch Anna hielt sie eisern fest. »Schau nicht hin, Schatz«, flüsterte sie ihr ins Ohr. »Schau nicht hin.«

Doch sie selbst konnte den Blick nicht abwenden, auch nicht, als die Männer sich langsam entfernten. Wie gebannt starrte sie dem Wagen nach, bis er aus ihrem Sichtfeld verschwand. Und sie wusste, dass der Anblick von Friedrichs leblosem Körper, der achtlos hingeworfen quer über der Ladefläche lag, sie noch lange in ihren Albträumen heimsuchen würde.

»Lass uns gehen, Schatz«, sagte sie leise zu Rita.

Vertrauensvoll sah das Mädchen zu ihr hoch. »Und wohin?«

»Zu uns nach Hause.« Anna lächelte ihr aufmunternd zu. »Du wirst eine Weile bei uns bleiben.«

Rita nickte und steckte wie selbstverständlich ihre kleine, kalte Hand in Annas.

* * *

»Anna, Schatz, ist alles in Ordnung?« Wilhelm kam durch die Hintertür hereingestürmt und schaute sie besorgt an. »Ich habe es gerade erst gehört.«

»Mir geht es gut.« Dankbar schmiegte sie sich an die Brust ihres Mannes und genoss den Trost, den er ihr allein durch seine Anwesenheit schenkte.

»Es tut mir leid, dass ich nicht hier war …«

Sie schüttelte heftig den Kopf. »Du hättest nichts ausrichten können.«

Betreten senkte Wilhelm den Blick. Darauf hatte er nichts zu erwidern.

Sie waren machtlos, der Obrigkeit auf Gedeih und Verderb ausgeliefert. Seit dem Krieg zwischen Deutschland und Russland sah man sie fast schon als Feinde im eigenen Land, obwohl sie niemandem etwas getan hatten. Sie wollten nichts weiter, als in Ruhe zu leben.

»Du hättest dich nicht in eine solche Gefahr bringen dürfen«, riss Wilhelms Stimme sie aus ihren trüben Gedanken.

Kämpferisch reckte sie das Kinn vor. »Ich konnte Rita doch nicht einfach im Stich lassen.«

»Ich weiß.« Er strich ihr besänftigend mit den Fingern über die Wange. Seine schwielige Haut fühlte sich rau an, und sie spürte, wie sie sich unter seiner Berührung entspannte. Sie nahm seine Hand und drückte sie fest. So rau, so stark – die Hand eines Bauern.

Dabei hatte er nie etwas anderes sein wollen als ein Ingenieur. Seit er ein kleiner Junge gewesen war, hatte er davon geträumt, Maschinen für die landwirtschaftliche Fabrik zu entwickeln, die seinem Vater gehört hatte. Aber das Schicksal hatte es anders entschieden. Die Fabrik war weg, ebenso wie der beachtliche Grundbesitz der ehemals so wohlhabenden und einflussreichen Familie Scholz – enteignet im Nachgang der Oktoberrevolution, die die Herrschaft des Volkes einleitete.

Doch sie wollte sich nicht beschweren. Wilhelm war zumindest dieses Haus geblieben und ein paar Hektar Land. Andere hatten viel weniger und konnten die horrenden Abgaben, die ihnen auferlegt wurden, kaum entrichten.

Anna schauderte. Es kamen schwere Zeiten auf sie zu. Sie hatte keinen Zweifel daran, dass die Sowjetregierung erst Ruhe geben würde, wenn niemand mehr etwas besaß und die einst so ertragreichen Felder nichts mehr abwarfen, weil sich niemand mehr für sie verantwortlich fühlte.

»Und was wird jetzt aus ihr?«

Annas Blick folgte dem ihres Mannes. Rita saß kerzengerade am Küchentisch und schien nicht einmal die Tasse frischer Milch zu bemerken, die Erich ihr fürsorglich hingestellt hatte. Anna schaute ihrem Sohn zu, wie er Rita zögerlich die Hand auf die Schulter legte und sie so in ihrer stummen Trauer zu trösten versuchte. Annas Herz quoll vor Liebe und Stolz förmlich über, als sie ihren Sohn betrachtete. Wann war er bloß so erwachsen geworden? Noch gestern hatte er die kleine Rita kaum eines Blickes gewürdigt und heute nahm er sich ihrer ganz selbstverständlich an.

»Bertas Schwester Agnes wohnt in der Nähe von Winnyzja. Bevor sie starb, hatte sie mir die Adresse gegeben – für alle Fälle, weißt du.« Ihre Stimme zitterte und Wilhelm strich ihr beruhigend über den Rücken. »Ich werde ihr schreiben, damit sie das Kind zu sich holt.« Sie sah ihren Mann fragend an. »Und so lange würde ich sie gern bei uns behalten.«

Er nickte.

»Danke.« Sie drückte ihm einen zärtlichen Kuss auf die Wange. »Du solltest dich jetzt frisch machen, gleich gibt es Abendessen.«

Es dämmerte bereits, als die Kinder endlich im Bett lagen. Obwohl Rita nach außen hin gefasst wirkte, war sie jedes Mal regelrecht in Panik geraten, sobald Anna das Kinderzimmer verlassen wollte. Und so war ihr nichts anderes übrig geblieben, als bei dem kleinen Mädchen zu sitzen, bis es endlich eingeschlafen war.

Müde setzte sich Anna nun zu Wilhelm an den Küchentisch und goss sich Tee ein.

»Das mit Friedrich war bloß der Anfang«, bemerkte ihr Mann grimmig.

Sie schauderte und schmiegte sich unwillkürlich an ihn.

Er lächelte entschuldigend. »Es tut mir leid, ich wollte dir keine Angst machen. Aber du weißt, wie das ist. Erst holen sie den Pfarrer, dann den Lehrer und dann alle anderen, die auch nur ein Körnchen Einfluss haben.«

»Gott wird uns beistehen«, entgegnete Anna fest.

Wilhelm schnaubte freudlos. »Das hat Friedrich bestimmt auch gedacht.«

Das Klopfen an der Tür enthob Anna einer Antwort. Erschrocken sprang sie auf und sah ihren Mann aus weit aufgerissenen Augen an.

Die Männer der Sicherheitskommission kamen fast immer nachts, wenn alle schliefen. Damit ihnen auch ja niemand entwischte. Das mit Friedrich war eine große Ausnahme gewesen, vermutlich hatten sie gewollt, dass alle sahen, was mit Verrätern geschah.

Wilhelm schüttelte beruhigend den Kopf. »Ich habe keinen Motor gehört.«

»Ich bin's, Hilde Pfeiffer«, tönte es zur Bestätigung dumpf durch die Tür.

Trotzdem warf Anna einen vorsichtigen Blick durch das Fenster, bevor sie die Frau einließ.

»Oh mein Gott, Anna, das mit Friedrich ist so furchtbar.« Hilde drückte sie fest an sich.

Reserviert erwiderte Anna die Umarmung. Früher einmal waren Berta, Hilde und sie unzertrennlich gewesen, doch dann hatte nach und nach jede ihr eigenes Leben gelebt. Und heute war allein sie es gewesen, die für Rita eingetreten war. Dennoch bat sie Hilde, sich zu ihnen an den Tisch zu setzen.

»Wie geht es der Kleinen?«

Anna zuckte mit den Schultern. »Den Umständen entsprechend. Es ist nicht einfach für sie.«

»Nein, das ist es nicht.« Hilde nickte betrübt. »Und ich fürchte, das war erst der Anfang.«

»Das habe ich auch schon gesagt.« Wilhelm reichte ihr eine Tasse Tee, die sie dankbar annahm.

»Wir werden fortgehen«, sagte Hilde plötzlich leise.

»Fort? Wohin?« Überrascht sah Anna ihre Freundin an.

»Samuels Bruder hat einen kleinen Hof in Armawir, da ist es noch vergleichsweise ruhig. Es ist schon seit Wochen alles besprochen, nur ich habe immer wieder gezögert. Ich wollte einfach nicht alles, was wir uns hier aufgebaut haben, zurücklassen. Doch jetzt bleibt uns kaum noch eine Wahl.« Tränen traten ihr in die Augen und sie blinzelte sie entschieden fort.

Anna nickte. Hildes Mann Samuel war der Lehrer im Dorf. Seine Position konnte der Familie jederzeit zum Verhängnis werden. Kein Besitz war es wert, sein Leben dafür aufs Spiel zu setzen.

»Wann …« Anna räusperte sich. »Wann wollt ihr los?«

»Morgen Nacht. Ich bin gekommen, um mich zu verabschieden.« Hildes Stimme brach, und sie sah ihre Freundin beschwörend an. »Und ihr solltet auch gehen.«

»Wohin denn?« Eine Spur von Bitterkeit lag in Wilhelms Stimme, und Anna konnte es ihm nicht verdenken. Seine älteren Brüder, seine ganze Familie war fort, ausgereist, als die Lage während der Oktoberrevolution zu kritisch wurde. Nur ihn, den Jüngsten, hatte man zurückgelassen, damit er nach dem Rechten sah und die Stellung hielt, bis die Familie wieder zurückkehren konnte. Etwas, das offenbar niemals geschehen würde. Sie selbst war ein Einzelkind. Ihre Eltern waren schon vor Jahren gestorben, und den großen Hof, auf dem sie aufgewachsen war, hatte man ihnen noch während des Krieges genommen. Sie hatte zwar mehrere Cousinen, aber keine stand ihnen so nah, dass sie ohne Weiteres zu einer von ihnen ziehen konnten. Wohin sie auch gingen, sie wären auf sich alleine gestellt.

»Und außerdem ist Rita noch da«, fügte sie schulterzuckend hinzu. »Wir müssen zumindest so lange hierbleiben, bis Agnes sie zu sich holen kann.«

Hilde sah sie traurig an und stand auf. »Dann heißt es jetzt wohl Abschied nehmen.«

»Sieht so aus.« Anna bemühte sich um ein aufmunterndes Lächeln, obwohl ihr selbst die Tränen über die Wangen liefen.

»Passt auf euch auf, ja?« Sie erhob sich und drückte die Freundin fest an sich.

»Machen wir. Und ihr auch. Und wenn alles vorüber ist, sehen wir uns wieder.«

»Ja, bestimmt«, sagte Anna viel entschiedener, als sie sich fühlte.

Hilde nickte. Sie wussten beide, wie unwahrscheinlich das war.

Kapitel 2

»Wann kommt Erich endlich?« Ritas bekümmerte Stimme störte Anna in ihrer Konzentration, ihre Hand an der Kurbel der Singer-Nähmaschine zuckte und der Faden riss ab.

Widerwillig sah sie zu dem Mädchen auf, das mit sorgenvoller Miene neben ihr stand.

»Wo ist Erich?«, fragte die Kleine weiter.

Annas Blick ging zu der großen Wanduhr. Rita hatte recht. Um diese Uhrzeit war ihr Sohn normalerweise schon zu Hause. Seit die Pfeiffers fort waren, mussten die Kinder in dem rund fünf Kilometer entfernten Nachbardorf zur Schule gehen. Manchmal hatten sie Glück und einer der Männer nahm sie ein Stück auf seinem Karren mit, wenn sie Pech hatten, mussten sie den ganzen Weg zu Fuß laufen.

»Er kommt bestimmt gleich nach Hause«, beschwichtigte Anna das Mädchen. Es war noch zu früh, um sich Sorgen zu machen.

Rita nickte und stellte sich ans Fenster, um auf Erichs Rückkehr zu warten. So wie sie es fast jeden Tag tat.

Annas Blick ruhte nachdenklich auf dem Mädchen. Sie war viel zu ernst für ihr Alter und viel zu still. Aber angesichts der erschütternden Ereignisse war das auch nicht verwunderlich. Immerhin schien sie bei Erich ein wenig aufzutauen. Sie spielte gern mit Yvo, aber nur in Anwesenheit des Jungen schien sie sich wirklich zu entspannen. Offensichtlich glaubte sie, bei ihm sicher zu sein.

Anna seufzte tief. Wenn es nur so einfach gewesen wäre. Dennoch war sie froh darum, dass ihr Sohn der Kleinen über diese schwere Zeit hinweghalf. Rita lächelte zwar immer noch selten, aber zumindest war ihr Kissen nicht mehr von Tränen durchnässt, wenn sie am Morgen aufwachte.

»Tante Anna, da gehen Leute in unser Haus!« Rita klebte fast mit der Nase am Fenster. »Was machen die da?«

Anna trat hinter sie und schaute hinaus. Ein voll beladener Pferdekarren stand vor dem schmucken Haus, das ehemals Pfarrer Friedrich gehört hatte. Zwei Männer und eine Frau waren gerade dabei, die Sachen vom Wagen ins Haus zu tragen.

»Sie ziehen da ein.« Es gelang ihr nicht, das empörte Zittern in ihrer Stimme zu unterdrücken.

»Aber, das ist *unser* Haus.« Verständnislos sah Rita zu ihr hoch.

»Jetzt nicht mehr«, entgegnete Anna leise. So war das nun einmal. Ein Haus, das man mühevoll mit eigenen Händen aufgebaut, gepflegt und in Ordnung gehalten hatte, konnte einem von heute auf morgen weggenommen und jemandem zugeteilt werden, der sich um die Partei verdient gemacht oder sonst irgendwie positiv aufgefallen war.

»Das sind keine Deutschen, oder?«

»Nein.« Es war erschreckend, dass schon die Kleinsten den Unterschied kannten. Durch das offene Fenster drangen Stimmen herein. »Der Sprache nach zu urteilen, müssten es Russen sein.«

Sie würden jetzt alle doppelt aufpassen müssen, bis sie herausfanden, wie genau die Familie in den Genuss des ehemaligen Pfarrhauses gekommen war.

»Oh, sieh mal, da kommt Erich.« Anna war froh, Ritas Aufmerksamkeit auf etwas Unverfänglicheres lenken zu können.

»Erich!« Das kleine Mädchen strahlte und rannte hinaus.

Schmunzelnd beobachtete Anna, wie ihr Sohn der kleinen Ziehschwester gutmütig das Haar zerzauste, um ihren Gefühlsausbruch vor seinen Freunden zu überspielen.

Dann winkte er den Jungs, die ein paar Häuser weiter wohnten, zum Abschied zu und ließ sich von Rita ins Haus ziehen.

Als er eintrat, drückte Anna ihrem Sohn einen Willkommenskuss auf die Stirn, den er sich hastig abwischte.

»Wieso kommst du heute so spät?«, fragte sie, während er zu der großen Waschschüssel hinüberging, um sich die Hände zu waschen.

»Daniel kam heute nicht zum Unterricht und keiner von den anderen wollte uns sagen, was los war. Also sind Johann, Heinrich und ich nach der Schule zu seinem Haus gelaufen, um nachzusehen.«

»Und?«

»Nichts.« Er zuckte mit den Achseln. »Es war keiner zu Hause. Die Tür war verschlossen, aber durch das Fenster haben wir gesehen, dass es drinnen ganz unordentlich war.« Er senkte die Stimme und warf einen vorsichtigen Blick auf Rita, die gerade versuchte, Yvo ein Bilderbuch aus der Hand zu nehmen, um es richtig herum zu drehen. »Du weißt schon, so ähnlich wie damals bei ihr.«

Anna schauderte. Sie konnte sich lebhaft vorstellen, was geschehen war. Es war kein gutes Zeichen, dass sich die Vorfälle wieder derart häuften. Und die Tatsache, dass es in so unmittelbarer Nähe ihrer Kinder geschah, machte ihr Angst.

Eindringlich sah sie ihren Sohn an. »Erich, bitte versprich mir, dass du da nie wieder herumschnüffelst. Und auch sonst nicht. Du darfst nichts sagen oder tun, was als Kritik oder Unzufriedenheit verstanden werden könnte, hörst du?«

»Ja, Mama.« Er klang nicht sonderlich überzeugt.

»Es ist wichtig, Erich.«

»Aber Daniel und seine Eltern haben nichts Falsches getan. Und trotzdem hat man sie geholt.«

»Ich weiß.« Sie drückte ihren Sohn fest an sich. »Ich weiß.«

Was sollte sie ihm auch sonst sagen? Wie sollte sie ihm die Willkür und die Grausamkeit der Welt erklären, ohne ihm die Hoffnung auf ein glückliches Leben zu nehmen? Sie wollte nicht, dass ihre Kinder voller Angst vor der Zukunft aufwuchsen, und fürchtete zugleich, dass sie das nicht würde verhindern können.

* * *

»Diese elenden Schmarotzer!«, entfuhr es Wilhelm aufgebracht.

»Nicht so laut!«, flüsterte Anna erschrocken und kuschelte sich enger an ihren Mann. »Du weckst noch die Kinder. Und ich möchte nicht, dass sie das hören. Sie könnten es irgendwo ausplappern.«

»Wie soll man da denn ruhig bleiben?«, fuhr Wilhelm leiser, wenn auch nicht ruhiger fort. »Es reicht ja nicht, dass sie Friedrichs schönes Haus bekommen haben. Nein, jetzt müssen *wir* sie auch noch den Winter über durchfüttern, nachdem die Sicherheitskommission Friedrichs ganze Vorräte und sein Saatgut fürs nächste Jahr beschlagnahmt hat.«

»Trotzdem«, ließ Anna nicht locker, »was sind schon ein Sack Getreide oder ein paar Kohlköpfe gegen das Leben deiner Familie? Ich meine es ernst, Willi, halte dich bitte bedeckt.« Sie richtete sich auf einem Ellbogen auf, um ihm besser ins Gesicht sehen zu können. »Erich hat erzählt, dass die Kommission gestern Nacht die Sutters mitgenommen hat.«

»Ja.« Wilhelm nickte verbittert. »Sie sind jetzt auf dem Weg nach Sibirien.«

»Alle?« Anna fröstelte. Daniel hatte noch zwei kleinere Brüder.

»Alle«, bestätigte ihr Mann finster.

»Zumindest kommen die Kinder nicht ins Waisenhaus.«

»Vorerst nicht.« Er sah sie müde an. »Ich weiß wirklich nicht, welches Schicksal besser wäre.«

»Es wäre besser gewesen, wenn Franz Sutter keinen Anlass gegeben hätte, an seiner Treue zum Vaterland zu zweifeln.«

Wilhelm schnaubte freudlos. »Glaubst du wirklich, das hätte ihm etwas genützt?«

»Versprich mir trotzdem, dass du vorsichtig sein wirst.«

Wilhelm seufzte. »Ich verspreche es dir.« Dann zog er sie eng an sich und küsste sie zärtlich auf den Mund. »Ich würde nie etwas tun, das dich oder die Kinder in Gefahr bringt.«

»Ich weiß.« Sie lächelte dankbar und schmiegte ihr Gesicht an seine breite Brust.

Schon bald verrieten seine regelmäßigen Atemzüge, dass er eingeschlafen war. Doch sie selbst konnte noch lange nicht zur Ruhe kommen, immer wieder suchten sie die Bilder von den Schrecken heim, die sie bereits erlebt hatte – die Enteignung ihrer Eltern, die darauf folgende Hungersnot, die Deportationen. Sie hatte gehofft, das alles endlich hinter sich gelassen zu haben, immerhin hatten die letzten Jahre ein wenig Ruhe und Stabilität in das Land gebracht. Doch nun setzte das Grauen von Neuem ein.

Anna schloss die Augen und kämpfte die Angst nieder, die sie zu überwältigen drohte. Alles Jammern und Leugnen würde nichts helfen. Das Schicksal ließ sich nicht aufhalten. Aber zumindest würde sie alles in ihrer Macht Stehende tun, um ihm nicht unvorbereitet entgegenzutreten.

***

Unruhig ging Anna in ihrer Küche auf und ab. Sollte sie es wirklich tun? Oder würde sie erst recht das Schicksal herausfordern, wenn sie jetzt anfing, Vorbereitungen für eine Flucht zu treffen? Sie wünschte sich, sie könnte mit Wilhelm darüber sprechen. Aber sie wusste, dass er ihre Ängste nicht ernst nehmen und sich nicht wegen einer Laune von ihr vom letzten Familienbesitz trennen würde, der ihm geblieben war. Wenn sie flüchteten, hätten sie nichts mehr.

Und selbst wenn er einverstanden wäre, würde sie es wirklich wollen? So kurz vor dem Winter und mit drei kleinen Kindern? Sie hatte noch immer nichts von Bertas Schwester gehört. Seit Friedrichs Tod waren bereits mehr als vier Wochen vergangen und allmählich schwand ihre Hoffnung, dass Rita bei ihrer Tante würde aufwachsen können.

Allmählich begann sie, das kleine Mädchen als Teil ihrer Familie zu betrachten. Mit ihrer ruhigen, etwas zurückgezogenen und doch freundlichen Art hatte sich Rita in ihrer aller Herzen geschlichen.

Anna seufzte. Vielleicht machte sie sich unnötig Sorgen, vielleicht würde der Kelch dieses Mal an ihnen vorübergehen. Sie lebten ein stilles, einfaches Leben und Willi hatte ihr schließlich versprochen, dass er sich zu keinen unbedachten Äußerungen oder Taten würde hinreißen lassen, so schwer ihm das als Sohn eines Großgrundbesitzers auch fallen mochte.

Immerhin waren sie bisher unbehelligt geblieben. Und das Leben ging nach Friedrichs Tod ebenfalls weiter. Es hatte keinen Aufschrei, keinen Ausbruch der Empörung gegeben. Sie alle hatten stumm ihre Köpfe gesenkt und sich gefügt. Der einzige

Unterschied zu früher war, dass sie sonntags nicht mehr den Gottesdienst besuchten.

Überall wurden die deutschen Kirchen geschlossen, die Pfarrer gewaltsam ihrer Ämter enthoben. Man munkelte, dass bald auch die letzten deutschen Schulen geschlossen werden würden. Aber zumindest konnte man ihnen innerhalb ihrer eigenen Mauern keine Vorschriften machen. Und solange sie da war, würde sie ihren Kindern aus der deutschen Bibel vorlesen und dafür sorgen, dass sie ihre Muttersprache niemals vergaßen.

Anna schaute durch das Fenster in den Innenhof, in dem Yvo und Rita gerade die Hühner jagten. Yvos ungebändigter Rotschopf leuchtete strahlend in der Sonne, während sie sich abmühte, einen der Vögel zu fassen zu bekommen. Ein Lächeln stahl sich auf Annas Lippen, als sie das unbekümmerte Lachen ihrer kleinen Tochter hörte. So viel Lebensfreude, so viel Glück, so wenig Angst. Sie würde alles tun, damit das auch so blieb.

Kurz entschlossen wandte sie sich vom Fenster ab und ging in ihr Schlafzimmer hinüber. Sie atmete tief durch und zog sorgfältig die schweren Vorhänge zu. Dann hockte sie sich hin und hob den dünnen Läufer an, der neben dem Bett lag. Zielsicher tasteten ihre Hände über die Holzdielen, bis sie die richtige fand und sie aus ihrer Verankerung löste. Darunter befand sich ein kleiner Hohlraum, aus dem sie ein hölzernes Kästchen und ein in Tuch gewickeltes, längliches Paket hervorholte.

Vorsichtig, fast ehrfürchtig legte sie beides auf dem Bett ab und setzte sich daneben.

Ihr Herz zog sich schmerzhaft zusammen, als ihre Finger über die fein geschnitzte Schmuckschatulle strichen, die einst ihrer Mutter gehört hatte. Als kleines Mädchen waren ihr die Dinge darin die kostbarsten Schätze gewesen.

Und gewissermaßen waren sie es immer noch, denn an jedem einzelnen hingen unzählige Erinnerungen. Langsam öffnete

Anna den Deckel und holte ein paar schwere Silberohrringe hervor, die mit großen Granaten besetzt waren. Wie gern hatte ihre Mutter sie getragen. Diese Ohrringe und der goldene Ehering ihrer Großmutter, den sie als Nächstes herausnahm, waren alles, was ihr vom Besitz ihrer Eltern geblieben war. Ihre Finger schlossen sich um die feine Perlenkette, die Wilhelm ihr zur Hochzeit geschenkt hatte. Wie jung und zuversichtlich sie damals gewesen waren.

Als Letztes holte sie ein kleines Medaillon an einer langen Kette aus dem Kästchen. Es dauerte eine Weile, bis es ihr gelang, den Verschluss zu öffnen. Zwei Miniaturen verbargen sich in den beiden Hälften des Schmuckstücks, meisterhaft gearbeitet, doch keine Porträts. Stattdessen zeigte das eine Bild eine große Kirche – den Regensburger Dom, wie Wilhelm ihr einst erklärt hatte, und das andere einen Blick über ein wahrhaft idyllisches Tal.

»Was ist das?«

Vor Schreck ließ Anna beinahe den Anhänger fallen. Sie hatte gar nicht bemerkt, dass Rita zu ihr getreten war und ihr neugierig über die Schulter schaute. Suchend sah sie sich um und atmete beruhigt aus, als sie nun auch Yvos zierliche Gestalt ins Zimmer laufen sah. Die Kleine ließ das ältere Mädchen kaum aus den Augen.

»Eine Erinnerung an die *alte Heimat*«, beantwortete sie leise Ritas Frage und seufzte, als sie in das verständnislose Gesicht des Mädchens blickte. »Die Kette hat einmal Yvos Urururgroßmutter gehört. Sie hat sie mit hierhergebracht, als sie mit ihren Eltern Deutschland verließ, um hier ein neues Leben zu beginnen.« Und als Wilhelms Familie in die Heimat zurückgekehrt war, hatte seine Mutter sie ihm als Andenken zurückgelassen.

»Die Bilder sind hübsch«, fand Rita.

»Ja, das sind sie. Das sind sie in der Tat.« Anna schüttelte den Kopf, bevor die Sehnsucht nach einem Leben in Sicherheit sie überwältigen konnte.

»Kann ich das haben?« Forsch streckte Yvo ihre kleine Hand nach dem Medaillon aus, und Anna überließ ihr lächelnd das Schmuckstück.

Während sich ihre Tochter schnaufend damit abmühte, sich die Kette über den Kopf zu ziehen, griff Anna energisch nach dem eingewickelten Bündel auf dem Bett. Jeweils sechs silberne Kaffeelöffel und Kuchengabeln kamen zum Vorschein, als sie es aufschnürte – der klägliche Rest des Familiensilbers, den sie hatten retten können.

Ihr Blick wanderte suchend im Zimmer umher. Den Schmuck konnte sie in den Saum ihres Mantels einnähen, aber was machte sie mit dem Besteck?

Yvos Puppe, die einsam in der Ecke auf einem Stühlchen saß, fiel ihr ins Auge. Es war eine schöne Puppe, noch in der Vorkriegszeit gefertigt. »Rita, gibst du sie mir bitte mal?«

Das Mädchen folgte ihrem Blick und holte gehorsam das Spielzeug aus der Ecke.

Anna holte ihr Nähzeug aus dem Schrank und trennte, ohne zu zögern, mit wenigen Schnitten den keramischen Kopf von den weichen Schultern der Puppe.

»Was tust du da?« Rita starrte ihre Ziehmutter erschrocken an, und ihre Augen füllten sich mit Tränen. »Wieso hast du sie kaputt gemacht?«

Auch Yvo kam herbeigelaufen und blickte zu ihr hoch.

Anna lächelte beschwichtigend. »Keine Angst, ich mache sie gleich wieder heile.« Dann senkte sie verschwörerisch die Stimme. »Das bleibt unser kleines Geheimnis, abgemacht?«

»Was denn?«

»Das wirst du gleich sehen. Versprichst du mir, dass du niemandem erzählst, was ich hier mache?«

»Nicht einmal Erich?« Ritas Augen wurden ganz groß und Anna bemühte sich, ihr belustigtes Schmunzeln zu unterdrücken.

»Nicht einmal Erich«, bestätigte sie. Wenn Rita es einmal weitererzählen durfte, würde sie es vielleicht auch ein weiteres Mal tun. »Also, versprichst du es mir?«

Das Mädchen nickte feierlich.

»Gut, dann sieh her.« Geschickt zupfte Anna einen Teil der flauschigen Füllung aus dem Körper der Puppe und steckte stattdessen das silberne Besteck hinein. Sie zupfte und rüttelte an dem Puppenkörper, bis sie sicher sein konnte, dass die Löffel und Gabeln nicht klappern würden. Als sie schließlich zufrieden war, setzte sie den Puppenkopf wieder darauf und vernähte ihn sorgfältig mit dem Hals. »Und was sagst du?« Lächelnd präsentierte sie Rita ihr Werk.

Das Kind nahm die Puppe prüfend in die Hand, drehte, wendete und schüttelte sie. »Sieht aus wie neu«, sagte sie schließlich. »Ein bisschen schwerer als vorher, aber nicht viel. Soll ich sie wieder in die Ecke setzen?«

Anna nickte. Nachdenklich sah sie dem Mädchen zu, das nicht einmal den Sinn der Aktion hinterfragte. Die Kinder verstanden oft so viel mehr, als die Erwachsenen ihnen zutrauten.

Anna fuhr erschrocken zusammen, als sie plötzlich die Tür klappern hörte. Schnell nahm sie Yvo die Kette weg, ohne auf den protestierenden Schrei ihrer Tochter zu achten, und steckte sie mit dem übrigen Schmuck in die Schatulle zurück.

»Mama?«, ertönte Erichs Stimme aus der Küche und sie atmete erleichtert aus. Wann war sie bloß so schreckhaft geworden? Rasch legte sie das Kästchen zurück in sein Versteck, bevor sie zu ihrem Sohn eilte, der gerade aus der Schule gekommen war.

»Mama, ich habe den Postboten getroffen!« Aufgeregt hielt er einen Brief in der Hand. »Ich glaube, der ist von Ritas Tante.«

Während Anna ungeduldig den Umschlag öffnete, bemerkte sie im Augenwinkel, dass Rita plötzlich wie angewurzelt stehen geblieben war.

Freudestrahlend eilte Erich auf sie zu. »Rita, deine Tante hat geschrieben! Bestimmt kann sie dich schon bald zu sich holen.«

»Aber …« Rita sah ihn unglücklich an und ihre Augen füllten sich mit Tränen. »Aber dann muss ich von hier weg.«

»Oh.« Überrascht blieb Erich stehen, daran hatte er wohl noch gar nicht gedacht. »Aber willst du denn nicht zu deiner Familie? Deine Tante ist bestimmt sehr nett«, versuchte er, das Mädchen aufzumuntern.

»Vielleicht.« Tapfer zog sie ihre Nase hoch.

»Mit Sicherheit.« Er legte Rita tröstend die Hand auf die Schulter. »Du wirst schon sehen, es ist bestimmt toll dort. Und du kannst uns auch ganz oft besuchen. Nicht wahr, Mama?« Zum ersten Mal lag eine Spur von Unsicherheit in seiner Stimme. »Rita kommt uns doch oft besuchen, oder?«

»So oft es geht«, erwiderte Anna diplomatisch. Sie wollte die Kinder nicht vor den Kopf stoßen, ihnen aber auch nicht zu viel Hoffnung auf ein häufiges Wiedersehen machen.

Die Antwort schien Erich zu genügen. »Na siehst du.« Freundschaftlich tätschelte er Ritas Kopf.

»Warum muss ich denn fort? Mögt ihr mich nicht mehr?« Rita trat zögernd vor und sah Anna unglücklich an.

»Ach, Liebes.« Tröstend zog sie das Kind in die Arme. »Natürlich mögen wir dich. Du kannst aber nicht für immer bei uns bleiben. Deine Tante hat dich sehr lieb und sie freut sich schon auf dich. Außerdem glaube ich, dass du bei ihr besser aufgehoben wärst als hier bei uns.« Anna wusste, dass sie ihr nicht erklären musste, worauf sie anspielte.

Rita nickte widerstrebend. »Und wann muss ich weg?«

»Deine Tante Agnes schreibt, dass sie dich in zwei Wochen abholen kommt.«

»Ich weiß gar nicht mehr, wie sie aussieht.«

Anna streichelte ihr liebevoll über den Kopf. »Keine Angst, wir zeigen sie dir schon. Aber an Gerta und Hannes erinnerst du dich bestimmt noch, oder?«

Ritas Gesicht hellte sich bei der Erwähnung ihres Cousins und ihrer Cousine ein wenig auf. »Ja, die waren da, als Mama gestorben ist. Ich mag sie.«

»Na siehst du«, sagte Erich aufmunternd. Er schien aufrichtig erleichtert, dass die kleine Ziehschwester ihre Zukunft nicht mehr ganz so finster sah.

»Was meinst du, Rita, ob ich dir ein neues Kleid nähen soll, bis deine Tante da ist? Ich habe hier noch etwas Stoff, der dir wirklich gut stehen würde.« Anna lächelte, als Ritas Augen vor Begeisterung zu strahlen begannen. Mit ihrem Vorschlag hatte sie es geschafft, die letzten Wolken aus dem Gesicht des Mädchens zu vertreiben. »Ich hole ihn gleich.«

Noch immer lächelnd ging sie in ihr Schlafzimmer. Es war so unglaublich tröstlich, wie leicht man die Kinder glücklich machen konnte.

* * *

Als Wilhelm an diesem Abend nach Hause kam, wusste Anna sofort, dass etwas nicht stimmte. So aufgebracht hatte sie ihren Mann selten erlebt. Schnell scheuchte sie die Kinder zum Spielen nach draußen und reichte ihm eine große Tasse starken schwarzen Tees, dem sie großzügig Zucker beigemischt hatte. Sie wusste, wie er ihn am liebsten trank.

Doch Wilhelm stellte die Tasse einfach nur auf dem Tisch ab, ohne sie überhaupt wahrzunehmen. Dann schaute er sich mit geballten Fäusten in der ordentlichen Küche um, als suchte er etwas, worauf er einschlagen konnte.

Halb besorgt, halb amüsiert schaute Anna ihren Mann an, dann trat sie zu ihm und legte ihm besänftigend die Hand auf die Schulter. »Komm, lass es schon raus.«

Sie spürte, wie er sich unter ihrer Berührung ein wenig entspannte, und sein Mundwinkel zuckte leicht.

»Ist es so offensichtlich?«

»Erzähl mir, was passiert ist.«

Er schenkte ihr einen langen Blick, als überlegte er, ob er es tatsächlich tun sollte. Dann ging er schweigend zum offenen Küchenfenster und machte es sorgfältig zu. Ebenso wie die Tür. »Ich hatte heute Besuch von einem Kommissar.«

Annas Herz setzte einen Schlag aus. »Was wollte er?«

»Offenbar haben unsere neuen Nachbarn«, er spuckte das letzte Wort beinahe aus, »einen Antrag gestellt, hier bei uns eine Kolchose zu gründen.«

Anna nickte, das ergab Sinn. Jemand, der nichts besaß, konnte von einem kollektiven Landwirtschaftsbetrieb nur profitieren. »Und was hat das mit dir zu tun?«

»Mir wurde angeboten, mich dem anzuschließen!«, presste er wütend hervor.

Anna erbleichte. Das kam einer Enteignung gleich. Sie hätten dann ihren gesamten Landbesitz der Kolchose überschreiben müssen und außer dem Lohn für ihre Arbeit keinen Anspruch mehr auf das gehabt, was von Rechts wegen ihnen gehörte. »Was hast du gesagt?«

Er sah sie finster an. »Na, was wohl? Was für eine Antwort kann es auf so eine Unverschämtheit nur geben?«

Annas Hände krallten sich in den Stoff ihrer Schürze, eisige Kälte breitete sich in ihrem Inneren aus. »Das hast du aber nicht so gesagt, oder?«

»Natürlich nicht.« Er sah sie an und schien erst jetzt zu bemerken, wie viel Angst er ihr machte. »Natürlich nicht«, wiederholte er sanfter und legte beruhigend seinen Arm um sie. »Ich habe es dir doch versprochen. Ich habe bis jetzt an mich gehalten. Und eigentlich wollte ich es dir auch gar nicht erzählen, ich möchte nicht, dass du dir unnötig Sorgen machst.«

Sie nickte tapfer. »Wie hat der Kommissar das aufgenommen?«

»Ich habe ihm erklärt, dass es bei uns im Dorf noch keinen Bedarf an einem Kollektivbetrieb gibt, die unabhängigen Höfe bringen einen guten Ertrag und die neu Zugezogenen können auch so voll auf unsere Unterstützung zählen. Er schien recht einsichtig zu sein. Wir haben sogar ein wenig gescherzt, und am Ende habe ich ihm noch einen kleinen Sack Kartoffeln für seine Frau mitgegeben.«

»Meinst du, dass sie die Kolchose trotzdem gründen?«

Wilhelm zuckte unsicher mit den Schultern. »Schon möglich. Außer den Neuen haben sich wohl auch ein paar von den Kleinbauern und Feldarbeitern dafür ausgesprochen.« Er schnaufte bitter. »Also all die, die nichts haben und darauf hoffen, von dem Besitz anderer zu profitieren. Aber nicht mit mir! Unser Land wurde mit hart verdientem Geld bezahlt, und noch gibt es kein Gesetz, das uns zwingen kann, es einfach so abzugeben.«

Anna zwang sich, ihre verkrampften Hände zu öffnen. Wilhelm hatte recht. Er hatte sich vollkommen richtig verhalten. Es war alles gut.

Dennoch gelang es ihr nicht, das nervöse Zittern zu unterdrücken, das sich plötzlich in ihrem gesamten Körper ausbreitete.

Kapitel 3

Ein Poltern an der Tür riss Anna aus dem Schlaf. Erschrocken fuhr sie hoch. Ihr Herz klopfte wie wild, während sich ihre Hand panisch in Wilhelms Arm krallte.

Noch einmal hämmerte eine schwere Faust gegen die Tür.

Verängstigte Kinderstimmen wurden im Nebenzimmer laut. »Mama?« Yvo fing an zu weinen.

Mit weit aufgerissenen Augen starrte Anna ihren Mann an, während ihr Verstand sich einzugestehen weigerte, was dieser nächtliche Überfall bedeutete. Was er bedeuten *musste.*

Wilhelm sprang aus dem Bett und schlüpfte in seine Hose. »Beruhige die Kinder. Ich sehe nach, was das soll.«

Anna nickte und lief ins Kinderzimmer. »Schht, alles gut«, flüsterte sie den Kleinen zu, obwohl sie wusste, dass das eine Lüge war.

Sie hörte, wie Wilhelm die Tür öffnete, und presste die Mädchen fest an sich. Erich stand blass und gefasst daneben und sie zog auch ihn in ihre Umarmung. »Alles gut«, wiederholte sie fieberhaft, während sie sich anstrengte, die Worte zu verstehen, die an der Tür gesprochen wurden.

»Wilhelm Scholz, durch Ihre Weigerung, Ihren Besitz und Ihre Arbeitskraft der Kolchose zur Verfügung zu stellen, haben

Sie sich als Kulake und Trotzkist enttarnt. Ihre Handlungen widersprechen der sozialistischen Gesinnung. Somit fällt per Beschluss des Zentralkommissariats Ihr gesamter Landbesitz an die Kolchose. Sie und Ihre Familie werden nach Lusa in der Republik Komi umgesiedelt, damit Sie dort mit Ihrer Arbeitskraft einen ehrlichen Beitrag zum Wohl der Sowjetunion leisten können.«

Komi, der hohe Norden. Annas Herz gefror. Panik breitete sich in ihr aus. Das konnte nicht wahr sein. Es durfte nicht wahr sein!

»Das können Sie nicht machen!«, empörte sich Wilhelm, und sie betete, dass er keine Dummheit beging.

»Sie und Ihre Familie haben eine halbe Stunde zum Packen«, war die einzige Antwort, die er darauf bekam.

Eine halbe Stunde. Dann würden sie alles verlassen müssen, was ihnen lieb und teuer war. Die Erkenntnis löste ihre Erstarrung. Sie konnte es sich nicht leisten, sich ihrer Angst und Verzweiflung hinzugeben.

Anna sprang auf. »Erich, Rita, zieht euch an!« Sie schnappte sich die protestierende Yvo und begann, ihr in Windeseile die Schlafsachen auszuziehen.

»Los!«, spornte sie die beiden älteren Kinder an, die noch immer verängstigt verharrten. »Nehmt eure wärmsten Sachen.«

Der Norden. Kurz vor dem Winter. Mit drei kleinen Kindern.

Diese Gedanken hämmerten immer und immer wieder in ihrem Kopf.

»Zieh deine Mütze an, Erich!«, forderte sie ihren Sohn auf.

»Aber es ist zu warm …«

»Zieh sie an!«, schnappte sie, und ein betroffener Ausdruck breitete sich auf seinem Gesicht aus. Er war es nicht gewohnt, von ihr angefahren zu werden, und es tat ihr auch unglaublich leid. Doch sie hatte einfach keine Zeit für Diskussionen.

Zum Glück hatte sie schon seit Tagen ihre Koffer mit dem Allerwichtigsten gepackt. Seit dem Tag, als Wilhelm ihr von seinem Treffen mit dem Kommissar berichtet hatte.

Sie hatte sich eingeredet, dass es eine reine Vorsichtsmaßnahme sei, hatte über ihre eigenen Ängste gelächelt, hatte sich geweigert, daran zu glauben, dass sie es tatsächlich brauchen würden. Doch nun erwies sich ihre Überängstlichkeit als weise Voraussicht.

Anna lief ins Schlafzimmer, um sich selbst anzuziehen. Ebenso wie bei den Kindern achtete sie darauf, möglichst viele Kleidungsstücke übereinander zu tragen, in der Hoffnung, dass dies reichen würde, um sie im Winter warm zu halten.

Sie verbot sich jeden Gedanken daran, wie gering ihre Chancen waren, diese Umsiedlung heil zu überstehen. Der hohe Norden – das Schreckgespenst des ganzen Landes – hatte nun auch sie ereilt. Ihre kleine Yvo, der tapfere Erich und die süße Rita – wie sollten sie das bloß schaffen?

Wilhelm kam aus der Vorratskammer, seinen Rucksack randvoll mit Lebensmitteln gefüllt.

»Wasser, wir brauchen Wasser«, murmelte Anna und hielt ihm seine große Feldflasche hin. Er nahm sie, ohne seiner Frau ins Gesicht zu sehen, und lief zum Brunnen, um sie aufzufüllen.

Eine Feldflasche Wasser und ein Rucksack mit Essen für eine ganze Familie auf einer Reise, die vermutlich eine Woche dauern würde und deren Zielort mehr als ungewiss war. Anna schluckte und spürte, wie die Panik erneut nach ihr zu greifen begann, doch sie kämpfte das Gefühl entschlossen nieder. Sie durfte sich keine Schwäche erlauben.

»Seid ihr jetzt fertig?«, drang eine schroffe Stimme von draußen.

Hektisch sah sich Anna in ihrer Stube um. Was noch? Was könnten sie bloß noch mitnehmen? Ihr Blick fiel auf die Nähmaschine. Ohne weiter darüber nachzudenken, nahm sie diese und legte sie in eine Umhängetasche. Einen Versuch war es wert. Wenn man sie ihr wegnehmen sollte, konnte sie das nicht ändern, aber sie würde sie nicht freiwillig zurücklassen. Schnell lief sie ins Schlafzimmer und legte noch ein paar Wäschestücke darüber, damit sie nicht so auffiel.

Männer kamen ungeduldig in das Haus. An ihren Jacken trugen sie die Abzeichen der GPU – der gefürchteten Geheimpolizei.

»Los, raus mit dir!«, fuhr einer davon Erich an, der tapfer und doch verloren in der Küche stand und die beiden weinenden Mädchen fest an den Händen hielt.

Wilhelm trat zu ihnen mit je einem Koffer in der Hand und seinem großen Rucksack auf dem Rücken.

Wehmütig sah Anna sich noch einmal um, nahm Abschied von ihrem Zuhause und versuchte, den Anblick, den die drei Kinder boten, für immer in ihrem Herzen aufzunehmen. In nur wenigen Tagen wäre Ritas Tante gekommen, um das Mädchen zu sich zu nehmen. Nur ein paar Tage später und die Kleine wäre in Sicherheit gewesen.

Aber vielleicht war noch nicht alles verloren. So leid es ihr tat, Rita diesen Männern zu überlassen, in einem Waisenhaus wäre sie bis zur Ankunft ihrer Tante besser aufgehoben. Und sie selbst hätte ein Kind weniger, um das sie sich sorgen, einen Mund weniger, den sie füttern musste.

Entschlossen nahm sie Ritas Hand und trat vor die Männer. »Wir sind bereit«, sagte sie. »Doch dieses Mädchen gehört nicht zu uns. Dies ist Rita Hamann, sie ist nicht mit uns verwandt. Ihre Tante kommt bald, um sie abzuholen.«

Rita starrte Anna mit großen, verheulten Augen an.

»Sie gehört nicht zu uns«, wiederholte Anna fest, als die Männer nicht reagierten. »Bitte«, fügte sie hinzu und schob die Kleine sanft vor.

Der Geheimpolizist musterte sie aus misstrauisch verengten Augen. »Das Schicksal des Mädchens scheint Ihnen ja sehr am Herzen zu liegen, Genossin Scholz. Aber wir kennen eure Tricks. Euch ist jedes Mittel recht, um eure Brut vor dem gerechten Schicksal zu retten.«

»Das ist Rita Hamann«, sagte Anna verzweifelt. »Ihr Vater ist vor einigen Wochen … *verstorben.*« Sie konnte sich gerade noch rechtzeitig zusammenreißen, um nicht *niedergeschossen worden* zu sagen. Sie suchte die Gesichter der versammelten Männer ab, doch keiner von ihnen war an dem furchtbaren Tag dabei gewesen.

»Wir haben keine Zeit für so was«, entschied der Anführer schroff. »Euer Zug fährt in wenigen Stunden ab.« Dann schien ihm etwas zu dämmern. »Hamann, sagen Sie?«, murmelte er nachdenklich. »Ich kenne ihren Fall. Ihr Vater ist ein Verräter des Volkes gewesen, auf der Flucht erschossen. Und nun hat sich das Mädchen zu Kulaken gesellt. Ihr seid sowieso alle das gleiche Pack. Aber keine Sorge, in Lusa wird sie schon zurück auf den rechten Pfad des Sozialismus geführt.«

»Bitte. Sie ist doch nur ein Kind.« Flehend sah Anna die umstehenden Männer an, von denen manche zumindest den Anstand hatten, ihre Blicke zu senken.

»Schluss jetzt. Aufsteigen!« Der Anführer packte sie grob am Arm und zerrte sie aus dem Haus.

»Lassen Sie sie los!«, donnerte Wilhelms Stimme hinter ihr.

»Haben Sie ein Problem, *Genosse*?« Herausfordernd starrte der Mann ihn an. Und Anna spürte, dass eine falsche Bewegung, ein falsches Wort die Situation zum Eskalieren bringen konnte.

»Willi, nicht«, flüsterte sie eindringlich und sah erleichtert, wie die Spannung aus den Schultern ihres Mannes wich.

»Nein, kein Problem«, murmelte er gebrochen.

»Gut, dann steigt auf.«

Wilhelm half Anna auf die Ladefläche des Wagens und reichte dann nacheinander die Kinder zu ihr hoch, bevor er die Taschen hinaufwuchtete und schließlich selbst Platz nahm. Einer der Polizisten kletterte ebenfalls zu ihnen auf die Ladefläche. Die Klappe wurde geschlossen, dann fuhren sie ratternd los.

Anna schloss die Arme fest um die Kinder, die sich vertrauensvoll an sie schmiegten. Ihre kleinen warmen Körper gaben ihr Kraft. Sie wusste, dass sie um ihretwillen alles überstehen, alles aushalten würde, was kommen mochte.

Sie konnte den Blick nicht von ihrem sich immer weiter entfernenden Heim nehmen, während sie ein fieberhaftes Gebet an den Himmel richtete. »Bitte Herr, steh uns bei. Bitte schütze uns und die Kinder«, murmelte sie so leise, dass der bewaffnete GPU-Mann sie nicht hören konnte. Noch lange, nachdem ihr Haus nicht mehr zu sehen war, hielt sie ihren Blick in die Ferne gerichtet, und sie nahm Abschied von dem wohl glücklichsten Teil ihres Lebens.

»Mama, wohin fahren wir?«, durchbrach Erichs Stimme schließlich zögernd ihre Gedanken.

Die Mädchen waren durch das leichte Rattern des Wagens in den Schlaf gewiegt worden, doch ihr Sohn kämpfte mühsam gegen die Müdigkeit an. Sorge stand ihm ins Gesicht geschrieben. Und sie spürte, dass sie ihn nicht mit einer halbherzigen Erklärung würde abspeisen können.

Sie neigte den Kopf und drückte ihm einen Kuss auf die Stirn. »Wir fahren weg, Erich. Weit, weit weg.«

»Und wann kommen wir wieder?«

»Gar nicht.« Sie biss sich auf die Lippe, um die Tränen zurückzuhalten, die in ihr aufzusteigen drohten. Es tat weh, es auszusprechen, die Endgültigkeit darin zu hören.

Sie waren nicht nur für fünf oder zehn Jahre verbannt worden, wie es mit Verbrechern geschah. Nein, für ihr Vergehen – dafür, dass sie im Vergleich zu vielen anderen noch immer *wohlhabend* gewesen waren – würden sie für immer büßen müssen.

»Nie?« Tränen glitzerten in den blauen Augen ihres Sohnes.

»Nein.« Sie lächelte ihn liebevoll an und strich ihm ein paar blonde Fransen aus der Stirn. »Aber wir werden uns woanders ein Heim aufbauen. Solange wir nur alle zusammen sind, kann uns nichts passieren. Mach dir keine Sorgen, mein Schatz. Schlaf lieber ein wenig.«

Erich nickte ernst. Ihr kleiner Mann, so jung und schon so vernünftig. Sie streichelte ihm sanft über die Schulter.

Gehorsam schloss er seine müden Lider.

Und dann endlich wagte Anna es, den Blick zu heben und ihren Mann anzusehen, der ihr blass und eingesunken schräg gegenübersaß.

In seinem Blick lagen all die Verzweiflung und Entschlossenheit, die sie auch verspürte, aber auch unendlich viel Reue.

»Es tut mir leid«, flüsterte er leise und streckte zögernd die Hand aus, um sie am Knie zu berühren.

Anna schüttelte leicht ihren Kopf. »Es ist nicht deine Schuld«, murmelte sie.

Sie wollte nicht, dass er sich mit Selbstvorwürfen quälte, dass er die Verantwortung für etwas auf sich lud, das in den Köpfen des Zentralkommissariats beschlossen worden war. Und wünschte sich gleichzeitig nichts sehnlicher, als dass sie es selbst auch so sehen könnte. Es war nicht seine Schuld, doch es war *seine* Entscheidung gewesen, die sie in diese Lage gebracht hatte, seine Weigerung, freiwillig herzugeben, was ihnen nun gewaltsam entrissen worden war. Hätte er der Enteignung zugestimmt, wären sie nun zumindest in Sicherheit gewesen, hätten in der Heimat bleiben dürfen. Doch so …

Anna wusste nicht, ob sie es ihm jemals würde verzeihen können, sollte den Kindern etwas zustoßen.

Wilhelm nickte, dankbar für ihre Worte, doch sie sah ihm an, dass sie nicht ausreichten, um sein Herz zu erleichtern. Vorsichtig löste sie ihre Hand von Yvos schlafender Gestalt auf ihrem Schoß und streckte sie ihrem Mann entgegen. »Wir schaffen das schon«, flüsterte sie tapfer.

Er drückte liebevoll ihre Hand.

Anna spürte einen leichten Hoffnungsschimmer in sich aufsteigen. Vielleicht würde es ihnen tatsächlich gelingen. Sie waren alle zusammen, und im Augenblick gab es nichts, das wichtiger für sie gewesen wäre.

Der Wagen kam zu einem abrupten Halt. Rita wachte von dem Ruck auf und rieb sich verschlafen die Augen. »Wo sind wir?« Sie schien sich nicht an die Vorkommnisse der Nacht zu erinnern.

»Wir machen eine Reise«, erklärte Anna beruhigend.

»Alles aussteigen!« Der Mann, der bei ihnen gesessen hatte, erhob sich und löste die Ladeklappe. Es schepperte und Yvo weinte protestierend auf.

»Schht«, beruhigte Anna leise das Kind, während sie sich selbst mühsam erhob. Sie wartete, bis die größeren Kinder zu Wilhelm hinuntergesprungen waren, dann reichte sie ihm die noch immer schlafende Tochter.

Im Licht der Scheinwerfer konnte sie die Bahnhofsstation von Krontal erkennen. Eine erschreckende Vielzahl von Frauen, Männern und Kindern, ähnlich verschreckt und verschlafen wie sie selbst, wartete in einem umzäunten und von bewaffneten Männern der GPU bewachten Bereich auf ihr ungewisses Schicksal.

Anna und ihre Familie schienen gerade rechtzeitig eingetroffen zu sein. Denn plötzlich kam Bewegung in die versammelte Menge. Die Männer begannen damit, die *Umsiedler* in die bereitstehenden Güterwaggons zu verladen.

Eltern hielten ihre Kinder fest, um sie nicht im Gedränge zu verlieren. Anna und Wilhelm taten es ihnen gleich, während sie in Richtung eines der Waggons gestoßen wurden. Sie nahmen die Kinder in ihre Mitte. Während Erich seine kleine Schwester trug, hatte sich Rita in seine Armbeuge eingehakt.

Mit klopfendem Herzen reihten sie sich in die Menge ein.

»Sie können Ihr Gepäck bei mir lassen, Genossin«, wandte sich einer der GPU-Männer an die Frau, die vor Anna in der Schlange stand. »Dort drin ist es ohnehin viel zu eng. Das Gepäck wird in einem anderen Waggon transportiert.«

Die Frau sah ihn erschrocken an und musterte dann unsicher den Jutesack, den sie an ihre Brust presste. Ihre andere Hand umklammerte krampfhaft die Finger eines etwa fünfjährigen Jungen.

Es war offensichtlich, dass dieser eine Sack alles enthielt, was ihr und ihrem Sohn geblieben war.

»Das Gepäck!«, wiederholte der Mann schroff, und sie reichte ihm schicksalsergeben den Beutel.

»Rein da!«

Die Frau stolperte, als der Polizist sie unsanft zum Eingang des Waggons schubste.

Anna wappnete sich.

»Ihr Gepäck, Genossin«, wandte sich der Mann nun an sie.

»Danke, wir kommen schon klar«, erwiderte sie so fest wie möglich und verstärkte den Griff um ihre Tasche.

»Es ist zu eng. Sie müssen es abgeben, es wird Ihnen nachgeliefert.«

Sie wusste, dass das eine Lüge war. Wenn sie sich jetzt davon trennte, würde sie es nie wiedersehen.

»Wir brauchen das für unsere Kinder«, entgegnete Wilhelm mit Nachdruck. Und der Mann zuckte resigniert mit den Achseln. Vermutlich handelte er nicht auf Befehl und wollte keinen Ärger riskieren.

»Rein da!«, winkte er die Familie durch.

Hinter sich konnte Anna ihn die gleiche Forderung an die Nächsten stellen hören und verspürte einen Anflug von Dankbarkeit dafür, dass sie ihr weniges Hab und Gut hatten behalten können.

Doch ihr kleines Triumphgefühl währte nicht lange.

Ein tiefes Grauen erfasste sie, als sie den ersten Fuß auf die Sprossenleiter des Waggons setzte und einen Blick ins Innere warf. Dieses dunkle, fensterlose, aus Brettern zusammengenagelte Gefährt sollte nun für die nächsten Tage ihr Heim sein? Es gab keine Sitz- oder Schlafplätze, von Waschmöglichkeiten ganz zu schweigen. Nur etwas Stroh auf dem Boden, als ob sie Tiere wären.

»Vierzig pro Wagen«, rief einer der Männer seinen Kollegen zu. »Dann müssten sie alle reinpassen!«

Anna schwankte. Vierzig Menschen in einem Waggon, der knapp fünfzehn Meter lang und vier Meter breit war. Doch es half nichts. Rita fest bei der Hand, Erich und Wilhelm direkt hinter sich, steuerte sie entschlossen die hintere Ecke des Wagens an, die glücklicherweise noch frei war. So würden sie zumindest die Wand zum Anlehnen im Rücken haben. Während sie die Koffer aufeinanderstapelte und die Kinder beruhigte, holte Wilhelm ein wenig Stroh heran, um es ihnen ansatzweise bequemer zu machen. Dann setzte er sich zu ihr und schlang den Arm fest um seine Familie. Sie konnten nichts mehr tun. Jetzt hieß es nur noch warten.

Der Wagen füllte sich zusehends. Hatten die Ersten noch das Glück gehabt, einen Platz an der Wand zu ergattern, ließen sich die anderen nun einfach mitten auf dem Boden nieder. Erleichtert bemerkte Anna, dass es den meisten gelungen war, ihr kärgliches Gepäck zu behalten. Doch auch so war es offensichtlich, dass die Menschen nicht für das gerüstet waren, das sie erwarten mochte.

Laute Stimmen an der Tür ließen sie plötzlich aufhorchen.

»Mein Sohn!«, flehte eine Frau in gebrochenem Russisch. »Er war nicht bei uns, als wir geholt wurden. Er ist doch erst zehn! Man hat uns versprochen, ihn zu suchen! Man hat uns versprochen, dass wir nicht ohne ihn fahren.« Tränen liefen ihr übers Gesicht, während sie die Männer anflehte. »Bitte. Er heißt Josef Bold aus Rosental. Sie müssen ihn finden! Ich kann doch nicht ohne mein Kind weg!«

»Wenn wir ihn finden, schicken wir ihn nach. Und jetzt rein da!«

Die Frau presste sich verzweifelt die Hand vors Gesicht. »Nein! Mein Junge!«, jammerte sie.

Ein älteres Mädchen, selbst mit tränennassen Wangen, legte ihr tröstend einen Arm um die Schultern. »Komm, Mama, lass uns reingehen.«

Wie betäubt ließ sich die Frau von ihrer Tochter in den Wagen führen. Ihr Wehklagen zerriss Anna das Herz. Sie mochte sich gar nicht vorstellen, wie es wäre, sein Kind auf diese Weise zu verlieren. Auch wenn sie wusste, dass es für den Jungen so vielleicht sogar besser war.

Irgendwann, als der Waggon so voll war, dass es kaum noch einen freien Platz auf dem Boden gab, wurden ohne jeden Kommentar ein paar leere Eimer hereingeworfen. Dann fielen die vergitterten Türen knallend zu und Anna sah, dass sie mit einem Vorhängeschloss gesichert wurden.

Sie waren gefangen. Immerhin drangen etwas Luft und Licht durch die Gitterstäbe herein. Andernfalls wäre es schier unerträglich gewesen.

Kurze Zeit später setzte sich der Zug ratternd in Bewegung.

Anna ließ den Blick über ihre Leidensgenossen schweifen. Die Menschen saßen schweigend da und hingen ihren trüben

Gedanken nach. Selbst die Kinder waren beinahe unnatürlich stumm. Über mehr als ein Gesicht flossen Tränen.

Da erklang plötzlich aus einer Ecke eine tiefe Männerstimme, die »Jesu, geh voran« anstimmte. Zitternd und unsicher zuerst, wurde sie stärker, als mehr und mehr Menschen in das Lied einfielen. Während der Zug sie immer schneller einer ungewissen Zukunft entgegenführte, sangen auch Anna und Wilhelm aus vollem Herzen mit. Was auch geschah, Gott war bei ihnen. Sie würden sich nicht unterkriegen lassen und die Hoffnung niemals aufgeben.

Kapitel 4

»Mama, ich habe Durst.« Yvos quengelnde Stimme riss Anna aus der stumpfen Versunkenheit, mit der sie dem Rattern der Räder gelauscht hatte. Nach der Aufregung der Nacht und dank dem sanften Rütteln des Zuges hatten die Kinder zum Glück noch ein paar Stunden geschlafen. Doch nun kam langsam wieder Leben in sie und sie taten ihre Bedürfnisse kund.

»Ich auch«, sagte Rita. »Und Hunger.«

»Ich muss aufs Klo«, flüsterte Erich ihr fast verschämt ins Ohr.

»Komm mit.« Wilhelm streckte seinem Sohn die Hand entgegen. Vorsichtig, um nicht auf andere Menschen zu treten, führte er ihn zu einem der Eimer, die man neben der Tür aufgestellt hatte.

»Mama!« Yvo zupfte an ihrem Ärmel und sie wandte sich den dringenderen Problemen zu. Sie goss etwas Wasser in die Kappe der Feldflasche ein und ließ beide Mädchen trinken, bevor sie selbst daran nippte. Sie mussten sorgsam mit dem Wasser umgehen. Der bisherige Verlauf der Reise erweckte bei ihr nicht den Eindruck, dass man sich besonders gut um sie kümmern würde. Sie hatte keine Ahnung, wann sie mit frischem Wasser oder etwas zu essen rechnen konnten.

Anschließend brach sie für jeden ein Stück Brot ab und schärfte den Kindern ein, es ganz langsam zu kauen, damit sie schneller davon satt wurden. Sie selbst konnte sich noch gut an die schreckliche Hungersnot Anfang der Zwanzigerjahre erinnern. Doch ihren Kindern war der Hunger glücklicherweise fremd. Bis jetzt.

Nachdem sie ihr klägliches Mahl verzehrt hatten, holte Anna ein Märchenbuch hervor, von dem sie sich nicht hatte trennen können, und reichte es Wilhelm. »Vielleicht liest du den Kindern ein wenig vor?«

Er nickte. Draußen war es bereits hell, sodass durch die Türen genügend Licht in ihre Ecke fiel. Wilhelm schlug das Buch auf und begann zu lesen. Erfreut stellte Anna fest, dass auch andere Kinder sich ihnen zögernd näherten. Und als sie freundlich nickte, ließen sie sich auf dem Boden nieder und lauschten andächtig den Geschichten, die ihr Mann vorlas.

Die gemeinsame Märchenstunde schien den Kleinen die Scheu voreinander zu nehmen, anschließend zeigten sie sich die geretteten Spielsachen, fragten sich aus, begannen leise zu spielen.

Ihre munteren Stimmen lenkten auch die Eltern von ihren sorgenvollen Gedanken ab und man fing an, sich miteinander bekannt zu machen.

Schon bald fand sich eine Gruppe von Männern zusammen, unter ihnen auch Wilhelm. Sie standen an der Tür, betrachteten die vorbeiziehende Landschaft und rätselten über den weiteren Verlauf ihrer Reise.

Anna ging indessen mit ein wenig Wasser zu einer jungen Mutter hinüber, deren Kleinkind vor Durst weinte. Sie hatten in der Hektik des Aufbruchs offensichtlich nicht daran gedacht, etwas zu trinken mitzunehmen.

Anna wusste, dass sie das Wasser für ihre eigene Familie brauchen würde, dennoch konnte sie es nicht ertragen, das Mädchen, das etwas jünger als Yvo sein mochte, leiden zu sehen.

»Danke.« Die junge Mutter schaute sie gerührt an. »Danke«, wiederholte sie, während sie ihrer Tochter das Wasser Schluck für Schluck einflößte, sorgsam darauf bedacht, dass kein Tropfen danebenging.

»Gerne.« Anna lächelte leicht. »Ich bin Anna und meine Kleine ist in etwa genauso alt.«

»Maria. Und dort hinten ist mein Mann Albert.« Sie deutete auf einen der Männer, die bei Wilhelm standen.

»Ist es euer einziges Kind?«

»Ja. Noch.« Maria lächelte und strich sich über den Bauch. Erst jetzt erkannte Anna, dass er leicht gewölbt war.

»Wenn du etwas brauchst, sag Bescheid.«

»Danke. Aber ich hoffe, das wird nicht nötig sein.« Sorge flackerte in ihrem Blick. »Ich meine, irgendwann müssen sie uns doch zumindest Wasser und Brot geben, oder?«

Anna nickte aufmunternd. »Bestimmt.« Die Frage war nur wann und wie viel.

Dann setzte sie ihre Runde durch den Wagen fort.

Eine knappe Stunde später wusste sie zumindest, dass noch acht weitere Familien ihr Schicksal teilten. Fünf deutsche, zwei russische und eine tatarische. Sie alle waren der Entkulakisierung zum Opfer gefallen, obwohl nur drei von ihnen überhaupt als Großbauern hätten bezeichnet werden können. Die anderen hatten nichts weiter als einen kleinen Hof mit ein oder zwei Kühen und vielleicht einem Pferd besessen. Dennoch hatten sie es geschafft, den Neid und die Missgunst ihrer Nachbarn oder der Obrigkeit auf sich zu ziehen.

Anna sah sich nach den Kindern um. Zumindest im Augenblick schienen sie mit ihren neuen Spielgefährten zufrieden zu sein. Also trat sie zu Wilhelm, lehnte sich an ihn und ließ die frische Luft dort durch ihre Lungen strömen. Ihr war gar nicht bewusst gewesen, wie abgestanden die Luft im

Inneren des Wagens bereits war. Die Ausdünstungen der vielen Körper vermischten sich mit dem scharfen Uringeruch, den die Eimer verbreiteten, obwohl sie in der Nähe der Tür standen.

Wilhelm zog sie fest an sich.

Eine Zeit lang standen sie einfach nur da und sahen der vorbeirauschenden Landschaft zu. »Leb wohl, Krim«, flüsterte Anna leise.

»Irgendwann kommen wir wieder«, murmelte Wilhelm ihr tröstend ins Ohr.

Sie nickte. Doch sie wusste, dass es nicht mehr dasselbe sein würde, selbst wenn sie es irgendwann tatsächlich schaffen sollten. Sie waren vertrieben, ihr Haus enteignet. Dies war nun nicht mehr ihre Heimat, eigentlich war es das schon lange nicht mehr. Sollte man sich in seiner Heimat nicht sicher und willkommen fühlen? So einen Ort hatten sie seit dem Weltkrieg nicht mehr gehabt.

Annas Hand strich über den Saum ihres Mantels, wo neben dem letzten Familienschmuck und etwas Geld auch das einzige Andenken an die *alte Heimat* sicher eingenäht war. Vielleicht würden sie irgendwann dort endlich Frieden finden können.

»Hast du Hunger?«, fragte sie Wilhelm schließlich. Die Mittagsstunde war längst vorüber und sie hörte, wie sein Magen grummelte.

»Nein.« Er schüttelte leicht den Kopf.

Sie nahm seine Lüge ohne Widerspruch zur Kenntnis. Solange sie nicht wussten, ob man ihnen irgendwann etwas geben würde, mussten sie in erster Linie an die Kinder denken.

Sie nahm Yvo, die zu ihr gelaufen kam, auf den Arm und drückte ihr einen Kuss auf den zerwuschelten Rotschopf.

»Ich hab Hunger, Mama.«

»Ich weiß, mein Schatz. Gleich gibt es was. Und dann werde ich dich erst einmal kämmen.« Auf dem Weg zu ihrem Platz sammelte sie auch Erich und Rita ein.

»Ich will Milch!«, forderte Yvo, als sie ihr einen Schluck Wasser und ein Stückchen Brot mit Schinken gab.

»Ich weiß, mein Engel. Aber leider gibt es hier keine.«

»Ich will nach Hause«, maulte die Kleine. Und auch Rita sah sie hoffnungsvoll an, während Erich mit gesenktem Blick auf seinem Brot herumkaute.

Anna seufzte. »Unser Zuhause ist weg«, erklärte sie leise. »Wir werden bald ein neues bekommen.«

»Und wie ist es dort?«, fragte Erich interessiert.

»Es ist anders. Im Winter gibt es dort ganz viel Schnee«, versuchte sie, den Kindern ihren Zielort schmackhaft zu machen. »Es wird bestimmt ein richtiges Abenteuer.«

Sie lächelten. Ihre Worte schienen ihnen ein wenig die Angst vor der Zukunft zu nehmen. Anna wünschte sich, ihre eigenen Sorgen ließen sich ebenso leicht besänftigen.

Als es draußen schon wieder zu dämmern begann, hielt der Zug schließlich an und die vergitterten Türen wurden geöffnet. Um Anna herum rappelten sich die Menschen erfreut auf. Und auch sie streckte die vom unbequemen Sitzen steif gewordenen Glieder und sah erwartungsvoll zur Tür. Vielleicht würde man ihnen nun gestatten, dass sie sich ein wenig die Beine vertraten und ihre Notdurft erledigten.

Doch der bewaffnete Geheimpolizist, der nun den Waggon betrat, drängte die Menschen entschieden zurück. »Sitzen bleiben!«, donnerte seine Stimme und unzählige Gesichter sahen ihn verdutzt an. Weitere Männer schafften die stinkenden Eimer nach draußen und entleerten sie in die Büsche. Dann brachte einer einen großen dampfenden Topf herein und Annas Herz machte einen freudigen Sprung. Es würde etwas Heißes zu essen geben.

Doch ihre Hoffnung wurde augenblicklich enttäuscht.

»Wasser?«, keuchte eine Frau schockiert auf, die als Erstes einen Schöpflöffel voll in ihre Tasse bekam.

»Der Nächste!«, rief der Mann, ohne ihren Ausruf zu beachten. Da sie deutsch gesprochen hatte, hatte er sie vermutlich nicht einmal verstanden. Nur die wenigsten Deutschen beherrschten fließend das Russische. Und Anna war plötzlich sehr dankbar, dass ihre Mutter sie früher gezwungen hatte, auch die Sprache der Führungselite zu lernen.

»Können wir bitte etwas Suppe für die Kinder bekommen?«, wandte sie sich daher auf Russisch an den Mann, als sie an der Reihe war.

Etwas wie Betroffenheit zeigte sich in seinem Gesicht, als er ihr antwortete. »Wir haben nicht genug Lebensmittel für alle. Morgen vielleicht.«

Anna nickte und schloss ihre kalten Hände um den kleinen Topf, in den er ihr die Familienration heißes Wasser eingeschöpft hatte. Niedergeschlagen ging sie zu ihrem Platz zurück.

Schweren Herzens brach sie noch ein Stück Brot von dem immer kleiner werdenden Laib ab und krümelte es in den Topf hinein.

Nachdem die Kinder versorgt waren, teilte sie sich mit Wilhelm den letzten Rest der improvisierten Suppe. Es war fast nichts gegen den Hunger, der nun an ihr zu nagen begann, doch wenigstens half die Wärme im Bauch ein wenig gegen die Kälte des Abends, die nun trotz der stickigen Luft immer spürbarer wurde.

Als es dunkel wurde, kuschelte sich die Familie eng aneinander.

Wieso nur hatte sie nicht daran gedacht, ein paar Decken einzupacken? Doch sie wusste, wieso. Weil sie nicht hineingepasst hatten, weil es unmöglich war, alles, was sie in den nächsten Wochen und Monaten benötigen würden, in zwei Koffer zu stopfen.

Trotz der Erschöpfung fiel es ihr schwer, in den Schlaf zu finden. Unaufhörlich kreisten ihre Gedanken um das, was sie auf der Reise und danach erwarten mochte. Außerdem war es in dem Wagen so eng, dass sie sich nicht einmal ausstrecken konnte. Von der unbequemen Position und dem harten Boden taten ihr schon nach kurzer Zeit die Knochen weh, doch sie wagte es nicht, sich zu viel zu regen, aus Angst, sie könnte die Kinder aus ihrem Schlummer reißen.

Schließlich forderte die Erschöpfung ihren Tribut und sie fiel in einen tiefen, traumlosen Schlaf.

Am nächsten Tag war schon so etwas wie Routine in ihre kleine Gemeinschaft eingekehrt. Am Morgen wurde ihnen wieder kochendes Wasser hereingereicht, das sie fast schon freudig entgegennahmen. Es war immerhin besser als gar nichts. Wilhelm las wieder aus dem Märchenbuch vor, die Kinder spielten und die Erwachsenen tauschten leise ihre Lebensgeschichten aus.

Nur einmal wurde Unmut laut, als am Nachmittag der Zug ganze zwei Stunden stillstand. Die Menschen klopften an die Wände, riefen, baten darum, einmal an die Luft gehen zu dürfen. Doch nichts geschah.

»Da hinten ist ein Dorf«, flüsterte Wilhelm Anna leise zu, als sie verstanden hatten, dass man sie nicht einmal kurz hinauslassen würde. »Vermutlich wollen sie nicht, dass die Menschen uns sehen, oder sie haben Angst, dass wir weglaufen.«

»Als ob das was bringen würde«, murmelte Anna bitter. Keiner der Umsiedler gab sich irgendwelchen Gedanken an eine Flucht hin, die von vornherein zum Scheitern verurteilt gewesen wäre.

Vielleicht um den Groll der Menschen zu besänftigen, vielleicht auch, weil das Versprechen, das der Polizist Anna am Vortag gegeben hatte, ernst gemeint gewesen war, wurde ihnen gegen Abend tatsächlich ein Topf dünne Suppe hereingereicht, die von den hungrigen Menschen wie ein Festmahl verzehrt wurde.

So reihten sich die Tage aneinander. Während sich die Männer über ihre Route wunderten, die mal nach Norden und mal wieder nach Süden zu führen schien, versuchten die Frauen, ihre Kinder vor der zunehmenden Kälte zu schützen, die durch die Ritzen ins Innere drang. Sie hatten das milde Klima der Krim nun endgültig hinter sich gelassen, und spätestens seit der Überquerung der Wolga wurde ihnen bewusst, dass der Winter, der sie erwartete, ganz anders sein würde als der, den sie bisher gekannt hatten.

Am vierten Tag durften sie den Waggon tatsächlich einmal für eine halbe Stunde verlassen. Doch obwohl sie sich inmitten einer unbesiedelten, kahlen Steppe befanden, war das Misstrauen ihrer Bewacher weiterhin groß. Zunächst durften nur die Frauen und die Kinder hinaus, und erst, als sie wieder alle vollzählig versammelt waren, waren die Männer an der Reihe. Der kurze Aufenthalt an der frischen Luft tat den Kindern trotz der Kälte gut, und sie ließen sich mit ihren roten Wangen und erhitzten Gesichtern nur widerwillig zurück in den dunklen Waggon sperren.

Am siebten Tag fuhr der Zug schließlich in einen Bahnhof ein und blieb dort stehen. Sie hatten ihre Endstation erreicht.

Kapitel 5

Anna und Wilhelm sahen sich fest in die Augen, bevor sie sich in die Schlange einreihten, um den Wagen zu verlassen. Mit einem letzten Blick vergewisserte sich Anna, dass sie nichts zurückgelassen hatten und die Kinder ihre wärmsten Sachen trugen, bevor sie zögernd aus dem Zug stieg, der ihnen in den letzten Tagen zumindest eine relative Sicherheit geboten hatte.

Schon mit dem ersten Schritt versank sie im knietiefen Schnee und musste angesichts ihrer eigenen Naivität ein bitteres Auflachen unterdrücken. Wie hatte sie glauben können, sie wären mit ihren leichten Stiefeln und dünnen Mänteln für diesen Winter gerüstet? Ein Blick auf ihre Leidensgefährten verriet ihr, dass es vielen noch schlechter erging. Die Frau, die bei der Abreise so leichtgläubig ihr Gepäck abgegeben hatte, schaute sich mit Tränen der Verzweiflung in den Augen suchend um. Ihr kleiner Sohn trug nur eine Strickweste, und ihre eigenen Füße steckten in Schuhen, die ihr nicht einmal bis zum Knöchel reichten.

»Willkommen in der Station Lusa«, ertönte nun eine laute Stimme, und alle verstummten augenblicklich. Ein örtlicher Parteifunktionär war auf eine Bank geklettert und musterte aufmerksam die Neuankömmlinge. »Das Verteilungslager befindet sich etwa fünf Kilometer von hier. Sie alle müssen sich bei der dortigen Verwaltung registrieren und bekommen ein Quartier zugewiesen.«

Anna lächelte Wilhelm erleichtert zu und gab Yvo, die sich auf ihrem Arm eng an sie geschmiegt hatte, einen Kuss auf die weiche Wange. Das hörte sich doch gar nicht so schlimm an. Fünf Kilometer durch den Schnee, aber dann hätten sie endlich ein Quartier, einen Ort, an dem sie sich aufwärmen und ausruhen, vielleicht sogar eine Mahlzeit kochen konnten.

Sie sah diese Hoffnung auch in den Gesichtern der Menschen um sich herum, als die Kolonne sich langsam in Bewegung setzte. Insgesamt waren drei Waggons mit Umsiedlern in Lusa angekommen, sodass ihre Truppe rund hundertzwanzig Menschen umfasste. Viele, vor allem Kinder, husteten und schnieften bereits, doch Anna hoffte, dass die Bewegung sie und ihre Familie unterwegs warm halten und vor dem Schlimmsten bewahren würde.

Nach einigen Hundert Metern erreichten sie eine befestigte Straße, auf der der Schnee weitgehend festgefahren war. Nun musste man zwar aufpassen, auf dem glatten Weg nicht auszurutschen, doch zumindest waren sie nicht länger gezwungen, durch tiefen Schnee zu stapfen.

Erich nahm jedes der Mädchen fest an der Hand und sprach ihnen aufmunternd zu, während er sie vorsichtig voranführte. Anna und Wilhelm folgten ihnen mit dem Gepäck.

Trotz der körperlichen Anstrengung spürte Anna schon bald ihre Zehen und Finger vor Kälte nicht mehr. Yvo begann zu weinen. Fürsorglich zog Erich der kleinen Schwester die Mütze tiefer ins Gesicht, bevor er sie auf seinen Arm nahm. Anna biss sich vor Stolz und Schmerz auf die Lippe. Sie musste aufpassen, dass ihr kleiner Mann sich nicht übernahm, er war immerhin erst acht Jahre alt.

»Gib mir den Koffer«, sagte Wilhelm, dessen Gedanken wohl in die gleiche Richtung gegangen waren. Er trug bereits einen Koffer und ihre Umhängetasche mit der schweren Nähmaschine darin. Vielleicht hätte sie sie doch zurücklassen sollen. Doch Wilhelm wollte nichts davon wissen, als sie ihm diesen Vorschlag unterbreitete. »Wer weiß, wofür sie noch gut sein wird«, meinte er bloß und streckte seine freie Hand nach dem Koffer aus, den sie trug. Widerstrebend reichte sie ihn ihrem Mann. Dann nahm sie Erich die kleine Yvo ab und setzte sie, einer Eingebung folgend, in den fast leeren Rucksack, den sie auf dem Rücken trug. Nach der Woche war von ihren ganzen Vorräten nur noch ein kleines Stück Räucherschinken übrig geblieben. Sie hoffte sehr, dass sie am Zielort etwas zu essen bekamen.

Anna vermochte nicht zu sagen, wie sie den Mördermarsch durch die eisige Kälte überstanden hatten. Die ausgehungerten und entkräfteten Menschen schleppten sich mehr schlecht als recht dahin. Und mehr als eine Familie hatte sich schweren Herzens von Dingen trennen müssen, die sie bis hierher gerettet hatten. Kochtöpfe, wertvolle Erinnerungsstücke und andere Sachen, die man nun für nicht mehr zwingend erforderlich hielt, säumten den Weg dieser traurigen Karawane und wanderten oftmals direkt in den Besitz der Männer, die sie begleiteten.

Irgendwann hatte Anna Yvo doch wieder an Erich abgeben müssen, um ihrerseits die völlig erschöpfte und verfrorene Rita auf ihren Rücken zu nehmen.

Doch schließlich, nach einer gefühlten Ewigkeit, sahen sie Rauchfahnen über den hohen Tannen auftauchen. Allein dieser Anblick und die Aussicht darauf, dass die Odyssee nun bald vorbei sein würde, gab den Menschen neuen Antrieb. Kurz darauf kam das ganze Lager in Sicht.

Am Eingang stand ein niedriger Wachturm und dahinter waren vier lange, einstöckige Baracken um einen Innenhof gruppiert, auf dem mehrere Lagerfeuer brannten.

»Wärme dich und die Kinder auf«, sagte Wilhelm besorgt, »während ich mich um die Registrierung kümmere.«

Anna nickte dankbar und steuerte mit den Kleinen das nächstgelegene Feuer an. Sie stellten sich dicht davor und streckten ihre steifen Hände der Wärme entgegen.

Annas Finger und Zehen taten weh, als das Gefühl langsam in sie zurückkehrte.

Eine Frau mittleren Alters in einer dick gefütterten, schmutziggrauen Winterjacke rührte in einem Topf herum, der über der Feuerstelle baumelte. Kopfschüttelnd musterte sie die Neuankömmlinge.

»Guten Tag.« Anna lächelte ihr freundlich zu.

»Sdrastje«, erwiderte die Frau. Offensichtlich sprach sie kein Deutsch, weshalb auch Anna in die andere Sprache wechselte. Von dem Essensduft, der aus dem Topf stieg, zog sich ihr Magen schmerzhaft zusammen.

Die Kinder drängten sich so dicht an den Topf, dass Anna Angst hatte, sie würden sich an dem Feuer verbrennen. Aber sie brachte es nicht übers Herz, sie von dort wegzuscheuchen.

»Woher kommt ihr?«, fragte die Frau.

»Von der Krim.«

Die Frau schnaufte. »Deutsche?«

Anna nickte. »Größtenteils.«

»So viele Kinder«, murmelte die Frau bitter.

Ihr Ton schnitt Anna tief ins Herz. Aus ihrem Mund klang es, als wäre das Schicksal der Kinder bereits besiegelt.

»Ihr habt Hunger, was?«, wandte sich die Frau nun an Rita und Erich.

Der Junge, der zumindest bruchstückweise Russisch verstand, nickte schüchtern.

»Wird leider nicht für alle reichen.« Sie deutete auf ihren Topf, der angesichts der Menschenmenge lächerlich winzig wirkte. »Hat uns keiner gesagt, dass ihr heute kommt. Aber vielleicht habt ihr Glück und der Kommandant gibt euch eine Mahlzeit als Vorschuss.«

Anna nickte. Das hoffte sie sehr.

Immer mehr durchgefrorene Menschen drängten sich um das Feuer, und sie sah sich gezwungen, die Kinder wegzuziehen, damit sie nicht versehentlich in die Glut gestoßen wurden. Suchend schaute sie sich nach Wilhelm um und sah ihn, mit einem Bündel auf dem Arm, durch die Menge auf sich zueilen.

»Man hat uns der zweiten Baracke zugewiesen«, erklärte er.

»Hast du was zu essen bekommen?«

»Nein.« Er schüttelte bedauernd den Kopf. »Nur das hier.« Er deutete auf das Bündel in seinem Arm.

»Sind das Decken?«

»Ja. Zwei Decken und eine Winterjacke.«

»Nur eine?« Verzweiflung stieg in Anna auf und sie kämpfte sie mühsam nieder.

»Ja. Und jetzt lass uns reingehen, den Rest erkläre ich dir später.«

Gemeinsam steuerten sie den langen Bau an, der für die nächste Zeit ihr Zuhause sein sollte. Sobald sie einen Fuß über die Türschwelle gesetzt hatte, spürte Anna erneut Grauen in sich aufsteigen. Es war, als würden ihre schlimmsten Albträume plötzlich wahr werden.

Das Haus war aus rohen Brettern zusammengezimmert, die auch von innen weder gestrichen noch verputzt waren. Der Boden bestand aus festgetrampelter Erde. Am Kopfende des Baus stand ein eiserner Ofen, dessen Wärme kaum bis zur Tür reichte. Und an den Wänden waren in drei Etagen regalähnliche Liegen angebracht, jede etwa zwei Meter lang und eineinhalb Meter tief.

Auf manchen Liegen lagen bereits Decken, Taschen und Beutel.

»So wie ich es verstanden habe, dürfen wir uns eine freie aussuchen«, erklärte Wilhelm gefasst.

»Nur eine?« Fassungslos starrte sie ihn an. Sollten sie allen Ernstes zu fünft auf einer Liege schlafen?

Wilhelm nickte. »Erst mal ja. Sonst passen nicht alle rein.«

Verzweifelt sah Anna sich um, während sie tiefer in das Haus hineinging, näher an den wärmenden Ofen. Hinter ihnen kamen weitere Menschen. Sie mussten sich mit ihrer Auswahl beeilen.

In die oberste Etage würden sie die Kinder niemals hochbekommen und auch im Falle eines Sturzes wäre es viel zu gefährlich. Blieben also noch die beiden unteren. Da die vier untersten, die dem Ofen am nächsten waren, bereits belegt waren, entschied Anna sich schließlich für eine Liege in der zweiten Ebene, die immerhin nur eine Reihe von dem heißen Ofen entfernt war. Schnell wuchtete Wilhelm ihr Gepäck hinauf, das fast die Hälfte der Liegefläche einnahm.

Anna stöhnte entsetzt auf. Das durfte doch nicht wahr sein! Ihnen blieb kaum genug Platz, um zu sitzen. Sollte das von nun an ihr Leben sein?

All die Ängste, die Hoffnungslosigkeit, die sie in den letzten Tagen so tapfer unterdrückt hatte, brachen über sie herein und sie schluchzte hysterisch auf. Ihre Knie knickten ein und sie ließ sich kraftlos zu Boden sinken.

Das konnte alles nicht wahr sein! Das durfte nicht wahr sein!

Sie vergrub ihr Gesicht in den Händen, als könnte sie dadurch die grausame Realität aussperren.

»Mama?«, fragte Erich erschrocken, und die Mädchen begannen angesichts ihres Zusammenbruchs ebenfalls zu weinen.

Sie spürte, wie Wilhelm ihr hilflos den Rücken streichelte, bevor er die Kinder nach draußen schickte.

»Mama ist nur ein bisschen müde. Wieso geht ihr nicht raus und schaut euch ein wenig um? Erich, du passt gut auf die Mädchen auf, verstanden?«

»Ja, Papa.«

Anna hörte, wie sich die Kinder entfernten, und wischte sich energisch über die Wangen. »Ist schon gut«, murmelte sie leise. »Ich habe mich wieder im Griff.« Sie stand auf und klopfte sich den Dreck vom Rock. Sie blickte zum Ausgang und sah Erich verloren an der Türschwelle stehen. Er sah verängstigt zu ihr herüber.

Der Anblick schnitt ihr tief ins Herz, und sie schwor sich, nie wieder vor den Kindern ihre Schwäche zu zeigen. Wilhelm und sie boten die einzige Sicherheit in ihrer so schlagartig veränderten Welt und sie mochte sich nicht ausmalen, wie verstörend und erschreckend die Ereignisse der letzten Wochen für die Kleinen sein mussten. Sie würde nicht auch noch mit ihrem eigenen Verhalten dazu beitragen.

Sie hob grüßend die Hand und winkte ihrem Sohn lächelnd zu, der das Lächeln erleichtert erwiderte. Dann wandte sie sich ihrem Mann zu.

»Und wie geht es jetzt weiter?«

»Erich wird in Lusa zur Schule gehen müssen. Einen Kindergarten gibt es hier nicht, die Mädchen werden also vorerst bei dir bleiben.«

»Und du?«

Er zuckte mit den Schultern. »Baumfällarbeiten. Dafür wurden wir schließlich geholt.«

»Und wo können wir etwas zu essen bekommen?«

»Es soll einen Lebensmittelladen in Lusa geben. Bis zu meinem ersten Lohn müssen wir mit dem Geld, das wir haben, über die Runden kommen. Danach wird es hoffentlich einfacher. Ich werde mich gleich auf den Weg zurück in den Ort machen.«

Anna schnaufte bitter. »Man hätte uns das auch gleich sagen können, dann könntest du dir den Weg jetzt sparen.«

»Ist nicht zu ändern, Liebes.« Wilhelm holte seinen Rucksack herunter und schnallte ihn sich um.

»Frag ein paar andere, ob sie mitkommen wollen.«

»Das ist eine gute Idee.«

Wilhelm stellte sich in die Mitte des bereits gut gefüllten Raums und erhob seine Stimme. »Ich gehe nach Lusa, um Lebensmittel für meine Familie zu besorgen. Mag jemand mitkommen?«

»Ich komme mit!«

Anna sah, wie Albert Maria einen Kuss auf die Wange gab und zu Wilhelm trat. Zwei weitere Männer meldeten sich ebenfalls.

Anna ging zu der jungen Frau hinüber, die ihr während der Reise so etwas wie eine Freundin geworden war. Es war schön, dass sie nun im selben Haus wohnten. Maria und Albert hatten eine der unteren Liegen in der vorderen Hälfte des Gebäudes erwischt.

»Da sind wir nun«, meinte Maria und bemühte sich um ein tapferes Lächeln.

»Ja.« Anna drückte aufmunternd ihre Hand.

Die junge Frau sah blass und abgemagert aus. Die Reise war in ihrem Zustand noch viel beschwerlicher gewesen als für Anna. Doch sie sah ihre Freundin entschlossen an. Auch Maria würde sich nicht so einfach unterkriegen lassen.

Anna ließ ihren Blick weiter schweifen und entdeckte viele bekannte Gesichter. Sie lächelte Martha freundlich zu – der Frau, die ihr Gepäck verloren hatte und offensichtlich ohne Mann unterwegs war. Annas Herz zog sich vor Mitgefühl zusammen. Wie schlimm musste es sein, ganz allein die Verantwortung für sich und sein Kind tragen zu müssen, ohne jemanden, mit dem man die Last teilen konnte?

Martha hatte ein paar Münzen auf ihrer Handfläche liegen, die sie immer wieder unschlüssig durchzählte. Schließlich, als die Männer schon losgehen wollten, trat sie schüchtern an Wilhelm heran. »Könntest du mir vielleicht ein Brot mitbringen?« Mit zitternden Händen reichte sie ihm eine Münze.

»Sicher doch.« Wilhelm nickte und suchte fragend Annas Blick.

Sie zuckte nur leicht mit den Schultern. Martha tat ihr unglaublich leid. Es war ihr ein Rätsel, wie sie und ihr Sohn über die Runden kommen sollten. Man konnte die schmächtige Frau doch unmöglich zum Holzfällen einteilen. Dennoch konnten sie jetzt nicht damit anfangen, andere auf eigene Kosten durchzufüttern. Denn auch ihre Reserven waren mehr als begrenzt. Sollte Martha kein Geld mehr für Essen haben, würde ihnen wohl keine andere Wahl bleiben. Aber noch war es nicht so weit.

Wilhelm und die Männer ließen mit ihrer Rückkehr auf sich warten. So lange, dass Anna sich bereits Sorgen machte. Draußen war es jetzt bis auf den silbrigen Mondschein völlig dunkel, und die Menschen drängten sich zum Schutz vor der Kälte eng um den brüllend heißen Ofen.

Die Kinder waren nach einer Tasse warmen Wassers und dem letzten Rest Räucherschinken in einen erschöpften Schlaf gefallen. Mit Marias Hilfe, deren eigene Tochter ebenfalls bereits schlief, war es ihr gelungen, die Mädchen auf ihre Liege zu hieven. Erich hatte sie dafür leider wecken müssen. Schlaftrunken war er nach oben geklettert und hatte sich an den Rand gelegt, sodass Rita und Yvo zwischen den Koffern und ihm sicher eingequetscht lagen. Zum Glück war die Liege tief genug, sodass die Kinder quer liegen konnten. Für Anna und Wilhelm gab es gar keinen Platz mehr. Doch darüber würde sie sich später Sorgen machen. Sie strich den dreien zärtlich über die Wangen, dann ging sie zurück zu dem Gemeinschaftsplatz am Herd.

Neben den Neuankömmlingen lebten in der Baracke bereits fünf Alteingesessene – drei Männer und ein Ehepaar. Sie waren aus verschiedenen Regionen schon vor Jahren als politische Gefangene ins Arbeitslager gekommen. Sie beäugten mitfühlend die neuen Siedler mit ihren dünnen Jacken und leichten Schuhen, während sie selbst deutlich besser für den harten Winter gerüstet waren.

Immer wieder schnellte Annas Blick zur Tür, weil sie glaubte, draußen Wilhelms Schritte gehört zu haben, doch sie wurde stets aufs Neue enttäuscht. Als sie die Anspannung schließlich nicht mehr aushielt, stand sie auf und trat vor die Tür. Sofort pfiff ihr der kalte Wind um die Ohren, und sie zog ihren Mantel enger um sich.

Was für ein Glück, dass Wilhelm die neue Jacke anhatte. Ohne sie hätte er sich glatt den Tod geholt. Angestrengt schaute Anna in die Dunkelheit, in der Hoffnung, endlich ihren Mann entdecken zu können.

Die Tür ging auf und Maria trat neben sie.

»Und?«

»Nichts zu sehen.« Anna schüttelte den Kopf. Sie wollte gerade reingehen, als Wortfetzen an ihr Ohr drangen. »Warte!« Sie lauschte.

»Ich glaube, da kommen sie!«

Kurze Zeit später tauchten tatsächlich ein paar Gestalten auf, und Anna erkannte erleichtert ihren Wilhelm unter ihnen.

»Wieso hat das so lange gedauert?«, fragte sie, nachdem sie ihn fest an sich gedrückt hatte.

»Johann ist auf dem Rückweg ausgerutscht und hat sich den Fuß umgeknickt.«

Erst jetzt bemerkte Anna, dass Albert und ein weiterer Mann – Michael, wenn sie sich recht erinnerte – einen älteren Mann stützten.

Sie hielt den Männern die Tür in das warme Innere auf und folgte ihnen schließlich hinein.

Besorgt sah sie, dass Wilhelm humpelte.

»Bist du auch gestürzt?«, fragte sie alarmiert.

»Nein.« Er lächelte beruhigend. »Die Zehen sind mir nur ein wenig kalt geworden.«

»Zeig mal her.« Seine Worte fachten ihre Angst eher an, als dass sie sie besänftigten. Sie führte Wilhelm näher an die kleine Kerosinlampe auf dem Ofen heran, die einzige Lichtquelle in dem Raum.

Seufzend ließ Wilhelm den schweren Rucksack von den Schultern gleiten und setzte sich auf den Boden. Anna kniete sich neben ihn und zog ihm vorsichtig die Stiefel von den Füßen.

Er atmete geräuschvoll ein, als sich ihre warme Hand um die kalten Zehen schloss.

»So schlimm?«, fragte sie leise.

»Es geht schon. Es fühlt sich gut an«, fügte er hinzu, als sie seine Füße sanft zu massieren begann, doch sie ging nicht darauf ein. Stattdessen zog sie ihm auch die Socken herunter. Es war zu dunkel, um viel zu erkennen, doch Anna meinte zu erkennen, dass seine Zehen besorgniserregend weiß waren. Weil sie nicht wusste, was sie sonst tun sollte, begann sie, seine Füße zwischen den Händen zu reiben, um die Blutzirkulation anzuregen.

»Hier.« Natalja – die Frau, die zu den Alteingesessenen gehörte – reichte ihr eine Schale mit warmem Wasser. »Halte seine Zehen hier rein, es dürfte helfen.« Sie warf einen prüfenden Blick auf die Füße. »Dieses Mal wird er wohl mit dem Schrecken davonkommen.«

»Danke.« Anna nickte ein wenig beruhigt und folgte der Anweisung.

Wilhelm presste fest die Zähne zusammen, als seine Haut mit dem Wasser in Berührung kam.

»Und für die Zukunft macht euch ein paar Einleger.«

»Einleger?«, fragte Anna nach und tauchte Wilhelms anderen Fuß in die Schale.

»Ja, Lappen, Tücher, was auch immer du hast. Wenn's nicht anders geht, zerschneide einen Pullover in Streifen. Und die wickelt ihr euch dann um die Füße, bevor ihr in die Stiefel schlüpft. So machen wir das alle. Es gibt kaum etwas Schlimmeres als abgefrorene Zehen.«

»Danke«, sagte Anna wieder und ging im Geiste die Liste ihrer Kleidungsstücke durch, um zu entscheiden, welches wohl daran würde glauben müssen.

Natalja nickte ihr zu und erhob sich wieder.

Müde lehnte Anna die Stirn gegen die ihres Mannes. Es gab noch so viel, was sie über das Leben in ihrer neuen Heimat lernen mussten.

»Ich glaube, das reicht jetzt«, sagte Wilhelm nach einer Weile und bewegte vorsichtig seine Zehen.

»Bist du sicher?«

»Ja, alles gut.«

»Morgen werde ich als Erstes diese Einleger für uns alle machen.«

»Und ich frage beim Kommandanten nach, ob wir irgendwo Winterstiefel bekommen können. Heute musste alles so schnell gehen. Ich glaube, er war selbst überrascht, wie unvorbereitet die meisten von uns sind.«

»Was hatten sie denn erwartet?«, schnaufte Anna. So war es nun einmal, wenn man Familien ohne jede Vorbereitung entwurzelte und Tausende von Kilometern weit verschleppte.

»Keine Ahnung. Ich bin mir nicht sicher, ob hier überhaupt jemand vorher nachgedacht hat.«

Oder es war ihnen schlichtweg egal, fuhr es Anna bitter durch den Kopf. Wen kümmerte es schon, wenn ein paar Hundert Kulaken irgendwo in der Wildnis erfroren oder verhungerten.

Der Gedanke erinnerte sie an ihren leeren Magen, der gar nicht mehr grummelte, sondern nur noch beharrlich schmerzte. »Hast du was zu essen bekommen?«

»Ja.« Wilhelm schnürte den Rucksack auf. »Brot, einen Sack Kartoffeln und ein Glas Sauerkraut. Und dieses Brot hier ist für Martha.« Er reichte Anna den Laib.

Sie schaute sich suchend um, konnte die Frau aber nirgends entdecken. Vermutlich hatte sie sich bereits mit ihrem Sohn für die Nacht auf ihre Liege zurückgezogen. »Ich gebe es ihr morgen.«

Wilhelm nickte.

»Möchtest du ein wenig heißes Wasser?«, fragte sie ihren Mann. »Tee gibt es wohl leider nicht.«

»Im Laden habe ich auch keinen gesehen. Aber warmes Wasser wäre toll.« Er lächelte sie aufmunternd an.

Anna biss sich auf die Lippe. Es war unglaublich, mit wie wenig sie nach nur einer entbehrungsreichen Woche schon zufrieden waren.

Sie holte eine Schüssel, in die sie etwas Brot krümelte, das sie anschließend mit heißem Wasser aus dem Samowar übergoss.

Wilhelm schlang den Arm um sie und zog sie fest an sich, während sie abwechselnd aßen.

»Wir sollten jetzt schlafen gehen«, sagte er, sobald sie fertig waren. »Wer weiß, was morgen auf uns zukommt.«

»Wir haben keinen Platz«, entgegnete sie bedauernd.

Wilhelm stand auf und sah sich aufmerksam um. »Das haben wir gleich«, verkündete er schließlich.

»Was hast du vor?« Anna sah zu, wie er vorsichtig nach oben kletterte.

»Die Liege über uns ist frei. Solange dort keiner schlafen muss, können wir unsere Taschen darauf lagern.«

Anna kletterte ihm hinterher. Sie hatte kurz mit dem gleichen Gedanken gespielt, sich aber dann doch nicht getraut. Sie wollte keinen Ärger riskieren.

»Das dürfen wir nicht«, flüsterte sie leise.

»Sagt wer?«

»Es hieß doch, eine Liege pro Familie.«

»Und wir werden sie auch räumen, falls mehr Siedler kommen. Doch bis dahin können wir zumindest ein wenig schlafen.«

Er hatte recht. Also half sie ihm, die Koffer noch eine Etage höher zu hieven. Dann positionierten sie die schlafenden Kinder um. Anna lag nun an der Wand, um die von dort eindringende Kälte ein wenig abzuschirmen. Dann kamen die Mädchen und Erich, Wilhelm lag ganz am Rand, damit die Kinder in der Nacht nicht hinunterrollten.

Sie schlugen die Decken über sich und kuschelten sich so eng wie möglich an die Kinder.

»Gute Nacht, Liebes«, flüsterte Wilhelm ihr zu und streckte die Hand aus, um die ihre zu drücken.

»Schlaf gut, Willi.« Sie streichelte leicht seine Finger.

Dann schloss sie die Augen und versuchte, all die Anspannung und Aufregung des Tages hinter sich zu lassen. Aber trotz der Erschöpfung wollte es ihr nicht gelingen.

Die Geräusche der vielen Menschen, die mit ihr zusammen in dem Haus schliefen, das Schnarchen, Husten und leise Schluchzen hielten sie ebenso wach wie ihre eigenen Gedanken.

Während der Reise im Zug hatte sie sich damit abgefunden, sich sogar fast daran gewöhnt, keine Privatsphäre und keine Ruhe zu haben. Doch sie hatte dabei stets die Hoffnung gehabt, es möge sich um einen vorübergehenden Zustand handeln. Jetzt konnte sie die Augen nicht mehr davor verschließen, was sie in Zukunft erwartete. Es würde kein *Quartier* für sie geben, keine eigenen vier Wände, keine Möglichkeit, der immerwährenden Kälte zu entkommen, die durch jede Ritze drang. Der einsame Holzofen in der großen Baracke war kaum mehr als ein Witz.

Anna zog sich die Decke bis unter das Kinn und drängte entschieden die Tränen zurück, die beim Gedanken an das gemütliche Haus, das sie zurückgelassen hatten, wieder in ihr aufzusteigen drohten.

Dies war nun ihr Leben, ihr Zuhause, und es hatte keinen Sinn, sich der Erinnerung an etwas hinzugeben, das unwiderruflich verloren war. Sie würde lernen müssen, das Beste aus ihrer neuen Situation zu machen.

Kapitel 6

Anna wachte auf, weil ihr etwas schmerzhaft in die Rippen drückte. Sie öffnete die Augen und stellte fest, dass es Yvos kleines Knie war. Anna seufzte. Sie fühlte sich wie gerädert.

»Steh auf, Mama.« Yvos Händchen umfassten ihre Schultern und versuchten, sie in die Höhe zu ziehen.

»Schon gut, schon gut«, lachte sie leise auf und löste sich aus dem Griff des Kindes. Anna setzte sich auf und drückte ihrer Kleinen einen Kuss auf die Wange. »Hast du gut geschlafen?«

»Ja. Gibt es jetzt Frühstück?« Das Mädchen sah sie erwartungsvoll an.

»Gleich, mein Schatz.« Anna wischte sich müde über das Gesicht. Im dämmrigen Licht der Baracke konnte sie erkennen, dass die meisten Neuankömmlinge noch schliefen. Nur Natalja machte sich bereits an dem Ofen zu schaffen, ihr Mann und die drei anderen waren nirgends zu sehen.

Anna hätte zu gern gewusst, wie spät es eigentlich war. Draußen schien es noch dunkel zu sein, da sie aber nicht wusste, wann die Sonne so weit im Norden aufging, half ihr das ziemlich wenig.

»Mama!«, drängte Yvo, und sie nickte besänftigend.

Anna nahm sich die Kleine auf den Rücken und kletterte vorsichtig nach unten. Wilhelm öffnete schläfrig ein Auge, doch sie winkte ab. Er sollte ruhig noch ein wenig liegen bleiben, er würde seine Kräfte bestimmt noch brauchen.

Sie setzte Yvo auf dem Boden ab und stieg noch einmal nach oben, um die von Wilhelm mitgebrachten Vorräte sowie das Kochgeschirr zu holen.

Dann brach sie für Yvo ein Stück Brot ab, an dem das Mädchen ein wenig lutschen konnte, während sie sich daran machte, eine dünne Kartoffelsuppe vorzubereiten. Ohne Sahne oder Schmand würde sie zwar nicht annähernd so gut schmecken wie zu Hause, doch im Vergleich zu der Verpflegung der letzten Tage würde es ein wahres Festmahl werden. Sie beschloss, die Kartoffelschalen für später aufzuheben. Sie würde am Nachmittag einen Aufguss daraus kochen, den sie trinken könnten. Dann hätte das Wasser zumindest etwas Geschmack.

»Gekocht wird draußen«, informierte Natalja sie knapp, als Anna sich unsicher dem Herd näherte. »Mein Fjedja muss das Feuer inzwischen gemacht haben.«

»Danke. Komm, Yvo.«

»Die Kleine kann solange bei mir bleiben«, bot die Frau plötzlich an. »Ist kalt draußen.«

»Danke.« Anna entging der wehmütige Ausdruck in Nataljas Augen nicht. »Hast du auch Kinder?«

Natalja presste bitter die Zähne zusammen. »Ich *hatte* Kinder. Ein Mädchen, wie sie da, und einen Jungen.«

Anna senkte den Kopf. Sie brauchte nicht zu fragen, was geschehen war. Und sie wollte es auch nicht hören.

Natalja hatte nicht übertrieben. Draußen *war* es kalt. Anna zog sich die Strickmütze tiefer ins Gesicht und trat hastig an das lodernde Feuer heran. An einem Metallgestell über der Feuerstelle hingen mehrere Haken, an denen man Töpfe befestigen konnte. In Ermangelung von Wasser schaufelte sie rasch frischen Schnee über ihre geschälten Kartoffeln und hängte das Ganze über das Feuer. Sobald der Schnee geschmolzen war, holte sie das Salzpäckchen hervor, das Wilhelm aus Lusa mitgebracht hatte, und streute etwas davon in ihre Suppe.

Dann streckte sie ihre kalten Finger dem Feuer entgegen. Sie waren erst seit einem Tag hier und doch hatte sie bereits das Gefühl, niemals mehr richtig warm zu werden. Dabei hatte der Winter noch nicht einmal richtig begonnen. Es war zermürbend, niemals, nicht einmal im Schlaf, den Mantel ausziehen zu können, und Anna sehnte sich so sehr nach einem Bad und frischer Wäsche.

Sie vergewisserte sich, dass ihre Suppe sicher vor sich hin kochte, dann ging sie wieder ins Haus zurück und sah sich nach Natalja um. Die Frau spielte mit Yvo vor dem Ofen.

Als Anna nähertrat, strahlte ihre Tochter sie begeistert an.

»Schau, Mama. Ein Pferd!« Stolz streckte ihr das Mädchen ein grob geschnitztes kleines Schaukelpferd entgegen.

»Fjedja hat das mal gemacht.« Tränen glitzerten in Nataljas Augen. »Es ist schön, dass doch noch ein Kind damit spielt.«

Anna schluckte und weigerte sich, darüber nachzudenken, was es bedeutete, seine Kinder zu verlieren.

»Danke, dass sie damit spielen durfte. Aber jetzt gibst du es der Tante zurück, ja Schatz?«, wandte sie sich an Yvo.

Die Kleine quengelte protestierend, doch Anna entwand sanft, aber bestimmt das Spielzeug aus ihrem Griff. Sie konnte sich gut vorstellen, wie viele Erinnerungen für Natalja damit verbunden sein mussten.

»Schon gut«, winkte die Frau ab, doch Anna blieb hartnäckig.

»Du kannst später wieder damit spielen«, beschied sie ihrer Tochter und gab das Spielzeug zurück.

Natalja lächelte wehmütig, als sie es in die Finger nahm, und strich beinahe zärtlich über das glatte Holz.

Anna konnte hören, dass hinter ihr nun immer mehr Menschen erwachten. Yvo entdeckte Marias Tochter Ruth und riss sich von ihrer Mutter los, um zu ihrer Spielgefährtin zu laufen. Lächelnd schaute Anna ihr nach.

Dann wandte sie sich wieder Natalja zu, die gerade ebenfalls weggehen wollte. »Warte bitte«, hielt sie sie zurück.

Die andere Frau verharrte fragend.

»Kann man hier irgendwo Wäsche waschen oder baden?«

Sie nickte. »Morgen ist Waschtag. Es gibt nur einen Zuber, der groß genug dafür ist. Der wird tageweise zwischen den Baracken herumgereicht. Morgen sind wir dran.«

»Danke.« Die Aussicht auf ein wenig Sauberkeit und Frische hob Annas Laune beachtlich.

»Nicht dafür. Ihr solltet jetzt übrigens essen, der Arbeitstag fängt gleich an.«

Anna lächelte ihr zum Abschied zu und lief nach draußen, um nach ihrer Suppe zu sehen. Zwei weitere Töpfe hingen bereits neben dem ihren, in denen ähnlich einfache Kost gekocht wurde.

Anna rührte die Kartoffelstücke um und bemerkte zufrieden, dass sie gar waren. Sie benutzte ihren Ärmel, um den heißen Griff vom Haken zu nehmen, und lief mit der Suppe ins Haus. Wilhelm hatte die Kinder bereits um sich versammelt und Anna zerdrückte die Kartoffeln schnell zu Brei, den sie mit dem Kochwasser verrührte, bevor sie ihn in die Schüsseln verteilte, die die vier ihr hungrig entgegenstrecken.

Ein hingerissener Ausdruck erschien auf Wilhelms Gesicht, als er den ersten Löffel davon kostete. »Du bist die Beste, weißt du das eigentlich?«

Anna lächelte. Sie wusste genau, wie er sich fühlte. Auch ihr selbst kam es so vor, als hätte sie nie etwas Leckereres gegessen als dieses mit Salzwasser vermischte Kartoffelpüree.

Sie hatten gerade die Mahlzeit beendet, als die Tür aufgerissen wurde und mehrere Männer in dicken Winterjacken, Stiefeln und Fellmützen das Haus betraten.

»Alle Männer hier aufstellen!«, donnerte einer der Neuankömmlinge. »Frauen mit Kindern bis drei Jahren sowie alle Kinder bis fünfzehn gehen da rüber«, er deutete auf die Fläche um den Herd. »Die anderen Frauen stellen sich hinter die Männer.«

Seine schroffen, befehlsgewohnten Worte beendeten jäh die fast entspannte Stimmung, die an diesem Morgen unter den Siedlern geherrscht hatte. Hektik kam in die Menge, verängstigte Stimmen wurden laut. Die Kinder, die sich plötzlich von ihren Müttern trennen mussten, weinten auf.

Wilhelm gab Anna mit gefasstem Gesicht einen Kuss auf die Wange und nahm sich seine neue Jacke. »Warte!«, rief sie erschrocken und kletterte nach oben zu ihren Koffern, die sie hastig durchwühlte. Sie war noch nicht dazu gekommen, ihm Einleger für die Stiefel zu machen, doch sie würde ihn nicht noch einmal ohne losziehen lassen. Ihre Hand ertastete einen Strickschal und sie dankte Gott dafür, dass sie ihn tatsächlich eingepackt hatte. Sie erinnerte sich noch gut daran, wie viel Mühe sie sich gegeben hatte, das hübsche Muster aus weißer und grauer Ziegenwolle zu stricken. Doch sie zögerte keinen Augenblick, bevor sie ihre Schere herausholte und den Stoff in der Mitte zerschnitt. Am Abend würde sie die Schnittstelle umnähen, damit die Maschen nicht zerfielen. Für den Moment musste es aber genügen. »Hier!« Sie warf Wilhelm die Stücke hinunter. »Wickel dir das um die Füße, wie Natalja es gestern gesagt hat, hörst du?«

Er nickte langsam, während er auf die Stücke in seinen Händen starrte. Sie konnte sich denken, was ihm dabei durch den Kopf ging. Sie war so stolz gewesen, als sie ihm diesen Schal gezeigt hatte, bevor sie ihm verraten hatte, dass sie mit Erich schwanger war. Sie hatte ihren neugeborenen Sohn im Januar in diesen Schal gewickelt, wenn sie mit ihm nach draußen gegangen war. Doch sie musste Prioritäten setzen. Und gerade jetzt brauchte Wilhelm ihn wohl am dringendsten. Denn wie es aussah, würde er den Tag draußen im Freien verbringen.

»Pass auf dich auf«, flüsterte sie ihrem Mann zum Abschied zu und drückte ihn fest an sich.

»Ja, und ihr auch.«

Sie sah ihm nach, wie er sich durch die auf dem Gang versammelten Menschen drängte, um seinen Platz in der Arbeitskolonne einzunehmen.

Einer der Männer schritt die Reihe mit einer Liste in der Hand ab und kontrollierte die Anwesenheit. Anna tauschte noch einen innigen Blick mit Wilhelm, bevor sie sich mit den Kindern auf den Weg zu dem ihnen zugewiesenen Platz machte. Maria erschien mit Ruth an der Hand an ihrer Seite und sie nickte der Freundin aufmunternd zu.

»Anna!«, rief eine verzweifelte Stimme sie zurück.

Überrascht blieb sie stehen und sah sich um. Martha kämpfte sich mit ihrem Sohn an der Hand völlig aufgelöst durch die Menge. »Kannst du auf Friedrich aufpassen? Bitte?«

»Aber sicher.« Sie bückte sich zu dem Jungen hinunter und nahm seine Hand.

»Du kennst doch Tante Anna, nicht wahr, mein Schatz?«, sprach Martha ihm aufmunternd zu.

»Du kannst mit Rita und Erich spielen, solange deine Mama beschäftigt ist«, fügte Anna hinzu.

Der Junge nickte und ließ zögernd die Hand seiner Mutter los. Anna konnte nicht fassen, wie klein und ausgezehrt er war.

Das Brot!, fiel ihr plötzlich siedend heiß ein. Sie war noch gar nicht dazu gekommen, Martha ihr Brot zu geben, und die Frau war viel zu schüchtern, um sie von selbst darauf anzusprechen.

»Nimm die Kinder nach vorne, ja?«, bat sie Maria. »Ich komme gleich nach. Komm mit«, wandte sie sich dann an Martha und zog die Frau mit sich. »Hier.« Sie holte den Rucksack mit ihren Vorräten herunter und drückte ihr das Brot in die Hand. »Ihr habt gestern schon geschlafen, da wollten wir euch nicht wecken.«

»Danke.« Sorgsam brach sich Martha ein Stück davon ab. »Gib bitte Friedrich den Rest davon, ja?«

»Keine Angst, er wird nicht hungern«, beruhigte Anna sie. Dann brach sie ein weiteres Stück von dem Brot ab und steckte es in Marthas Tasche. »Du wirst deine Kräfte brauchen.«

Die Frau nickte tapfer und schloss sich der mittlerweile fast vollständig versammelten Arbeitskolonne an. Der Mittelgang war nun leer, die Menschen hatten alle ihren Platz gefunden und Anna eilte zu dem ihren.

Schweren Herzens sahen sie zu, wie sich der Arbeitstrupp in Bewegung setzte. Außer den Männern waren zwei Jungen von gerade einmal sechzehn oder siebzehn Jahren dabei, außerdem vier Frauen und ein junges Mädchen, das die Hand seiner Mutter fest umklammert hielt. Die wenigsten von ihnen waren adäquat gekleidet und Anna hoffte sehr, dass sie noch Jacken und Stiefel bekämen, bevor sie zum Arbeiten in den Wald geschickt wurden.

Dann wurde die Tür hinter ihnen geschlossen und der Kommandant wandte seine Aufmerksamkeit den verbliebenen Frauen und Kindern zu.

Wieder wurden die Namen auf einer Liste abgehakt und Fragen nach dem Alter der Kinder sowie den Fähigkeiten der Frauen gestellt.

»Anna Scholz«, stellte sie sich vor, als sie an der Reihe war. »Und das hier sind meine Kinder, Erich und Yvonne.«

»Ihr Geburtsdatum?«

»17. September 1902«, erklärte sie. »Erichs am 10. Januar 1922, Yvos am 5. Oktober 1927.«

»Und dieses Kind?« Der Mann deutete auf Rita, die sich an Annas Bein klammerte.

»Rita Hamann, sie ist Waise. Wir kümmern uns um sie.«

»Waise?« Der Mann sah sie missbilligend an. »Gehört sie dann nicht in ein Waisenhaus?«

»Sie war bei uns, als wir *umgesiedelt* wurden. Also hat man sie einfach mitgenommen.« Bitterkeit mischte sich in Annas Stimme und der Mann ließ das Thema auf sich beruhen.

»Geburtsdatum?«

Anna zögerte. »8. Mai 1924, glaube ich. Ich muss in ihrer Geburtsurkunde nachschauen.« Das Dokument war eins der wenigen Dinge, die ihr nach dem Tod von Ritas Vater tatsächlich ausgehändigt worden waren.

»Sie können das später im Büro nachreichen. Für den Moment genügt Ihre Aussage.«

Anna nickte.

»Können Sie lesen und schreiben?«, fuhr der Mann mit seiner Aufnahme fort.

»Ja. Deutsch und Russisch«, erklärte sie mit einem Hauch von Stolz. »Ich habe acht Klassen abgeschlossen.«

»Gut. Berufsausbildung?«

»Nein. Aber ich kann nähen, sehr gut sogar.«

Der Mann machte einen entsprechenden Vermerk, bevor er sich an Maria wandte.

Nachdem er seine Runde vollendet hatte, stellte er sich vor die kleine Gruppe. »Alle Kinder zwischen sieben und fünfzehn werden ab morgen die Schule in Lusa besuchen. Sie müssen sich pünktlich um acht Uhr dort einfinden. Jeder hat einen Stift und ein Heft mitzubringen. Die Kleineren bleiben bis auf Weiteres unter Ihrer Obhut, Genossinnen.«

Anna schaute sich die versammelten Frauen genauer an. Immerhin würde sie, wie es aussah, ihre Tage von nun an in deren Gesellschaft verbringen.

Außer ihr und Maria waren drei junge Mütter dabei und insgesamt sechzehn Kinder, von denen zehn noch zu jung für die Schule waren.

Nachdem der Kommandant mit seinen Männern die Baracke wieder verlassen hatte, blieben die Frauen unschlüssig stehen. Dann schaltete sich Annas pragmatischer Verstand ein. Wenn Erich ab morgen zur Schule gehen musste, brauchte er wärmere Kleidung. Sollte er den einstündigen Marsch Tag für Tag in seinem dünnen Mantel zurücklegen, würde er sich bis zum Ende der Woche den Tod holen.

»Ich werde nach Lusa gehen«, verkündete sie daher. »Vielleicht kann ich irgendwo wärmere Kleidung für die Kinder besorgen.«

Falls sie tatsächlich etwas Passendes fand, würde die Anschaffung ein gewaltiges Loch in ihre Ersparnisse reißen. Doch was nützte ihr das Geld, wenn die Kinder erfroren? Außerdem würde Wilhelm hoffentlich in ein paar Tagen den ersten Lohn für seine Arbeit erhalten.

»Ich komme mit«, sagte eine der anderen Frauen. Drei Kinder pressten sich unsicher an sie – ein etwa zehnjähriges Mädchen und zwei Jungen – sieben und zwei Jahre alt.

Anna nickte. »Kannst du bitte ein Auge auf Erich und die Mädchen haben?«, wandte sie sich an Maria.

»Aber sicher. Kommt, wir singen ein Lied.« Sie hielt ihnen einladend die Hände hin und führte alle Kinder in eine Ecke des Raums.

»Na, dann.« Anna streckte der anderen Frau die Hand entgegen. »Ich bin Anna.«

»Lena«, antwortete diese.

»Ich ziehe mich nur noch etwas wärmer an, dann können wir los.«

»In Ordnung.«

Während sich Anna ein zweites Schultertuch um die Brust wickelte, sah sie aus dem Augenwinkel, dass Lena ihrem Beispiel folgte und sich ebenfalls so dick wie möglich einmummte. Zum Abschluss wickelte sie sich noch einige Stoffstreifen um die Füße und zwängte sie in die nun viel zu engen Stiefel. Sie würde sich beim Gehen wohl mehr als eine Blase holen, doch das war ein Preis, den sie durchaus zu bezahlen bereit war.

Fertig angezogen, steckte sich Anna noch ihre kleine Nähschere in die Manteltasche. Sollte sie tatsächlich etwas finden, das sie kaufen wollte, würde sie damit ihre Geldreserven aus dem Futter heraustrennen. Und wenn nicht, würde ihr Notgroschen weiterhin sicher verwahrt bleiben.

Sie winkte ihren Kindern zum Abschied zu. Dann verließen Lena und sie entschlossen das Haus.

Pflichtschuldig meldeten sie sich bei dem Wachmann am Lagerausgang ab und versprachen, in wenigen Stunden zurück zu sein.

Während sie energisch ausschritten, schaute sich Anna ihre Begleiterin genauer an. Ihr Mantel schien von guter Qualität zu sein, und auf dem Kopf trug sie eine hübsche Strickmütze aus echter Wolle. Allem Anschein nach hatte auch Lena zu den Wohlhabenderen gehört.

»Ich würde die Gelegenheit gerne nutzen, um eine Arbeit für mich zu suchen«, brach Anna nach einer Weile das Schweigen.

»Meinst du, es gibt was für uns?«, fragte die Frau wenig zuversichtlich.

»Keine Ahnung. Einen Versuch ist es wert. Ich könnte Näharbeiten übernehmen.«

»Ich wünschte, ich könnte gut nähen oder stricken. Aber leider hat es bei mir nie zu mehr gereicht als einer Schürze oder einem schlichten Kleid.« Sie lachte bitter auf. »Ich könnte Klavierunterricht geben, aber irgendwie bezweifle ich, dass das hier besonders gefragt ist.«

»Ihr wart keine Bauern, oder?«

»Nein.« Lena schüttelte traurig den Kopf. »Wir waren beide Lehrer in Krontal. Wir hatten unser Haus, den Garten und ein wunderschönes Klavier, das noch meiner Mutter gehört hatte.« Sie straffte die Schultern. »Wer weiß, vielleicht werden wir eines Tages dorthin zurückkehren.«

Anna sagte nichts. Sie wollte der anderen Frau nicht den Trost nehmen, den sie offenbar aus diesem so unrealistischen Wunschtraum schöpfte. Auch wenn sie jemals auf die Krim zurückkehren sollten, so wäre dort kein Platz mehr für sie.

Eine gute halbe Stunde später kam endlich der Bahnhof von Lusa in Sicht. Und direkt dahinter erstreckte sich die kleine Stadt.

Anna schaute sich aufmerksam um, während sie die Hauptstraße entlanggingen. Rechts und links säumten einstöckige Holzhäuser den Weg. An manchen der Häuser hingen Schilder, die ihre Bestimmung auswiesen – Schule, Allzweckladen oder Verwaltung –, andere waren offensichtlich bewohnt. Anna merkte sich ein paar der besser aussehenden Häuser, in denen sie sich später nach Näharbeiten erkundigen wollte, dann betrat sie mit Lena das kleine Geschäft.

Die Auswahl an Waren war wirklich mehr als bescheiden. In der tristen Einheitsfarbe Grau hingen ein paar dick wattierte Winterjacken – die für die Gegend so typischen Fufaikas – an einer Kleiderstange. Auf einem Regal darüber konnte Anna einige dicke, ebenfalls graue Mützen mit herunterklappbarem Ohrenschutz erkennen. Als sie in einer anderen Ecke auch noch warme Stiefel entdeckte, fühlte sie sich trotz der wenig einladenden Auswahl wie im siebten Himmel. Ihre Familie würde nicht frieren müssen.

Mit Lena im Schlepptau trat Anna freudig an die Jacken heran. Und erlebte eine herbe Enttäuschung. Alles, was es in dem Laden zu kaufen gab, war für erwachsene Männer zugeschnitten. Prüfend hielt sie eine der Jacken hoch. Erich würde in einer solchen praktisch versinken und doch war sie besser als nichts. Anna warf einen genaueren Blick auf die Nähte. Vielleicht war noch nicht alles verloren. Sie würde es bestimmt schaffen, sie etwas kürzer und enger zu machen. Bei den Stiefeln sah es viel schlechter aus. Die waren ihrem Sohn mindestens eine Handbreit zu groß. Und die Mädchen würden, was Winterbekleidung anging, ganz leer ausgehen.

Sie wechselte einen traurigen Blick mit Lena. »Haben Sie auch etwas für Kinder?«, wandte sich diese auf Russisch hoffnungsvoll an die Verkäuferin, die mit einem gelangweilten Gesichtsausdruck an einem Tresen saß.

»Nein.«

Anna sah, dass hinter der Frau eine jener Männerjacken an einem Haken an der Wand hing. Offensichtlich war das tatsächlich die Einheitskleidung des Nordens.

In einer Ecke des Raumes zückte Anna schnell ihre Schere und trennte geschickt das eingenähte Geld aus ihrem Mantelfutter, während sie den Eindruck erweckte, die auf einem Regal ausgestellten Kochtöpfe zu betrachten. Das Geld in ihrer Hand gab ihr ein Gefühl von Sicherheit. Ihr Einkauf würde etwa die Hälfte davon verschlingen. Und sie hoffte sehr, dass sie mit der anderen Hälfte irgendwo noch etwas für Rita und Yvo besorgen konnte.

Von dem tröstlichen Gedanken erfüllt ging Anna mit je zwei Jacken, Mützen und Stiefelpaaren zur Kasse hinüber. Lena folgte ihr mit der gleichen Auswahl auf dem Arm. Anna hätte gern noch ein weiteres Paar Stiefel besorgt, doch es waren keine mehr übrig. Lena und sie hatten den kleinen Laden praktisch leergekauft.

»Die nächste Lieferung müsste so in drei Wochen kommen«, informierte die Verkäuferin sie auf ihre Nachfrage hin.

Bevor sie das Geschäft verließen, entdeckten die beiden Frauen noch ein paar Hefte und Bleistifte, von denen sie ebenfalls je ein Exemplar erwarben.

Als sie nach draußen traten, wehte ihnen der kalte Wind entgegen, in den sich schon wieder Schnee mischte. Ohne zu zögern, legte Anna ihren Mantel ab und schlüpfte kurzerhand in eine der Jacken. Das Kleidungsstück lag schwer auf ihren Schultern und war ihr deutlich zu groß, doch es hielt erstaunlich warm. Anna lächelte und setzte sich auch noch die Uschanka – die Ohrenmütze – auf den Kopf. »Na, wie sehe ich aus?«, wandte sie sich lachend an Lena.

»Warm«, war alles, was die Frau in ernstem Ton erwiderte, bevor sie ihrem Beispiel folgte.

Anschließend faltete Anna ihren Mantel sorgfältig zusammen und legte ihn zuunterst in den großen Rucksack, den sie für die Einkäufe mitgenommen hatte. Auch wenn sie das Geld herausgenommen hatte, war dort noch immer der Familienschmuck eingenäht. Dann legte sie die anderen Sachen darüber.

Lena rollte alles möglichst eng zusammen und steckte es sich in Ermangelung einer Tasche unter den Arm. »Sollen wir zurückgehen?«, fragte sie.

Anna zögerte. Unsicher sah sie sich die umliegenden Wohnhäuser an. Bei welchem sollte sie wohl ihr Glück zuerst versuchen?

In diesem Augenblick schwang eine der Türen auf und zwei Kinder, etwa acht bis zehn Jahre alt, liefen lachend heraus. Sie schnappten sich einen Schlitten, der im Vorgarten stand, und zogen ihn hinter sich her, während sie die Straße entlangliefen.

Energisch steuerte Anna die Tür an, die sich gerade hinter den beiden geschlossen hatte.

»Was hast du vor?«

»Die Mutter der beiden weiß bestimmt, wo wir Kinderkleidung bekommen können.«

Sie lief die wenigen Treppenstufen hinauf und klopfte entschlossen an die Tür.

Eine Frau lugte heraus und musterte misstrauisch den unerwarteten Besuch.

»Entschuldigen Sie die Störung«, wandte sich Anna in höflichem Russisch an sie. »Wir sind neu in der Gegend und brauchen Winterkleidung für unsere Kinder.«

»Wollt ihr betteln?« Die Miene der Frau wurde noch eine Spur abweisender. »Wir haben nichts zu verschenken!«

»Nein! Wir würden zahlen oder tauschen. Aber der Laden«, sie wies in die ungefähre Richtung, »hat leider nichts.«

»Natürlich nicht!«, schnaufte die Frau, doch ihr Gesicht wurde nun eine Spur freundlicher. »Hier zählen nur die Männer, die Bäume fällen können. Für Frauen und Kinder führt der Laden nichts.«

»Vielleicht haben Sie noch alte Sachen, die ihren beiden zu klein sind?«, warf Lena hoffnungsvoll ein.

Die Frau überlegte. »Was braucht ihr denn?«

»Meine Mädchen sind drei und sechs, mein Sohn acht«, erklärte Anna.

»Meine sind zehn, sieben und zwei«, fügte Lena hinzu.

Die Frau überlegte. »Wartet hier«, sagte sie schließlich. Dann verschwand sie im Haus und schloss die Tür fest hinter sich.

Es dauerte eine Weile, bis sie wieder erschien. Doch dann hatte sie immerhin zwei Jacken und zwei Paar warme Stiefel dabei. »Für die ganz Kleinen habe ich nichts. Und für die Großen auch nicht, das brauchen meine noch selbst. Aber für die Sechs- und Siebenjährigen könnte das passen.«

Die beiden Frauen schauten sich die mitgebrachten Kleidungsstücke aufmerksam an. Anna war sich sicher, dass die kleinere Jacke Rita auf jeden Fall gut passen würde. Sie war abgenutzt und musste an manchen Stellen ausgebessert werden, doch es war wohl das Beste, was sie unter diesen Umständen erwarten konnte. »Wie viel?«

»Drei Rubel?« Die Frau sah sie abschätzend an.

»Zweifünfzig und einen für die Stiefel«, handelte Anna und die Frau nickte nach kurzem Zögern. Anna wartete, bis ihre Begleiterin sich ebenfalls mit der Einheimischen einig geworden war, dann fragte sie weiter. »Und wo könnten wir etwas für die Kleinsten bekommen?«

»Am Samstag ist hier Markttag. Da werden schon mal Sachen angeboten. Oder Felle, aus denen man selber was nähen kann. Da könnt ihr übrigens auch Milch und Käse bekommen. Der Lebensmittelladen führt nur das Nötigste.«

Anna nickte dankbar. »Eine Frage noch. Wissen Sie, ob hier vielleicht jemand Näharbeiten zu vergeben hätte?«

»Was für Näharbeiten?«

»Aller Art – Hemden, Kleider, Bettwäsche. Vielleicht brauchen Sie etwas?«

Die Frau lachte auf. »Wir bestimmt nicht. Sehe ich etwa aus, als könnte ich ein feines Kleid gebrauchen? Und unsere Wäsche nähe ich selbst.«

Anna kämpfte ihre Enttäuschung nieder. Dabei hatte sie mit einer solchen Antwort eigentlich gerechnet. Die Frau dachte kurz nach. »Sie könnten es bei Nikolai Stepanowitsch versuchen. Er ist der Kommandant in dem neuen Lager. Und seine Frau ist Lehrerin hier bei uns. Sie sind erst vor ein paar Jahren aus Kiew hergezogen und man munkelt, dass sie dem feineren Leben in der Großstadt nachtrauert. Vielleicht haben Sie bei ihr mehr Glück. Normalerweise wäre sie jetzt in der Schule, aber heute Morgen fühlte sie sich nicht ganz wohl.«

»Wo finde ich das Haus?«

»Etwas weiter die Straße entlang. Sie können es nicht verfehlen. Bis auf das Verwaltungsgebäude ist es das einzige, das aus Backstein gemauert ist.«

»Danke.«

»Viel Glück!« Die Frau winkte ihnen kurz mit der Hand, bevor sie wieder in ihrem Haus verschwand.

Gut gelaunt schritten Anna und Lena die Straße in der angegebenen Richtung entlang. Die Frau hatte recht gehabt, das Haus des Kommandanten war nicht zu verkennen. Diesmal klopfte Anna etwas zögerlicher, sie wollte nicht riskieren, dass sie die Obrigkeit gegen sich aufbrachte. Erst recht nicht, wenn die Frau krank war. Andererseits war ihr Anliegen durchaus legitim, und sie wollte auch nur fragen.

Eine hübsche Frau in ihren Dreißigern öffnete ihnen die Tür. Und Anna erkannte auch sofort, weshalb es der Frau nicht gut ging. Sie musste ungefähr im achten Monat schwanger sein, so groß war ihr Bauch bereits.

»Ja bitte?« Sie schnaufte leicht vor Anstrengung, vermutlich hatte sie sich ausgeruht, doch ihr Ton war dennoch recht freundlich.

»Entschuldigen Sie die Störung«, setzte Anna erneut mit ihrer Rede an. »Ich wollte nachfragen, ob Sie vielleicht Näharbeiten zu vergeben haben? Ich bin sehr geschickt darin.«

Die Frau musterte sie skeptisch. »Sind Sie neu hier? Ich habe Sie noch nie zuvor gesehen.«

»Ja. Wir wohnen drüben im Lager.«

»Oh.« Etwas wie Betroffenheit zeigte sich in ihrem Gesicht, doch sie fasste sich schnell. »Und was können Sie nähen?«

»So gut wie alles, wenn ich den passenden Stoff habe. Ich kann auch Kleidung ausbessern oder sie weiter machen.« Sie deutete auf das Kleid, das sich über dem Bauch der Frau spannte.

»Und mein Mann kennt Sie?« Offensichtlich hatte sie Angst, zu gutgläubig zu sein und auf eine Betrügerin hereinzufallen, die mit den ihr überlassenen Sachen auf Nimmerwiedersehen verschwand.

»Ja. Ich bin Anna Scholz. Sie können ihn gern nach mir fragen. Wir sind gestern mit dem Zug von der Krim angekommen. Zusammen mit rund hundertzwanzig anderen *Siedlern.*« Es gelang ihr nicht ganz, bei diesem letzten Wort die Bitterkeit aus ihrer Stimme fernzuhalten.

Schließlich nickte die Frau. »Sie können für den Anfang ein paar Sachen von meinem älteren Sohn ausbessern. Bringen Sie sie einfach zurück, wenn Sie so weit sind. Dann sehen wir weiter.«

Anna nickte erfreut und die Frau verschwand im Haus.

Kurze Zeit später kam sie mit einem kleinen Kleiderbündel zurück. »Ich bin einfach noch nicht dazu gekommen, mich selbst darum zu kümmern«, erklärte sie entschuldigend.

Dankbar nahm Anna die Sachen in Empfang. »Vielleicht kann ich sie übermorgen meinem Sohn Erich mitgeben, der jetzt auch hier zur Schule gehen wird.«

Die Frau nickte. »Das wäre gut. Auf Wiedersehen.« Sie lächelte leicht und schloss die Tür.

»Na, das ist doch richtig gut gelaufen«, bemerkte Lena erfreut.

»Ja.« Anna nickte und konnte ihr Glück kaum fassen.

Gemeinsam stemmten sich die Frauen gegen den immer stärker werdenden Wind, der ihnen eisige Schneekügelchen ins Gesicht peitschte.

»Wir sollten uns beeilen.« Besorgt sah Lena sich um.

»Ja.« Auch Anna hatte keine Lust, mitten in einen Schneesturm zu geraten.

Die beiden Frauen kamen nur mühsam voran. Zum einen schienen die Jacken mit jedem Meter, den sie zurücklegten, mehr zu wiegen, zum anderen erschwerte der frisch gefallene Schnee das Vorankommen. Schon bald versanken sie bis zu den Waden in der pulvrigen weißen Masse und waren überaus dankbar für die neuen Stiefel, die sie nun trugen, auch wenn Anna bei jedem Schritt befürchtete, dass ihr die viel zu großen Schuhe von den Füßen rutschten.

Zudem wurde es immer dunkler, obwohl es erst früher Nachmittag war. Die dichten Wolken hielten das trübe Sonnenlicht ab, das sonst bis zur Erde drang.

Die Riemen des Rucksacks drückten Anna trotz der wattierten Jacke so schmerzhaft in die Schultern, dass sie das Gefühl hatte, ihre brennenden Muskeln könnten jeden Augenblick vor Anstrengung reißen. Sie glaubte, keinen Meter mehr gehen zu können, als sie vor sich endlich die Lichter des Wachturms erkannte.

Ein erleichtertes Schluchzen drang aus ihrer Kehle, und sie sah sich aufmunternd nach Lena um, die sich knapp hinter ihr voranschleppte. »Wir sind fast da!«, keuchte Anna und die andere Frau nickte tapfer. Als sich Anna wieder nach vorn wandte, sah sie aus dem Augenwinkel plötzlich eine schnelle Bewegung, der ein spitzer Aufschrei folgte.

Anna wandte sich um und sah Lena auf dem Boden liegen, das Gesicht tief im Schnee vergraben.

Erschrocken lief sie zu ihr und ließ sich neben ihr in die Hocke fallen. Glücklicherweise begann sich Lena nun aufzurappeln. Anna zog und zerrte mit aller Kraft, um sie wieder auf die Beine zu bekommen.

»Ich bin auf einem Stein oder einem Ast ausgerutscht«, erklärte Lena hustend und wischte sich den Schnee aus dem Gesicht.

»Hast du dich verletzt?«

»Ich glaube, nicht. Aber den Fuß habe ich mir umgeknickt.« Sie belastete ihn probeweise und verzog leicht das Gesicht. »Es geht schon«, sagte sie dennoch. »Es ist ja nicht mehr weit.«

Obwohl sie selbst völlig entkräftet war, bot Anna ihr eine Schulter zum Abstützen an. Gemeinsam schleppten sie sich langsam vorwärts. Als sie den hölzernen Wachturm erreichten, blieben sie stehen, um ein wenig zu verschnaufen.

»Hallo!« Anna klopfte gegen die verschlossenen Fensterläden. »Wir sind zurück.«

Ein Mann schaute heraus und musterte prüfend die beiden Frauen. »Ist etwas passiert?«, fragte er mit Blick auf Lena, die erschöpft an der Turmwand lehnte.

»Ja. Sie ist gestürzt und mit dem Fuß umgeknickt.«

»Brauchen Sie Hilfe?«

Überrascht starrte Anna den Mann an, der nun aus seiner warmen Kammer heraustrat. »Das wäre sehr nett«, erwiderte sie. »Unsere Baracke ist dort drüben.«

Der Mann schlang Lena einen Arm um die Körpermitte und schleifte sie halb zu dem Gebäude.

»Danke«, flüsterte sie, als er sie wieder absetzte.

Er nickte ihr kurz zu und ging wieder zu seinem Turm. Anna schaute ihm beinahe gerührt hinterher. Nach allem, was ihr widerfahren war, hatte sie nicht damit gerechnet, eine Geste der Menschlichkeit von ihren Bewachern zu erfahren.

Kaum war sie ins Innere der Baracke getreten, schoss Yvos kleine Gestalt jauchzend auf sie zu. »Mama! Unsere Mama ist da!« Anna ging in die Hocke und das Mädchen schlang seine Ärmchen um ihren Hals, presste ihre weiche, warme Wange an das eisige Gesicht ihrer Mutter.

Erich trat zu seiner Schwester und zog sie sanft von Anna fort, bevor diese noch das Gleichgewicht verlieren und unter Yvos Ansturm umkippen konnte.

»Wo bist du gewesen?«, fragte er leise. Sie hörte den Vorwurf in seiner Stimme sowie die Angst, verlassen worden zu sein. »Wir haben uns Sorgen gemacht.«

Liebevoll strich Anna ihrem Sohn das Haar aus der Stirn. »Ich habe dir eine Jacke gekauft. Und Stiefel. Und ein Heft.«

Er lächelte. »Wirklich?«

»Ja. Morgen geht doch die Schule wieder los. Da musst du gut vorbereitet sein.«

»Danke, Mama!« Er wollte sie an sich drücken, doch sie hielt ihn sanft auf Abstand. »Ich bin noch voller Schnee, ich möchte nicht, dass du genauso nass wie deine Schwester wirst.« Sie deutete auf Yvo, die von Maria nun direkt vor dem heißen Ofen positioniert wurde, damit die feuchten Flecken auf ihrer Kleidung schnell trockneten. »Lass mich nur eben die Jacke ausziehen, dann mache ich euch etwas zu essen, und danach schauen wir mal, ob dir die Sachen passen, die ich gekauft habe.«

Anna hatte gerade die Kinder versorgt und wollte sich nun selbst etwas Suppe einschöpfen, als laute Stimmen von draußen sie alarmiert innehalten ließen. Und sie war nicht die Einzige. Alle Frauen blickten halb erschrocken, halb erwartungsvoll zur Tür und atmeten erleichtert auf, als sie aufging und die Mitglieder des Arbeitstrupps hereinstolperten.

»Ihr bleibt hier!«, schärfte Anna den Kindern ein, die vor dem Ofen spielten, und lief zu Wilhelm hinüber, der sich müde auf die unterste Liege fallen ließ. Anna sah sich schnell um, doch der Besitzer war noch nicht erschienen, um Einspruch einlegen zu können, daher setzte sie sich vorsichtig neben ihren Mann. »Wie geht's dir?«

Er schnaufte laut und erhob sich langsam in eine sitzende Position. »Müde, kalt und hungrig.« Dennoch lächelte er sie an. »Es wird schon gehen«, fügte er hinzu und lehnte seine Stirn an ihre. »Wegen des Schneesturms haben wir heute früher aufgehört. Selbst die Aufseher mussten irgendwann einsehen, dass es nichts bringt, wenn uns das Schneegestöber blendet. Morgen früh geht es weiter.«

Anna gab ihm einen Kuss auf die verschmierte Wange. »Ich war heute in Lusa. Habe ein paar warme Jacken für mich, Erich und Rita bekommen. Nur Yvo müssen wir vorerst wohl drinnen behalten. Vielleicht habe ich am Samstag auf dem Markt mehr Glück. Außerdem ich habe mir eine kleine Näharbeit besorgt. Wer weiß, vielleicht wird noch mehr daraus.« Wilhelm bedachte seine Frau mit einem Blick, aus dem echte Bewunderung sprach. »Du bist unglaublich, weißt du das eigentlich?«

Sie lächelte. »Wir alle tun, was wir können. Ich bin jedenfalls sehr dankbar, dass ich heute nicht in den Wald gehen musste.«

»Ich auch«, erwiderte er ernst. »Ich auch.«

»Hast du Hunger? Ich habe wieder Kartoffelsuppe gekocht.«

Er lächelte. »Hört sich wunderbar an.«

»Na dann, komm. Wasch dir draußen die Hände und das Gesicht, dann kannst du essen.«

»Waschen? Wo denn?«

»Da steht ein Eimer neben dem Feuer. Schaufel einfach ein wenig frischen Schnee hinein und lass ihn aufwärmen. So machen das wohl alle. Zumindest an Wasser herrscht hier kein Mangel, wenn auch in etwas anderer Form.«

Wilhelm schmunzelte und gab ihr einen Kuss auf die Lippen. »Ich bin gleich wieder da.«

Nach dem Essen hätte sich Anna am liebsten zusammengerollt und ein wenig geschlafen, aber das konnte sie sich nicht erlauben, da sie noch Erichs Fufaika abändern musste. Daher holte sie ihr Nähkästchen hervor und ließ ihren Sohn die Jacke anprobieren, damit sie die Änderungen abstecken konnte. Die anderen Kinder fanden es sehr lustig, wie er in der Jacke aussah, die selbst seinem Vater zu groß gewesen wäre, doch er ließ sich davon nicht beirren. Stolz wie eine Statue stand er da, während seine Mutter neben ihm hockte und Maß nahm.

Anna war sich der neidisch-besorgten Blicke der anderen Eltern durchaus bewusst. Aber es gab nichts, was sie dagegen hätte tun können.

»Du kannst die Jacke wieder ausziehen«, sagte sie nach einer Weile zu Erich. Dann setzte sie sich näher an die Kerosinlampe, um mehr Licht zu haben, und begann sorgsam damit, die Nähte aufzutrennen. Sie hatte beschlossen, die Jacke nicht zu klein zu machen, da ihr Sohn bestimmt bald einen Wachstumsschub haben würde, und sie wollte nicht riskieren, dass ihm die Jacke dann nicht mehr passte. Als alles Nötige aufgetrennt und zugeschnitten war, setzte sie sich mit einer Nadel hin und begann zu nähen.

Es war unglaublich mühsam, die Nadel durch den dicken Stoff zu ziehen, und mehr als einmal stach sie sich dabei schmerzhaft in den Finger. Mit ihrer Nähmaschine wäre es viel einfacher gewesen, doch sie wollte nicht riskieren, dass die Nadel in dem festen Material stecken blieb oder gar abbrach. Sie hatte nicht allzu viele als Ersatz dabei, und irgendwie konnte sie sich nicht vorstellen, dass der Allzweckladen in Lusa welche führte.

Daher nähte sie trotz schmerzender Finger und brennender Augen beharrlich weiter, sorgsam darauf bedacht, dass jede Naht hielt.

Irgendwann setzte sich Maria zu ihr, um ihr ein wenig Gesellschaft zu leisten. »Hast du Martha vorhin gesehen?«, fragte sie leise.

»Nein.« Anna schüttelte leicht den Kopf. Zu ihrer Schande musste sie gestehen, dass sie vor lauter eigenen Sorgen gar nicht auf die arme Frau geachtet hatte. »Wie geht es ihr?«

»Mehr schlecht als recht. Sie war von dem kurzen Tag heute völlig erschöpft. Dabei hat Albert mir erzählt, dass die Frauen nur die leichtere Arbeit bekommen haben, Äste abhacken, Bündel binden und so. Aber sie ist nun mal nicht die Kräftigste.

Und dann noch der Hunger und die Kälte. Ich glaube nicht, dass sie das lange durchhalten wird. Und was wird dann aus ihrem Jungen?« Maria verstummte bekümmert und Anna sah, wie sie sich eine Träne aus dem Augenwinkel wischte.

Anna wusste, dass es nicht nur die Schwangerschaft war, die Maria so empfindsam machte, auch ihr selbst ging Marthas Schicksal sehr nahe.

»Keine Ahnung«, flüsterte sie. »Ich würde ihr wirklich gerne helfen, aber ich weiß einfach nicht, wie.«

Neben ihr nickte Maria bekümmert. Die beiden Frauen versanken in ein bedrücktes Schweigen. Es war grausam, derart wehrlos und der Willkür anderer ausgeliefert zu sein. Andererseits waren ihr heute völlig unerwartet Hilfsbereitschaft und Mitgefühl begegnet. Vielleicht war doch noch nicht alles verloren.

KAPITEL 7

Mit gemischten Gefühlen sah Anna ihren Sohn an, der zusammen mit den anderen Kindern aufbruchbereit an der Tür stand. Liebe und Stolz breiteten sich in ihrem Herzen aus, als er ein kleineres Mädchen an der Hand nahm und beruhigend auf es einsprach.

Anna drückte ihn noch einmal fest an sich. »Ihr bleibt alle zusammen, verstanden?«, ermahnte sie die Kinder. »Auch auf dem Rückweg. Keiner von euch geht allein nach Hause.« Zu gut stand ihr noch die Erinnerung an den gestrigen Schneesturm vor Augen. Ein einzelnes Kind konnte bei solcher Witterung leicht vom Weg abkommen oder sich bei einem Sturz verletzen.

»Wollen wir los?« Lena trat, ihre beiden älteren Kinder fest bei der Hand, zu der kleinen Gruppe. Trotz des noch immer leicht schmerzenden Knöchels wollte sie sie den ersten Schulweg nicht allein zurücklegen lassen und hatte beschlossen, die Gruppe zu begleiten.

Sie traten nach draußen, wo bereits die Schulkinder aus den anderen Häusern warteten. Zwei weitere Mütter schlossen sich Lena an.

Anna winkte Erich so lange nach, bis er aus ihrem Sichtfeld verschwunden war. Zumindest hielt das Wetter an diesem

Morgen. Die Dämmerung hatte noch nicht eingesetzt, doch ein schwacher Mondschein drang durch die dünne Wolkendecke und wurde von dem weißen Schnee reflektiert, sodass man die Umgebung halbwegs erkennen konnte. Dennoch hielten die drei Frauen je eine Laterne in der Hand, die sie aus ihren Baracken mitgenommen hatten.

Anna atmete tief durch und ging zurück ins Haus. Sie hatte alles getan, um es Erich so sicher und warm wie möglich zu machen. Seine neue Jacke saß wirklich gut, und an den Füßen hatte er die viel zu großen Stiefel, in die sie vorne ein paar zusammengerollte Stofffetzen gestopft hatte, damit seine Füße nicht darin herumrutschten.

Drinnen sah sich Anna nach Yvo um und entdeckte sie bei Maria und ihrer Tochter. Es war schön, zu sehen, dass die Mädchen die Sympathie ihrer Mütter teilten. Obwohl sie beide noch so klein waren, wirkten sie bereits unzertrennlich. Da Yvo gerade beschäftigt war und Rita ebenfalls mit zwei anderen Mädchen spielte, beschloss Anna, sich gleich an die Arbeit zu machen. Sie wollte die Kleidungsstücke ausbessern, die sie gestern von der Gattin des Kommandanten erhalten hatte. Anschließend wollte sie versuchen, aus den Stoffresten, die sie von Erichs Jacke abgeschnitten hatte, für Yvo eine kleine Ohrenmütze zu nähen.

Sie drehte die Öllampe ein wenig höher, um mehr Licht zum Arbeiten zu haben, und packte das mitgebrachte Kleiderbündel aus. Während sie sich die zwei Hemden und eine Hose besah, musste sie unwillkürlich schmunzeln. Das waren wahrscheinlich die ältesten Kleidungsstücke, die die Frau des Kommandanten hatte auftreiben können. Allzu weit reichte ihr Vertrauen in die neuen Siedler offenbar nicht. Vermutlich hatte sie sich gedacht, dass es kein großer Verlust wäre, wenn sie die Kleidung niemals wiedersah.

Anna beschloss, sich davon nicht beeinflussen zu lassen. Sie würde die Sachen mit der gleichen Sorgfalt flicken, die sie den feinsten Stoffen hätte angedeihen lassen. Dies war ihre Chance, ihr Können unter Beweis zu stellen, und genau das würde sie tun.

Während sie nähte, kreisten ihre Gedanken immer wieder um Martha und ihre Situation. Die Angst und Erschöpfung waren der jungen Frau deutlich ins Gesicht geschrieben, als sie am Morgen mit dem Arbeitstrupp aufgebrochen war. Anna hatte ihr ihre alten Stiefel und ein paar Stoffstreifen für die Füße abgegeben, und Martha war daraufhin vor Dankbarkeit beinahe in Tränen ausgebrochen. Dann hatte sie sich von ihrem Sohn verabschiedet, als rechnete sie nicht damit, ihn jemals wiederzusehen. Tapfer hatte sich der Junge an Annas Rock geklammert und seinen Tränen erst freien Lauf gelassen, nachdem seine Mutter das Haus verlassen hatte.

So konnte es einfach nicht weitergehen. Sollte einem der Männer etwas zustoßen, würde den Frauen nichts übrig bleiben, als deren Platz einzunehmen, um ihre Familien zu ernähren. Anna schauderte und versuchte, sich mit dem Gedanken zu trösten, dass sie viel stärker als Martha war, dass es den anderen Frauen in dem Trupp nicht annähernd so schlecht erging wie Martha, die von Anfang an vom Unglück verfolgt zu sein schien.

Als sie mit dem Ausbessern der Kleidung fertig war, stand Anna entschlossen auf. Sie würde mit dem Kommandanten sprechen, auch wenn ihr allein bei dem Gedanken daran das Herz vor Anspannung stehen zu bleiben drohte. Sorgfältig faltete sie die Sachen zusammen. Sie würde ihre Arbeit sowie Ritas Geburtsurkunde, die sie noch nachzureichen hatte, als Vorwand für ihren Besuch nehmen. Und vielleicht ergab sich dabei eine Möglichkeit, ihr Anliegen vorzubringen.

»Wohin gehst du?« Maria hob überrascht den Kopf, als Anna zu ihr trat und Yvo sanft über den Rotschopf streichelte.

»Ich möchte mit dem Kommandanten sprechen.«

»Was?!«

Es war deutlich, dass ihre Freundin das für keine gute Idee hielt. Und auch Anna kamen Zweifel an ihrem eigenen Mut. Sie wusste so gut wie gar nichts über diesen Mann, außer dass er eine Frau und Kinder hatte. Ob das genügen würde? Bisher hatte er sich den neuen Siedlern gegenüber weder besonders nachsichtig noch übertrieben streng gezeigt. Wie würde er reagieren, wenn sie nun mit einer Bitte an ihn herantrat?

»Ich bin bald wieder zurück«, sagte sie schnell, bevor sie es sich anders überlegen konnte.

Der Schnee knirschte leise unter ihren Stiefeln, während sie zu der letzten Baracke hinüberging, die ein wenig abseits stand. Unterwegs nickte sie den wenigen Frauen zu, die an den Feuerstellen standen, sich unterhielten oder eine Mahlzeit kochten. So langsam entwickelten sie sich tatsächlich zu einer kleinen Gemeinschaft.

Vor der Tür blieb Anna kurz stehen und sammelte sich. Dann klopfte sie an.

Ein Soldat öffnete ihr die Tür und sah sie fragend an.

»Ich möchte mit dem Kommandanten sprechen«, erklärte sie so fest wie möglich.

»Und worüber?« Der Mann musterte sie skeptisch.

»Ich muss noch das Geburtsdatum meiner Ziehtochter nachmelden.«

»Das können Sie auch bei mir tun, Genossin.« Er trat beiseite und ließ Anna hinein.

Die Baracke war genauso groß wie die, in der sie wohnten, doch damit endeten auch schon die Gemeinsamkeiten. Der hintere Teil war mit einer Holzwand abgetrennt und Anna vermutete, dass sich dahinter das Büro des Kommandanten befand. In dem vorderen Teil gab es zwei Fenster, durch die das trübe Tageslicht hereinfiel, und einen eigenen Ofen, der behagliche Wärme verströmte. Während rechts ebenfalls die Etagenliegen angebracht waren, standen links noch zwei Schreibtische.

Der Soldat setzte sich an einen davon und holte eine Namensliste hervor. »Wie heißt das Kind?«

»Rita Hamann.« Annas Mut sank. Ihre ganze Aufregung war umsonst. Wie es aussah, würde sie gar keine Gelegenheit bekommen, mit dem Kommandanten zu sprechen.

»Sie haben den 8. Mai 1924 als Geburtsdatum angegeben. Stimmt das?«

»Ja.« Anna hielt ihm zum Beweis die Geburtsurkunde hin.

»Sehr schön. Danke für Ihre Mühe, Genossin«, sagte der Soldat, nachdem er einen flüchtigen Blick darauf geworfen hatte. »Ist noch etwas?«, fügte er verwundert hinzu, als Anna unschlüssig verharrte.

»Ja. Ich habe noch ein Päckchen für den Kommandanten«, sagte sie zögernd und deutete auf das Kleiderbündel in ihrem Arm.

»Päckchen?« Der Soldat beäugte sie misstrauisch.

»Besser gesagt für seine Frau«, schränkte Anna hastig ein. »Ich dachte, vielleicht kann er es ihr geben, dann könnte ich mir einen Marsch durch die Kälte sparen.«

»Geben Sie es her. Ich werde es ihm aushändigen.«

Anna zögerte. Sie wollte nicht riskieren, dass die Kleidung irgendwo verloren ging. Zum Glück wurde sie einer Entscheidung enthoben.

Der Kommandant musste das Gespräch gehört haben, denn er trat aus dem hinteren Bereich der Baracke. »Was ist hier los?«

»Diese Frau behauptet, das Kleiderbündel sei für Sie.«

Interessiert trat der Mann näher. »Ihr Name, Genossin?«

»Anna Scholz.« Sie straffte die Schultern.

»Oh, dann haben Sie gestern meiner Frau einen Besuch abgestattet?«

»Ja.« Anna konnte das Blut in ihren Ohren rauschen hören.

»Und was führt Sie nun zu mir?«

»Ich bin fertig.« Sie streckte ihm die Sachen entgegen.

»Also gut. Ich werde es meiner Frau überbringen.«

»Danke.« Anna räusperte sich. »Eine Sache noch.«

»Ja?« Der Kommandant, der schon halb im Gehen war, drehte sich überrascht zu ihr um.

»Ich würde gern über das Problem der Kinderbetreuung mit Ihnen sprechen.«

»Was für ein Problem? Die Kinder sind doch bei ihren Müttern, oder nicht? Was wollen Sie mehr?« Er klang gereizt.

Anna atmete tief durch. Jetzt oder nie. »Wenn wir einen Kindergarten hätten, könnten sich die Frauen auch eine Arbeit suchen, in der Stadt vielleicht.«

»Einen Kindergarten.« Er schüttelte den Kopf. »Wir haben keine Mittel für einen Kindergarten. Und auch keine ausgebildete Erzieherin. Oder sind Sie zufällig eine?«

Anna schüttelte den Kopf. »Das könnten auch eine oder zwei Mütter übernehmen. Und freien Platz haben wir tagsüber, wenn die Arbeitstrupps fort sind, mehr als genug.«

Er sah sie nachdenklich an. »Sie haben wohl an alles gedacht, wie? Na gut, wenn es Ihnen so wichtig ist, können Sie gern die Organisation übernehmen.«

»Danke, aber ich bin eine Näherin. Es gibt eine andere, die dafür besser geeignet wäre.«

»Und wer?« Er schien es bereits zu bereuen, das Gespräch überhaupt angefangen zu haben.

»Martha Gerz.«

Der Kommandant sah seinen Untergebenen fragend an, doch der zuckte nur ratlos mit den Schultern. Offensichtlich war ihm der Name ebenfalls nicht geläufig.

»Und was qualifiziert ausgerechnet sie dafür?«

Nichts, außer der Tatsache, dass sie den nächsten Monat nicht überleben würde, falls sich nicht etwas änderte. Anna senkte die Stimme und sah den Kommandanten bittend an. Es blieb ihr nichts übrig, als an sein Herz zu appellieren und zu hoffen, dass er eins besaß. »Sie ist für die Waldarbeit eingeteilt, aber sie schafft sie nicht. Sie hat keinen Mann und ist ganz allein für ihren kleinen Sohn verantwortlich. Er hat niemanden außer ihr.«

Der Mann runzelte unzufrieden die Stirn. »Wohin kommen wir denn, wenn wir alle von der Arbeit befreien, denen sie zu anstrengend ist? Ich habe auch meine Normen zu erfüllen!«

»Aber sie schafft ihre Norm nicht«, wagte Anna noch einen Versuch. »Sie zieht die Produktivität der ganzen Brigade herunter. Und wenn sie stirbt, bleibt ein Waisenkind übrig. Wenn sie sich stattdessen um die Kinder kümmern dürfte, könnte sie einen viel wertvolleren Beitrag leisten.«

Der Kommandant mahlte mit dem Kiefer.

Besorgt verfolgte Anna sein Mienenspiel. Sie hoffte sehr, dass diese Einmischung ihr nicht selbst zum Nachteil gereichen würde.

Schließlich seufzte der Mann resigniert. »Ich werde darüber nachdenken«, sagte er schroff und wandte sich ab.

Erst jetzt merkte Anna, dass sie die ganze Zeit über die Luft angehalten hatte, und atmete erleichtert aus.

»Auf Wiedersehen.« Sie nickte dem Soldaten zu und stolperte nach draußen.

Sie würde nun vermutlich keinen Lohn für ihre Flickarbeit bekommen, aber zumindest hatte sie für Martha alles getan, was in ihrer Macht stand.

Als Anna ihre Baracke betrat, hatten sich die Frauen um einen großen Trog herum versammelt und waren gerade dabei, ihre Wäsche zu waschen. Schnell streifte sie ihre Jacke ab und schnappte sich ihr eigenes Bündel, das sie am Vorabend bereitgelegt hatte.

»Und wie ist es gelaufen?«, fragte Maria, als Anna sich zu den anderen gesellte.

Sie zuckte die Achseln. »Wir werden sehen.«

»Worum ging es denn?« Die Augen ihrer Freundin leuchteten förmlich vor Neugier.

»Erzähle ich dir später«, raunte Anna ihr zu. Sie wollte es nicht jetzt vor allen anderen erörtern. Zum einen wusste sie nicht einmal, ob aus ihrer Idee etwas werden würde. Zum anderen war sie sich nicht sicher, ob die anderen Frauen mit ihrer Wahl der Betreuungsperson für die Kinder einverstanden wären.

Sie tauchte ein Wäschestück in das seifige Wasser, das noch immer angenehm warm war. Es war ein schönes Gefühl, endlich wieder etwas so Normales zu tun wie Wäsche zu waschen. Den anderen Frauen schien es genauso zu gehen, denn sie lachten und scherzten miteinander.

Anschließend wurde die Wäsche draußen vor dem Feuer aufgehängt, und die Frauen machten sich daran, eimerweise frischen Schnee hereinzuholen und ihn auf dem Ofen zu erhitzen, um warmes Wasser zum Baden der Kinder zu haben.

Anna ging förmlich das Herz auf, als sie Yvo und Rita in dem Zuber herumplanschen sah, und sie setzte ein Stück Körperseife auf ihre gedankliche Einkaufsliste.

Nachdem die Kinder abgetrocknet und wieder warm eingepackt waren, spannten die Frauen die beiden Bettlaken auf, die ihnen mit dem Badezuber überreicht worden waren. Damit hatten sie zumindest ein wenig Privatsphäre, während sie nacheinander in das Wasser stiegen, um sich zu reinigen.

Anna hätte sich gern frisches Wasser geholt, doch das hätte viel zu lange gedauert. Also stieg sie, als sie an der Reihe war, widerwillig in das fast kalte und schon ziemlich trübe Nass. Dennoch tat es ihr gut, ihre langen Haare endlich mal wieder gründlich einzuschäumen, auch wenn sie sich dabei mit einem gewöhnlichen Stück Haushaltsseife begnügen musste. Hastig schrubbte sie sich den Dreck vom Körper und stieg am ganzen Körper zitternd wieder hinaus. Rasch trocknete sie sich mit einem kleinen Handtuch ab und schlüpfte in ihre Kleidung. Dann gesellte sie sich zu den anderen an den Herd, um sich ein wenig aufzuwärmen.

»Im Sommer können wir hoffentlich an die Lusa gehen«, sagte Maria schwärmerisch und Anna musste ihr insgeheim zustimmen. Der Gedanke, nach Belieben in einem Fluss baden und sich anschließend von der Sonne trocknen lassen zu können, war überaus verlockend. Sie war sich nur nicht sicher, ob das Wasser so weit oben im Norden überhaupt eine angenehme Temperatur erreichte. Doch sie wollte ihrer Freundin nicht die Vorfreude nehmen.

Sie hatten das Wasser gerade gewechselt, als die Kinder aus der Schule kamen. Anna verstand nun, wieso man einen ganzen Tag zum Baden und Wäschewaschen benötigte. Wenn sie daran dachte, dass abends noch die Männer von der Arbeit zurückkehrten, bezweifelte sie, dass sie vor Mitternacht damit fertig sein würden.

Am nächsten Morgen standen die Männer und die wenigen Frauen des Arbeitstrupps wie gewohnt zum Aufbruch bereit im Mittelgang der Baracke, doch es kam niemand, um sie abzuholen. Unsicher verharrten die Menschen an Ort und Stelle. Manche zogen sich bereits die warmen Mützen wieder vom Kopf.

Anna machte sich darüber keine Gedanken. Dann blieben sie eben noch ein paar Minuten länger von der Kälte verschont.

Draußen wurden Stimmen laut, irgendetwas war im Gange. Befehle wurden gebrüllt, und sie meinte sogar, das Wiehern eines Pferdes gehört zu haben. Automatisch suchten ihre Augen Wilhelms Blick. Er zuckte nur mit den Achseln. Offensichtlich konnte er sich auch keinen Reim darauf machen. Den übrigen Siedlern erging es nicht anders. Sie reckten die Hälse und flüsterten leise miteinander, aber keiner konnte sich dazu durchringen, das warme Haus zu verlassen, um nachzusehen, was los war.

Schließlich ging die Tür auf und der Kommandant betrat in Begleitung einiger Wachleute die Baracke. Augenblicklich wurde es still. Alle Augenpaare richteten sich besorgt auf die Neuankömmlinge.

»Ihr habt Glück«, verkündete der Kommandant mit lauter Stimme. »Es soll eine neue Siedlung für euch angelegt werden.«

Falls er das tatsächlich als eine frohe Botschaft gemeint hatte, wurde sie nicht entsprechend gewürdigt. Anna selbst wurde es bei seinen Worten flau im Magen. Das konnte noch nicht alles sein.

»Alle Arbeitstrupps sind sofort zur Waldrodung abkommandiert. Der Rest von euch wird im Frühjahr dazustoßen.«

Entsetztes Schweigen folgte seinen Worten. Sie nahmen die Männer einfach mit!

Irgendwo schluchzte eine Frau auf. Anna biss sich auf die Lippe, um ihre eigenen Tränen zurückzuhalten. Ihr Kinn zitterte, als sie ihren Blick mit dem ihres Mannes verhakte. Er war blass geworden, dennoch bemühte er sich um ein aufmunterndes Lächeln.

»Ihr habt fünf Minuten, um euch von euren Familien zu verabschieden.«

Die Menge löste sich auf. Kurz bevor Wilhelm sie in eine feste Umarmung zog, sah Anna, wie Martha ihren kleinen Sohn zitternd und schluchzend umklammert hielt.

Dann presste sie sich mit aller Kraft an Wilhelm. »Versprich mir, dass du zurückkommen wirst«, flüsterte sie heiser, während ihr selbst die Tränen über die Wangen liefen. Er nickte stumm. Sie wussten beide, dass es nicht in seiner Macht stand, dieses Versprechen zu halten, und wie schlecht die Chancen standen, dass sie sich tatsächlich wiedersahen.

Er sah ihr tief in die Augen. »Ich liebe dich«, sagte er leise.

»Ich liebe dich auch«, murmelte sie und presste die Lippen verzweifelt auf seine. Als sie sich schließlich voneinander lösten, fuhr sie mit den Fingern die Konturen seines Gesichts nach, um es sich für immer einzuprägen.

»Wir werden es schaffen«, versprach er ihr ernst. »Du darfst nur die Hoffnung nicht aufgeben.«

Sie nickte und drückte sich noch einmal an ihn. Dann machte er sich vorsichtig von ihr los, um sich von den Kindern zu verabschieden.

Wie gelähmt starrte Anna ihrem Mann nach und zuckte überrascht zusammen, als jemand sie zögernd am Arm berührte. Aufgelöst stand Martha neben ihr und sah sie flehend an. »Bitte, bitte, kümmere dich um meinen Sohn.« Sie schob das Kind, das sich wimmernd an ihren Oberschenkel klammerte, sachte zu Anna hin und war doch selbst nicht in der Lage, den Griff um seinen Arm zu lockern. Sie gab sich offensichtlich keinen Illusionen hin, was ihre Chancen betraf, die nächsten Monate zu überleben.

Plötzlich spürte Anna Wut in sich aufsteigen. Es war nicht recht! Martha jetzt mitzunehmen, kam einem Todesurteil gleich. Da konnten sie die junge Frau auch gleich an die Wand stellen und erschießen. Vielleicht wäre das sogar der humanere Weg gewesen.

Sie suchte nach der Gestalt des Kommandanten, und kaum hatte sie ihn erspäht, setzte sie sich mit Martha im Schlepptau in Bewegung. Sie wusste, dass es dumm und waghalsig von ihr war, doch sie konnte es einfach nicht geschehen lassen. Der Mann hatte bisher nicht den Eindruck eines Unmenschen auf sie gemacht, und sie hoffte nun, dass sich dieses Gefühl bestätigen würde.

»Genossin Scholz«, begrüßte er sie mit milder Verwirrung. »Sollten Sie sich nicht von Ihrem Mann verabschieden?«

Anna schluckte. »Das habe ich bereits getan.« Dann nahm sie ihren ganzen Mut zusammen. »Aber es gibt etwas, worüber ich mit Ihnen sprechen muss.«

»Und das wäre?« Er musste bereits ahnen, worauf das Ganze hinauslaufen würde, denn er maß die beiden Frauen mit einem nicht gerade erfreuten Blick.

»In dem Arbeitstrupp sind auch Frauen«, setzte Anna an.

»Ich weiß«, unterbrach er sie schroff. »Jeder hat seinen Beitrag für den Wohlstand der Nation zu leisten, ungeachtet seines Geschlechts. Alle Menschen sind gleich, Genossin.«

»Natürlich«, stimmte sie ihm schnell zu. »Aber die Frauen hier haben Kinder, kleine Kinder zum Teil.« Sie zog Martha ein wenig vor. »Das ist Genossin Gerz und das ist ihr Sohn Friedrich. Er ist erst fünf Jahre alt.«

Der Kommandant musterte die schmächtige junge Frau mit einem unwilligen Blick.

Martha wagte es nicht, den Kopf zu heben. Sie stand einfach nur zitternd da, die Finger krampfhaft um die Hand ihres Sohnes geschlossen.

»Und was erwarten Sie nun von mir?«, fragte der Kommandant leise.

»Gnade«, gab Anna ebenso leise zurück.

Er schwieg so lange, dass sie nicht mehr mit einer Antwort rechnete. »Ich kann keine Ausnahmen machen«, sagte er schließlich bedauernd. »Es gibt noch mehr Frauen in den Arbeitstrupps.«

Anna nickte erschüttert. Sie konnte nichts weiter tun.

Martha brach weinend neben ihrem Sohn zusammen.

Abrupt wandte sich der Kommandant ab und verließ das Haus.

»So, die Zeit ist um, alle aufstellen!«, kommandierte einer der Aufseher.

Mit gesenkten Köpfen nahmen die Menschen Aufstellung. Beinahe gewaltsam riss Martha ihren Sohn von sich los und reichte ihn an Anna weiter. »Pass auf ihn auf …«, schluchzte sie, dann presste sie sich die Hand vor den Mund und stolperte mit vor Tränen verschleiertem Blick zu ihrem Platz in der Arbeitskolonne.

»Mama? MAMA!«, schrie Friedrich und versuchte, sich von Anna loszureißen, die ihn fest an sich drückte und beruhigend auf ihn einsprach.

»Die Mama muss jetzt arbeiten«, flüsterte sie, während ihr der eigene Schmerz die Kehle zusammenschnürte. »Sie kommt bald wieder.« Sie versuchte sich an einem Lächeln, um die Lüge glaubhafter zu machen. »Und bis dahin bleibst du einfach bei uns.« Sie schniefte. »Es wird alles wieder gut, hörst du?«

Wilhelm brachte die Kinder zu ihr und drückte zum Abschied noch einmal aufmunternd ihre Schulter, bevor er sich ebenfalls dem Arbeitstrupp anschloss. Schnell ließ Anna ihren Blick über seine Gestalt gleiten. Er war so gut ausgerüstet, wie es nur ging. Er war jung und stark. Er würde es schaffen, er musste es einfach.

»Ich will zu Papa!«, heulte Yvo laut in ihr Ohr.

»Das geht jetzt nicht, mein Schatz.« Tröstend zog sie die Kleine in ihre Arme, während sich Rita und Erich hinter ihr fest aneinanderklammerten.

Dann wurde die Tür aufgestoßen und die Mitglieder des Arbeitstrupps wurden hinausgetrieben.

Wie betäubt sah sich Anna in der plötzlich leer wirkenden Baracke um. Es war nicht anders als am Vortag, und doch machte die Gewissheit, dass Wilhelm und die anderen am Abend nicht zurückkommen würden, einen himmelweiten Unterschied.

Überall standen Frauen und Kinder mit fassungslosen, verlorenen Gesichtern herum, als könnten sie noch immer nicht begreifen, was soeben passiert war.

Ein etwa zehnjähriges Mädchen schaute sich Hilfe suchend um. Ihre beiden Eltern waren soeben mit dem Arbeitstrupp verschwunden. Mitfühlend musterte Anna das Kind, aber sie hatte keine Kraft mehr, sich auch noch seiner anzunehmen. Zum Glück trat nun eine andere Frau nach vorn und zog das Mädchen sanft mit sich. Anna atmete erleichtert auf. Dann löste sie ihren Griff um Yvo und Friedrich und stand langsam auf.

»Mama, ich muss zur Schule«, erinnerte Erich sie und sie wandte sich ihm mit einem gezwungenen Lächeln zu. Seine Augen leuchteten unnatürlich hell in seinem blassen Gesicht, doch er schaute ihr tapfer entgegen. Er hatte nicht geweint.

»Natürlich, mein Schatz«, murmelte sie. Das Leben ging weiter. Sie hatte jetzt vier Kinder, um die sie sich kümmern musste, allein für sie musste sie sich zusammenreißen.

Erich war mit den anderen gerade aufgebrochen, als ein Soldat noch einmal die verwaiste Baracke betrat. »Genossin Scholz?«, rief er laut in den Raum.

Annas Herz setzte einen Moment lang aus. »Das bin ich.« Sie schob die Kleinen sacht in Marias Richtung und trat zu dem Mann.

»Kommen Sie mit, der Kommandant will Sie sprechen.«

Anna erbleichte. »Ich hole nur schnell meinen Mantel.«

Während sie dem Soldaten folgte, versuchte sie, in seinem Gesicht zu lesen, doch es war vollkommen ausdruckslos. Entweder wusste er nicht, worum es ging, oder man hatte ihm befohlen, ihr nichts zu verraten. Sie spürte, wie ihr die Knie weich wurden, und schickte ein stummes Gebet in den Himmel. Wenn sie für ihr vorlautes Handeln Ärger bekam, hatten die Kinder niemanden mehr, der sich um sie kümmerte.

Der Soldat führte sie in die Verwaltungsbaracke. Der Kommandant, der gerade an einem der Schreibtische saß, schaute kurz auf. »Danke. Sie können gehen.«

Der Mann verließ das Gebäude.

»Setzen Sie sich doch, Genossin Scholz.« Der Kommandant wies einladend auf einen Stuhl. Mit klopfendem Herzen nahm Anna Platz. »Meine Frau hat mich gebeten, Ihnen das zu geben.« Er reichte ihr eine Münze.

»Danke.« Vorsichtig steckte sie das Geld ein.

»Wenn Sie dieses Kleid ebenso geschickt ausbessern, könnte sie eine größere Aufgabe für Sie haben.« Er legte ein in Papier eingeschlagenes Bündel auf den Tisch.

»Ich gebe mein Bestes.«

»Davon bin ich überzeugt. Guten Tag, Genossin.«

»Guten Tag.« Die Audienz schien beendet zu sein. Anna erhob sich und schritt auf hölzernen Beinen davon. Draußen blieb sie stehen und atmete tief durch, bis sich ihr wilder Herzschlag wieder beruhigte. Es war noch einmal gut gegangen, er war ihr für ihre Einmischung nicht böse. Dennoch würde sie in Zukunft vorsichtiger sein müssen.

Kapitel 8

In den nächsten Tagen kehrte etwas Ruhe in die kleine Gemeinschaft ein. Nach und nach verschwand sogar das Gefühl der gähnenden Leere, das die Abwesenheit der anderen hinterlassen hatte. Die Frauen hörten auf zu weinen, hatten schlichtweg keine Kraft mehr dazu, denn der Alltag verlangte auch ihnen alles ab. Ein Teil des Lohns, der den Mitgliedern des Arbeitstrupps zustand, wurde deren Familien oder den Frauen ausgezahlt, die sich um die allein gebliebenen Kinder kümmerten. Der andere Teil wurde einbehalten, als Ausgleich für die Verpflegung der Arbeiter.

Die Frauen merkten schnell, dass das Geld nicht ausreichte, um sich und ihre Kinder anständig zu ernähren. Immer mehr von ihnen versuchten, eine Arbeit in Lusa zu finden, manche hatten mehr Glück, manche weniger.

Anna hatte das Kleid für die Gattin des Kommandanten mit allem Geschick, das ihr zur Verfügung stand, ausgebessert und beschloss, es selbst ins Dorf zu bringen, anstatt erneut die Aufmerksamkeit des Kommandanten auf sich zu ziehen. Außerdem hoffte sie, mit der Frau direkt ins Gespräch zu kommen und möglichst einen Folgeauftrag zu erhalten.

Daher bat sie Maria, auf die Kinder aufzupassen, und machte sich am frühen Morgen zusammen mit Erich und den anderen Schulkindern auf den Weg.

Erich mochte die Lehrerin, sie war streng, aber gerecht. Und als sie bemerkte, dass viele der neuen Kinder kaum Russisch sprachen, setzte sie ihre Bemühungen darauf, ihnen zuerst die Sprache beizubringen, bevor sie weitere schulische Erfolge von ihnen verlangte.

Anna hoffte, die Frau noch vor dem Unterricht sprechen zu können. Ansonsten würde sie eben bis zur Pause warten. Sie brauchte wirklich dringend Geld. Abgesehen davon, dass sie vier hungrige Mäuler zu stopfen hatte, hatte Friedrich kaum etwas Vernünftiges zum Anziehen. Der Gedanke an den Jungen ließ ihre Sorge um Martha wieder aufkeimen. Sie hatte nicht einmal halb so viel Lohn geschickt wie Wilhelm. Es war eindeutig, dass die arme Frau die vorgeschriebene Norm nicht erfüllen konnte. Das Geld reichte nicht, um ihrem Sohn warme Sachen zu kaufen, also musste sich Anna anders behelfen.

Die Kinder stapften zielstrebig durch den Schnee. Es war erstaunlich, wie schnell sie sich mit der neuen Situation abgefunden hatten. Sie lachten und scherzten. Nur die geröteten Wangen, das häufige Husten sowie die kalten Hände, die sie sich bibbernd in die Taschen steckten, deuteten an, dass doch nicht alles wie zu Hause war.

Einige Zeit später kam endlich das Schulgebäude in Sicht und die Kinder liefen lärmend hinein, um sich an dem großen Ofen aufzuwärmen. Anna folgte ihnen und lugte vorsichtig durch die Tür. Zu ihrer Erleichterung erspähte sie die Lehrerin sofort. Deutlich zeichnete sich ihr runder Bauch unter dem weiten Kleid ab. Es konnte nicht mehr lange bis zu ihrer Niederkunft dauern.

Entschlossen trat Anna zu ihr. Sie blickte überrascht auf, lächelte aber freundlich, als sie ihre Besucherin erkannte.

»Sind Sie etwa schon fertig?«

»Ja.« Anna erwiderte das Lächeln. »War ja nicht so viel. Und ich wollte es Ihnen gerne persönlich vorbeibringen.«

»Danke.« Sie rollte das Bündel aus, das Anna ihr reichte, und hielt es prüfend ins Licht. »Es sieht fast wie neu aus. Sind Sie an weiteren Arbeiten interessiert?«

»Oh, ja! Sehr sogar.«

»Schön. Ich habe noch ein paar Röcke, die etwas ausgelassen werden müssen.« Sie strich sich erklärend über den Bauch. »Wenn Sie einverstanden sind, kann ich sie Erich nach der Schule mitgeben.«

»Gern.«

»Ach ja, ich bin übrigens Nadeschda Nikolaewna.« Sie streckte Anna die Hand entgegen.

»Es freut mich sehr«, erwiderte Anna die Geste.

»Bis später dann.«

»Bis später. Und danke.«

Anna wandte sich ab. Beim Hinausgehen hörte sie noch, wie sich Nadeschda einem Schüler zuwandte. »Wo ist denn deine Schwester?«

»Sie ist krank«, antwortete das Kind.

Anna seufzte. Auch die Einheimischen waren wohl nicht gegen die Kälte gefeit.

Wie besprochen brachte Erich ein weiteres Kleiderbündel mit nach Hause. Als er es seiner Mutter reichte, zog er geräuschvoll die Nase hoch. Anna runzelte besorgt die Stirn, drückte ihrem Sohn aber nur einen Kuss auf die Wange. Bei all dem Geschniefe und Gehuste um sie herum blieb es wohl nicht aus, dass ihre Kinder auch etwas abbekamen. Dennoch bestand sie darauf, dass Erich einen heißen Kräutertee trank und sich am Ofen aufwärmte, bevor er mit den anderen Kindern spielen ging.

Am nächsten Morgen mussten zwei Kinder mit Fieber im Bett bleiben.

In der darauf folgenden Nacht riss Erich Anna aus dem Schlaf. Die Proteste der beiden Mädchen ignorierend, tastete er herum, bis er seine Mutter spüren konnte. »Mama, mir ist so komisch.«

Alarmiert fuhr Anna hoch. Erich stand unten vor ihrer Liege. Im dämmrigen Licht der Baracke konnte sie gerade noch sehen, wie ihrem Sohn die Beine einknickten und er langsam zu Boden glitt.

»Erich!« Erschrocken sprang sie aus dem Bett und kniete sich neben ihn.

»Mama?«, benommen schlug er die Augen auf. Seine Haut glühte.

»Du hast Fieber, mein Schatz«, erklärte sie tröstend, während sie versuchte, ihn wieder auf die Beine zu ziehen. »Hier, leg dich hin.« Sie lotste ihn auf eine der unteren Liegen. Seit die Männer fort waren, hatten sie mehr als genug Platz.

»Bleibst du bei mir?« Hoffnungsvoll sah er sie an.

»Ja, mein Schatz.« Sie strich ihm beruhigend über die beängstigend heiße Stirn und drückte einen Kuss darauf. Ihr Verstand raste. Was sollte sie bloß tun? Es war gewiss nicht das erste Fieber, das er durchmachte, doch hier in der Fremde, ohne Heilkräuter oder die Möglichkeit, einen Arzt aus dem Nachbardorf zu holen, fühlte sie sich auf einmal völlig hilflos.

Irgendwo quengelte ein Kind. Mühsam riss Anna den Blick von Erich los. Sie war nicht die Einzige, die wach war.

Maria ging mit ihrer weinenden Ruth auf dem Arm auf und ab. Weiter hinten konnte sie drei andere Mütter bei ihren Kindern sitzen sehen. Erschrocken schlug sich Anna die Hand vor den Mund. Das konnte kein Zufall sein. Die Angst in ihrem Inneren ignorierend, tätschelte sie sanft Erichs Hand. »Ich bin gleich wieder bei dir, versuch zu schlafen, Liebling.« Dann trat sie besorgt zu Maria. »Wie geht es Ruth?«

Die junge Mutter sah sie aus verweinten Augen an. »Ihre Nase ist zu und sie kann kaum schlafen, weil sie so oft hustet.«

»Hat sie Fieber?«

Maria nickte verzweifelt.

»Ist bestimmt nur eine Erkältung«, versuchte Anna, sie zu trösten und wünschte sich, sie könnte selbst daran glauben. Vorsichtig fühlte sie nach der Stirn des Kindes. Die Kleine wimmerte protestierend, als Annas kalte Finger ihre heiße Haut berührten. »Wir müssen das Fieber irgendwie senken«, sagte sie fest. »Erich hat's auch erwischt.«

Erschrocken schaute Maria sie an.

»Und sie sind nicht die Einzigen«, fügte Anna düster hinzu.

»Glaubst du … Glaubst du, es ist die Grippe?«, fragte Maria erschüttert.

»Ich weiß es nicht.« Sie bemühte sich um ein tapferes Gesicht. »Es könnte vieles sein. Aber lass uns hoffen, dass es wirklich nur eine schlimme Erkältung ist.«

Maria nickte stumm und drückte ihre Tochter fester an sich.

»Wadenwickel könnten helfen«, fiel es Anna ein. »Essigwasser wäre gut, aber ich schätze, etwas Schnee tut es auch. Hast du Tücher?«

»Ja.« Maria nickte.

»Gut. Ich bin gleich wieder da.« Anna schnappte sich einen Eimer und ging vor die Tür, um ihn mit Schnee zu füllen. Dann stellte sie ihn auf den Ofen und setzte sich zu ihrem Sohn, während sie darauf wartete, dass der Schnee schmolz.

Erich war in einen unruhigen Schlaf gefallen. Immer wieder drehte er sich um, warf seinen Kopf zur Seite und flüsterte, in seinen Fieberträumen gefangen, leise vor sich hin.

Den Rest der Nacht verbrachte Anna damit, die feuchten Tücher auf seiner Stirn und seinen Waden zu wechseln und zu beten, dass das Fieber endlich sank. Als der Morgen dämmerte, waren ihre Gebete noch immer nicht erhört worden.

Mühsam öffnete Erich die verquollenen Augen und sah sie unsicher an. »Muss ich heute zur Schule, Mama?«

»Nein.« Sie lächelte leicht und streichelte seine Wange. »Heute musst du nicht hingehen. Du ruhst dich einfach schön aus und wirst ganz schnell wieder gesund.«

Erleichtert ließ er den Kopf wieder zurücksinken.

Anna holte eine Tasse warmes Wasser und nötigte ihn, sie ganz auszutrinken. Dann machte sie sich daran, das Frühstück vorzubereiten.

An diesem Morgen war die Stimmung im Haus mehr als bedrückt. Fast die Hälfte der Kinder fühlte sich nicht gut, und auch einige Mütter klagten über Kopf- und Gliederschmerzen. Als Anna und Maria vor die Tür gingen, stellten sie fest, dass die Situation in den anderen Baracken nicht viel besser aussah. Zwei Frauen kehrten gerade vom Wachturm am Eingang der kleinen Siedlung zurück. Sie hatten gefragt, ob man nach einem Arzt schicken könne, doch die Antwort lautete Nein. Lusa selbst hatte keinen Arzt, der nächste war über dreißig Kilometer entfernt. Und wegen ein paar verschnupfter Kinder wollte man den nicht kommen lassen.

»Macht nichts, früher haben wir das auch ohne Ärzte geschafft!«, ließ sich Großmutter Beate vernehmen. Aufmunternd drückte sie die Hand ihrer Tochter, die aufgelöst neben ihr stand. »Wadenwickel, Himbeermarmelade, Honig – damit lässt sich vieles erreichen. Und Salzwasser für die Nase. Das wird schon werden.«

»Wir haben keine Himbeeren, Mama«, erwiderte die junge Frau leise. »Und auch keinen Honig.«

»Dann geh ins Dorf und besorge dir welchen«, entgegnete die Alte resolut. »Und Fett zum Einreiben der Brust.«

Anna nickte und wartete den Rest der Unterhaltung nicht mehr ab. Wie es aussah, würden sie keine Hilfe bekommen, also mussten sie selber zusehen, wie sie die Kinder wieder auf die Beine brachten. »Ich gehe nach Lusa«, sagte sie zu Maria.

»Glaubst du, du wirst dort etwas finden?«

Anna schüttelte den Kopf. »Im Laden ganz sicher nicht.« Über die Köpfe der anderen Frauen hinweg suchte sie nach Nataljas kantiger Gestalt. Sie fand sie schließlich in der Baracke, wo sie gerade neues Wasser im Samowar ansetzte. Anna schaute noch einmal kurz nach ihrem Sohn, bevor sie zu der älteren Frau ging.

»Na, wie geht's dem Jungen?«, fragte diese mit einer Spur von Mitgefühl in der Stimme.

Anna zuckte mit den Schultern. »Ich bin nicht sicher. Wir müssen das Fieber senken.«

Natalja nickte.

»Weißt du vielleicht, bei wem ich Marmelade, Honig oder ein Suppenhuhn kaufen könnte?«

Nachdenklich kaute die Frau auf ihrer Lippe herum. »Ich weiß nicht, ob dir jemand was verkaufen wird. Die Zeiten sind hart und der Winter noch lang.«

»Ich muss es zumindest versuchen.«

»Es gibt einen größeren Hof am hinteren Ende der Stadt. Da könntest du Glück haben.«

»Danke.« Anna drückte Nataljas Hände.

»Schon gut«, winkte diese ab.

Bevor sie ging, flößte Anna ihrem Sohn noch ein wenig Tee ein und erneuerte seinen Wadenwickel. Dann ließ sie die Kinder in Marias Obhut.

»Kannst du für Ruth auch etwas besorgen?«, fragte die junge Frau mit Tränen in den Augen und kramte ihre Geldbörse hervor. »Hier, nimm das mit. Nimm alles, nur bring mir etwas, das sie gesund macht.« Der Atem der Kleinen klang schwer und rasselnd.

Sanft drückte Anna die Hand mit dem Geld herunter. »Ich schaue erst mal, was ich finde. Und dann teilen wir.« Sie lächelte ihrer Freundin aufmunternd zu und machte sich auf den Weg.

Mit jedem Schritt, den sie sich entfernte, wuchs die Sorge um ihren Sohn. Sie versuchte, sich einzureden, dass sie das Richtige tat. Dass sie ihm mehr half, wenn sie etwas besorgte, das sein Fieber senken konnte, als wenn sie einfach nur seine Hand hielt. Doch ihr Mutterherz ließ sich nicht so leicht besänftigen. Auch wenn es unsinnig war, kam es ihr vor, als könnte ihm alles Mögliche zustoßen, wenn sie nicht in seiner Nähe war.

Sie zog die Jacke enger um sich und beschleunigte ihren Schritt. Je schneller sie ihre Besorgungen erledigte, desto schneller wäre sie wieder zurück.

Zum Glück war der Hof, den Natalja gemeint hatte, nicht schwer zu finden. Am Ende der Hauptstraße stand auf der rechten Seite ein gepflegtes einstöckiges Haus, das von einem Maschendrahtzaun umgeben war. Unsicher blickte Anna sich um, doch sie konnte niemanden entdecken. Probeweise drückte sie die Klinke des Gartentors herunter, das problemlos aufschwang. Ein schmaler Pfad aus platt getrampeltem Schnee führte durch einen kleinen Vorgarten zur Haustreppe. Hinter dem Wohngebäude konnte sie die Umrisse eines großen Gartens mit mehreren Schuppen erahnen.

Anna klopfte sich den Schnee von den Stiefeln und stieg die drei hölzernen Stufen zur Tür hinauf. Da sie keine Klingelschnur entdecken konnte, schlug sie mit der Faust laut gegen das Türblatt.

Es dauerte ein wenig, bis ein rundliches Frauengesicht in einem der Fenster erschien und sie prüfend musterte. Anna lächelte leicht. Das Gesicht verschwand. Kurz darauf wurde die Tür geöffnet und eine Frau um die fünfzig erschien auf der Türschwelle. Fröstelnd zog sie sich ihr wollenes Schultertuch fester um den Körper und sah ihre Besucherin fragend an. »Kann ich Ihnen helfen?«, erkundigte sie sich auf Russisch.

»Das hoffe ich«, erwiderte Anna in derselben Sprache. »Mein Sohn ist krank.«

Die Frau wich ein wenig zurück. »Das sind derzeit viele.«

»Man hat mir gesagt, dass Sie mir vielleicht ein Huhn und ein Gläschen Himbeermarmelade oder Honig verkaufen könnten, damit er bei Kräften bleibt.«

»Verkaufen?«, wiederholte die Frau nachdenklich.

»Ja.« Anna holte eine Münze aus ihrer Geldbörse hervor. »Ich kann bezahlen.«

Die Frau war noch immer nicht überzeugt. »Geld kann man nicht essen«, murmelte sie bedauernd.

»Ich weiß.« Flehend sah Anna sie an. »Bitte. Er hat hohes Fieber, und er ist nicht der Einzige. Bitte, helfen Sie uns.« Sie holte noch eine weitere Münze hervor. Sie wusste, dass es reiner Wucher gewesen wäre, sie so viel für ein einziges Suppenhuhn bezahlen zu lassen, doch es war ihr egal.

Schließlich nickte die Frau. Sie nahm eine der beiden Münzen aus Annas Hand. »Die hier ist für das Huhn. Und die hier«, sie nahm die zweite, »für Honig, Marmelade und ein Töpfchen Schmalz zum Einreiben.«

Anna spürte Tränen der Erleichterung in sich aufsteigen.

»Na, na«, winkte die Frau schroff ab, als sie es sah. »Das Huhn müssen Sie aber selber rupfen.«

»Danke.«

»Schon gut. Warten Sie hier, ich bin gleich wieder da.«

Anna spürte, wie ihr die Kälte des Bodens in die Beine kroch, während sie auf die Rückkehr der Frau wartete, und sie begann, die Füße leicht gegeneinander zu klopfen, um sie ein wenig aufzuwärmen. Unsicher sah sie sich um. Wie lange mochte es dauern, ein Huhn zu fangen und ihm den Hals umzudrehen? Sicherlich hätte die Frau längst wieder da sein müssen. Hatte sie sie etwa betrogen und ihr Geld einfach an sich genommen?

Unruhig reckte sie den Hals und überlegte, ob sie um das Haus herumgehen sollte, um nachzusehen, wo sie blieb. Gerade als Anna ihr Vorhaben in die Tat umsetzen wollte, ging die Tür wieder auf und die Frau reichte ihr ein in altes Zeitungspapier eingewickeltes Bündel.

»Hier ist das Huhn.«

Es war nicht ganz so schwer, wie Anna es sich erhofft hatte, aber sie sagte nichts.

»Und hier der Rest.«

»Danke.« Anna steckte die Gläschen in ihre Jackentaschen.

»Keine Ursache.« Die Frau zögerte und gab sich dann sichtlich einen Ruck. »Sie können auch Kiefernnadeln sammeln und einen Tee daraus kochen. Ist sehr gesund und manchmal hilft es was. Schaden tut es auf jeden Fall nicht.«

»Danke.« Anna nickte verwundert. Von Kiefernnadeltee hatte sie noch nie etwas gehört, doch die Frau hatte recht, einen Versuch war es auf jeden Fall wert.

Eilig machte sie sich auf den Heimweg.

Die nächsten Tage verflogen für Anna wie im Wahn. Wenn sie sich nicht um die kleineren Kinder kümmerte, saß sie an Erichs Bett, hielt seine Hand, wechselte die kalten Umschläge auf seinen Waden und der Stirn oder versuchte, ihm ein paar Löffel Brühe einzuflößen. Und wenn sie alle endlich schliefen, zog sie sich mit ihrer Näharbeit an den glimmenden Ofen und die einzige Kerosinlampe zurück, bevor sie sich völlig ermattet auch ein paar wenige Stunden Schlaf gönnte. Sie brauchte das Geld von Nadeschda Nikolaewna sowie weitere Aufträge, um die Familie durch den Winter zu bringen.

Jeden Morgen eilte sie voller Hoffnung zu ihrem Sohn, nur um erschrocken festzustellen, dass es ihm noch immer nicht besser ging. Und alles, was sie tun konnte, war, ihm löffelweise Brühe und den Tee aus frisch gepflückten Kiefernnadeln zu verabreichen, während sein schmaler Körper immer schmächtiger wurde.

»Du musst dir etwas Ruhe gönnen«, hielt Maria sie zurück, als sie sich am vierten Abend mit vor Erschöpfung schweren Lidern erneut zum Nähen zurückzog.

Anna musterte ihre Freundin niedergeschlagen. Das musste gerade sie sagen. Ihre Augen waren rot gerändert und sie konnte sich kaum noch auf den Beinen halten, weil sie die kleine Ruth stundenlang mit sich herumtrug, als hoffte sie, ihre Nähe allein würde reichen, um ihre Tochter zu heilen. Man musste kein Arzt sein, um zu erkennen, dass es nicht gut um Ruth stand. Sie war noch so klein, so zart. Ihr winziger Körper hatte kaum Reserven, von denen er zehren konnte. Und Anna dankte Gott, dass es Yvo bisher nicht erwischt hatte.

Sie nickte. »Ja, du hast recht. Ich gehe jetzt lieber schlafen.« Es nützte keinem etwas, wenn sie vor Erschöpfung zusammenbrach. »Und du solltest es auch tun.«

»Ja.« Maria streckte den Rücken durch. Ihre Schwangerschaft war noch nicht sehr weit fortgeschritten, doch an ihrem ausgemergelten Körper zeichnete sich die Rundung ihres Bauchs schon deutlich ab. Das Baby zehrte zusätzlich an ihren Kräften.

»Es wird schon wieder werden«, versuchte Anna, sie zu trösten, und erschrak selbst darüber, wie hohl und hoffnungslos ihre Stimme klang. Müde ging sie zu ihrer Pritsche und kontrollierte wie immer die Verfassung aller Kinder, bevor sie sich selbst niederlegte.

Fühlte sich Erichs Stirn ein klein wenig kühler an?

Bitte!, flehte sie still zum Himmel empor. *Bitte lass es ihm besser gehen.*

Yvo und Rita schliefen selig aneinandergekuschelt, und sie strich beiden leicht über die Wangen, bevor sie nach Friedrich sah. Seine Lippen waren trocken und aufgesprungen, seine Haut fast brennend heiß. Verzweifelt ließ sich Anna auf die Pritsche sinken und wusste nicht, woher sie die Kraft zum Weitermachen nehmen sollte. Nicht auch noch er!

Doch es half nichts. Seine Mutter hatte ihn ihr anvertraut, also würde sie sich um ihn kümmern.

Sie nahm sich einen Moment, um die Augen zu schließen und den Kopf gegen die Wand zu lehnen. Sie zählte innerlich bis zehn, dann stand sie wieder auf und schleppte sich nach draußen, um frischen Schnee für die Wickel zu holen.

»Mama? Mama, wach auf!« Eine Stimme riss sie aus dem Schlaf. Erichs Stimme.

Sie riss die Augen auf und sah in sein bleiches Gesicht. Erleichtert fuhr sie hoch und fasste sich schmerzerfüllt an die pochende Stirn. Schwarze Punkte tanzten vor ihren Augen und sie atmete tief durch, während sie darauf wartete, dass sie wieder verschwanden.

»Alles in Ordnung, Mama?« Er klang leicht panisch.

»Ja.« Vorsichtig kletterte sie von der Pritsche. »Ich bin nur müde. Wie geht es dir?« Sie befühlte sein Gesicht mit ihren Händen, legte die Lippen an seine Stirn. Das Fieber war tatsächlich weg! Er war blass und schwach, doch er stand aufrecht und redete mit ihr. Überglücklich zog sie ihren Sohn an ihre Brust. Er hatte es überstanden!

»Mama, mit Rita stimmt etwas nicht. Du musst ihr helfen.« Die Sorge in seiner Stimme dämpfte ihre Euphorie.

Fast automatisch legte sich ihre Hand an die Stirn des Mädchens.

»Ist sie jetzt auch krank?«

»Ja.« Es brachte nichts, die Lage zu beschönigen.

»Hat sie dasselbe wie ich?«

»Ich denke schon.«

»Gut.« Er lächelte erleichtert. »Dann wird sie bald wieder gesund.«

Sie nickte, weil sie ihm die Zuversicht nicht nehmen wollte. Aber sie wusste, dass Erich großes Glück gehabt hatte. In den anderen Baracken hatte es schon drei Todesfälle gegeben.

»Erich?« Maria kam erfreut auf sie zu. »Geht es dir wieder gut?«

»Noch nicht ganz, aber fast«, erklärte Anna für ihn. »Dafür hat es Friedrich und Rita erwischt. Wie geht es Ruth?«

Marias Augen füllten sich mit Tränen. »Unverändert. Ich reibe sie immer wieder ein und gebe ihr Honig zum Lutschen, aber ihr Atem rasselt noch immer so sehr in ihrer Brust. Und sie nimmt nichts mehr zu sich, trinkt nicht einmal.«

»Du musst es trotzdem versuchen. Und wenn es nur ein paar Tropfen sind. Ich gehe nachher noch einmal ins Dorf. Vielleicht kann uns wieder jemand ein Huhn verkaufen.«

Maria nickte.

»Erich, leg dich lieber noch einmal hin«, wies Anna ihren Sohn an. »Du bist noch lange nicht bei Kräften, und ich möchte nicht, dass du einen Rückfall bekommst. Ich setze nur eben einen Tee auf, dann komme ich gleich wieder.«

»Ja, Mama.« Gehorsam kroch er zurück unter seine Decke.

Anna warf sich den Mantel über und trat vor die Tür, um frischen Schnee zu holen. Nach der stickigen, nach Krankheit riechenden Luft der Baracke war die frostige Kälte, die sie draußen umfing, fast schon eine Wohltat. Genüsslich nahm sie ein paar tiefe Atemzüge und spürte, wie der Druck um ihren Kopf ein wenig nachließ.

Knirschende Schritte auf dem weichen Schnee erweckten ihre Aufmerksamkeit. Großmutter Beate schlurfte langsam und gebeugt über den Hof. Besorgt schaute Anna ihr nach. Bisher hatte sie die alte Frau stets nur unerschütterlich und resolut erlebt. Was mochte vorgefallen sein, um sie so zu verändern?

Schwankend kämpfte sich Beate durch den Schnee auf das Wachhäuschen zu. Mit der Hand fuhr sie sich über das Gesicht, als würde sie Tränen fortwischen.

Anna ließ den Eimer fallen und eilte ihr nach. »Was ist geschehen?«

Die alte Frau blieb stehen und drehte sich zu ihr um. Ihr Gesicht war vom Kummer gezeichnet und es dauerte eine Weile, bis sie Anna erkannte. »Ach du bist es«, entfuhr es ihr schwach.

»Was ist passiert?«, wiederholte Anna leise.

Beates Schultern begannen zu beben, ihre Lippen zitterten.

»Ist es Adam?«, sprach Anna ihre schlimmste Befürchtung aus. Beates Enkel war etwa zur selben Zeit wie Erich erkrankt.

»Nein.« Beate schüttelte den Kopf. »Den Kleinen haben wir durchgebracht, aber meine Christina …« Sie brach ab und Tränen strömten über die faltigen Wangen. »Meine Christina ist tot.« Sie presste sich die Hand vor den Mund, um ihren verzweifelten Schluchzer zu ersticken. »Und jetzt muss ich Bescheid geben, damit sie sie fortbringen. Die Erde ist zu hart, um sie hier zu begraben.« Beates Stimme brach.

Tröstend schlang Anna den Arm um die Schultern der alten Frau. Sie wünschte, sie könnte etwas sagen, etwas tun, aber sie wusste, dass nichts den Schmerz einer Mutter über den Verlust eines Kindes lindern konnte. Ganz egal, wie alt das Kind gewesen sein mochte.

»Es tut mir leid«, murmelte sie hilflos.

»Ich weiß, mein Liebchen. Ich weiß.« Die Alte schaute grimmig zu Boden. »Und das ist erst der Anfang.«

»Wie meinst du das?«, fragte Anna alarmiert. Sie hatte gehofft, dass es jetzt langsam wieder aufwärtsging. Erichs Heilung hatte einen zarten Hoffnungsschimmer in ihr Herz gepflanzt.

»Es sind die Masern«, sagte Beate düster. »Glaub mir, ich habe das schon zweimal erlebt.«

»Die Masern?«, wiederholte Anna erschrocken. »Bist du ganz sicher?«

»Ja. Aber von denen«, sie zeigte wütend auf den Wachturm, »wollte niemand auf mich hören. Jetzt werden sie es selbst sehen, sobald der Ausschlag um sich greift.«

Anna verließ der Mut. Sie selbst hatte diese Krankheit als kleines Kind bereits gehabt und wusste, wie wenige sie überlebten. Auch ihr Sohn wäre in diesem Fall noch nicht außer Gefahr gewesen. Wenn Beate recht hatte, erwartete diejenigen, die den ersten Fieberschub überstanden hatten, ein weiterer. Oftmals gesellte sich dann noch eine Lungenentzündung hinzu, weil der Körper zu schwach war, um sich dagegen zu wehren. »Wir brauchen einen Arzt!«, entfuhr es ihr. »Und Medizin!«

Beate schnaufte bitter. »Ich hab's versucht.« Sie setzte sich wieder in Bewegung.

»Soll ich mitkommen?«, fragte Anna unsicher.

»Nein, geh nur zurück zu deinen Kleinen.« Die Worte *Solange du noch kannst* lagen unausgesprochen in der Luft. Anna schauderte.

Während sie den Eimer erneut mit Schnee füllte, klammerte sie sich an dem Gedanken fest, dass Beate kein Arzt war, dass sie sich irren konnte. Solange es nicht bewiesen war, dass es tatsächlich die Masern waren, war noch nicht alles verloren.

Kapitel 9

»Hier habe ich etwas Brühe für dich.« Sanft berührte Anna Marias Schulter, um ihre Aufmerksamkeit auf sich zu ziehen. »Sie dürfte bereits ausreichend abgekühlt sein.«

Die junge Mutter schaute kaum auf, so versunken war sie in die Betrachtung des kleinen Mädchens auf ihrem Arm. »Sch«, machte sie leise. »Sie ist endlich eingeschlafen.« Ihre Stimme zitterte. »Ich möchte sie jetzt nicht wecken.«

Anna nickte. Sie betete jeden Tag zu Gott, dass die Kleine sich bald erholen würde. Sie war so erschreckend dünn und schwach geworden, dass ihr Anblick Anna jedes Mal ins Herz schnitt. Sie mochte es sich nicht einmal vorstellen, wie es Maria gehen musste. Was für ein Glück, dass Yvo bisher verschont geblieben war.

Ihre Tochter war still geworden in den letzten Tagen, unnatürlich ernst. Die grünen Augen strahlten fast gespenstisch hell in dem blassen, dünnen Gesicht unter dem flammenden Rotschopf. Die Frauen hatten in einer Ecke der Baracke eine Art Lager für die gesunden Kinder eingerichtet, damit die Ansteckungsgefahr geringer war. Und Yvo traute sich kaum an die Mama heran, die immer so damit beschäftigt war, sich um Rita, Erich und Friedrich zu kümmern.

Anna schluckte und lächelte Yvo quer durch den Raum aufmunternd zu.

Die Kleine winkte freudig zurück.

»Ich hab dich lieb«, formte sie fast lautlos mit den Lippen.

Yvo nickte und wandte sich wieder den anderen Kindern zu.

Anna stellte die Tasse mit der Hühnerbrühe neben Marias Bett ab und konnte dem Impuls nicht widerstehen, über Ruths Köpfchen zu streichen.

Sie stockte. Die Stirn fühlte sich kalt und klamm an. Erleichterung durchflutete Anna. Im ersten Moment dachte sie, das Fieber sei endlich gefallen. Doch dann sah sie die wächserne Haut, die eingefallene, schmale Brust, die sich nicht länger hob und senkte.

Ihre Finger gruben sich in Marias Schulter. Angst, Schmerz, Mitgefühl durchfluteten sie.

Nein, das konnte nicht sein. Nicht die kleine Ruth.

Der Kloß, der sich in ihrem Hals formte, ließ sie kaum atmen.

Wie von allein hob sich ihre Hand, um nach dem Puls des Kindes zu fühlen, doch Maria hielt sie bestimmt zurück.

»Sie schläft endlich, lass sie in Ruhe.« Ihre Stimme klang blechern und hohl.

Tränen traten Anna in die Augen, als sie langsam den Kopf schüttelte. Sie hockte sich neben ihre Freundin und legte die Arme um sie. »Sie ist tot«, flüsterte sie.

»Nein, ist sie nicht!«, fauchte Maria entschieden. »Sie muss sich nur ein wenig ausruhen. Das Fieber ist weg, sie wird wieder aufwachen!« Sie löste sich aus Annas Umarmung und drückte den leblosen Körper des Mädchens ganz fest an sich, vergrub ihr Gesicht in den weichen Haaren. »Mama ist bei dir, mein Schatz. Es wird alles gut, du wirst schon sehen. Ruh dich aus, mein Kleines.«

»Maria«, setzte Anna mit vor Tränen erstickter Stimme an.

»Lass mich!« Sie entwand sich Annas Griff und begann, leise eine Melodie zu summen, während sie ihre Tochter leicht in ihren Armen wiegte.

Fassungslos, erschüttert, wie betäubt richtete sich Anna langsam auf und ging auf hölzernen Beinen davon. Sie konnte Maria nicht helfen. Nichts, was sie tat, würde jemals den schrecklichen Schmerz lindern, der ihrer Freundin das Herz zerriss.

Sie wusste nicht, was sie tun sollte, aber eigentlich spielte es auch keine Rolle. Maria würde sich sehr bald der furchtbaren Wahrheit stellen müssen, vermutlich wusste sie sie längst. Und wenn sie Trost darin fand, noch für wenige Augenblicke an dem Glück festzuhalten, das ihr für immer entrissen worden war, würde sie sie nicht daran hindern.

»Wie geht es Rita und Friedrich?«, fragte Anna ihren Sohn, der am Bett der beiden Pflegegeschwister saß und ihre Umschläge wechselte. Erich ging es nun jeden Tag ein wenig besser und er half seiner Mutter nach Kräften, wo immer er konnte, auch wenn sie streng darauf achtete, dass er sich nicht übernahm. Vielleicht würde er in ein paar Tagen schon wieder zur Schule gehen können, auch wenn sie ihn gern noch länger bei sich gehabt hätte.

»Rita hat ein bisschen Brühe getrunken. Aber Friedrichs Husten wird immer schlimmer.«

Anna brauchte sich nicht zu dem Jungen hinunterzubeugen, um das Rasseln des Atems in seiner Brust zu hören. Sie hatte genug erlebt, um zu wissen, dass das eine Lungenentzündung war. Sie schloss bekümmert die Augen. Würden sie ein weiteres Kind verlieren?

Entschlossen setzte sie sich neben ihn, knöpfte sein Hemd auf und legte die schmale Brust frei. Mit den Fingerspitzen holte sie den letzten Rest aus dem Schmalztöpfchen heraus und begann, ihn energisch damit einzureiben.

»Mama?«, fragte Friedrich kläglich und Annas Herz zog sich zusammen.

»Es ist alles gut«, sagte sie und streichelte seine Wange.

»Mama, mir ist kalt«, jammerte er und rollte sich auf der Seite liegend zusammen.

Anna deckte ihn sorgfältig zu und betrachtete hilflos seine kleine Gestalt. Sie konnte kaum etwas für ihn tun. Was er wirklich brauchte, war ein Arzt – und seine Mutter.

Entschlossen richtete sie sich auf und nahm ihre Jacke.

»Wohin gehst du?« Besorgt schaute Erich sie an.

»Ich möchte nur kurz mit dem Kommandanten sprechen, ich bin gleich wieder da.« Der Entschluss war ihr ganz plötzlich gekommen. Vielleicht war es der Schock über Ruths Tod, vielleicht die Gewissheit, dass Friedrich und viele der anderen – Kinder wie Erwachsene – die nächsten Wochen nicht überleben würden, die sie ihre Vorsicht erneut vergessen ließen. Aber so ging es nicht weiter. Sie waren auch Menschen, Bürger der Sowjetunion.

Zielstrebig marschierte sie auf die hinterste Baracke zu und klopfte an die Tür. Nichts regte sich. Vorsichtig rüttelte sie daran, sie war verschlossen. Irritiert ging Anna um das niedrige Haus herum, bis sie durch ein Fenster schauen konnte. Drinnen war es dunkel und still. Ihr Blick ging zu dem Wachturm am Ausgang des Lagers. Sie sah Licht zwischen den Fensterläden hindurchschimmern. Es musste also jemand dort sein.

Sie ging hinüber und klopfte fest gegen die hölzerne Tür.

Ein Fensterladen an der Seite wurde geöffnet. »Was wollen Sie?«, fragte eine strenge Männerstimme.

Anna bog um die Ecke, um den Mann besser sehen zu können.

»Das reicht! Treten Sie zurück!« Er klang nervös.

Verständnislos blieb sie stehen. »Ich möchte mit dem Kommandanten sprechen«, sagte sie, so fest sie konnte.

»Das ist nicht möglich. Er ist in Lusa.« Der Mann machte Anstalten, das Fenster wieder zu schließen.

»Wann kommt er wieder?«

»Wenn die Gefahr vorüber ist.«

»Welche Gefahr?«

Er sah sie an, als würde er an ihrem Verstand zweifeln. »In Lusa wüten die Masern, wussten Sie das nicht?«

Nein, das wusste sie nicht. Niemand hatte es für nötig gehalten, die Menschen im Lager darüber zu informieren.

»Die Schule ist seit zwei Tagen geschlossen.«

Auch das hatten sie nicht mitbekommen, fast alle Kinder waren krank. Und die wenigen, die es nicht erwischt hatte, halfen den Müttern.

»Wie geht es Nadeschda Nikolaewna?«, fragte Anna erschrocken. Sie mochte die Frau, die ihr immer offen und freundlich begegnet war.

»Keine Ahnung.« Der Mann zuckte mit den Schultern. »Ich weiß nur, dass wir den Befehl haben, die Ausbreitung der Seuche einzudämmen.«

»Aber sie ist doch schon längst hier!«, entfuhr es Anna verzweifelt. »Jeden Tag sterben Frauen und Kinder.«

»Ich weiß. Und deshalb treten Sie jetzt besser zurück.« Die Drohung in seiner Stimme war unüberhörbar.

Es war ihr gar nicht aufgefallen, dass sie fast an das Fenster herangekommen war. Hastig machte Anna einen Schritt zurück. »Ich bin nicht krank«, versicherte sie ihm.

»Das ist mir egal.« Der Soldat zog den Fensterladen zu.

»Warten Sie!«, rief Anna. Ihr Verstand raste. Es war eine Sache, zu ahnen, dass sie es mit den Masern zu tun hatte, und eine andere, ihre schlimmste Befürchtung bestätigt zu hören. »Wir brauchen Hilfe, einen Arzt! Es sind so viele krank. Die Kinder sterben«, sagte sie verzweifelt. Erneut traten ihr

Tränen in die Augen, und sie machte sich nicht die Mühe, sie wegzuwischen.

»Es tut mir leid.«

Entgeistert starrte sie ihn an. »Wir brauchen einen Arzt!«, wiederholte sie stumpf.

»Vorgestern ist einer nach Lusa gekommen. Sobald die Lage dort unter Kontrolle ist, wird er hier vorbeischauen.«

Anna verzagte. Dann konnte es bereits zu spät sein.

»Bitte«, flehte sie.

Der Mann nickte widerstrebend. »Ich werde die Dringlichkeit der Lage schildern.«

»Danke.« Sie zögerte, weil sie wusste, wie gering ihre Aussichten waren, bei ihrem nächsten Anliegen Gehör zu finden. Doch sie musste es zumindest versuchen. »Bei dem Arbeitstrupp, der fortgegangen war, gibt es eine Genossin – Martha Gerz –, ihr Sohn ist schwer krank. Er braucht seine Mutter …«

Der Wachmann schüttelte den Kopf, noch bevor sie zu Ende gesprochen hatte. »Das Lager steht unter Quarantäne. Jeglicher Kontakt zum Arbeitstrupp ist untersagt.«

»Er wird vielleicht sterben«, sagte Anna leise. »Und seine Mutter weiß nicht einmal davon.«

»Wenn sie es wüsste, könnte sie ihm auch nicht helfen«, entgegnete der Mann und machte das Fenster endgültig zu.

Niedergeschlagen blieb Anna stehen. Aus einer der Baracken hörte sie das verzweifelte Klagen einer Frau, aus einer anderen die herzzerreißenden Schreie eines Kindes nach seiner Mutter.

Heftig klopfte sie noch einmal gegen das Holz des Wachturms.

»Was gibt's denn noch?«, fragte der Wachmann schroff.

»Ich bitte um die Erlaubnis, in der Kommandeursbaracke eine Quarantänestation zu errichten.«

»Nein, dort bleibt alles so, wie es ist. Aber Sie dürfen eine andere dafür räumen.« Er zuckte beinah entschuldigend mit den Schultern. »In den übrigen müsste Platz genug für alle sein.«

Anna nickte. Da die Männer fort waren und sich die Todesfälle nun häuften, hatten sie mehr als genug Liegen frei.

Ihr erster besorgter Blick, als sie wieder das Haus betrat, galt Maria. Sie hatte Ruths kleinen Körper endlich niedergelegt, schaffte es aber immer noch nicht, sich von ihr zu lösen. Zärtlich ruhte ihre Hand auf der Brust des Kindes, während sie selbst teilnahmslos und in sich gekehrt danebensaß.

Mitfühlend trat Anna näher. Maria hob den Kopf. In ihren Augen spiegelten sich eine solch gähnende Leere und ein so grenzenloser Schmerz, dass Anna die Worte in der Kehle stecken blieben. Schweigend setzte sie sich dazu und schloss die andere Frau fest in ihre Arme, hielt sie einfach nur fest. Marias Trauer war so tief, dass sie nicht einmal weinen konnte. Wie versteinert saß sie da und starrte auf ihr hübsches, kleines, wundervolles, totes Mädchen.

»Lass los«, flüsterte Anna schließlich.

»Ich kann nicht.«

»Du musst etwas essen und dich ausruhen.«

»Nein. Ich kann Ruth doch nicht allein lassen.«

»Ich passe auf sie auf, solange du etwas isst.«

Maria sah sie an. Ihre Augen begannen feucht zu schimmern. »Das würdest du tun?«

»Natürlich.«

»Danke.« Sie erhob sich schwankend und kramte nach einem Stück trockenen Brots.

»Trink die Brühe.« Anna wies auf die inzwischen erkaltete Tasse, die noch immer neben der Pritsche stand.

»Die war doch für Ruth.« Marias Stimme verklang.

»Du brauchst sie jetzt dringender.«

»Vielleicht wäre sie noch am Leben, wenn ich ihr mehr davon gegeben hätte.« Ein hysterisches Schluchzen brach sich in ihr Bahn und Maria krümmte sich zitternd auf dem Boden zusammen. »Vielleicht hätte ich sie irgendwie retten können …« Ihre Worte gingen unter in ihrer Tränenflut. Ihre Finger kratzten über den fest getrampelten Boden, als würden sie dort nach Halt suchen, während Maria ihren abgrundtiefen Schmerz hinausschrie.

Mehr als ein Gesicht drehte sich mitfühlend in ihre Richtung, manche Kinder begannen vor Angst zu weinen, doch Anna kümmerte sich nicht darum. Beruhigend streichelte sie ihrer Freundin den Rücken, bis die Spannung allmählich aus ihren Muskeln wich und ihre Tränen versiegten.

»Ich habe sie verloren«, murmelte Maria erstickt. »Ich habe ihr versprochen, dass ich immer für sie da sein, sie immer beschützen werde, aber ich habe es nicht geschafft.«

»Es ist nicht deine Schuld«, sagte Anna fest. »Du hast für sie alles getan, was du konntest.«

»Aber es war nicht genug.«

»Ich weiß. Doch es lag nicht an dir.«

Maria nickte. Sie stemmte sich mühsam hoch und nahm die kleine Hand ihrer Tochter in ihre. »Was geschieht jetzt mit ihr?«

»Die Erde ist zu hart, um die Körper zu begraben«, entgegnete Anna zögernd. »Und nun, da man weiß, dass es die Masern sind …« Sie sprach den Satz nicht zu Ende.

»Man will sie verbrennen?« Marias Stimme wurde schrill. »Nein!« Sie begann wie wild den Kopf zu schütteln und warf sich schützend über das Mädchen.

Anna schwieg. Sie konnte verstehen, was in ihrer Freundin vorging. Das eigene Kind ohne ein christliches Begräbnis und ohne ein Grab zum Trauern einfach den Flammen zu übergeben, als wäre es wertloses Holz, war auch für sie unvorstellbar.

»Wir werden sie begraben«, versprach sie fest. Vielleicht konnten sie ein Feuer entzünden oder kochendes Wasser über die Erde kippen, damit der Boden aufweichte. Ruths Körper war klein, sie würden nicht besonders tief graben müssen und die Stelle zusätzlich mit Steinen beschweren.

»Kann … kann sie noch ein wenig hierbleiben?«, fragte Maria leise.

»Natürlich.« Anna nickte. Sie durften nicht zu lange warten, in der Baracke war es stickig und warm, der Verwesungsprozess würde bald einsetzen. Aber ein paar Stunden hatte Maria noch Zeit, um sich in Ruhe von ihrem Kind zu verabschieden.

Annas Blick suchte nach ihrer eigenen kleinen Tochter. Yvo stand mit traurigen, verschreckten Augen neben einem größeren Mädchen. Anna war sich nicht sicher, ob sie verstand, was passiert war, ob sie wusste, dass sie nie wieder mit Ruth würde spielen können, dass ihre Freundin für immer fort war. Doch die Tränen, die über Yvos Wangen strömten, zeigten, dass sie sehr wohl spürte, dass etwas Furchtbares geschehen war.

Anna riss sich zusammen. Später würde sie zu Yvo gehen und versuchen, ihr alles zu erklären. Vorher mussten jedoch Maßnahmen ergriffen werden, um die Lage – so gut es ging – unter Kontrolle zu bringen.

Sie stellte sich in die Mitte des großen Raums. »Hört mir zu!«, rief sie laut und wartete, bis das Gemurmel der Frauen und Kinder verstummte und sich immer mehr Köpfe in ihre Richtung wandten. »Wir haben eine Masern-Epidemie!«

Schockiertes Luftholen war die Antwort, obwohl ihre Ankündigung für die meisten gewiss nicht völlig unerwartet kam.

»Bist du sicher?«, fragte eine Stimme.

»Ja. Der Wachmann hat es mir gerade bestätigt. Die Krankheit wütet in Lusa, die Kinder haben sie aus der Schule mitgebracht.«

»Wenn das wahr ist, muss uns die Regierung einen Arzt schicken und Medizin.«

Anna zögerte. »Der Arzt ist in Lusa. Er kommt zu uns, sobald er kann.«

Bitteres Schnaufen folgte ihren Worten. »Und wann wird das sein?«

Bekümmert ließ sie den Kopf hängen. »Ich weiß es nicht.«

Verzweiflung, Hoffnungslosigkeit und Wut machten sich auf den sie umgebenden Gesichtern breit.

»Man lässt uns also einfach verrecken? Sind noch nicht genug Kinder gestorben?«

»Der Arzt wird kommen!«, schrie Anna laut gegen den aufsteigenden Unmut an. »Wir müssen nur solange durchhalten.«

»Und wie?«

»Wir dürfen eine der Baracken als Quarantänestation verwenden. Dorthin bringen wir die Kranken, um die Gesunden vor der Ansteckung zu schützen. Wer auch immer die Masern schon gehabt hat, ist gegen die Krankheit immun und kann sich dort nützlich machen. Die übrigen sollten diese Baracke gründlich durchlüften.«

»Wir müssen den anderen Bescheid sagen«, warf jemand ein. Und Anna nickte erleichtert.

Die Aussicht, etwas gegen diese Katastrophe zu tun – und sei es noch so wenig –, gab den Frauen ein gemeinsames Ziel und ein Fünkchen Hoffnung, dass nicht alles verloren war.

Anna selbst gab sich in dieser Hinsicht keinerlei Illusionen hin. Sie wusste genug über die Krankheit, um zu verstehen, dass die Quarantäne ohne Medizin nicht viel bewirken würde. Sie mochten die Ausbreitung damit vielleicht eindämmen, doch den bereits Erkrankten würden sie damit nicht helfen können. Sie dachte an Rita und Friedrich, die noch immer mit dem Fieber zu kämpfen hatten, und an die vielen Kinder und Frauen, denen es genauso erging.

Die Tür schwang auf und einige Frauen aus den anderen Häusern traten ein. Sie sahen müde, erschrocken und doch zu allem entschlossen aus.

Die nächsten Stunden verbrachten sie damit, zu entscheiden, welche Baracke zu räumen wäre, und die Betten entsprechend zu verteilen.

Anna wollte mit Rita, Erich und Friedrich in Quarantäne ziehen, um sie weiter pflegen zu können. Doch das hätte bedeutet, dass Yvo allein zurückblieb. Normalerweise hätte sie Maria gebeten, ein Auge auf ihre Kleine zu haben, doch die junge Frau saß noch immer teilnahmslos und blass neben Ruths reglosem Körper. Sie hatte den ganzen Tag nichts zu sich genommen, sogar das Stückchen Brot lag unbeachtet auf dem Boden, wo sie es hatte fallen lassen, und nach ihrem kurzen Zusammenbruch am Morgen hatte sie auch nichts mehr gesagt. Anna wusste nicht, ob sie bereit wäre, sich so unmittelbar nach ihrem Verlust um ein anderes Mädchen zu kümmern. Und wenn sie ganz ehrlich war, war sie sich nicht sicher, ob sie es ihr in diesem Zustand überhaupt zutraute.

Als endlich alles besprochen schien, ging sie hinüber, um nach Maria zu sehen.

Die junge Mutter blickte nicht einmal auf, sondern zuckte nur kurz zusammen, als sich Annas Hand auf ihre Schulter legte.

»Du musst etwas trinken.«

»Wozu?« Die Frage klang so schlicht, so ehrlich, dass sie Anna einen Schauer den Rücken hinunterjagte.

Sie brauchte einen Moment, um eine passende Antwort darauf zu finden. »Du hast Ruth verloren, ich weiß, wie du dich fühlst …«

»Weißt du nicht«, unterbrach Maria sie hart. »Deine Tochter ist gesund und munter, meine ist tot.«

Anna presste die Kiefer zusammen und zwang sich zur Ruhe. »Du hast recht, ich weiß es wirklich nicht. Was ich aber weiß, ist, dass du ein weiteres Kind unter dem Herzen trägst, das dich braucht. Wenn du jetzt aufgibst, wirst du zwei Kinder verlieren.«

Zögernd schaute Maria hoch, ihre Augen füllten sich mit Tränen. »Ich spüre es nicht mehr.«

»Aber es ist da!«, entgegnete Anna bestimmt. »Wenn es schwach ist, dann nur, weil du es ebenfalls bist. Solange es in deinem Leib ist, ist es auch am Leben!«

Zögernd legte Maria die Hand auf ihren runden Bauch.

»Wenn schon nicht für dich oder deinen Mann, musst du für dein Kind bei Kräften bleiben.« Anna hob das Stück Brot vom Boden auf, putzte es ab und krümelte es in die inzwischen völlig erkaltete Brühe. »Iss das.«

Maria streckte ihre zitternden Hände nach der Tasse aus und nahm einen kräftigen Schluck.

Anna lächelte ihr aufmunternd zu, dann schaute sie sich nach Yvo um, die in einer Ecke mit einem anderen Mädchen spielte.

Schweren Herzens ging sie zu ihrer Tochter hinüber und schloss sie fest in die Arme. »Ich muss für ein paar Tage in ein anderes Haus ziehen, damit ich mich um Rita und Friedrich kümmern kann.«

»Ich will mit! Ich kann helfen!« Eifrig strahlte die Kleine sie an.

Anna strich ihr zärtlich die widerspenstigen roten Locken aus der Stirn. »Das geht leider nicht, mein Liebling. Da dürfen nur die Kranken hin.«

»Ich bin schon groß. Ich bleibe bei Erich«, sagte Yvo tapfer und klammerte sich an Anna, wie um ihre Worte Lügen zu strafen.

»Erich muss auch mit. Er ist noch nicht ganz gesund.«

Yvo ließ sie los und blinzelte heftig, um ihre aufsteigenden Tränen zurückzuhalten, was ihr jedoch nicht richtig gelang. Ihre Unterlippe zitterte. »Müssen Maria und Ruth auch fort?«

Anna atmete tief durch, um ihre eigenen Gefühle in den Griff zu bekommen. »Ruth war sehr krank, weißt du? Sie ist jetzt im Himmel.«

»Wann kommt sie wieder?«

»Sie kommt nicht wieder, Liebes.« Hastig wischte Anna sich über die Wangen und drückte ihre Tochter fest an sich.

»Oh.« In Yvos winzigem Gesicht spiegelten sich so viel Trauer, Angst und der feste Wunsch, mutig zu sein, dass es Anna beinah das Herz brach und es gleichzeitig vor Liebe zum Überfließen brachte.

Hilflos schaute sich die Kleine um, als suchte sie nach einem Rettungsanker, nach jemandem, der ihr beistehen konnte, solange ihre Mama es nicht tat.

Anna drückte ihr einen Kuss auf die Wange und öffnete sanft die fest geballten Fäustchen ihrer Tochter. Vielleicht sollte sie doch Maria fragen.

»Natalja!«, rief Yvo plötzlich freudig aus und winkte heftig.

Stirnrunzelnd trat die ältere Frau näher. »Was gibt's?«

»Natalja passt auf!«, beschloss Yvo mit Nachdruck und streckte ihre Finger vertrauensvoll in die schwielige Hand der Frau.

Peinlich berührt schaute Anna auf. Sie mochte Natalja, auf ihre eigene schroffe Art war sie durchaus hilfsbereit und herzlich, aber sie konnte ihr doch unmöglich die Sorge um ein Kleinkind aufbürden.

»Natalja ist nett«, erklärte Yvo und lächelte.

»Das geht aber nicht, mein Schatz«, entgegnete Anna vorsichtig. »Natalja hat viel zu tun.«

»Hat sie nicht! Sie spielt oft mit mir!«

Das war Anna neu. Aber sie hatte ihre kleine Tochter in der letzten Zeit notgedrungen so häufig alleine gelassen, dass es ihr auch entgangen sein konnte.

»Worum geht es hier?« Verständnislos schaute Natalja auf sie herab.

»Ich muss mit den anderen Kindern in Quarantäne und da kann ich Yvo natürlich nicht mitnehmen«, erklärte sie unglücklich.

Nachdenklich schweigend ließ die Frau den Blick durch die Baracke schweifen, schließlich nickte sie. »Ich achte auf die Kleine.«

»Danke!« Gerührt drückte Anna ihre Hand.

»Schon gut. Sie ist ein gutes Mädchen.«

»Ja, das ist sie.«

Sie schloss ihre Tochter noch einmal fest in die Arme. »Ich hab dich ganz doll lieb. Und du hörst auf Natalja, verstanden?«

»Ja, Mama. Wann kommst du wieder?«

»Sobald und sooft ich kann«, versprach sie ernst. »Und wenn was ist, wisst ihr ja, wo ihr mich findet.«

»Mach dir keine Sorgen«, entgegnete die ältere Frau ungewohnt mitfühlend. »Sieh lieber zu, dass du die anderen beiden wieder auf die Beine kriegst.«

Anna drückte Yvo noch ein letztes Mal, dann stand sie auf, um ihren Umzug vorzubereiten.

Kapitel 10

»Mama! Ich glaube, Friedrich atmet nicht mehr!« Erichs zitternde Stimme riss Anna aus ihrem Schlummer. Sie blinzelte benommen und richtete sich langsam auf. Ihre Finger tasteten automatisch nach dem Hals des Jungen, und sie brauchte ein paar Sekunden, um zu erkennen, dass sein Herz tatsächlich nicht mehr schlug. Wie festgefroren starrte sie auf den schmächtigen Körper hinab. Sie war so ausgelaugt und hohl, dass sie nicht einmal mehr Trauer empfinden konnte. Zu viele hatte sie in den letzten Tagen sterben sehen, hatte für den kleinen Jungen längst keine Hoffnung mehr gehabt, auch wenn sie verbissen um sein Leben gekämpft hatte.

Vorsichtig drückte sie Friedrichs Augenlider zu und sprach ein Vaterunser. Sie hatte verloren.

»Ist … Ist er tot?«, fragte Erich leise.

»Ja.« Anna nickte und zog Erich, der zu schluchzen begann, in ihre Arme. Eine Welle der Dankbarkeit überschwemmte sie, als sie ihren Sohn fest an sich drückte. Der für Masern so typische Ausschlag zierte zwar noch immer seinen gesamten Körper, doch ansonsten war er bereits über den Berg. Er war jung und stark und von den gefürchteten Komplikationen verschont geblieben. Anna drückte einen Kuss auf seine Stirn.

Sie war so stolz auf ihren kleinen Mann, ihren Fels in der Brandung. Sie wusste nicht, wie sie ohne ihn die letzten Tage hätte überstehen sollen. Seine Gegenwart, seine stille Fürsorge und seine Hilfsbereitschaft hatten ihr die Kraft gegeben, die sie zum Weitermachen brauchte. Für ihn hatte sie stark sein müssen, sich nicht der Verzweiflung hingeben dürfen, die sie innerlich zerfraß. Nur seinetwegen hatte sie die Hoffnung nicht völlig aufgegeben.

Doch der Ausdruck, mit dem er sie jetzt ansah, verdeutlichte ihr, dass auch er nur ein verängstigter, achtjähriger Junge war. »Wird …« Er schluckte und schniefte laut. »Wird Rita auch sterben?« Der Schmerz in seiner Stimme verriet, wie viel ihm die kleine Ziehschwester mittlerweile bedeutete.

Anna zögerte. Was sollte sie ihm auch sagen? »Ich weiß es nicht«, gestand sie schließlich.

Die Brust des Mädchens hob und senkte sich nur mühsam und jeder Atemzug rasselte in der entzündeten Lunge. Selten hatte sich Anna so hilflos gefühlt wie angesichts dieser Krankheit, die ein Kind nach dem anderen dahinraffte. Schon unter günstigen Bedingungen waren die Masern schlimm, doch hier, in der fast sibirischen Kälte, bei schlechter Nahrung und ohne Medizin forderten sie weit mehr Todesopfer als gewöhnlich. Jeder Zweite erlag den Folgen der Infektion.

Zumindest hatte ihnen der Kommandant vor einem Tag aus Lusa einen Wagen mit Nahrungsmitteln geschickt – es waren hauptsächlich Kartoffeln und einige Fässer mit eingelegtem Weißkohl. Sowie das Versprechen, dass der Arzt bald folgen werde.

Anna hoffte sehr, dass er sich beeilte. In wenigen Tagen würden seine Dienste vermutlich nicht mehr gebraucht werden.

Ein Poltern an der Tür riss Anna aus ihren trüben Gedanken. Vermutlich stapfte sich draußen gerade jemand die zugeschneiten

Stiefel frei. Dann wurde die Tür aufgerissen und ein Schwall eisiger Luft strömte herein.

Ein Mann betrat die Baracke in Begleitung zweier Soldaten. Er trug einen bauchigen, dunklen Koffer in der Hand und ließ seinen Blick prüfend durch das Haus schweifen.

Hoffnung keimte in Anna auf, dieselbe Hoffnung, die sie auch in den Gesichtern der anderen Frauen sah.

»Sind Sie Arzt?«, fragte Ida zitternd und trat vorsichtig vor. In den Armen hielt sie ihren elf Monate alten Sohn, der schwächlich wimmerte.

»Ja.« Der Mann nickte ernst und winkte die junge Mutter näher zu sich heran. »Alexander Wassilievitsch«, stellte er sich vor und legte seine Tasche auf einem Stuhl ab. »Dann wollen wir mal sehen, was dem Kleinen fehlt.«

Unwillkürlich drängten sich alle weiter nach vorne, jede Frau wollte mit ihrem Kind die Nächste sein. Immerhin wusste keiner, ob genug Medizin für alle da war oder wie lange der Arzt bleiben würde.

Doch er winkte die Frauen freundlich, aber bestimmt zurück. »Bitte gehen Sie an Ihre Plätze. Keine Sorge, ich werde mir alle Patienten der Reihe nach ansehen.« Er legte seinen dicken Mantel ab und zog sich die Pelzmütze vom Kopf. Dann öffnete er die Tasche und holte ein Stethoskop hervor.

Anna beobachtete gespannt, was er tat. Sie mochte ihn. Er verströmte genau die richtige Mischung aus Mitgefühl und ruhiger Professionalität, um der Situation etwas von ihrem Schrecken zu nehmen, während er von Bett zu Bett ging.

Alexander Wassilievitsch hängte sich das Stethoskop um den Hals und runzelte besorgt die Stirn. Panik stieg in Anna hoch, während sie mit zitternden Fingern versuchte, die Knöpfe auf Ritas Brust wieder zu schließen.

»Ich will Ihnen nichts vormachen«, sagte der Arzt ernst. »Der Zustand des Mädchens ist kritisch, die Lungenentzündung weit fortgeschritten. Es ist fast schon ein Wunder, dass sie so lange durchgehalten hat.« Er strich ihr die verschwitzten Haare aus der Stirn. »Ich werde ihr eine Spritze geben. Aber ich kann nicht versprechen, dass es reichen wird.«

Mühsam schluckte Anna die Tränen herunter. »Kann ich … Kann ich sonst noch etwas für sie tun?«

Der Arzt schaute anerkennend auf den Brustwickel, den Anna dem Mädchen zuvor abgenommen hatte, damit er sie untersuchen konnte. »Sie tun schon alles«, sagte er leise. »Sorgen Sie dafür, dass sie trinkt.« Er senkte die Stimme zu einem kaum wahrnehmbaren Flüstern. »Und beten Sie, dass sie wieder gesund wird.«

Anna nickte und rang sich ein Lächeln ab.

Der Arzt ging weiter und ließ sie zwischen Hoffnung und Verzweiflung hin- und hergerissen zurück.

Vier Tage lang blieb Rita ohne Bewusstsein, während sich um sie herum die Betten leerten. Manche wurden entlassen, doch weitaus mehr starben trotz der Einmischung des Arztes. Die Hilfe kam – besonders für die kleinsten Kinder – einfach zu spät.

Es gab im ganzen Lager kein Lachen mehr, keine Fröhlichkeit. Es gab niemanden, der keinen Todesfall zu beklagen hatte. Manche Frauen hatten sogar alle Kinder verloren.

Doch das Leben ging weiter, musste weitergehen, irgendwie. Die, die noch übrig waren, verlangten nach Aufmerksamkeit und Pflege. Zum Trauern und Verzweifeln blieb keine Zeit.

Ausgelaugt schaute sich Anna in der dunklen Baracke um. Heute war noch niemand neu dazugekommen und noch niemand gestorben. Sollte es wirklich endlich aufwärtsgehen?

Ihre Gedanken richteten sich aus purer Gewohnheit an den Himmel, doch es lag kein Glaube mehr in dem Gebet. Zu oft hatte sie es in den letzten Tagen wie eine Beschwörungsformel gemurmelt, zu viele Mütter das Gleiche machen sehen, nur um im Anschluss ihre Kinder beweinen zu müssen.

Müde wischte sich Anna über die Stirn und schaute auf Ritas bleiche, reglose Gestalt hinab. Nur ab und zu löste sich ein leises Stöhnen von ihren Lippen, das verriet, dass das Mädchen den Kampf noch immer nicht aufgegeben hatte.

Wann hatte Anna es das letzte Mal geschafft, ihr etwas Kartoffelbrühe einzuflößen? War es heute Morgen oder gestern gewesen? Anna wusste es nicht mehr. Rita war nicht das einzige Kind, das sie inzwischen versorgte. Ein vierjähriges Zwillingspärchen hatte seine Mutter verloren und war dann ebenfalls erkrankt. Und da Erich endlich wieder gesund war und sich zusammen mit Yvo in Nataljas Obhut befand, hatte sie sich bereit erklärt, die beiden Waisenkinder zu pflegen. Sie hatte keine Ahnung, was danach mit ihnen geschehen würde, falls sie überlebten.

Ritas Lider flatterten leicht. Anna hielt den Atem an und wagte kaum zu blinzeln.

Mühsam öffnete das Mädchen die Augen und schaute sie an. Der Ausdruck darin war wach und klar.

Mit einem glücklichen Aufschrei fiel Anna neben ihr auf die Knie und streichelte überwältigt Ritas Wange.

»Mama?«, krächzte die Kleine. »Dürfen wir nach Hause?«, fragte sie hoffnungsvoll und ein Strahlen erhellte ihr Gesicht.

Anna schüttelte überwältigt ihren Kopf. Sie verstand Ritas Frage nicht, aber es war ihr egal, es zählte nur, dass sie endlich aufgewacht war.

»Warum …« Rita räusperte sich. Die Worte kamen nur mühsam über die ausgedörrten Lippen. »Warum freust du dich dann?«

»Weil du wieder gesund wirst!« Anna legte ihre Wange an Ritas Brust und schlang ihre Arme vorsichtig um das Mädchen. »Du wirst wieder gesund!«, wiederholte sie und konnte die Tränen der Erleichterung nicht mehr zurückhalten. Zärtlich streichelte sie Ritas Gesicht, ihre Arme, als müsste sie sich durch die Berührungen erst davon überzeugen, dass es ihr wirklich besser ging. »Wie fühlst du dich?«

»Mein Kopf tut weh. Und ich hab Durst.«

»Ich hol dir was!« Anna sprang auf. »Und dann ruhst du dich wieder aus, versprochen?«

Das Mädchen nickte gehorsam. »Wo ist Erich?«, fragte sie dann besorgt.

Anna schmunzelte. Die beiden schienen wirklich eine besondere Verbindung miteinander zu haben.

Als Rita das nächste Mal aufwachte, stand Erich bereits am Bett seiner Ziehschwester. Er hatte sogar ein Buch mitgebracht, aus dem er ihr vorlesen wollte, damit Anna etwas Ruhe bekam.

Voller Rührung schaute sie auf ihren Sohn hinab. Es wirkte, als wäre ihm ein Stein vom Herzen gefallen, und zum ersten Mal seit Wochen schlich sich ein Lächeln auf sein Gesicht.

Am nächsten Tag konnte Rita schon vorsichtig aufstehen. Anna stützte sie, während das Mädchen stolz eine Runde durch das Haus drehte. Sie waren bereits auf dem Weg zurück zum Bett, als die Tür plötzlich aufging und Alexander Wassilievitsch auf der Schwelle erschien.

Er lächelte, als er die kleine Patientin auf eigenen Beinen stehen sah. Er wartete, bis Anna das Kind wieder unter die warme Decke gesteckt hatte, dann trat er zu ihr. »Ich freue mich, dass es ihr besser geht.«

»Danke, dass Sie sie gerettet haben«, sagte Anna aus tiefstem Herzen.

»Sie haben das Ihre dazu beigetragen«, entgegnete er freundlich. »Ich würde sie aber gerne noch einmal untersuchen.«

»Sicher.« Anna machte ihm Platz.

Mit großen Augen starrte Rita den fremden Mann an, der sie abzuhören begann.

»Keine Angst«, beruhigte Anna sie. »Das ist der Doktor. Er hat dich wieder gesund gemacht.«

»Noch nicht ganz«, schränkte der Arzt freundlich ein und packte sein Stethoskop weg. »Es geht ihr besser, doch die Lunge ist noch nicht frei. Der Schleim sitzt tief. Sie braucht noch immer viel Ruhe und Pflege, sie darf sich nicht überanstrengen.«

Anna nickte eifrig.

Alexander Wassilievitsch kaute nachdenklich auf seiner Lippe. »Wir haben ein Krankenhaus in Lusa eingerichtet. Ich könnte sie dort unterbringen. Dort hätte sie Ruhe und drei warme Mahlzeiten am Tag.«

Anna zögerte, spürte, wie Ritas Finger sich erschrocken um ihre krallten. »Kann sie nicht hier bei mir bleiben?«

»Es ist Ihre Entscheidung. Aber ich würde Ihnen dringend empfehlen, das Mädchen ins Krankenhaus zu geben. Das hier«, er deutete missbilligend auf die dunkle, muffige Baracke, »ist wirklich kein geeigneter Genesungsort für sie. Und von Kartoffeln allein wird sie nicht wieder zu Kräften kommen.«

Anna nickte widerstrebend. Er hatte recht.

»Sehr schön. Morgen früh wird ein Lastwagen kommen, um sie und die anderen Patienten abzuholen.«

Ritas Lippen begannen zu zittern. Ängstlich klammerte sie sich an Annas Hand.

»Kann ich sie im Krankenhaus besuchen?«

»Natürlich. Eine halbe Stunde jeden Tag.«

»Danke. Danke für alles.«

»Schon gut«, seufzte er und ging weiter zum nächsten Patienten.

»Ich will nicht alleine weg!« Ritas Augen füllten sich mit Tränen.

»Ich weiß, mein Schatz.« Anna setzte sich neben sie auf das Bett und streichelte tröstend ihre Wange. »Aber es ist nicht für lange. Nur, bis du wieder ganz gesund bist. Und ich komme dich, sooft es geht, besuchen. Willst du ein mutiges Mädchen sein und alles tun, was der Arzt und die Krankenschwestern dir sagen? Damit du schnell wieder zurück zu uns kannst?«

»Ja.« Rita schniefte tapfer.

»So ist es gut, mein Schatz.« Sie hauchte ihr einen Kuss auf die Stirn. »Und jetzt ruh dich aus, ja?«

Anna, Erich und Yvo winkten dem Lastwagen, der Rita und die anderen fortbrachte, so lange nach, bis er nicht mehr zu sehen war. Und als er weg war, breitete sich eine eigentümliche Leere in Anna aus.

In den letzten Wochen hatte sie so verbissen um das Leben der Kinder gekämpft, dass sie an andere Dinge kaum einen Gedanken verschwenden konnte. Nun wusste sie nicht, was sie mit sich anfangen, wie sie zum normalen Alltag übergehen sollte.

In vielen der sie umgebenden Gesichter sah sie die gleiche Ratlosigkeit, aber auch viel mehr Trauer und Angst. Sie hatte Glück. Ihre Kinder waren bei ihr und Rita auf dem Weg der Besserung. Wenn alles gut ging, würde sie sie schon nächste Woche wieder abholen können. Die meisten der Übriggebliebenen hatten diesen Trost nicht.

Als sie mit den Kindern im Schlepptau wieder ihre Baracke betrat, wurde ihr erstmals bewusst, wie schlimm die Masern in ihrer kleinen Siedlung gewütet hatten. Nur noch ein Drittel aller Liegen war besetzt.

»Alles in Ordnung?« Natalja war zu ihnen getreten und zauste leicht durch Yvos rote Locken.

»Ich weiß es nicht«, gab Anna leise zu. »Wie soll das nur weitergehen?«

Die ältere Frau zuckte mit den Schultern. »So wie immer«, erwiderte sie schlicht. »Manche kommen, manche gehen. Und die anderen halten einfach nur durch.«

»Ja.« So war es wohl, auch wenn Anna dieses Durchhalten noch nie so schwer vorgekommen war wie jetzt.

»Sieh dir die Kinder an, deine oder die anderen. Wenn du ihre Augen zum Leuchten bringst, strahlen auch die deinen.«

»Welches Datum haben wir heute?« Anna hatte ihr Zeitgefühl fast völlig verloren, doch Nataljas Worte brachten sie auf eine Idee.

»Der neunzehnte Dezember.«

»Nächste Woche ist Weihnachten.«

Missbilligend schüttelte die Frau den Kopf. »Das bedeutet hier nichts und wird auch nicht gerne gesehen.«

»Aber uns bedeutet es etwas«, erwiderte Anna leise. »Und wir alle könnten einen Hoffnungsschimmer und etwas Trost gut gebrauchen.«

Es wurde eine ganz stille, andächtige Weihnacht. Alle, die noch übrig waren, versammelten sich in der mittleren Baracke. Es gab Tee und Honigkuchen für die Kinder.

Gern hätte Anna ihnen zu diesem besonderen Fest auch etwas geschenkt. Aber sie hatte kein Geld mehr übrig, um in der Stadt etwas für sie zu kaufen. Der Winter war noch lang und sie wollte die paar Rubel, die sie noch besaß, für Nahrungsmittel und Medizin aufbewahren. Ursprünglich hatte sie vorgehabt, für Yvo und Rita kleine Puppen zu nähen und für Erich eine neue Hose. Doch auch dafür hatte sie keine Zeit und keine Energie mehr gehabt. Es tat ihr leid, sie fühlte sich, als hätte sie als Mutter versagt, als hätte sie trotz allem eine Kleinigkeit für sie besorgen müssen.

Zum Glück schienen sich die Kinder aber nicht besonders daran zu stören. Yvo war noch zu klein, um Geschenke zu erwarten, und Erich alt genug, um zu verstehen. Für ihn war es ohnehin das größte Geschenk, dass sie Rita am frühen Morgen nach Hause holen durften.

Anna lächelte wehmütig, während sie zusah, wie andächtig sich die Kinder die letzten Kuchenkrümel von den Fingern leckten.

Es waren nur noch so wenig Kinder übrig.

Sie schluckte schwer und ließ den Blick durch die Runde schweifen. Viele Gesichter waren tränenfeucht, weil die, die nun nicht mehr da waren, so schmerzlich fehlten.

Plötzlich spürte sie eine Berührung an der Schulter. Maria war zu ihr getreten. Anna lächelte ihre Freundin mitfühlend an. »Schön, dass du doch noch gekommen bist.«

Seit Ruths Tod hatte sich Maria fast gänzlich in sich zurückgezogen, hatte kaum mehr als das Nötigste gesprochen und war vor allem Yvo möglichst aus dem Weg gegangen. Anna konnte es ihr nicht verdenken. Es musste grauenhaft sein, ständig daran erinnert zu werden, was man verloren hatte.

Als Anna zu der Weihnachtsfeier aufgebrochen war, hatte sie ihre Freundin gebeten, mitzukommen. Doch Maria hatte bloß den Kopf geschüttelt. Es war schön, dass sie es sich nun doch anders überlegt hatte.

»Hier.« Zögernd streckte Maria ihr eine kleine Puppe entgegen.

Anna stockte. Sie kannte das Spielzeug, hatte es unzählige Male bei Ruth gesehen.

»Für Yvo«, fügte Maria leise hinzu.

»Das … Das kann ich nicht annehmen«, stammelte Anna.

Maria wischte sich über die Wangen. »Nimm sie«, raunte sie. »Ruth …« Ihre Augen füllten sich erneut mit Tränen. »Ruth braucht sie ohnehin nicht mehr.«

»Du bekommst noch ein Kind«, wandte Anna leise ein.

Die Andeutung eines Lächelns huschte über Marias Lippen, der typische in sich gekehrte, glückliche Ausdruck einer werdenden Mutter. »Ich weiß.« Sie strich sich über den Bauch. »Und wenn es wieder ein Mädchen wird, kann Yvo ihr die Puppe eines Tages zurückschenken.«

»Bist du sicher?«

»Ja. Spielsachen sollten nicht unnütz herumliegen, während es Kinder gibt, die sich darüber freuen können.«

»Danke.« Anna drückte ihre Hand, dann winkte sie ihre kleine Tochter zu sich.

Yvos Augen strahlten, als Maria ihr die Puppe gab. »Danke!«, rief das Mädchen und schlang ihre Ärmchen fest um Marias Hals.

Anna merkte, wie sich die junge Frau einen Herzschlag lang versteifte, bevor sie die Umarmung des Kindes erwiderte. Marias Lippen streiften Yvos weiche Wange. »Pass gut darauf auf, ja?«

»Mach ich«, versprach die Kleine ernst. Dann machte sie sich los, um sie Rita zu zeigen.

»Magst du einen Tee?«, fragte Anna sanft.

»Ja, danke.« Maria ließ sich neben ihr auf dem Boden nieder.

Während Anna zu dem Kessel ging, der auf dem Ofen stand, kam plötzlich Bewegung in die Menge. Verwundert schaute sie sich um, konnte zunächst aber nichts entdecken, was die plötzliche Unruhe ausgelöst haben konnte. Einige Frauen verließen sogar das Haus, andere gingen bloß zu ihren Pritschen hinüber. Erst als jede mit etwas Kleinem, Kostbarem in der Hand zurückkehrte, begriff Anna, was vor sich ging. Manche brachten ein Spielzeug, andere ein Buch oder ein Heft – alles Dinge, die sie in Gedenken an ihre Verstorbenen hatten verwahren wollen und von denen sie sich nun – von

Marias Beispiel inspiriert – trennten, um fremden Kindern eine Freude zu machen.

Anna blinzelte, um die Tränen der Rührung und der Trauer zurückzuhalten. Sie mochte sich nicht ausmalen, wie schwer es für die Mütter sein musste, diese Dinge herzugeben, und doch lächelten sie.

Irgendjemand stimmte ein Weihnachtslied an, und langsam fielen alle in die vertrauten Klänge und Töne der Heimat ein.

Die Erinnerung an das, was sie verloren hatten, fiel ohne Vorwarnung über Anna herein. Wie anders war dieses Fest als die, an die sie sich erinnern konnte, wie anders als alles, was sie jemals für möglich gehalten, was sie jemals gewollt hatte. Sie waren entwurzelt und vertrieben, hatten alles verloren, was ihnen einst wichtig gewesen war. Und doch hatte man ihnen ihre Identität nicht nehmen können, weder ihre Sprache noch ihre Lieder oder ihren Glauben. Der Gedanke daran gab ihr Hoffnung, während die Worte immer lauter in die nächtliche Stille hinausschallten.

Die Tür ging auf. Natalja und Fjedja erschienen auf der Schwelle und blieben unsicher stehen. Als wüssten sie nicht, ob sie willkommen waren.

Anna winkte das russische Ehepaar zu sich. Es war nicht ihre Religion und sie verstanden die fremden Lieder nicht, doch auch sie waren Teil dieser neuen Gemeinschaft und sollten den Abend nicht allein in einer dunklen Baracke verbringen. Es spielte keine Rolle mehr, woher jemand kam, was er früher getan hatte oder welche Sprache er sprach. Der Sturm, der sie hergefegt hatte, hatte die Karten neu gemischt. Und sie alle konnten nur überleben, wenn sie zusammenhielten.

Irgendwann, als die Kinder, um den warmen Ofen gedrängt, schon eingeschlafen waren und sich die Lieder zu wiederholen begannen, ging die Tür noch einmal auf.

Eine große Gestalt erschien auf der Schwelle – dick eingemummt und mit Schnee bedeckt. Es war unmöglich, den Mann zu erkennen, und doch machte Annas Herz einen aufgeregten Sprung. Mit weit aufgerissenen Augen wartete sie ab, bis er einen weiteren Schritt nach vorne in den schwachen Lichtschein tat. Dann gab es für sie kein Halten mehr.

»Willi!«, schluchzte sie fassungslos auf und fiel ihrem Mann um den Hals. Sie drückte ihn fest an sich und kümmerte sich weder um den Schnee, der ihn von Kopf bis Fuß bedeckte und nun, da er zu schmelzen begann, ihr Kleid durchnässte, noch um den Schal, den er sich so um den Kopf gewickelt hatte, dass er nur seine Augen freiließ. Sie wusste, dass er es war. Ihr Herz hatte ihn erkannt.

»Frohe Weihnachten«, raunte er ihr ins Ohr und sie hörte die Freude, Liebe und Erleichterung, die darin schwangen.

Behutsam löste er sich aus ihrer Umarmung, und erst jetzt wurde sie sich der vielen Blicke bewusst, die neugierig, besorgt oder hoffnungsvoll auf ihnen ruhten. Sie räusperte sich verlegen und klopfte Tropfen und Schneeflocken von ihrem Kleid. Wilhelm war bestimmt nicht ohne Grund gekommen, und die Nervosität, die alle anderen gefangen hielt, ergriff nun auch von ihr Besitz.

Dennoch vermochte sie es nicht, sich gänzlich von ihrem Mann zu lösen, der so unverhofft – und vor allem gesund und munter – plötzlich neben ihr stand. Sie schob ihren Arm durch seinen und schmiegte ihre Wange an seine feuchte, kratzige Schulter.

Wilhelm wickelte sich den Schal vom Gesicht und schaute in die Runde. Sie erkannte Betroffenheit in seinem Blick, die Ratlosigkeit, als er bemerkte, dass es viel weniger waren, als er erwartet hatte. Besorgt schaute er sich weiter um und sie erriet, was ihn bewegte. »Unsere Kinder schlafen«, flüsterte sie ihm zu und spürte, wie ein Teil der Anspannung aus seinem Körper wich.

»Frohe Weihnachten!«, grüßte er laut. »Ich habe euch etwas mitgebracht.« Bei diesen Worten ließ er den Rucksack von seinen Schultern zu Boden gleiten und hockte sich hin, um ihn aufzumachen.

Schließlich holte er ein zusammengeschnürtes Päckchen hervor und Anna erkannte, dass es Briefe waren – Lebenszeichen von denen, die mit ihm gegangen waren. Langsam kamen die Frauen näher, die Gesichter voll banger Erwartung. Anna senkte den Blick und schmiegte sich noch enger an ihren Mann. Sie war so froh, dass sie nicht erst auf ihre Erlösung warten musste, nicht auf ein Schreiben angewiesen war, um zu wissen, dass er tatsächlich noch lebte. Wie furchtbar musste es sein, statt eines Briefes von dem Geliebten seinen Totenschein zu empfangen? Ihr Herz zog sich zusammen.

Doch heute wollte sie nicht darüber nachdenken, wollte ihr eigenes Glück nicht davon trüben lassen, dass es andere gab, denen es nicht so gut erging.

Wilhelms Arm schlang sich um ihre Hüfte. »Ich habe dich vermisst«, flüsterte er.

Sie lächelte und zog ihn mit sich fort in die Schatten und dann noch weiter, nach draußen.

»Was hast du vor?«, fragte er, doch sein erwartungsvoller Ton verriet, dass er es sehr wohl ahnte.

»Mit meinem Mann allein sein«, gab sie zurück und drückte sich an ihn. Wie von selbst fanden ihre Lippen die seinen, und er öffnete seinen Mantel, um sie damit zu umhüllen, noch enger an sich zu ziehen und vor der eisigen Kälte zu schützen.

Er küsste sie lange und zärtlich. Sein voller Bart kratzte leicht über ihre Haut, er roch nach Rauch und Schweiß und doch so unsagbar vertraut. Seine Zungenspitze schnellte in ihren Mund und ihr Atem beschleunigte sich. Ein angenehmes

Ziehen breitete sich zwischen ihren Schenkeln aus. Sie schlang die Arme noch fester um seinen Hals und erwiderte voller Leidenschaft seinen Kuss.

»Komm mit«, raunte sie, löste sich widerstrebend von ihm und nahm seine Hand. Atemlos rannte sie zu ihrer eigenen, dunklen Baracke.

Sie hatten kaum die Tür hinter sich geschlossen, als er sie gegen die Wand presste und seinen Mantel achtlos zu Boden fallen ließ. Durch den dicken Stoff ihrer Kleidung fand seine Hand zielsicher ihre Brust. Anna stöhnte auf, als er sie sanft zu kneten begann. Empfindungen, die sie seit Monaten nicht mehr verspürt hatte, fluteten ihren Körper.

Wilhelm ließ von ihren Brüsten ab und schob hastig ihren Rock nach oben, nestelte am Bund der wattierten Hose, die sie darunter trug. Sie kam sich unförmig und wenig weiblich darin vor, doch er schien sich nicht daran zu stören. Endlich hatten sich seine Hände durch all den Stoff gewühlt und legten sich kühl und besitzergreifend auf ihren nackten Po, streichelten und massierten ihn. Eine Gänsehaut, die nicht von der Kälte rührte, überzog ihre Haut.

Hektisch half sie ihm dabei, ihre dicke Hose hinunterzustreifen. Das Pochen in ihrem Unterleib wurde beinah unerträglich, während er sie mit seinen Fingern immer weiter liebkoste.

Sie drängte sich noch enger an ihn und spürte die Härte seiner Erregung an ihrem Bauch. Plötzlich ging er in die Hocke und befreite sie von ihren Stiefeln, in denen sich die Hosenbeine verfangen hatten. Dann öffnete er rasch seinen Gürtel und entledigte sich selbst der störenden Kleidung.

Erneut legten sich seine Hände auf Annas Po, stützend diesmal, und sie schlang die Beine um seine Hüfte, nahm ihn ganz in sich auf.

Wilhelm stöhnte. Seine Stöße kamen stark und schnell.

»Ich weiß nicht, ob ich mich beherrschen kann«, keuchte er.

»Das brauchst du nicht«, gab sie ebenso atemlos zurück. Seine Leidenschaft, die Sehnsucht nach ihm trieben auch sie unaufhaltsam dem Höhepunkt entgegen.

Mit aller Kraft klammerte sie sich an ihn, gab sich ihm hin und genoss das Gefühl, endlich wieder vollständig und wahrlich lebendig zu sein.

Mit einem letzten tiefen Stoß ergoss er sich in sie, in dem Moment, als ihre eigene Erlösung sie erschütterte. Sie biss sich auf die Lippe, um nicht aufzuschreien, und ließ den Kopf atemlos und glücklich auf seine Schulter fallen.

Er hielt sie weiterhin ganz fest, machte keine Anstalten, ihre intime Verbindung zu trennen.

Zärtlich fuhr sie mit den Fingern durch seine langen, verfilzten Haare und versuchte zu begreifen, dass es gerade tatsächlich geschah, dass er wirklich hier war, bei ihr. Dass es nicht nur ein Wunschtraum war, aus dem sie jederzeit aufwachen konnte.

»Ich würde das von eben wirklich gern wiederholen«, flüsterte er schließlich bedauernd, als er sie vorsichtig auf den Boden stellte. »Aber ich fürchte, ich bin gerade ziemlich erschöpft.«

Das holte Anna unverzüglich von der Wolke der Glückseligkeit, auf der sie seit seiner Ankunft geschwebt hatte. Sie wusste nicht, warum er hier war, und auch nicht, wie lange er unterwegs gewesen war. Rasch schlüpfte sie in ihre Hose und richtete ihr Kleid.

»Hast du Hunger, Durst?«

»Ja.«

Sie musterte ihn vorwurfsvoll. »Warum hast du das denn nicht gleich gesagt? Wir hätten doch auch später …« Sie verstummte errötend.

Grinsend kniff er ihr in den Po. »Weil mein Hunger nach dir noch viel größer war.«

»Geh rüber zum Ofen, ich bringe dir gleich alles.« Sie versuchte, ihre Stimme streng und missbilligend klingen zu lassen, doch es gelang ihr nicht. Zu glücklich war sie, ihn endlich wieder bei sich zu haben.

Das Holz im Ofen war fast ganz heruntergebrannt, geblieben war nur ein schwaches Glühen. Während Anna den Kartoffelbrei, der vom Abendessen übrig geblieben war, mit einem Schluck Wasser vermischte, um ihn etwas weicher zu machen, legte Wilhelm noch ein paar Scheite ins Feuer.

»Mehr habe ich leider nicht«, sagte sie entschuldigend, als sie ihm die Schüssel und eine Tasse Kiefernnadeltee reichte. Sie hatte sich mittlerweile so sehr an das herbe, leicht säuerlich schmeckende Getränk gewöhnt, dass sie es nicht mehr missen wollte.

»Ein wahres Festmahl im Vergleich zu der Pampe, die wir sonst bekommen«, murmelte Wilhelm und begann, hungrig zu essen.

Erst jetzt fiel Anna auf, dass etwas nicht stimmte, wie ungeschickt er den Becher mit seiner linken Hand zum Mund hob. Es dauerte ein paar Sekunden, bis sie begriff, woran das lag. Ihr Gehirn weigerte sich zu glauben, was ihre Augen ihr zeigten. Willi fehlten zwei Finger an seiner linken Hand. Erschrocken sog Anna die Luft ein.

Er schaute hoch, bemerkte ihren Blick und zuckte beinahe entschuldigend mit den Schultern. »Ist nicht schön, aber es hätte noch viel schlimmer ausgehen können.«

»Was … was ist geschehen?«

»Ein Baum, den wir fällen sollten, war geborsten. Die Splitter flogen wie Geschosse umher. Einer hat mir glatt die Finger abgerissen. Ich kann von Glück reden, dass es nicht die Augen waren.«

»Wann war das?« Die Wunde schien bereits gut verheilt zu sein. Glatte Narbenhaut spannte sich über die leere Stelle an den Knöcheln.

»Gleich in der zweiten Woche.« Er schnaufte. »Eigentlich hätte mir kaum etwas Besseres passieren können.«

Entgeistert starrte Anna ihn an.

»Ich fiel für ein paar Tage aus und bot an, mich um die Organisation, das Zählen der Stämme und die Überprüfung der Normen zu kümmern. Ist ja nichts Neues für mich. Zu Hause hab ich das alles auch immer gemacht. Nur dass es dort um Feldarbeit und Getreidesäcke statt um Bäume ging. Auf jeden Fall stellte ich mich so geschickt an, dass der Aufseher das zu würdigen wusste und mir die Aufgabe dauerhaft übertrug. Er konnte sich den unseren zum Teil kaum verständlich machen, ich habe auch so schon öfter für ihn übersetzt.«

»Und warum bist du jetzt hier? Nicht, dass ich mich beschweren möchte«, fügte sie lächelnd hinzu.

»Ich soll mich um Nachschub und Vorräte kümmern und Bericht über unser Vorankommen erstatten. Bei der Gelegenheit habe ich natürlich auch all die Briefe mitgebracht, die wir immer wieder geschrieben haben, in der Hoffnung, sie euch irgendwie zukommen lassen zu können. Ich habe mich wirklich beeilt, um heute noch anzukommen. Ich dachte, es wäre ein schönes Weihnachtsgeschenk.«

»Das schönste überhaupt«, stimmte Anna ihm zu und lehnte sich an ihn. Glücklich schaute sie zu, wie er seinen Kartoffelbrei löffelte.

»Wie lange bleibst du?«, fragte sie nach einer Weile zögernd.

»Zwei oder drei Tage, je nachdem, wie schnell ich alles erledigen kann.«

»Und was geschieht dann?«

»Bis zum Frühjahr werden wir genug Wald gerodet haben, um mit dem Bau von Häusern zu beginnen.«

»Und wo wohnt ihr jetzt?«

»Wir haben eine Baracke errichtet, in der wir uns wie Heringe in der Tonne stapeln.«

Anna schnaufte entsetzt, doch Wilhelm zuckte bloß mit den Schultern. »So bleibt es zumindest warm. Und allzu viel Zeit verbringen wir ohnehin nicht dort drin. Außerdem ist es nicht für immer. Sobald die anderen Häuser stehen, wird es deutlich komfortabler. Und dann kommt ihr auch zu uns. Es soll eine große Siedlung entstehen. Obwohl«, sein Ton wurde finster, »von den Familien nicht mehr viel übrig zu sein scheint.«

»Wir hatten die Masern«, erklärte sie. »Schlechtes Essen, schwache Kinder, keine Medizin …« Sie schluckte. »Ich habe die Krankheit noch nie so gnadenlos wüten sehen wie hier.«

»Aber unseren Kindern geht es wirklich gut?«, vergewisserte er sich besorgt.

»Ja«, beruhigte sie ihn. »Yvo hat sich nicht einmal angesteckt. Erich und Rita waren krank. Rita wäre fast gestorben, aber dann ist endlich ein Arzt gekommen und hat sie gerettet. Wir haben sie erst heute aus dem Krankenhaus in Lusa abgeholt.«

»Es gibt dort ein Krankenhaus?«

»Ja. Es wurde wegen der Epidemie eingerichtet. Ich hoffe, dass es für immer bleibt.«

»Besser wäre es. Im Frühling sollen noch weitere Siedler kommen. Wie geht es Friedrich?«, wechselte Wilhelm plötzlich das Thema. Er klang bekümmert.

»Er ist tot«, gestand Anna leise. »Ich konnte nichts für ihn tun. Und ich weiß nicht, wie ich es Martha erklären soll. Sie hat ihn mir anvertraut und ich …«

»Du brauchst ihr nichts mehr zu erklären«, entgegnete Wilhelm leise. »Sie sind bereits vereint. Es war ihr Todesurteil, als man sie mit uns schickte. Wir haben versucht, sie zu schonen, vielleicht hätte sie es auch irgendwie geschafft. Doch sie ist ins Eis eingebrochen. Ein Baumstamm war auf den zugefrorenen

Fluss gekracht. Wir haben versucht, ihn herunterzuheben. Sie wollte helfen. Der Aufprall musste die Eisdecke geknackt haben. Wir haben sie natürlich sofort rausgezogen, aber sie hat sich nie wieder davon erholt. Zwei Wochen lang lag sie neben dem Ofen, von Fieber und Schüttelfrost gequält, bevor der Tod sie endlich erlöste.« Wilhelm verstummte und wischte sich über das Gesicht.

Tröstend streichelte Anna seine Schulter. »Gab's noch mehr Tote?«, fragte sie zögernd.

»Großvater Wilfried, Elsa Hahn, Thimothe Kohler. Und weitere sind am Ende ihrer Kräfte. Wir arbeiten viel und essen wenig. Unser ganzes Streben ist auf den Frühling gerichtet, alle hoffen, dass es dann endlich besser wird.«

»Wie geht es Albert?« Maria würde es nicht verkraften, wenn sie ihren Mann auch noch verlor.

»Er hält sich gut. Er ist jung, stark und geschickt. Wieso?« Die Sorge in ihrem Ton war ihm offensichtlich nicht entgangen.

»Ruth ist tot«, flüsterte sie. »Es hat Maria das Herz gebrochen.«

»Das tut mir leid.«

»Vielleicht wird es besser, wenn das zweite Kind da ist und sie wieder vereint sind.«

»Ganz sicher.«

Anna schwieg und kuschelte sich enger an ihren Mann. Auch für sie klang der Frühling mit einem Mal unendlich verheißungsvoll. Es würde wärmer werden, die Kinder wären weniger krank, im Wald könnten sie nach Beeren und später nach Nüssen und Pilzen suchen. Und sie wären endlich wieder zusammen. Dafür mussten sie nur die nächsten vier Monate überstehen. Irgendwie.

Kapitel 11

»Der ist ja winzig!« Fasziniert beugte sich Anna über Marias neugeborenen Sohn. Sie hatte beinahe vergessen, wie klein die Säuglinge anfangs waren.

Glücklich senkte die junge Mutter den Kopf und hauchte einen Kuss auf die runzlige Stirn. »Ich bin so froh, dass ich ihn endlich halten darf!«

Anna konnte es ihr gut nachempfinden. Sie selbst hatte ihre beiden Kinder zu Hause zur Welt gebracht und von der ersten Sekunde jeden Moment mit ihnen genossen. Im Krankenhaus herrschten jedoch ganz andere Regeln. Die Kinder wurden den Müttern nur alle paar Stunden kurz zum Füttern gebracht, niemand tröstete sie, wenn sie schrien, und nicht einmal ihre Mütter durften zu ihnen gehen.

Fest gewickelt, wie Püppchen, lagen sie auf der Säuglingsstation, drei oder vier nebeneinander in einem Bett.

Es war Anna nicht einmal gestattet gewesen, Maria zu besuchen, während diese sich von der Niederkunft erholte, aus Angst, sie könnte irgendeine Infektion zu den Wöchnerinnen bringen.

Aber nun war die obligatorische Woche vorbei und Maria durfte mit ihrem kleinen Richard nach Hause gehen.

Für Anfang April war die Luft noch verhältnismäßig kühl, daher hatte Anna vorsorglich eine dicke Decke mitgebracht, in die der Junge nun sorgfältig gewickelt, selig schlummernd in den Armen seiner Mutter lag.

»Er ist Albert wie aus dem Gesicht geschnitten.« Maria strahlte richtig vor Glück, und Anna stellte erleichtert fest, dass dieses winzige Bündel in ihrem Arm ihrer Freundin endlich die Lebensfreude wiedergab, die sie nach Ruths Tod fast völlig verloren hatte.

Schon aus der Entfernung hörte Anna die Unruhe, die in ihrem Lager herrschte, und wechselte mit Maria einen besorgten Blick. Im stillen Einvernehmen beschleunigten sie ihre Schritte.

»Beeilt euch!«, dröhnte die Stimme eines Soldaten zu ihnen herüber, sobald sie den Hof betraten. »Die erste Fuhre geht heute, die letzte morgen früh!«

»Mama!« Erich rannte erleichtert auf sie zu und schlang die Arme um ihre Körpermitte. »Ich hatte schon Angst, sie nehmen uns ohne dich mit!«

»Was ist passiert?« Alarmiert sah sie ihn an.

»Wir müssen hier weg. Alle sollen packen und in die Autos steigen.« Er deutete auf die drei Laster, die am Ausgang des Lagers warteten.

»Wo sind Rita und Yvo?«

Von der Aufregung und dem Lärm begann Richard zu weinen, und Maria wiegte ihn besänftigend hin und her.

»Rita legt die Sachen zusammen. Yvo ist bei ihr. Ich wollte dich suchen gehen.«

»Das hast du gut gemacht.« Liebevoll drückte sie seine Schulter. Es war unfassbar, wie selbstverständlich es für ihn geworden war, Verantwortung für sich und die beiden Mädchen zu übernehmen. Sie drehte sich zu Maria um. »Ich schätze, wir sollten jetzt packen.«

»Glaubst du, sie bringen uns zu den Männern?« Die Aussicht darauf, Albert wiederzusehen, ließ ihr Gesicht vor Freude erstrahlen.

Anna lächelte. »Ich hoffe es.«

Die Lastwagen holperten über die schmale, unbefestigte Straße. In der Mitte stand das Gras kniehoch, in den Spurrillen an den Seiten konnte man schwarze Erde erkennen. Offensichtlich wurde der Weg nicht oft benutzt. Sie konnten vermutlich von Glück reden, dass es überhaupt einen gab und sie die ganze Strecke nicht zu Fuß zurücklegen mussten.

Nach etwa drei Stunden hielt die Kolonne schließlich an und Anna sah sich fassungslos um. Sie befanden sich auf einer großen, gerodeten Fläche am Ufer eines kleinen Flusses. Bis auf zwei Baracken am hinteren Ende war der Platz leer.

»Aussteigen!«, erklang der harte Befehl der sie begleitenden Wachmänner. Anna warf Maria einen hilflosen Blick zu und packte die Griffe der beiden Koffer, die ihren gesamten Hausstand enthielten. Erich nickte ihr tapfer zu und nahm Rita und Yvo fest bei den Händen.

Den anderen Frauen stand der Schreck gleichermaßen ins Gesicht geschrieben. Sie hatten gehofft, das Schlimmste bereits hinter sich zu haben, doch was sie hier erwartete, schien eher noch schlechter zu sein als das, was hinter ihnen lag. Dort war wenigstens die Stadt, ein Krankenhaus, eine Spur von Zivilisation in greifbarer Nähe gewesen, hier hatten sie nicht einmal das.

»Los, los!«, kommandierten die Männer, und gehorsam sprangen die Frauen von der Ladefläche. Gepäck und Kinder mühsam mit sich schleppend, setzten sie sich zögernd in Bewegung. Von der Hoffnung, die sie bislang beflügelt hatte, war nichts mehr zu spüren.

Plötzlich löste sich eine Gestalt aus dem Schatten der Bäume. Der Mann blieb einen Herzschlag lang stehen, schirmte die Augen gegen die Sonne ab und schaute den Neuankömmlingen entgegen. Dann ging ein Ruck durch seinen Körper und er lief los.

Weitere Gestalten strömten aus dem Wald. Auch sie verharrten kurz, bevor sie eilig losrannten.

»Clara? Clara!« Der erste Mann hatte die Frauen bereits erreicht und drängte sich suchend durch die Menge.

»Fritz!« Die Stimme überschlug sich vor Erleichterung und Freude. »Wir sind hier, Fritz!«

Eine Frau in einem dunklen Wolltuch, die Anna nur flüchtig kannte, ließ ihre Tasche fallen und winkte hektisch. Im nächsten Moment war der Mann bei ihr und riss sie in seine Arme, drückte sie fest an seine Brust. Ein kleines Mädchen klammerte sich glücklich an sein Bein.

Anna wandte den Blick ab. Nicht nur, weil sie der Familie einen Funken Privatsphäre gönnen wollte, sondern weil auch sie nach dem geliebten Gesicht in der Menge der herannahenden Männer suchte. Der letzte Brief von Wilhelm war schon Wochen her, und sie würde erst wieder aufatmen können, wenn sie ihn leibhaftig vor sich sah.

Die etwa zehn Männer hatten ihre Familien mittlerweile erreicht. Wilhelm war nicht unter ihnen.

»Albert ist nicht hier.« Marias Hand krallte sich besorgt in Annas Schulter.

»Willi auch nicht. Das hat nichts zu bedeuten. Vermutlich haben sie gerade woanders zu tun.«

Maria nickte.

»Wir sollten weiter.« Entschlossen setzte sich Anna in Bewegung. Abschätzend betrachtete sie die beiden Baracken im Hintergrund. Sie wusste nicht, ob und wie die Plätze dort bereits verteilt waren, aber es schadete bestimmt nicht, dort nicht als

Letzte anzukommen. »Kommt mit!«, rief sie die Kinder und schritt zielstrebig aus.

Einige Wachmänner warteten bereits vor den Holzbauten auf sie und lotsten alle Neuankömmlinge in die erste Baracke.

»Eine Pritsche pro Familie! Los, rein da!«

Muffige Luft schlug Anna entgegen, als sie das Haus betrat, und sie fühlte sich mit einem Schlag sechs Monate zurückversetzt. Die gleichen Liegen reihten sich in drei Etagen an den Wänden, der gleiche Kohleofen stand am hinteren Ende.

Ihr Mut sank. Sollte das von nun an ihr Leben sein? Immer so knapp am Minimum vorbei, dass es zum Leben zu wenig war und zum Sterben – mit etwas Glück – zu viel? Würden sie wieder nur in Schichten schlafen können, umgeben von unzähligen fremden Menschen?

Tränen der Enttäuschung, der Resignation traten ihr in die Augen, und sie blinzelte sie hastig fort. Sie musste stark sein, für Erich, der sie aufmunternd ansah, für Yvo und Rita, die sich vertrauensvoll an ihre Beine schmiegten. Doch sie konnte einfach nicht mehr.

»Ihr Name?«

Erst jetzt erkannte sie, dass ein Mann mit einer Liste vor ihr stand, und räusperte sich. »Anna Friedrichowna Scholz.«

Der Mann schaute in seine Aufzeichnung. »Sind das Ihre Kinder, Genossin Scholz?«

»Ja.«

»Erich, Rita und Yvonne?«

»Ja.« Sie nickte.

»Das ist Ihr Platz.« Der Mann deutete auf eine Liege, auf der bereits ein zusammengefaltetes Kleiderbündel lag. Sie erkannte Wilhelms Schal und atmete erleichtert auf. Er war tatsächlich hier.

»Danke«, murmelte Anna und ließ sich müde darauf sinken. Man hatte ihnen ein Bett in der ersten Ebene zugewiesen, sie vermutete, dass es wegen der kleinen Kinder war. Alleinstehende und Erwachsene verfrachtete der Mann nach oben, während Familien die unteren Liegen bekamen.

Anscheinend hatte sich jemand zumindest ein wenig Gedanken gemacht.

»Mama, dürfen wir nach draußen?«, fragte Erich begierig.

Sie lächelte müde. Für die Kinder war das hier noch immer ein großes Abenteuer. »Sicher. Schaut euch ein wenig um, aber bleibt in der Nähe.«

»Ja, Mama.« Er schnappte sich die beiden Mädchen und lief mit ihnen davon.

Während immer mehr Menschen in die Baracke strömten, saß Anna nur teilnahmslos da und beobachtete das Geschehen. Sie hatte ohnehin nichts zu tun. Es gab keine Möglichkeit, ihre Sachen auszupacken oder sich irgendwie häuslich einzurichten. Nicht, wenn sie nur knapp eineinhalb mal zwei Meter Platz für ihre Familie hatte.

Wie es aussah, wurden tatsächlich alle in nur eine Baracke gesteckt. Rund zwanzig Familien und eine Handvoll derer, die ihre Angehörigen bereits verloren hatten, auf engstem Raum zusammengepfercht.

Sobald alle verteilt waren, warf der Wachmann einen letzten Blick in die Runde und machte Anstalten zu gehen. Einem plötzlichen Impuls folgend, stand Anna auf und hielt ihn zurück. »Entschuldigung. Aber was ist mit der zweiten Baracke? Könnte man nicht ein paar Familien dorthin verlagern?«

Der Mann schenkte ihr einen mitleidigen Blick, aber zumindest schien er ihr die Anfrage nicht übel zu nehmen. »Es kommen bald noch viel mehr Leute an. Glauben Sie mir, Sie haben es hier gar nicht so schlecht.«

Schweigend ging Anna zurück. Wenn das hier gut war, wollte sie nicht wissen, was die anderen erwartete. Sie setzte sich zurück auf ihre Pritsche, zog die Knie an und legte ihre

Wange darauf. Sie war die ständigen Entbehrungen und dieses unwürdige Leben so leid.

Wie von selbst flogen ihre Gedanken zurück zu den glücklichen Erinnerungen an ihre Heimat – an ihr schönes, gemütliches Haus, die vielen Blumen, die nun sicherlich in ihrem Vorgarten wuchsen, während hier gerade einmal der Schnee geschmolzen war. Zu Hause blühten bestimmt schon die Apfelbäume – wie sehr sie diesen Anblick immer geliebt hatte.

Wenn alles anders gekommen wäre, hätte sie jetzt in ihrer sonnenbeschienenen Küche einen Hefeteig geknetet, während sie darauf wartete, dass Erich von der Schule nach Hause kam. Yvo hätte im Garten friedlich gespielt, und sie hätte ihr glückliches Lachen von draußen hören können.

Wie weit weg das alles jetzt war, wie unerreichbar.

»Anna, Schatz, alles in Ordnung?«

Sie hatte gar nicht bemerkt, dass Wilhelm plötzlich vor ihr stand. Anna schaute hoch und wischte sich über die tränennassen Wangen. Sie nickte schwach und streckte die Arme nach ihm aus. Er zog sie fest an seine Brust und drückte die Lippen auf ihren Scheitel. »Ich bin so froh, dass ihr endlich hier seid«, murmelte er.

»Ich auch.« Sie schmiegte sich an ihn.

Ohne sie loszulassen, ließ er sich mit ihr auf die Liege sinken, bis sie nebeneinander zum Sitzen kamen. »Was ist los?«

Hilflos zuckte sie mit den Schultern. »Ich bin wahrscheinlich nur müde.« Sie wollte ihr Wiedersehen nicht mit ihren trüben Gedanken belasten. »Hast du schon die Kinder gesehen?«

»Ja.« Er lächelte. »Unglaublich, wie groß sie geworden sind. Ich habe versprochen, ihnen gleich alles zu zeigen, aber vorher wollte ich unbedingt dich begrüßen.«

Er hob ihr Kinn und streifte ihre Lippen zärtlich mit den seinen. »Ich habe euch so vermisst.«

Mit aller Kraft klammerte sie sich an ihn, wünschte sich, er würde ihr versichern, dass sie sich niemals mehr trennen müssten, und wusste zugleich, dass er das nicht konnte. Die Zeiten, in denen sie selbst über ihr Leben bestimmt hatten, waren vorbei. Offiziell mochte man sie Bürger oder Genossen nennen, doch ihr Schicksal war kaum besser als das der Leibeigenen, für deren Abschaffung Russland so lange gebraucht hatte.

»Wird es jemals besser?«, entfuhr es ihr verzweifelt.

Er schob sie ein Stück von sich weg und musterte sie ernst. »Ich hoffe es«, sagte er mit Nachdruck. »Und ich tu alles dafür, was ich nur kann.« Er zögerte und senkte den Blick. »Kannst … kannst du mir denn immer noch nicht verzeihen?«

Sie brauchte eine Weile, um zu verstehen, worauf er anspielte. »Es war nicht deine Schuld«, flüsterte sie schließlich. »Es wäre so oder so geschehen. Wenn nicht damals, dann jetzt oder in einem Jahr. Man hätte uns nicht in Ruhe gelassen. Sieh dich doch um.« Sie vernahm die Bitterkeit in ihrer Stimme und wurde leiser. »Glaubst du, diese Menschen hier haben etwas verbrochen, etwas falsch gemacht? Sie haben bloß ihr Leben gelebt, so wie wir. Ein Leben, das irgendjemandem nicht gepasst hat.«

»Es tut mir trotzdem leid.«

»Ich weiß, aber du konntest es nicht abwenden.« Sie setzte sich aufrechter hin. Es war Zeit, die Vergangenheit ruhen zu lassen und sich der Zukunft zuzuwenden. »Weißt du, was jetzt mit uns geschehen wird?«

»Ich habe gehört, dass wir hierbleiben und eine Siedlung aufbauen sollen. In den nächsten Wochen und Monaten sollen noch viel mehr Menschen kommen, die eine Unterkunft brauchen. Ich schätze, dass der Kommandant morgen mehr dazu erzählen wird. Heute sollen alle erst einmal ankommen.«

Anna drückte seine große, warme Hand. »Es ist wirklich schön, wieder bei dir zu sein.«

Wilhelm erhob sich lächelnd. »Lass uns zu den Kindern gehen.«

Anna folgte ihm. Im Vorbeigehen blieben ihre Augen an Maria und Albert hängen. Er hatte den Arm fest um die Schultern seiner Frau geschlungen und betrachtete mit ihr staunend seinen neugeborenen Sohn.

Am nächsten Morgen hatte Anna gerade mit ein paar Frauen frisches Wasser aus dem Fluss geholt, als der Kommandant die Baracke betrat.

»Liebe Genossen und Genossinnen«, verkündete er laut. »Herzlich willkommen in der Siedlung Nr. 6 der Region Lusa. Schon morgen werden neue Siedler hier eintreffen. Insgesamt erwarten wir bis zum Winter zweihundert weitere Familien, die Nahrung und Unterkunft benötigen. Alle – auch die Kinder – werden ab sofort ihren Beitrag leisten müssen.«

Leises Gemurmel folgte seinen Worten. Anna konnte sich nicht vorstellen, wie sie in den nächsten Monaten zweihundert Familien unterbringen und ernähren sollten.

»Ruhe bitte!«, rief der Kommandant. »Ich werde der Reihe nach Ihre Namen vorlesen, treten Sie dann bitte vor und ich werde Ihnen Ihre Aufgaben zuweisen. Bitte denken Sie daran, dass die Anwesenheitskontrolle jeden Morgen durchgeführt wird und dass Sie die Siedlung nicht ohne offizielle Erlaubnis verlassen dürfen.«

So viel zum Thema Siedler, fuhr es Anna bitter durch den Kopf. Zwangsarbeiter traf es wohl eher.

Als ihr Name aufgerufen wurde, traten Anna, Wilhelm und die Kinder gehorsam nach vorn.

Der Kommandant nickte ihrem Mann kurz zu. »Sie wissen ja, was Sie zu tun haben.«

»Ja. Wir fangen gleich mit der Errichtung einer neuen Baracke an. Die andere Kolonne wird weiter roden.«

»Gut.« Der Mann wandte sich Anna zu. »Man sagte mir, dass Sie gut nähen, Genossin Scholz.«

»Ja.«

»Können Sie auch lesen, schreiben, rechnen?«

»Ja. Ich habe acht Jahre lang die Schule besucht.«

»Sie werden der Näherei zugeteilt. Anfangs werden Sie unter freiem Himmel arbeiten, aber sobald wir mehr Platz haben, werden wir ein Zimmer dafür freistellen.«

Ungläubig schaute Anna Wilhelm an, der ihr aufmunternd zulächelte. Damit hatte sie niemals gerechnet. Sie durfte nähen, anstatt sich beim Häuserbau oder der Waldrodung zu Tode zu schuften.

»Wie alt sind die Kinder?« Der Kommandant zeigte sich von ihrer Erleichterung völlig unbeeindruckt. Insgesamt machte er einen sehr geschäftigen und effizienten Eindruck auf sie. Es war offensichtlich, dass er sie nicht zur Handarbeit eingeteilt hatte, um ihr einen Gefallen zu tun, sondern weil er die Fähigkeiten der ihm unterstellten Personen bestmöglich zu nutzen gedachte.

»Erich ist neun, Rita sechs und Yvo drei«, erklärte sie.

Der Mann notierte etwas auf seiner Liste. »Die beiden älteren gehen ab heute Nachmittag mit der ersten Kinderkolonne in den Wald, um Moos zu sammeln. Die Abgabenorm wird ihnen vor dem Aufbruch bekannt gegeben. Wer seine Norm erfüllt, bekommt eine volle Ration. Dasselbe gilt übrigens auch für Sie.«

Anna nickte.

»Die Kleine kommt in den Kindergarten. Der Betrieb soll planmäßig nächste Woche starten. Bis dahin kann sie bei der Kinderkolonne mithelfen oder bei Ihnen bleiben, solange sie Sie nicht von der Normerfüllung abhält.«

»Keine Sorge, das wird sie nicht«, versprach Anna hastig.

»Bitte gehen Sie draußen zum Lastwagen Nr. 4. Dort erhalten Sie Stoff, Muster und Nähgarn.«

Wilhelm zog sie und die Kinder zum Ausgang. »Ich muss auch los«, raunte er ihr ins Ohr. »Wir sehen uns heute Abend.«

»Pass auf dich auf.« Sie gab ihm einen schnellen Kuss und schaute ihm halb besorgt, halb erleichtert hinterher, während er zu den Männern hinüberging, die sich etwas abseits versammelten.

»Wieso lächelst du?«, fragte Yvo plötzlich.

Überrascht fuhr sich Anna an die Lippen und merkte, dass es stimmte. Sie lächelte – weder tapfer noch aufmunternd oder aufgesetzt, sondern einfach, weil ihr danach war.

Die Frühlingssonne schien warm vom Himmel herab, der Himmel war blau, das Gras grün, die Kinder gesund und die Last, die all die Monate auf ihren Schultern geruht hatte, schien nicht mehr ganz so schwer zu sein, weil sie sie nicht länger alleine tragen musste.

Ihnen stand eine schwere Zeit bevor, voller Entbehrungen und harter Arbeit, um in dieser Wildnis eine Siedlung, ein Stück Zivilisation aus dem Boden zu stampfen. Doch wie es schien, war der Kommandant fest entschlossen, genau das zu tun. Und wenn sie das tatsächlich schafften, würde es vielleicht endlich aufwärtsgehen.

Sie hockte sich hin, um auf Augenhöhe mit ihrer Tochter zu sein, und streichelte ihr liebevoll über die weichen Locken. »Ich lächle, weil ich wieder Hoffnung habe, mein Schatz.«

TEIL 2: GETRIEBEN

Kapitel 12

Weihnachten 1937, Stadt Armawir, Nordkaukasus

»Papa, erzählst du uns noch einmal von Leipzig?« Mit glänzenden Augen schaute Emma ihren Vater an.

Auch Harri spitzte erwartungsvoll die Ohren. Er war froh, dass die jüngere Schwester die Bitte geäußert hatte. Mit seinen zwölf Jahren war er selbst beinahe ein Mann, da ziemte es sich nicht, den Vater um Geschichten anzubetteln.

Samuel zwirbelte den langen Schnurrbart und schaute zur Mutter hinüber. »Haben wir noch so viel Zeit, bevor es Abendessen gibt?«

»Aber sicher«, rief Hilde vom Herd herüber, wo sie mit Tante Gerda die letzten Vorbereitungen für das feierliche Mahl traf.

Es duftete herrlich nach Hefekuchen mit Streuseln, und Harri lief schon das Wasser im Mund zusammen, während er mit seiner Schwester und den beiden Cousins andächtig den Worten des Vaters lauschte.

»Leipzig ist eine große und wunderschöne Stadt, dort gibt es breite Straßen und gepflasterte Brücken, Geschäfte für alles, was das Herz begehrt, und Kirchen, die bis in den Himmel hinaufreichen.«

»Wann warst du da, Onkel?«, wollte der achtjährige Ludwig wissen.

Der Vater dachte kurz nach. »Das ist schon fast fünfundzwanzig Jahre her«, sagte er schließlich erstaunt.

»Und du hast das alles wirklich gesehen?«

»Ja.« Er nickte. »Ich habe dort die Universität besucht. Ich sage euch, eine solche Bibliothek habt ihr im Leben noch nicht gesehen – Bücher, so weit das Auge reicht.« Sein Gesicht nahm einen verträumten Ausdruck an, wie so oft, wenn er über diese wunderbare, unbeschwerte Zeit in seinem Leben sprach. »Ich habe Deutsch und Theologie studiert.«

»Was ist Theologie?«, fragte Ludwig neugierig.

Harri hörte, wie sich seine Mutter mahnend räusperte, und der Vater senkte betreten den Blick. »Ist nicht so wichtig«, sagte er schnell.

Einmal hatte er Harri erklärt, dass Theologie die Lehre von Gott sei, dass es jetzt aber verboten sei, darüber zu sprechen. Harri würde Ludwig später beiseitenehmen müssen, um ihm einzuschärfen, sich ja nicht zu verplappern.

»Ich würde das auch so gerne mal sehen«, entfuhr es seiner Schwester sehnsüchtig.

»Vielleicht wirst du das eines Tages.«

»Und wenn nicht«, warf Mama schnell ein, »ist es auch nicht schlimm. Uns geht es hier doch gut, oder?«

»Ja, Mama«, antwortete Emma gehorsam, doch Harri konnte seine Schwester sehr gut verstehen. Wann immer sein Vater von der Universität und all den Büchern sprach, wünschte er sich, das alles auch irgendwann zu sehen, auch einmal auf diese Weise lernen zu dürfen. Welch ein Unterschied bestand doch zwischen den prachtvollen Räumen und Sälen seiner Vorstellung und der schlichten, kleinen Schule, die er besuchte.

»Wieso bist du nicht dortgeblieben, Onkel?«, erkundigte sich Ludwig verwirrt. »Ich hätte eine so schöne Stadt bestimmt nicht verlassen.«

Vater zuckte mit den Schultern. »Ich habe meine Eltern auf der Krim besucht, als 1914 der Große Krieg ausbrach und ich nicht mehr zurückkonnte, um mein Studium fortzusetzen.«

»Aber der Krieg ist doch schon lange vorbei …«

»Das stimmt, doch dann kam die Revolution und danach … wollte ich hier nicht mehr weg.«

»Das Essen ist fertig!«, sagte Mama in diesem Moment und erlöste ihren Mann aus dem Verhör.

Jubelnd stürmten die Kinder zum Tisch, dann wurden artig die Hände gefaltet und Onkel Otto sprach als Hausherr ein kurzes Gebet.

Schon früh hatten die Eltern den Kindern eingebläut, dass sie das in der Öffentlichkeit niemals tun dürften, auch wenn Harri den Grund dafür nicht ganz verstand. Doch hier, im Schutz ihres Hauses, konnten sie die alten Traditionen und den Glauben weiterhin ehren.

Nach dem Essen würde der Vater die Weihnachtsgeschichte aus der abgegriffenen, alten Bibel vorlesen, bevor sie endlich die Papiertüten aufmachen durften, die mit kleinen Schleifen verziert auf dem Schreibtisch am Fenster standen.

Morgen in der Schule würde er niemandem davon erzählen, denn Weihnachten war kein Fest, das man feiern sollte, die meisten seiner Mitschüler wussten nicht einmal etwas davon.

Harri hatte sich gerade die letzte Kartoffel in den Mund geschoben, als es plötzlich laut an der Tür klopfte.

»Der Nikolaus!«, flüsterte Emma aufgeregt, doch Harri schüttelte entschieden den Kopf und bedeutete ihr, still zu sein. Er selbst konnte seine Augen nicht von den Erwachsenen nehmen, die einen beunruhigten Blick wechselten.

Es klopfte erneut.

»Aufmachen!«, verlangte eine grobe Männerstimme.

Onkel Otto erhob sich, zog seine Weste glatt und ging gefasst zur Tür.

Harris Mund wurde mit einem Mal ganz trocken, und er krallte seine Finger in die Tischplatte, um sie am Zittern zu hindern. Die Spannung in der Luft war fast greifbar, auch wenn er nicht sagen konnte, weshalb. Es war nichts Schlimmes geschehen. Es hatte nur jemand an die Tür geklopft. Vielleicht war es bloß ein Nachbar, der sich zwei Eier oder ein Pfund Mehl leihen wollte.

Er hoffte so sehr, dass es ein Nachbar war.

Onkel Otto öffnete die Tür und ein Schwall kalter Luft wehte herein.

Drei bewaffnete Männer in dunklen Uniformen starrten ihm mit grimmigen Gesichtern entgegen.

»Otto Pfeiffer?«, fragte der in der Mitte streng.

»Ja.«

»Wir nehmen Sie fest als Feind des Volkes wegen der Zugehörigkeit zu einer faschistischen Organisation und Vorbereitung eines terroristischen Anschlags gegen die Regierung.«

»Was?« Onkel Otto war alle Farbe aus dem Gesicht gewichen, er schwankte, und Tante Gerda schluchzte erschrocken auf.

»Das ist ein Irrtum«, sagte er beherrscht. »Ich bin ein treuer Sowjetbürger, ich habe mir nichts zuschulden kommen lassen.«

»Uns liegen andere Informationen vor. Kommen Sie jetzt mit.«

»Nein!« Tante Gerda stürzte auf ihren Mann zu. »Er hat nichts getan!«

»Gehen Sie bitte beiseite, Genossin.« Einer der Männer drängte sie grob zurück.

»Mach dir keine Sorgen, Liebling. Es wird sich alles klären«, versuchte Onkel Otto, seine Frau zu trösten. »Ich liebe dich.«

»Ich liebe dich auch.« Tränen rannen Tante Gerda über das Gesicht, als er sanft den Griff ihrer Finger von seinem Ärmel löste.

Er nahm seinen Mantel. »Pass auf die Jungs auf, ja?« Seine Stimme zitterte.

»Das mache ich.« Sie hielt sich eine Hand vor den Mund.

Er wandte den Kopf und sah jeden Anwesenden noch einmal genau an, als würde er Abschied nehmen, dann nickte er den Männern zu und verließ mit ihnen gemeinsam das Haus.

Weinend brach Tante Gerda auf dem Boden zusammen und Harris Eltern eilten zu ihr, um ihr aufzuhelfen. Wie erstarrt schauten sich die vier Kinder an.

»Wo ist Vater hin?«, fragte Ludwig erschrocken. Seine Stimme klang schwach und piepsig.

»Fort«, sagte Harri nur. Er fühlte sich hohl und erschlagen. Die Welt, die ihm noch vor wenigen Minuten so sicher und behütet erschienen war, gab es plötzlich nicht mehr. Sein Onkel war ein netter, friedlicher Mann, der keinem etwas zuleide tat. Er war kein Feind des Volkes.

Erleichterung durchflutete ihn bei dieser Erkenntnis. Es war alles nur ein Missverständnis.

»Er kommt doch wieder, Mama?«, fragte Harri zögernd. »Die werden sehen, dass er nichts Falsches getan hat, und ihn wieder freilassen, nicht wahr?« In der Schule hörten sie ständig, wie gut und gerecht die Sowjetregierung war.

Unendliche Traurigkeit und Angst lagen in den Augen seiner Mutter, als sie sich ihm zuwandte. »Dein Wort in Gottes Ohr, mein Sohn. Dein Wort in Gottes Ohr.«

***

Januar 1938, Siedlung Sor-El, Sowjetrepublik Komi

Anna geriet auf dem glattgetrampelten Schnee ins Rutschen und kämpfte um ihr Gleichgewicht. Selbst nach all den Jahren hatte sie sich noch immer nicht an den eisigen Winter gewöhnt, der meist von Oktober bis April andauerte. Neben dem schmalen Pfad, der zu ihrem Wohnhaus führte, türmten sich die Schneemassen fast bis zu ihrer Taille auf.

Endlich hatte sie die Eingangstür erreicht und stampfte fest mit den Füßen, um die weißen Klumpen abzuschütteln, die an ihren dicken Filzstiefeln klebten.

Es war noch immer dieselbe Baracke, die sie vor nunmehr acht Jahren bezogen hatten, und jedes Mal, wenn sie sie betrat, stürmten die Erinnerungen an damals auf sie ein. Wie sie mit fast zweihundert Familien auf engstem Raum zusammengepfercht dem furchtbaren Winter getrotzt hatten. Und dabei hatten sie noch Glück gehabt. Sie waren in einer der vier hastig errichteten Baracken untergekommen. All jene, die nach ihnen kamen, hatten in niedrigen Erdhütten überwintern müssen, die kaum mehr als ein Loch im Boden mit einem Dach darüber waren.

Sie wusste nicht mehr, woher sie überhaupt die Kraft genommen hatten, das zu überstehen. Doch ihre Ausdauer hatte sich gelohnt. Mit der Zeit war das Leben besser geworden, leichter. Die Menschen hatten sich – so unterschiedlich ihre Herkunft und ihre Geschichte auch waren – zu einer Gemeinschaft zusammengerauft und dem kargen nordischen Boden eine blühende Siedlung abgetrotzt.

Sie steckte den Schlüssel ins Schloss und drehte ihn herum. Sofort schlug ihr wohlige Wärme entgegen. Äußerlich mochte sich das Gebäude vor ihr zwar kaum verändert haben, doch den großen Innenraum hatte man in vier Zweizimmerwohnungen mit eigener Küche und Eingangstür unterteilt. Ihre Familie wohnte nun in einer davon.

Erleichtert ließ Anna ihre schwere Tasche von der Schulter gleiten. Zwanzig Klassenhefte warteten darauf, von ihr korrigiert zu werden. Sie liebte ihre Arbeit in der Schule, freute sich, dass sie ihr Wissen an die nächste Generation weitergeben konnte. Unter den Siedlern hatte es nicht viele gegeben, die des Lesens und Schreibens mächtig waren. Und als die Schule gegründet worden war, hatte man sie gefragt, ob sie unterrichten wolle. Anfangs hatte auch Wilhelm ausgeholfen, doch als das Sägewerk immer größer wurde, hatte man ihm schließlich eine Stelle als Buchhalter angeboten. Mittlerweile hatte er es dort schon zum Gruppenleiter gebracht.

Anna zog sich die Stiefel und die dick wattierte Jacke aus und hängte beides zum Trocknen vor den Ofen. In einer Stunde würde ihr Mann hungrig nach Hause kommen, und auch Rita und Yvo, die nach der Schule noch zu einer Freundin gegangen waren, mussten bald da sein. Erich würde wie immer als Letzter kommen. Anna war sehr stolz auf ihren Sohn, der nach Abschluss der achten Klasse nun einen Technikerkurs besuchte. Gern hätte sie es ihm ermöglicht, noch länger zur Schule zu gehen, doch dafür hätte er von zu Hause fort und in ein Internat ziehen müssen. Und das hatten sie alle nicht übers Herz gebracht. Auch so bekam sie ihren Sohn kaum noch zu Gesicht. Er war der Erste, der das Haus verließ, um pünktlich zum Unterrichtsbeginn im Nachbarort zu sein, und der Letzte, der abends nach Hause kam.

Anna wusch sich die Hände, zog eine Schürze über und setzte sich an den Tisch, um Kartoffeln für das Essen zu schälen. Ein Klopfen an der Tür ließ sie überrascht in ihrer Tätigkeit innehalten.

Maria stand völlig aufgelöst und mit verweinten Augen an der Schwelle.

»Was ist passiert?« Alarmiert sprang Anna auf. »Ist etwas mit Richard oder Ella?«

»Nein.« Schluchzend schüttelte Maria den Kopf und zog die Tür hinter sich zu. »Den Kindern geht es gut. Aber die Geheimpolizei hat heute Albert geholt.«

»Was?« Anna brauchte einen Moment, um die Nachricht zu verarbeiten, und wollte gleichzeitig nicht glauben, was sie da hörte. »Bist du ganz sicher?«

Als der Blick ihrer Freundin sie traf, biss sich Anna betreten auf die Zunge. Natürlich war sie das. Sie hätte so etwas doch nicht ohne Grund behauptet. »Was ist geschehen?«, fragte sie so ruhig wie möglich und zog einen Stuhl für Maria heran.

Kraftlos ließ sich die junge Frau darauf sinken und machte sich nicht einmal die Mühe, ihre warme Kleidung abzulegen. Sanft zog Anna ihr die Mütze vom Kopf und knöpfte die dicke Jacke auf.

Maria starrte auf ihre ineinander verschränkten Hände, die von der Kälte ganz rot waren. »Ich weiß nicht, was ich tun soll«, murmelte sie verzweifelt.

»Erzähl doch einfach erst.«

»Ich war selbst gar nicht dabei. Albert ist heute ganz normal zur Arbeit gegangen, und dort haben sie ihn direkt abgeholt. Einer seiner Kollegen hat es mir in der Mittagspause erzählt.« Ihre Stimme brach, und sie holte ein paarmal tief Luft, um ihr Zittern unter Kontrolle zu bringen. »Albert hat ihn gebeten, mir Bescheid zu geben, damit ich mir keine Sorgen um ihn mache!« Sie schüttelte den Kopf angesichts der Absurdität dieses Gedankens. »Ich bin sofort in die Verwaltungszentrale gerannt, um zu erfahren, was sie ihm vorwerfen.«

»Und?«

Ihre Schultern bebten, und sie senkte verzweifelt den Kopf. »Ein blöder, alberner Spruch wird ihn jetzt zehn Jahre Gefängnis kosten.«

Ein eisiger Schauer lief Anna den Rücken hinunter. »Was hat er gesagt?«, flüsterte sie.

Maria schaute sich hastig um, als fürchtete sie, im Haus ihrer Freundin auf fremde Ohren zu stoßen. »Du kennst doch diesen neuen Atheistenkreis, der hier gegründet wurde.«

Anna nickte vorsichtig. Das war die neue Maßnahme der Sowjetregierung, um in der Bevölkerung die letzten Reste religiöser Gesinnung auszurotten. Auch Wilhelm war dazu eingeladen worden. Eine Weigerung, daran teilzunehmen, wäre einer aufrührerischen Handlung gegen das sozialistische Regime gleichgekommen. Weshalb sich ihr Mann nun regelmäßig anhören musste, wie Parteimitglieder die heiligen Texte der Bibel verunglimpften und sie ins Lächerliche zogen. Sie erinnerte sich, dass Wilhelm davon erzählt hatte, Albert bei dem letzten Treffen dort gesehen zu haben. Also war er auch vernünftig genug gewesen, dabei mitzumachen.

»Er hat eine Notiz bekommen, dass er demnächst seinen roten Mitgliedsausweis abholen solle. Und er hat unter *Freunden*«, sie betonte überdeutlich dieses Wort, »gescherzt, dass er sich den unbedingt abholen werde, denn *Narren liebten rot.*« Erschüttert blickte sie Anna an. »Das war's. Mehr hat er nicht gesagt. Er hat sich lediglich zu einer *Farbe* geäußert. Sie haben alle gelacht. Und einer muss sofort zur Geheimpolizei gerannt sein, um es ihnen zu berichten.« Sie verstummte und schüttelte noch immer fassungslos den Kopf. »Zehn Jahre Gefängnis für einen einzigen dummen Witz. Er wird die Kinder nicht aufwachsen sehen, weil er einmal nicht aufgepasst hat.« Sie schluchzte.

Wortlos schloss Anna ihre Freundin in die Arme, es gab nichts, was sie tun oder sagen konnte, um ihr zu helfen. Albert war kein Einzelfall. Immer wieder hörte man davon, dass jemand wegen einer kritischen Äußerung verhört oder festgenommen wurde. Die Partei war sehr bestrebt, jede Unzufriedenheit im Keim zu ersticken. Aber noch nie hatte es jemanden in ihrem unmittelbaren Umfeld betroffen. Und die

Tatsache, dass kein Parteifunktionär, kein Vorgesetzter Alberts Kommentar persönlich gehört hatte, machte das Ganze umso erschreckender.

Wie sollte man leben, wenn man niemandem mehr vertrauen konnte? Wenn jeder Freund zum Verräter werden konnte?

»Es tut mir leid«, flüsterte Anna.

»Danke, dass du mir zugehört hast.« Maria wischte sich mit den Händen über das Gesicht. In ihrer Stimme lag eine neue Reserviertheit, die Anna noch nie zuvor darin gehört hatte, die sie ihr aber auch nicht verübeln konnte. Nicht nach dem, was mit Albert geschehen war. Nicht nach dem, was sie selbst gerade gedacht hatte.

»Hast du das von Albert gehört?«, fragte Anna flüsternd in der Dunkelheit ihres Schlafzimmers. Wilhelm war zeitgleich mit den Mädchen nach Hause gekommen, und Anna hatte das Thema nicht vor den Kindern erörtern wollen.

»Ja.« Er zog sie enger an seine Brust. »Schlimme Sache.«

»Versprich mir, dass dir das nicht passieren wird«, forderte sie leise.

»Wie meinst du das?«

»Dass du aufpassen wirst, was du sagst. Keine Scherze gegen die Partei, keine Respektlosigkeiten. Ich will dich nicht auch verlieren.« Sie legte eine Hand an seine Wange. »Versprich es mir.«

Er seufzte tief. »In Ordnung. Du hast recht, ich muss jetzt wirklich vorsichtig sein.«

»Wieso?« Etwas in seiner Stimme ließ sie aufhorchen.

Er zögerte. »Eigentlich wollte ich es dir gar nicht erzählen, dich nicht beunruhigen. Aber vielleicht ist es besser, wenn du es weißt.«

Stumm wartete sie ab, dass er weitersprach, während kalte Angst sich in ihrem Inneren ausbreitete. Sie hatten schon einmal ein ähnliches Gespräch geführt. Und damals war ihr Leben vollständig in die Brüche gegangen.

»Vor ein paar Tagen waren zwei Männer von der GPU bei mir, sie haben mir angeboten, als ziviler Zuträger für sie zu arbeiten. Sie meinten, meine Position im Sägewerk und die Tatsache, dass ich sowohl russisch als auch deutsch beherrsche, würden mich dafür perfekt qualifizieren. Sie wollten, dass ich mich umhöre, mit den Menschen ins Gespräch komme, um subversive Strömungen und Gesinnungen aufzuspüren.«

Annas Mut sank. »Was hast du gesagt?«

»Ich sagte, dass ich mich sehr geehrt fühle, dass ich mich aber nicht gut verstellen könne. Ich könne nicht freundschaftlich mit Leuten umgehen, die antisowjetische Propaganda oder Kritik verbreiteten.«

Sie atmete ein wenig auf. Es war eine sehr geschickte Antwort. »Haben sie es geglaubt?«

Er zuckte mit den Schultern. »Ich hoffe es. Auf jeden Fall haben sie sich sehr höflich für meine Ehrlichkeit bedankt und sind wieder gegangen.«

»Dir ist klar, dass du bestimmt nicht der Einzige bist, dem sie dieses Angebot unterbreitet haben?«

»Ja«, erwiderte er düster. »Jeder im Werk könnte ein Spitzel sein.«

»Nicht nur da.«

Eine Zeit lang lagen sie schweigend aneinandergeschmiegt und hingen ihren eigenen, besorgten Gedanken nach.

»Wir brauchen keine Angst zu haben«, sagte Wilhelm schließlich. »Wir haben uns nichts zuschulden kommen lassen. Wir sind ehrliche, gesetzestreue Bürger.«

»Glaubst du nicht, dass deine Weigerung, für sie zu spionieren, ein Nachspiel haben wird?«

»Ich weiß es nicht«, gestand er ehrlich. »Mein Vorgesetzter hält sehr viel von mir, ich glaube nicht, dass mich gegenwärtig jemand im Sägewerk ersetzen könnte. Vielleicht lassen sie es doch einfach auf sich beruhen. Und wenn nicht«, er bemühte sich, seiner Stimme einen unbekümmerten Klang zu geben, was ihm jedoch nicht richtig gelang, »gehe ich eben wieder Bäume fällen.«

Anna schluckte. »Heute ist ein Brief von Ritas Tante gekommen«, wechselte sie abrupt das Thema. Sie wollte lieber nicht zu genau über Wilhelms Worte nachdenken.

Als die deutschen Siedler vor vier Jahren endlich einen sowjetischen Pass erhalten hatten, der sie zu freien und gleichberechtigten Bürgern erklärte, hatte sich Anna bemüht, wieder den Kontakt zu Ritas Familie aufzunehmen. Sie konnte sich nur noch an den Namen der Frau erinnern und an den Ort, in dem sie wohnte. Es hatte sie einige Mühe und mehrere Briefe an die zuständige Stadtverwaltung gekostet, doch schließlich hatte sie die gewünschte Adresse in Erfahrung gebracht.

Agnes hatte sich sehr gefreut, ein Lebenszeichen von ihrer Nichte zu bekommen, hatte sie das Mädchen doch längst verloren geglaubt. Sie hatte sofort angeboten, Rita zu sich zu nehmen, doch Anna hatte gezögert. Bis jetzt.

»Agnes würde Rita gerne endlich einmal sehen.« Anna atmete tief durch. »Vielleicht sollten wir sie wirklich zu ihrer Tante bringen.« Der Gedanke, sich von dem Mädchen zu trennen, tat weh. Rita war ihr wie eine Tochter geworden, aber trotzdem – oder gerade darum – war es vielleicht besser, sie fortzuschicken. Wilhelms Absage an die Geheimpolizei konnte sehr unangenehme Folgen für die Familie haben, mit Sicherheit hatte man sie beide bereits fest im Visier. Nicht auszudenken, was mit den Kindern geschehen würde, wenn man Wilhelm oder ihr etwas anhängte.

Zumindest Rita konnten sie ein halbwegs sicheres Umfeld verschaffen. Agnes' Briefen zufolge war die Lage in der Ukraine noch nicht ganz so angespannt.

»Ich werde morgen mit Rita sprechen«, beschloss Anna leise. Es war Sonnabend, und am nächsten Tag würde die ganze Familie zu Hause sein.

»Es wird ihr nicht gefallen.«

Anna nickte. »Ich weiß.« Es war die schwerste Entscheidung, die sie bisher zu treffen gehabt hatte. Damit würde sie nicht nur Rita das Herz brechen, sondern auch Erich.

Ihr waren die Blicke, die Berührungen nicht entgangen, die ihr Sohn und seine Ziehschwester immer wieder miteinander tauschten. Natürlich war Rita mit ihren dreizehn Jahren noch viel zu jung, aber Erich und sie hatte von Anfang an etwas ganz Besonderes verbunden. Und Anna wusste nicht, wie tief die aufkommenden Gefühle bereits gingen. Noch waren sie kein Paar, da war sie sich sicher. Weder Rita noch Erich hätten das für sich behalten, doch es fehlte nicht viel.

War es bloß eine Schwärmerei, eine Jugendliebe, über die sie beide leicht hinwegkommen würden, oder bahnte sich da tatsächlich etwas Ernstes an?

»Bei ihrer Tante wird es ihr gut gehen«, sagte Wilhelm, der ihre Zweifel gespürt haben musste.

Anna hoffte sehr, dass er recht hatte.

»Auf gar keinen Fall! Kommt gar nicht infrage!« Aufgeregt tigerte Erich in der Küche auf und ab.

So aufgebracht hatte Anna ihren Sohn noch nie erlebt.

Gleich nach dem Frühstück hatte sie die Bombe platzen lassen. Zwei verschreckte und völlig aufgelöste Mädchen sowie ein wütender Erich waren die Folge.

»Sie gehört zu uns, Mama! Zu unserer Familie. Du kannst sie doch nicht einfach zu fremden Leuten schicken.« Als er merkte, dass er mit Lautstärke nicht weiterkam, senkte Erich beschwörend die Stimme.

»Es sind keine Fremden, sondern ihre Tante und deren Mann, die Schwester ihrer Mutter, die Rita schon nach dem Tod ihres Vaters hatte zu sich holen wollen.«

»Hat sie aber nicht.« Erichs Kiefer mahlte.

Anna warf Wilhelm einen hilflosen Blick zu. Offensichtlich hatte sie die Gefühle ihres Sohnes für Rita maßlos unterschätzt. Sie hatte gedacht, dass er sich der Vernunft und der Autorität seiner Eltern beugen würde, wie er es sonst immer tat.

»Ihr seid meine Familie.« Ritas Stimme zitterte vor Tränen. »Ich habe kaum eine andere Mutter gekannt als dich. Wieso willst du mich nicht mehr haben?«

Der Ausdruck in ihrem Gesicht brach Anna beinahe das Herz. Sie lief auf das weinende Mädchen zu und schloss sie in ihre Arme.

»Ich liebe dich nicht weniger als Yvo oder Erich«, raunte sie eindringlich. »Aber darum geht es nicht.«

»Und worum dann?« Wieder war es Erich, der eine Erklärung verlangte.

Anna zögerte. »Ihr habt bestimmt gehört, was mit Onkel Albert geschehen ist, oder?«, fragte sie schließlich leise.

»Ja.« Rita nickte.

»Auf dem Schulhof meinten ein paar Jungs, er sei ein Feind des Volkes«, fügte Yvo hinzu. »Aber Richard sagt, dass das nicht stimme. Er ist doch wirklich keiner, oder, Mama?«

Anna suchte fieberhaft nach Worten. Wie sollte sie das bloß den beiden Mädchen erklären, die sie mit großen Augen ansahen? Sie wollte nicht einen guten, ehrlichen Mann verunglimpfen, aber sie wollte ihn auch nicht in Schutz nehmen. Wenn Rita oder Yvo ihn öffentlich verteidigten oder erzählten, dass ihre Eltern die Handlungen der GPU missbilligten, konnte das einen hervorragenden Vorwand für ein Verhör oder Schlimmeres liefern.

»Er hat auf jeden Fall etwas Falsches gemacht«, zog sie sich schließlich aus der Affäre.

»Und was hat das jetzt mit uns oder Rita zu tun?«, ließ Erich nicht locker.

Anna seufzte. »Ich glaube einfach, dass Rita bei ihrer Tante sicherer wäre.«

»Aber ich habe nichts Schlechtes getan!«

»Das weiß ich doch, mein Schatz. Doch das hat dein Vater damals auch nicht, weißt du noch?«, fragte Anna sanft.

Rita nickte zögernd.

»Und als man uns aus unserem Haus verjagt und hierher gebracht hat, hatten wir auch keine Schuld. Manchmal geschehen solche Dinge einfach.«

»Wird man uns wegschicken?« Yvo bemühte sich, tapfer zu klingen, doch ihre Augen verrieten ihre Angst. Sie kannte kein anderes Leben als das hier. Als sie in Komi ankamen, war sie zu klein, um sich zu erinnern, was vorher gewesen war. Und auch die ersten, furchtbaren Jahre schlummerten unter dem Schleier kindlichen Vergessens. Das hier war ihre Heimat, das einzige Zuhause, das sie kannte.

»Ich hoffe nicht.«

»Du weißt es aber nicht genau?«

Anna versuchte sich an einem Lächeln. »Vermutlich mache ich mir nur wieder zu viele Sorgen. Es wird bestimmt nichts passieren. Trotzdem denke ich, dass Rita bei ihrer Tante gut aufgehoben wäre.« Sie wandte sich direkt an das Mädchen. »Tante Agnes freut sich schon so lange auf dich. Und du hast auch einen Cousin und eine Cousine, die du so gut wie gar nicht kennst.«

Rita warf Erich einen verzweifelten Blick zu. »Aber … Aber wenn es mir dort überhaupt nicht gefällt, kann ich dann zu euch zurückkommen?« Erneut kullerten Tränen über ihre Wangen. »Ich will nicht fort von euch.«

»Das verstehe ich, mein Schatz. Wir werden dich auch schrecklich vermissen. Aber wir schreiben uns ganz oft, versprochen.«

»Und ich darf nach Hause, wenn es mir dort nicht gefällt«, beharrte sie.

»Wir werden sehen«, wich Anna einer Antwort aus. »Ich möchte auf jeden Fall, dass du dich dort gut benimmst und deiner Tante zeigst, was für ein tolles Mädchen du bist.«

Rita schluckte. »Wann muss ich fort?«

Anna konnte ihre stumme Verzweiflung und Resignation kaum ertragen. Mit aller Kraft rief sie sich vor Augen, dass es nur zu Ritas Bestem geschah. »Das haben wir noch nicht besprochen. Ich werde Agnes erst einmal schreiben, dass du zu ihr kommen wirst, und dann schauen wir weiter.« Aufmunternd streichelte sie über Ritas Wange. »Du wirst schon sehen, es wird dir gefallen.«

»Dann ist es also entschieden?«, fragte Erich eisig.

»Ja«, entgegnete Wilhelm fest.

»Kann ich mit dir sprechen, Mama? Allein?«

»Sicher.« Verwundert folgte Anna ihm ins Nebenzimmer. Diese beherrschte Entschlossenheit kannte sie gar nicht an ihm. Er wurde allmählich wirklich ein Mann. »Was gibt es?«, fragte sie und schloss die Tür hinter sich.

»Wenn Rita geht, gehe ich auch.«

Sie hatte befürchtet, dass er das sagen würde. »Das ist leider nicht möglich.«

»Du kannst mich nicht zwingen, hierzubleiben!« Tränen schimmerten in seinen Augen.

Anna atmete tief durch. »Erich, denk doch mal nach. Wo willst du denn dort wohnen? Was willst du dort tun?«

Er stockte. »Ich kann bei Ritas Tante leben«, entgegnete er schließlich trotzig.

»Du bist ein Fremder für sie, wieso sollte sie dich aufnehmen, dich durchfüttern? Das kann und will ich ihr nicht zumuten.«

»Ich kann arbeiten.«

»Als was denn? Möchtest du von früh bis spät auf einem Feld schuften oder dich in einem Sägewerk kaputtmachen? Hast du dafür als Klassenbester die Schule beendet, um deine Zukunft jetzt einfach so wegzuschmeißen?«

Unsicher sah Erich seine Mutter an. »Rita ist meine Zukunft«, sagte er stockend. »Ich … Ich liebe sie«, flüsterte er verzweifelt. Es war ihm anzusehen, wie schwer ihm dieses Geständnis fiel.

»Ich weiß, mein Schatz.« Anna lächelte ihn mitfühlend an.

»Du weißt es? Und schickst sie trotzdem weg? Wieso?«

»Weil sie dort in Sicherheit sein wird. Den Mädchen wollte ich es nicht sagen, aber du bist alt genug, um es zu verstehen. Leute werden wieder verhaftet, verschleppt, bloß weil sie etwas Falsches sagen – oder auch ganz ohne triftigen Grund. Eine einzige Anschuldigung kann da schon genügen. Dein Vater und ich, wir haben beide eine sichtbare Stellung, viele Augen beobachten uns.«

»Na und? Bisher ging es doch auch.«

Anna seufzte. »Glaub mir, diese Entscheidung ist uns nicht leichtgefallen, aber wir denken, dass es so besser ist. Besser für Rita. Ich will nicht schon wieder dafür verantwortlich sein, dass ihr etwas zustößt.«

»Und was ist mit uns? Mit Yvo und mir?«

»Ihr seid unsere Kinder, ihr gehört zu uns. Und es gibt niemanden, der sich euch an unserer statt annehmen könnte.«

»Ich weiß nicht, wie ich es aushalten soll, sie nicht jeden Tag sehen zu können!« Sein Kinn bebte, so sehr bemühte er sich, seine Tränen zurückzuhalten.

Anna unterdrückte ein Lächeln. Sie hatte ganz vergessen, wie übermächtig einem die erste Liebe vorkam. »Es ist ja nicht für immer.«

Hoffnung erhellte Erichs Gesicht.

»Wenn du deine Ausbildung beendet hast, werde ich dich nicht zurückhalten. Wenn du es dann wirklich willst, kannst du dir bei Rita in der Nähe eine Arbeit suchen. Gute Techniker werden überall gebraucht.«

»Wirklich?«

»Ja.« Sie streichelte zärtlich seine Wange. Schon jetzt schmerzte es sie, dass sie irgendwann von ihm Abschied würde nehmen müssen, doch es war sein Leben, sein Glück. Er hatte ein Anrecht darauf.

»Drei Jahre und keinen Tag länger«, sagte Erich fest und lächelte endlich. »Das schaffen wir schon.«

Kapitel 13

»Es ist ein Brief von Tante Agnes gekommen.« Traurig hielt Rita den Umschlag in die Höhe.

»Danke.« Anna nahm ihn dem Mädchen ab. Wie geplant hatte sie in die Ukraine geschrieben und seitdem mehrere weitere Briefe gewechselt, damit Ritas Umzug reibungslos funktionierte. Sie hätte es gern gesehen, wenn das Mädchen pünktlich zu Beginn des zweiten Halbjahres an ihre neue Schule hätte wechseln können, doch es war ihr von Anfang an klar gewesen, dass das nicht zu schaffen war. Nun neigte sich der Februar bereits dem Ende zu, und sie konnten Ritas Abschied nicht viel länger hinauszögern.

Insgeheim fragte sie sich, ob sie nicht voreilig ihren Ängsten nachgegeben hatte, denn vorerst hatte man sie und ihre Familie in Ruhe gelassen. Auch das gefürchtete Nachspiel von Wilhelms Weigerung zur Zusammenarbeit mit der Geheimpolizei war bislang ausgeblieben.

Doch dann erinnerte sie sich an Albert, der tatsächlich für zehn Jahre weggesperrt worden war, und sie fühlte sich in ihrem Entschluss bestätigt. Agnes freute sich wirklich darauf, ihre Nichte bei sich zu haben. Und auch Erich und Rita schienen sich mit der Entscheidung halbwegs abgefunden zu haben. Sie vermutete, dass Erich dem Mädchen seine Gefühle gestanden und versprochen hatte, ihr so bald wie möglich zu folgen. Denn sie liefen nun ununterbrochen Händchen haltend umher, und einmal hatte sie ihn dabei erwischt, wie er ihr einen Kuss gestohlen hatte.

Vielleicht würde ihnen die Trennung sogar ganz guttun. Sie beide – vor allem aber Rita – waren für all das noch viel zu jung.

»Was steht denn drin?« Ungeduldig wartete Rita darauf, dass Anna den Umschlag aufriss.

Anna öffnete den Brief und überflog seinen Inhalt. »Es ist alles bereit. Deine Tante hat auch mit der Schule gesprochen. In den Frühlingsferien kannst du zu ihr ziehen.«

Die tapfere Fassade, die das Mädchen in den letzten Wochen zur Schau getragen hatte, bröckelte. »Kann ich nicht doch bei euch bleiben?«

Anna seufzte. Sie hatte diese Diskussion und ihre eigenen ständigen Grübeleien so satt. Sie hatte gehofft, dass alle Ruhe finden würden, sobald die Entscheidung einmal gefällt war, doch das war ein großer Irrtum gewesen.

»Ja, darf ich?« Hoffnungsvoll schaute Rita sie an, von ihrem Schweigen offensichtlich ermutigt.

Anna zögerte.

In dem Moment ging die Tür auf und enthob sie einer Antwort.

»Erich?«, entfuhr es Anna überrascht, als statt ihres Mannes ihr Sohn nach Hause kam. »Ist etwas passiert? Du bist früh dran.«

»Bei uns ist eine Stunde ausgefallen«, erklärte er zufrieden. »Wo ist Papa?«, fügte er hinzu, als er sich in der Küche umsah.

»Der muss auch jede Minute kommen. Wasch deine Hände und zieh dich um, während die Mädchen und ich den Tisch decken.«

Eine Viertelstunde später war alles für das Abendessen bereit, doch Wilhelm war noch immer nicht nach Hause gekommen. Anna beschlich eine leise Unruhe, die sie geflissentlich ignorierte.

»Lasst uns essen, bevor es kalt wird«, sagte sie zu den Kindern, die hungrig um den Tisch herumschlichen. »Papa muss heute wohl länger arbeiten.«

Es war nicht das erste Mal, dass Wilhelm bis zum Abend im Sägewerk bleiben musste, dennoch stieg Annas Nervosität mit jeder Sekunde, die verstrich. Das Ticken der großen Wanduhr kam ihr gespenstisch laut vor, die Bewegung des dünnen Zeigers fast schon bedrohlich. Um sich abzulenken, räumte Anna nach dem Essen die Küche auf. Viel gab es leider nicht zu tun. Nachdem sie den Esstisch zum dritten Mal abgewischt hatte, hielt sie es schließlich nicht mehr aus.

»Erich, pass bitte auf die Mädchen auf, ich bin bald wieder da.«

»Wohin willst du?«

Yvo schaute nervös von dem Buch auf, das sie gerade las. Selbstverständlich war Annas Anspannung auch den Kindern nicht entgangen.

»Ich muss nur kurz etwas erledigen.«

»Du willst nachschauen, wo Papa bleibt.« Es war keine Frage.

»Soll ich das nicht lieber tun?«, bot Erich an. »Es ist dunkel, und kalt ist es auch.«

»Danke, mein Schatz. Aber das schaffe ich schon.« Hastig schlüpfte sie in ihre warmen Sachen und wickelte sich den dicken Wollschal um Hals und Mund. »Bis gleich.« Sie winkte den Kindern zum Abschied zu und huschte hinaus.

Der Schnee knirschte unter ihren Füßen, die Straße war wie leer gefegt. Ohne einen triftigen Grund ging um diese Uhrzeit niemand mehr nach draußen. Selbst die meisten Fensterläden waren bereits geschlossen, um die Wärme besser im Inneren der Häuser zu halten.

Zum Glück schien der Mond hell vom tiefschwarzen Himmel, in dem die Sterne wie frostige Diamanten glitzerten. Normalerweise genoss Anna diesen Anblick – so weit im Norden sah der Himmel ganz anders aus als in ihrer südlichen Heimat –, doch dieses Mal war sie einfach nur froh, dass sie genügend Licht hatte, um den vor ihr liegenden Weg zu erkennen. Trotz der gefütterten Hose und der dicken Filzstiefel spürte sie, wie ihr die Kälte in die Beine kroch, und beschleunigte ihre Schritte.

Völlig außer Atem kam sie schließlich am Sägewerk an. Still, dunkel und verlassen lag die große Fabrik vor ihr – bis auf den Nachtwächter war keine Menschenseele zu sehen.

Die Hoffnung, an die sich Anna bis zum Schluss geklammert hatte, der tröstende Gedanke, dass Wilhelm bloß im Büro aufgehalten worden war, war dahin. Panik machte sich in ihr breit.

Das konnte … das *durfte* nicht wahr sein.

Bestimmt war Willi nur mit einem Kollegen mitgegangen, vielleicht tranken sie im Klub noch ein Bier – aber sie wusste, dass er so etwas niemals tun würde, ohne ihr vorher Bescheid zu geben. Auf hölzernen Beinen näherte sie sich dem Häuschen des Nachtwächters und klopfte zaghaft an.

»Was ist?« Mürrisch öffnete der Mann das Fenster.

»Entschuldigung.« Anna zog sich den Schal vom Gesicht und lächelte. »Ist vielleicht noch jemand im Sägewerk? Ich suche meinen Mann.«

»Tut mir leid.« Er schüttelte den Kopf. In seiner Stimme lag eine Mischung aus Neugier und Mitgefühl. Anna konnte sich gut vorstellen, was für einen verzweifelten Anblick sie gerade bot. »Ich habe vorhin meine Runde gedreht. Es ist alles dunkel.«

»Danke«, murmelte sie schwach.

»Nicht dafür.« Der Mann zuckte entschuldigend mit den Schultern und machte das Fenster wieder zu.

Unschlüssig blieb Anna stehen. Sollte sie nach Hause gehen? Vielleicht war Wilhelm inzwischen zurück, vielleicht hatte er einen anderen Weg genommen und sie hatten sich einfach verpasst? Wie gern hätte sie sich noch weitere zwanzig Minuten der Illusion hingegeben, dass alles in Ordnung war, doch das konnte sie nicht.

Was also sollte sie tun?

Boris Alexejevitsch!, fiel es ihr plötzlich ein. Wilhelms Vorgesetzter hatte sie letztes Jahr einmal zu sich nach Hause eingeladen. Wenn jemand wusste, was mit ihrem Mann geschehen war, dann er.

Eilig setzte sich Anna wieder in Bewegung. Boris Alexejevitsch hatte eine der modernen Neubauwohnungen bekommen, die am Rande ihrer Siedlung errichtet worden waren. Ein dreistöckiges Wohnhaus beherbergte zwölf Wohneinheiten, die Parteifunktionären und Genossen in besonderer Stellung vorbehalten waren. Irgendwann, so hieß es, würden alle Sowjetbürger in solch komfortablen Wohnverhältnissen leben, aber noch war es lange nicht so weit.

Wilhelms Vorgesetzter war ein freundlicher, gebildeter Mann, der nie die Menschlichkeit über seinen Pflichten gegenüber der Partei vergaß. Er musste ihr einfach helfen.

Vor Nervosität und Anstrengung klopfte Anna das Herz bis zum Hals, als sie das große Wohnhaus endlich erreichte. Rasch vergewisserte sie sich anhand der Namen über den Briefkastenschlitzen, dass sie richtig war, dann ging sie hinein.

Das schwache Licht einer Glühbirne erhellte das Treppenhaus. Eingeschüchtert blieb Anna stehen. Von dem Luxus einer elektrischen Lampe waren sie in ihrem Teil der Siedlung noch weit entfernt. Nur in der Schule und den Fabriken gab es Strom, die Wohnhäuser mussten ohne auskommen.

Plötzlich fühlte sie sich fehl am Platz. Wenn ihr Verdacht stimmte und Wilhelm tatsächlich festgenommen worden war, würde ein angesehenes Mitglied der Partei seine Stellung riskieren, um sich für ihn einzusetzen? Außerdem war es schon so spät.

Unsicher zog sie die Hand zurück, die sie bereits zum Klopfen erhoben hatte. Wie würde der Mann auf diese Störung reagieren?

Anna ließ sich schwer gegen die Wand sinken und dachte nach. Im Grunde hatte sie nichts zu verlieren. Und sie würde es nicht ertragen, die Nacht im Ungewissen zu verbringen, sich die ganze Zeit fragen zu müssen, was man Wilhelm vorwarf und ob sie ihn je wiedersehen würde.

Das Klopfen ihrer Faust gegen das dunkle Holz hallte laut in dem leeren Treppenflur wider.

Es dauerte eine Weile, bis die Tür geöffnet wurde. Boris Alexejevitsch starrte sie einen Augenblick lang verwundert an, bevor er sie erkannte.

»Genossin Scholz, richtig? Sie sind die Frau von Wilhelm Danilovitsch.«

»Ja, das bin ich.« Anna nickte hastig, traute sich aber nicht, etwas hinzuzufügen. Ihre Stimmen waren für alle Hausbewohner mit Sicherheit gut zu verstehen.

»Kommen Sie doch rein.« Höflich trat Boris Alexejevitsch beiseite, um sie einzulassen.

»Bitte verzeihen Sie die späte Störung.«

»Macht doch nichts«, winkte er ab und führte sie in eine kleine, gemütliche Küche. »Möchten Sie Tee?«

»Ja, bitte.« Anna legte Jacke, Mütze und Handschuhe ab und schloss die kalten Finger dankbar um die warme Tasse, die er ihr reichte.

»Wie kann ich Ihnen helfen?«

Anna zögerte. Leise Kinderstimmen drangen aus einem Nebenzimmer zu ihr.

»Lassen Sie sich davon nicht stören«, sagte er lächelnd. »Meine Frau bringt nur gerade die Kinder ins Bett. Sie kennen das sicherlich.«

Dieser Hauch von Familienidylle führte Anna scharf vor Augen, wie gefährdet ihre eigene war. »Wissen Sie, was mit Wilhelm passiert ist?«, fragte sie geradeheraus.

»Ja.« Nachdenklich rieb er sich über das Kinn, dann ließ er die Hände auf die Tischplatte sinken und schaute Anna ernst an. »Man hat ihn heute Nachmittag festgenommen und zur Klärung der Vorwürfe in das Büro der Geheimpolizei gebracht.«

»Und was genau wirft man ihm vor?«

»Es ist ein anonymer Hinweis eingegangen, dass er faschistische Propaganda und antisowjetische Kritik verbreitet hat.«

»Das ist nicht wahr. Das würde er niemals tun!«, entfuhr es Anna verzweifelt.

»Das weiß ich, Genossin.« Boris Alexejevitsch lächelte traurig. »Dafür ist Ihr Mann viel zu klug.«

Anna wusste nicht, was sie darauf erwidern sollte. Es klang fast, als hielte er Wilhelm für zu schlau, um seine wahren Überzeugungen zu äußern. »Er ist ein treuer Sowjetbürger«, betonte sie.

»Ich weiß«, winkte der Mann ab. »Aber es geht hier nicht darum, ob *ich* Ihnen glaube. Wie ich gehört habe, gehen in letzter Zeit sehr viele anonyme Hinweise ein, die allerdings hin und wieder nicht ganz der Wahrheit entsprechen. Manche Menschen sind da etwas übereifrig oder haben gar eigene Interessen im Sinn. Daher gibt es bei jedem Verdacht eine Anhörung, die verhindert, dass unser exzellentes Rechtssystem für persönliche Anliegen missbraucht wird.«

Nur mit Mühe gelang es Anna, ihr Gesicht nicht zu verziehen. Das System wurde ständig missbraucht und niemanden kümmerte es.

»Was geschieht jetzt mit Wilhelm?«

»Ich will ehrlich zu Ihnen sein, Genossin. Ich halte viel von Ihrem Mann, er ist ein sehr fähiger und ehrlicher Mitarbeiter. Ich glaube tatsächlich, dass er unschuldig ist. Auch wenn er bisher meinem Rat, um eine Mitgliedschaft in der Partei zu ersuchen, nicht gefolgt ist. Jedenfalls werde ich morgen versuchen, in Erfahrung zu bringen, was er genau gesagt oder getan haben soll. Vielleicht gelingt es irgendwie, die gegen ihn erhobenen Vorwürfe zu entkräften.«

Tränen der Dankbarkeit traten Anna in die Augen, und sie ergriff überwältigt seine Hand. »Das würden Sie tun?«

»Ich werde es versuchen, aber ich kann Ihnen leider nichts versprechen.«

Sie schluckte und wischte sich über die Wangen. »Kann ich irgendetwas tun, um zu helfen?«

»Gehen Sie nach Hause, Genossin. Sie haben doch Kinder, die auf Sie warten. Ich werde Ihnen eine Nachricht schicken, falls ich etwas erreiche.«

»Kann ich … Kann ich ihn sehen?«

»Das würde ich an Ihrer Stelle lieber nicht tun. Immerhin könnte er tatsächlich ein Verräter sein. Und Sie wollen doch nicht Ihre Sympathie einem solchen Mann gegenüber bekunden, oder? Es könnte sonst der Eindruck entstehen, es wäre Ihnen egal. Oder dass Sie seine Ansichten womöglich sogar teilen. Denken Sie an die Kinder, Genossin.«

»Natürlich.« Anna senkte den Kopf. »Danke, dass Sie mich angehört haben.«

»Selbstverständlich.« Er erhob sich und nahm ihre Jacke, um ihr hineinzuhelfen.

»Schönen Abend noch«, murmelte Anna. Er drückte kurz aufmunternd ihre Schulter, dann fiel die Tür hinter ihr ins Schloss.

* * *

Anna schreckte aus ihren trüben Gedanken hoch, als die Wohnungstür energisch aufgerissen wurde. Wutentbrannt knallte Erich die Tür hinter sich zu.

»Erich!«, setzte Anna zu einer scharfen Zurechtweisung an, als Rita mit einem ängstlichen Aufschrei auf ihn zueilte.

»Du blutest ja!«

Erst jetzt fiel Anna auf, dass ihre Ziehtochter recht hatte. Erichs Lippe war aufgeplatzt. An seiner Jacke klebte schmutziger Schnee, der in der warmen Wohnung in einem dunkelgrauen Rinnsal zu Boden zu tropfen begann.

»Was ist passiert?« Alarmiert trat sie näher und drehte sein Gesicht routiniert ins Licht.

»Nichts weiter.« Unwirsch riss sich Erich los und wischte sich mit dem Handrücken über den Mund.

»Das sieht mir aber anders aus. Hast du dich etwa geprügelt?«

Er senkte trotzig den Blick.

Einen Moment lang wusste Anna nicht, was sie tun sollte, so kannte sie ihren Sohn nicht. Er war stets überaus reif, vernünftig und bedächtig gewesen, sodass sie auf eine Situation wie diese überhaupt nicht vorbereitet war. Sie hatte gerade weiß Gott genug andere Sorgen und konnte jetzt nicht noch einen rebellierenden Sohn gebrauchen. Zwei Tage waren seit ihrem Besuch bei Boris Alexejevitsch bereits vergangen, ohne dass sie etwas von ihm gehört hatte.

»Soll ich das Verbandszeug holen, Mama?« Yvo hatte ihr Buch beiseitegelegt und war ebenfalls zu ihnen getreten.

Anna riss sich zusammen. Das Wie und Warum musste warten, bis Erichs Wunde versorgt war. »Ja, einen Tupfer und das Fläschchen Peroxid, bitte.«

Das Mädchen huschte davon und kam sogleich mit den nötigen Utensilien zurück. »Darf ich das machen?«

»Sicher.« Anna ging einen Schritt zur Seite. Ihr war die Begeisterung ihrer Tochter für Medizin schon früher aufgefallen. Während andere Mädchen ihres Alters beim Anblick eines blutenden Knies oft angewidert das Gesicht verzogen, hatte Yvo sogar schon bei einem Erste-Hilfe-Kurs mitgemacht. In letzter Zeit sprach sie oft davon, eines Tages Ärztin werden zu wollen.

Geschickt tränkte Yvo einen Wattebausch mit der Peroxidlösung. »Das wird jetzt ein wenig brennen«, warnte sie ernst ihren Bruder, der ihr einen genervten Blick zuwarf. »Halt still.« Sie drückte den Bausch auf den blutenden Riss in seiner Lippe.

Erich keuchte laut und versuchte, ihre Hand wegzuschieben, doch sie ließ sich nicht davon beirren. Noch einmal tupfte sie nach, bis sie schließlich mit ihrem Werk zufrieden war.

»Der Rest wird von alleine heilen«, erklärte sie.

»Das wäre er auch so«, brummte Erich.

»Also, willst du mir jetzt verraten, was geschehen ist?«, fragte Anna streng.

»Ich hatte eine kleine Meinungsverschiedenheit mit Saschka«, gab er unwillig zu.

»Inwiefern?«

Erich atmete tief durch und funkelte seine Mutter grimmig an. »Er sagte, mein Vater sei ein elender Verräter, ein Feind des Volkes. Meine Faust und ich waren da anderer Ansicht.«

»Du hast einen anderen Jungen geschlagen, weil er etwas Schlechtes über deinen Vater gesagt hat? Du hättest ihn einfach reden lassen sollen!« Im Geist ging Anna bereits die Liste der Konsequenzen durch, die ihm dafür drohen konnten. Würde man ihn zur Rechenschaft ziehen? Er war immerhin erst fünfzehn, also nicht mündig …

»Hätte ich mich etwa nicht wehren sollen, als er und sein Kumpel über mich hergefallen sind und mich als dreckiges Faschistenpack beschimpft haben?«

»Sie haben dich angegriffen?«

»Ja, aber keine Angst. Ich habe sie abgewehrt und bin abgehauen.«

»Es tut mir leid.« Anna schloss ihren Sohn bekümmert in ihre Arme. Er überragte sie bereits um einen halben Kopf und sie zog ihn zu sich herunter, um ihn auf die Stirn zu küssen.

»Du kannst nichts dafür«, murmelte er.

»Ich bin stolz auf dich.«

»Weshalb?«, entfuhr es ihm bitter. »Weil ich weggerannt bin?«

»Nein, weil du einen kühlen Kopf bewahrt hast. Es hätte niemandem genützt, wenn du oder einer der anderen ernsthaft verletzt worden wärt.«

Erich zuckte mürrisch mit den Schultern und nahm seine Jacke ab. »Entschuldige«, fügte er hinzu, als er die dreckige Pfütze auf dem Boden bemerkte.

»Ich mach das schon«, sagte Yvo schnell und holte einen Lappen. »Ruh du dich lieber aus.«

Schwer ließ sich Erich auf einen Stuhl sinken. »Gibt es was Neues?«, erkundigte er sich leise.

»Nein.« Anna schüttelte bedauernd den Kopf, dann schaute sie auffordernd in die Runde. »Solange die Sache mit Papa nicht geklärt ist, müsst ihr alle besonders vorsichtig sein, hört ihr? Wenn jemand versucht, euch zu reizen oder zu beleidigen, lasst euch nicht provozieren, geht einfach weg, reagiert nicht darauf. Ihr könnt die Menschen, die so denken, ohnehin nicht überzeugen.«

»Ich will mir aber nicht alles gefallen lassen!«, sagte Erich voll unterdrückten Zorns. »Papa ist kein Verräter oder Faschist.«

»Das weiß ich, und du weißt es auch. Und das ist alles, was zählt. Es hilft ihm nicht, wenn du dich in Schwierigkeiten bringst, damit würdest du nichts gewinnen.« Sie atmete tief durch. »In zehn Tagen beginnen die Frühlingsferien. Ich möchte, dass du Rita zu ihrer Tante begleitest, damit ihr unterwegs nichts geschieht, und bis zum Ende der Ferien bei ihr bleibst.« Damit würde er zumindest weiteren Anfeindungen seitens der sich in den Ferien womöglich langweilenden Jugendlichen entgehen. Und danach würde hoffentlich schon etwas Gras über die Sache gewachsen sein.

Ein breites Lächeln erschien auf Ritas Gesicht, Erichs Miene verlor jedoch alle Farbe. »Du glaubst nicht, dass er zurückkommt, nicht wahr?«, fragte er tonlos.

Statt einer Antwort senkte Anna betroffen den Blick.

* * *

März 1938, Stadt Armawir, Nordkaukasus

»Alles Liebe zum achten März, Mama.« Harri reichte seiner Mutter ein Sträußchen Veilchen, die er ihr zum Weltfrauentag frisch gepflückt hatte. »Und die sind für dich, Tante Gerda.« Er holte ein weiteres hinter seinem Rücken hervor.

»Wie lieb von dir, danke!« Seine Tante lächelte ihn liebevoll an und stellte die Blumen zu den Sträußchen, die sie bereits von ihren eigenen Jungs bekommen hatte. »Sie bringen richtig Farbe ins Zimmer.«

Harri mochte es, wenn seine Tante lächelte. Das tat sie in der letzten Zeit nur noch selten. Seit Onkel Otto an Heiligabend fortgeholt worden war, hatte er sie nicht mehr richtig fröhlich erlebt. Selbst wenn sie lächelte oder mit den Kindern spielte, lag da immer ein trauriger, besorgter Ausdruck in ihren Augen.

Er selbst hatte mit Ludwig und Viktor, seinen beiden kleinen Cousins, oft darüber gesprochen, was geschehen war. Gemeinsam hatten sie Pläne geschmiedet, was sie tun konnten, um Onkel Otto zu befreien, oder sich gefragt, wie es ihm gerade gehen mochte. Die beiden Jungen verstanden den Ernst der Lage noch nicht, wussten nicht, was die Festnahme bedeutete. Harri selbst hatte seine Mutter und Tante Gerda darüber tuscheln hören, dass manche Männer für zehn Jahre ins Gefängnis mussten. Doch er mochte die Hoffnung nicht aufgeben, auch wenn seine Tante mit all ihren Briefen an die GPU bisher nichts erreicht hatte.

»Mama, der Postbote kommt!«, drang Viktors aufgeregte Stimme von draußen durch das offene Fenster.

Harri schüttelte amüsiert den Kopf. Er konnte die Begeisterung des Kleinen wirklich nicht nachvollziehen. Immerhin kam der Postbote jeden Tag vorbei, auch wenn er nicht immer einen Brief für sie dabeihatte. Dieses Mal schien Viktor allerdings Glück zu haben. Denn er stieß jubelnd die Tür auf und rannte mit einem weißen Umschlag in der Hand auf seine Mutter zu.

»Schau, Mama! Wir haben einen Brief!«

»Zeig mal her.« Tante Gerda putzte sich die Hände an der Schürze ab und nahm ihm neugierig den Umschlag ab. Alle Farbe wich aus ihrem Gesicht. »Der kommt vom Sicherheitskomitee.«

Im Raum wurde es mucksmäuschenstill. Tante Gerdas Finger zitterten so sehr, dass sie den Brief beinahe fallen ließ, als sie ihn aufzumachen versuchte. Harri hielt den Atem an. Sein Herz schlug ihm vor Aufregung bis zum Hals. Da war sie endlich, die Nachricht, auf die sie so lange gewartet hatten – der Freibrief für seinen Onkel.

Endlich gelang es Tante Gerda, das Papier aus dem Umschlag zu ziehen. Langsam klappte sie das Schreiben auf und senkte den Kopf, um es zu lesen.

Harri, Ludwig, Viktor und Emma teilten einen hoffnungsvollen, freudigen Blick.

Ein spitzer Schrei entwich Tante Gerdas Kehle, das Schreiben segelte zu Boden, während sie Halt suchend nach einer Stuhllehne griff, um nicht umzufallen.

»Was ist los?« Harris Mutter eilte besorgt zu ihr, während er selbst den Flug des weißen Papiers verfolgte, das direkt vor seinen Füßen liegen blieb.

Tante Gerda schlug sich schluchzend die Hand vor den Mund.

Hölzern bückte sich Harri nach dem Zettel, hob ihn auf, faltete ihn nervös auseinander. Die Handschrift war nicht leicht zu entziffern, doch die Worte *Schuldig*, *Höchstmaß*, *Erschossen* sprangen ihm förmlich entgegen.

Harri keuchte entsetzt auf und zwang seinen Verstand, der sich weigerte, diese furchtbare Nachricht zu glauben, das Schreiben erneut sorgfältig durchzulesen. Es war bestimmt ein Fehler, ein Missverständnis, er musste sich vertan haben.

Und doch stand da schwarz auf weiß geschrieben, dass sein fröhlicher, gutmütiger Onkel der schlimmen Verbrechen, die man ihm unterstellte, für schuldig befunden und bereits erschossen worden war. Als Tante Gerda vor fünf Tagen ihr letztes Bittgesuch an das Komitee abgeschickt hatte, war er schon längst tot gewesen.

Harri schwankte und ließ den Blick betäubt durch das Zimmer streifen. Wie anders ihm die Welt auf einmal erschien, wie verändert. Als wäre seine Kindheit mit einem Schlag vorbei.

Tante Gerda schlang die Arme um ihre beiden Söhne und weinte hemmungslos, während sich die Jungen ängstlich an sie klammerten.

Harris Mutter hielt seine Schwester fest im Arm und streckte den anderen nach ihm aus. Tränen glitzerten auf ihren Wangen und in ihren großen braunen Augen. Ihre Lippen zitterten. Und plötzlich wollte Harri nichts mehr, als sich ebenfalls in ihre Umarmung zu flüchten, sich von ihr festhalten und trösten zu lassen, zu spüren, dass sie – was auch geschah – immer für ihn da sein würde.

Tapfer kämpfte er die Tränen zurück, als er sich vor seiner Mutter auf die Knie fallen ließ und sich neben seiner Schwester an ihre schmale Brust schmiegte. Früher hatte er sich dabei stets so sicher und geborgen gefühlt. Aber nicht dieses Mal.

Es gab keine Sicherheit mehr in dieser Welt, für keinen von ihnen.

»Das darf doch nicht wahr sein!« Wütend ließ Harris Vater die Faust auf den Tisch donnern, während ihm das Entsetzen und der Schmerz über den Tod des Bruders ins Gesicht geschrieben standen. »Diese Verbrecher! Verlogenes, herzloses Pack!«

Harri zog den Kopf ein und beugte sich noch tiefer über sein Heft.

Seine Schwester rückte unwillkürlich näher an ihn heran. Nebenan versuchte Tante Gerda gerade, ihre völlig aufgelösten Söhne ins Bett zu bringen.

»Bitte nicht so laut, Samuel.« Besänftigend legte Hilde ihrem Mann die Hand auf die Schulter, doch er schüttelte sie unwirsch ab. In seinen Augen lagen so viel Trauer, Hass und Angst.

»Er war unschuldig!«, betonte er grimmig. »Jeder Anklagepunkt war frei erfunden, und sie haben ihn trotzdem erschossen, einfach so. Schon vor drei Wochen!« Er schluchzte plötzlich auf und vergrub sein Gesicht in den Händen. »Weißt du, was das bedeutet?«

»Ja, das weiß ich«, sagte Mama leise. »Das bedeutet, dass dein Bruder als Volksverräter gilt, und wir alle werden das zu spüren bekommen. Die Kinder in der Schule und wir …« Sie verstummte und atmete tief durch. »Wir werden uns von nun an besonders in Acht nehmen müssen, hörst du?« Eindringlich schaute sie ihren Mann an. »Und deshalb solltest du deine Stimme jetzt mäßigen. Nicht auszudenken, was geschieht, wenn das jemand hört.«

Er schnaubte verbittert. »Darf man jetzt nicht einmal mehr in seinen eigenen vier Wänden seine Meinung äußern?«

»Doch«, entgegnete sie leise. »Aber bitte so, dass es kein Außenstehender hört.« Sie deutete auf das Fenster, das einen Spaltbreit offenstand.

»So weit ist es also schon gekommen.«

»Schlimmer noch.« Mama deutete auf die verschlossene Zimmertür, hinter der das Weinen der verwaisten Familie deutlich zu hören war. »Ich möchte nicht in ein paar Wochen selbst an ihrer Stelle sein.« Ihre Stimme zitterte.

»Es tut mir leid«, flüsterte der Vater gebrochen. Dann erhob er sich und schloss sie fest in seine Arme.

»Mir auch. Mir tut es auch so leid.«

Harri spürte, wie sich seine Schwester neben ihm entspannte. Sie hasste es, wenn sich die Eltern stritten, und war erleichtert, dass es nun vorbei war.

Ihn selbst vermochte ihre Versöhnung jedoch nicht zu beruhigen. Er war traurig und wütend darüber, was seinem Onkel passiert war, doch bis eben war ihm nicht bewusst gewesen, dass es purer Zufall war, dass es genauso seinen Vater hätte treffen können.

Kapitel 14

März 1938, Siedlung Sor-El, Sowjetrepublik Komi

Anna schlang den Arm fest um Yvos Schulter, als sie vom Bahnhof nach Hause gingen. Sie sah, wie sich ihre Tochter verstohlen über die Wange wischte, und konnte es ihr nicht verdenken. Ihr eigenes Herz war ebenso von Schwermut und Sorge erfüllt. Rita fehlte ihr jetzt schon. Und Yvo musste es noch viel schlimmer ergehen, immerhin hätte ihr eine leibliche Schwester nicht näherstehen können. Und die Tatsache, dass Erich mit ihr weggefahren war, machte das Ganze nicht einfacher. Einerseits war Anna froh, dass Erich in den nächsten zwei Wochen nicht länger den Anfeindungen der Gleichaltrigen ausgesetzt sein würde, unter denen er deutlich stärker zu leiden gehabt hatte als seine Schwester. Auch hätte sie Rita nicht ganz alleine auf die weite und lange Reise in die Ukraine schicken wollen. Doch gleichzeitig beunruhigte sie der Gedanke, dass sich die beiden ohne ihre Aufsicht näherkommen könnten, als sie es für ratsam hielt. Aber da musste sie einfach darauf vertrauen, dass die Kinder vernünftig genug waren, gewisse Grenzen nicht zu überschreiten. Dennoch hatte sie Agnes in ihrem letzten Brief darum gebeten, ein Auge auf die beiden zu haben.

Doch nicht nur wegen seiner Beziehung zu Rita hatte sie ihren Sohn mit widersprüchlichen Gefühlen ziehen lassen. Wilhelms Anhörung hatte vor zwei Tagen stattgefunden, zumindest so viel hatte ihr Boris Alexejevitsch sagen können. Aber sie wusste nicht, wie diese ausgegangen war. Insgeheim bereitete sie sich darauf vor, Wilhelm eine sehr lange Zeit nicht wiederzusehen. Sie weigerte sich strikt, den Gedanken zuzulassen, dass er einem der zahlreichen Erschießungskommandos zum Opfer fallen könnte. Dennoch konnte sie nicht leugnen, dass sein Schicksal mehr als ungewiss war. Sollte ihr nun auch noch etwas zustoßen, solange Erich fort war, wäre Yvo ganz auf sich allein gestellt. Sie hatte ihren Sohn letztendlich nur deshalb ziehen lassen, weil Maria ihr versprochen hatte, sich im Fall der Fälle ein paar Tage um Yvo zu kümmern. Dennoch würde sie erst aufatmen können, wenn er wieder sicher und wohlbehalten zu Hause war.

»Es ist so leer«, sagte Yvo betrübt, als sie ihre Wohnung betraten. Verloren schaute sich das Mädchen um.

Anna zwang sich zu einem aufmunternden Lächeln. Sie wusste genau, wie ihre Tochter sich fühlte. Zu fünft war es manchmal fast zu eng gewesen, doch jetzt wirkten die Räume plötzlich leblos und leer.

»Sie kommen wieder«, beruhigte Anna sie. »Wenn die Schule anfängt, ist Erich auch wieder da.« Sie vermied es bewusst, die beiden anderen zu erwähnen.

»Ja.« Yvo nickte. »Ich gehe in den Stall, die Kuh melken«, fügte sie leise hinzu. »Vielleicht können wir die überschüssige Milch jetzt auf dem Markt verkaufen oder Quark daraus machen.«

»Das ist eine gute Idee, mein Schatz.« Stolz schaute Anna ihrer Tochter nach, die sich eine Schürze überstreifte und mit dem großen Eimer in der Hand nach draußen verschwand. Auch Yvo war schon lange kein kleines Mädchen mehr. Ohne ihre tatkräftige Hilfe wäre es Anna schwergefallen, Haus und

Hof in Ordnung zu halten. Bisher hatten Yvo und Rita sich die Pflichten geteilt, jetzt würde Yvo mit ihren zehn Jahren den größeren Teil übernehmen müssen. Dennoch war ihr nicht die kleinste Beschwerde oder auch nur der Hauch eines Vorwurfs über die Lippen gekommen.

Anna legte die Jacke ab, wusch sich die Hände und streifte ihrerseits eine Schürze über, um sich an die Zubereitung des Mittagessens zu machen.

Sie war fast fertig, als die Haustür aufging. Anna schaute nicht auf, weil sie Yvo mit dem vollen Milcheimer vermutete. »Danke, mein Schatz.« Sie putzte sich die Hände an der Schürze ab und drehte sich zur Tür um. »In zwanzig Minuten können wir es …«

Die Worte erstarben in ihrer Kehle. Anna schnappte nach Luft, wagte es nicht, ihren Augen zu trauen. »Willi?« Lachend und weinend zugleich stürzte sie sich mit einem Freudenschrei auf ihren Mann, der glücklich lächelnd im Zimmer stand. Er riss sie in seine Arme und wirbelte sie einmal im Kreis herum.

»Mama? Was ist passiert?« Alarmiert stürmte Yvo ins Haus. Die Milch in dem fast vollen Eimer schwappte über, doch sie kümmerte sich nicht darum. »Papa!« Sie schaffte es gerade, den Eimer hinzustellen, bevor sie sich ebenfalls in seine Arme warf.

Er bückte sich und hob sie hoch. »Hallo, Kleines.«

»Papa!«, wiederholte Yvo schluchzend und schlang ihre Arme so fest um seinen Hals, dass er amüsiert halb erstickte Laute von sich gab.

»Wie geht es dir?« Angesichts von Yvos stürmischer Begrüßung ließ Anna ein wenig von ihm ab und maß ihn schnell mit ihrem Blick. Er trug noch dieselbe Kleidung wie am Tag seiner Verhaftung. Sie war schmutzig und zerknittert, wies aber keine Risse auf. Und auch sonst schien Wilhelm bemerkenswert unversehrt zu sein.

»Jetzt geht es mir bestens«, beruhigte er sie und schlang erneut einen Arm um ihre Hüfte. Dann schaute er sich suchend um. »Wo sind die anderen zwei?«

»Erich begleitet Rita zu ihrer Tante. Sie sind vorhin erst weggefahren. Sie hätten sich so gefreut, dich noch zu sehen. Ich werde ihnen direkt einen Brief hinterherschicken, dass du wieder frei bist.« Sie verstummte. »Du bist doch freigesprochen, oder?«

»Ja.« Er nickte. »Boris Alexejevitsch hat sich sehr für mich eingesetzt. Er hat zu Protokoll gegeben, dass ich an dem fraglichen Tag die verräterischen Äußerungen nicht gemacht haben konnte, da ich bis zum späten Abend mit ihm diverse Listen überprüft habe. Er sagte außerdem, dass er mich schon seit Jahren kenne, und hat den Kommissaren versichert, dass er einen Verräter schon erkennen würde, wenn er einen vor sich hätte. Sie haben mich danach noch ein paar Tage in Gewahrsam behalten, um – wie man mir sagte – weitere Erkundigungen einzuholen, doch letztendlich blieb ihnen nichts anderes übrig, als mich gehen zu lassen. Boris Alexejevitsch hat einigen Einfluss in der örtlichen Partei, die wollten es sich mit ihm offensichtlich nicht verscherzen.«

»Ich bin jedenfalls nur glücklich, dass du wieder hier bist«, sagte Anna erleichtert. »Ich hoffe, dass man dich von nun an in Ruhe lässt.«

»Bestimmt.« Wilhelm lächelte. »Irgendwann müssen sie schließlich erkennen, dass wir ganz einfache, gesetzestreue Bürger sind.«

»Du musst trotzdem weiter vorsichtig sein. Wer auch immer dich beschuldigt hat, wird vielleicht nicht so schnell aufgeben.«

So glücklich Anna über seine unverhoffte Rückkehr war, so wenig konnte sie vergessen, dass es irgendwo dort draußen einen Menschen gab, der versucht hatte, ihren Mann aus dem Weg zu räumen.

* * *

Mai 1938, Stadt Armawir, Nordkaukasus

Ein Klopfen an der Tür ließ alle erschrocken zusammenfahren. Langsam senkte Harri den Löffel und schaute sich nervös um. Aus den ihn umgebenden Gesichtern sprach die gleiche Anspannung, die auch von ihm Besitz ergriffen hat. Selbst Viktor und Ludwig, die sonst immer als Erste zur Tür eilten, blieben reglos sitzen. Seit dem Tod von Onkel Otto rechnete niemand mehr damit, dass unerwarteter Besuch oder ein Brief etwas Erfreuliches bedeuten könnten.

Es klopfte erneut.

Der Vater wischte sich den Mund an einer Serviette ab und erhob sich. »Ihr bleibt hier«, sagte er streng zu den Kindern, die ohnehin wie erstarrt dasaßen.

Harri sah, wie sein Vater die Schultern straffte und tief durchatmete, bevor er die Tür öffnete. Auch er selbst hielt die Luft an. Würde man seinen Vater nun ebenso mitnehmen wie Onkel Otto?

Die Tür öffnete sich einen Spaltbreit.

»Andrej Stepanovitsch!«, entfuhr es seinem Vater erleichtert. Rasch trat er beiseite, um den Mann ins Haus zu lassen.

Harri kannte den Neuankömmling. Sein Vater unterrichtete seinen Sohn. Vanja hatte einige Schwierigkeiten mit dem Stoff gehabt, weswegen sich sein Vater nach Schulschluss besonders viel Zeit für ihn genommen hatte. Andrej Stepanovitsch selbst war ein einfacher Mann aus einem russischen Dorf, der kaum lesen und schreiben konnte. Er war dem Lehrer sehr dankbar, dass er sich so um seinen Sohn gekümmert hatte. Vor ein paar Tagen hatte er sogar einen Kuchen vorbeigebracht, den seine Frau extra gebacken hatte.

Der Mann schaute sich hastig um, bevor er ins Haus schlüpfte und rasch die Tür hinter sich zuzog. »Samuel Danilovitsch!«, raunte er aufgeregt. »Sie müssen hier weg! Ich habe es gerade zufällig gehört. Sie sollen verhaftet werden, noch heute Nacht.«

Alle Farbe wich aus dem Gesicht des Vaters. »Sind Sie ganz sicher?«

»Ja.« Er nickte heftig. »Normalerweise hätte ich nichts gesagt, aber Sie sind ein guter Mensch, kein Faschist oder Verräter. Sie müssen fliehen!«

»Danke, Andrej Stepanovitsch«, sagte der Vater gerührt und schüttelte ihm fest die Hand. »Danke.«

»Schon gut. Sie sind ein guter Mensch«, wiederholte er. »Viel Glück.« Andrej Stepanovitsch nickte einmal in die Runde und öffnete die Tür. Nachdem er sich vergewissert hatte, dass ihn draußen niemand beobachtete, huschte er hinaus und verschwand in der Dämmerung.

Wie betäubt schaute Harri zu, wie die Mutter aufsprang und hastig begann, ein paar Sachen in den abgegriffenen Koffer zu packen, mit dem sie vor acht Jahren schon einmal von zu Hause geflohen waren. Dieses Mal würde sein Vater alleine gehen.

Emma begann zu weinen, und Harri legte den Arm tröstend um die Schultern der kleinen Schwester. Ihm gegenüber tat Tante Gerda das Gleiche mit ihren zwei Jungen.

Gern hätte Harri den Eltern geholfen, sich nützlich gemacht, doch er hatte Angst, ihnen im Weg zu sein, sie durch eine unbedachte Handlung zu stören und somit den Aufbruch des Vaters zu verzögern oder schuld daran zu sein, wenn er etwas Wichtiges vergaß.

»Hast du deinen Pass?«, fragte Mama zitternd.

»Ja.« Vater klopfte sich auf die Brusttasche.

»Hier, nimm das Geld.« Sie reichte ihm ein dünnes Bündel Geldscheine, das sie aus dem Versteck unter ihrem Bett hervorgeholt hatte.

Vater faltete die Scheine auseinander und zählte sich ein paar davon ab.

»Nimm alles.« Mama drückte das Geld, das er ihr zurückgeben wollte, entschlossen in seine Hand.

»Nein, ihr werdet es brauchen.«

»Du brauchst es mehr!«, beharrte sie. »Wer weiß, wann oder wo du wieder Arbeit finden wirst. Wir kommen schon klar.« Ihre Stimme brach. Liebevoll fuhr sie ihm mit den Fingerspitzen übers Gesicht. »Pass auf dich auf.«

»Das werde ich.« Er drückte sie fest an seine Brust. »Ich melde mich, sobald ich kann.«

»Sei aber vorsichtig. Du weißt nicht, wer vielleicht mitliest. Am besten schreibst du nicht direkt uns, sondern einem Nachbarn oder Andrej Stepanovitsch. Er wird uns den Brief bestimmt bringen.«

»Einverstanden.«

»Weißt du schon, wohin du gehen willst?«

»Erst mal nur weg.« Er zögerte. »Vielleicht gelingt es mir, mich nach Aserbaidschan durchzuschlagen. Ich habe es in meiner Jugend mal besucht. Soweit ich mich erinnern kann, gibt es dort sehr schöne Ecken, fruchtbares Land.«

»In Ordnung.« Mutter nickte tapfer und drückte ihn noch einmal an ihr Herz.

»Ich muss mich beeilen«, flüsterte er ihr zu, dann trat er zu Emma und nahm sie auf den Arm. »Mach's gut, Kleines.« Er küsste ihre Stirn. »Hör auf deine Mutter und sei ein braves Mädchen.« Er zögerte, dann strich er ihr vorsichtig die Tränen von der Wange. »Du brauchst nicht traurig zu sein, wir sehen uns bald wieder.«

»Versprochen?« Sie bemühte sich, ihn trotz der Tränen anzulächeln.

»Versprochen«, sagte er fest. Damit setzte er seine Tochter ab und wandte sich Harri zu. »Jetzt bist du der Mann im Haus«, sagte er mit einem kleinen Lächeln. »Gib auf Mama und Emma und auch auf Tante Gerda und die Jungs Acht.«

»Ja, Vater.« Harri straffte die Schultern und reckte den Kopf. Er würde ihn nicht enttäuschen.

»So ist es gut, mein Sohn.« Der Vater zog ihn in eine kurze, aber starke Umarmung. Harri stand kerzengerade da und sah zu, wie er in den Mantel schlüpfte, den kleinen Koffer nahm und ihnen allen einen letzten, langen Blick zuwarf. »Wir sehen uns so bald wie möglich wieder«, sagte der Vater fest. Dann öffnete er die Tür und ging hinaus.

Erschüttert starrte Harri ihm nach. Noch vor wenigen Minuten hatte sein Vater mit ihnen am Tisch gesessen, jetzt war er fort. Und niemand wusste, wann und wo sie ihn wiedersehen würden. Er schaute zu Mama und Emma hinüber und rang sich ein tapferes Lächeln ab. Er musste stark sein für sie. Das hatte er dem Vater versprochen.

Eine Zeit lang sagte niemand etwas. Alle waren von dem, was gerade geschehen war, wie betäubt. Es war zu schnell passiert, um es wirklich begreifen zu können.

»Ist ja noch mal gut gegangen«, sagte Mama schließlich. Ihre Stimme zitterte leicht. »Gott segne Andrej Stepanovitsch. Es gibt noch gute Menschen auf dieser Welt.«

Langsam begann sie, die Teller mit der inzwischen erkalteten Suppe vom Tisch abzuräumen. Es rührte sie ohnehin keiner von ihnen mehr an.

»Soll ich einen Eimer frisches Wasser vom Brunnen holen, Mama?«, fragte Harri. Bisher hatte das immer der Vater getan. Er war stets der Meinung gewesen, dass kein Mann eine Frau schwere Arbeit verrichten lassen durfte, während er selbst danebenstand. Von nun an würde es also Harris Aufgabe sein.

»Lass dir von Ludwig helfen«, warf Tante Gerda ein. »Der Eimer ist wirklich schwer.«

»Ich schaffe das schon«, erwiderte Harri und griff sich den Bottich, der rund zwanzig Liter fasste. Sein Vater hatte recht. Er war jetzt der Mann in der Familie und sollte sich so schnell wie möglich an seine neuen Pflichten gewöhnen.

Noch nie war es Harri so schwergefallen, rechtzeitig ins Bett zu gehen, wie an diesem Abend. Die Frage, ob tatsächlich Männer der Geheimpolizei vor ihrer Tür auftauchen würden, hing wie ein Damoklesschwert über ihnen allen und ließ sie nicht zur Ruhe kommen. Am liebsten wäre Harri aufgeblieben, um der Mutter im Ernstfall beistehen zu können. Aber sie hatte darauf bestanden, dass sich alle wie gewohnt schlafen legten. Wenn man sie mitten in der Nacht hellwach und vorbereitet antreffen würde, konnte das nur weitere Verdächtigungen nach sich ziehen. Dann wäre es klar, dass man sie gewarnt hatte und der Vater geflohen war.

Also legte sich Harri gehorsam ins Bett, auch wenn an Schlaf nicht zu denken war. Unablässig kreisten seine Gedanken um den Vater. Würde es ihm gelingen, in einen Zug zu steigen, oder würde man ihn irgendwo aufgreifen und mitnehmen, ohne dass sie jemals davon erfuhren? Würde er tatsächlich einen Ort finden, an dem er sich niederlassen und ein neues Leben beginnen, an den er seine Familie holen konnte?

Sein Vater war ein zurückhaltender, manchmal recht strenger Mann, doch er hatte Harri stets ein Gefühl von Sicherheit gegeben. Harri hatte immer gespürt, dass ihm nichts geschehen würde, solange sein Vater in der Nähe war. Doch jetzt war er fort. Und er selbst sollte an seine Stelle treten, seine viel zu großen Fußstapfen ausfüllen. Harri wusste nicht, ob und wie ihm das gelingen sollte. Aber er war fest entschlossen, es mit aller Kraft zu versuchen. Er würde auf Mama und Emma aufpassen und seinen Vater stolz machen, wenn sie sich schließlich wieder begegneten.

Harri schreckte hoch, als er ein lautes Poltern an der Tür vernahm. Sein Herz klopfte ihm bis zum Hals, und er war schon halb aus dem Bett gesprungen, bevor er überhaupt begriff, was los war.

Er musste doch eingeschlafen sein, denn er brauchte einen Moment, bevor er das Geräusch richtig einordnen konnte. Die Männer von der Geheimpolizei! Sie kamen, um seinen Vater zu holen!

»Du bleibst liegen!«, zischte seine Mutter streng, während sie sich ein warmes Tuch über ihr Nachthemd warf und die Enden sorgfältig über ihrer Brust kreuzte.

»Ich komme schon!«, rief sie auf Russisch, als es erneut klopfte.

Ihre Anweisung ignorierend, schlich sich Harri zur Schlafzimmertür und linste durch den schmalen Spalt in den Hauptraum.

»Lass mich auch mal«, flüsterte Emma kaum hörbar neben ihm und er rückte unwillig ein Stück beiseite, um der Schwester Platz zu machen.

Die Tür wurde der Mutter beinahe aus der Hand gerissen, kaum dass sie sie entriegelt hatte. Das schwere Türblatt schwang auf und drei Männer stürmten ins Haus.

»Wo ist Samuel Pfeiffer?«, fuhr der Offizier seine Mutter an.

»Fort.« Sie zog den Schal enger um ihre schmalen Schultern und schaute ruhig zu dem bedrohlich wirkenden, großen Mann empor. Sie wirkte so klein, so zierlich und doch so unendlich stark.

»Was heißt *fort*?«, fragte der Mann scharf, während er seinen Begleitern einen Wink mit der Hand gab. »Durchsuchen.«

Das Licht der Laternen gesellte sich zu dem der dünnen Kerze, die seine Mutter auf dem Tisch abgestellt hatte.

»Er ist gegangen«, erklärte sie schlicht. »Keine Ahnung, wohin.« Sie zuckte mit den Achseln und schien mit sich selbst zu ringen. »Was wollen Sie von ihm?«

»Wir haben Hinweise erhalten, dass er ein Aufrührer und Faschist ist.«

Mutter lächelte schwach. »Dann ist es wohl gut, dass er fort ist.«

Der Mann fixierte sie scharf. »Was soll das bedeuten, Genossin?«

»Gut für mich, meine ich. Mit Faschisten möchte ich nichts zu tun haben.«

Harri und Emma wichen hastig zurück, als sich ein Mann ihrer Tür näherte. Sie brauchten ihre Angst vor ihm nicht zu heucheln, als er ihnen mit seiner Laterne ins Gesicht leuchtete und mit der Durchsuchung des Zimmers begann.

In hilflosem Zorn schaute Harri zu, wie ihre Betten durchwühlt und die von Mama sorgfältig gebügelte Wäsche ebenso wie alte Bücher aus dem Schrank gerissen und achtlos zu Boden geworfen wurden. Als hätte sich ihr Vater irgendwo dazwischen verstecken können.

Der Mann wütete so lange im Zimmer, bis nichts mehr an seinem Platz stand. Und Harri erkannte mit erschreckender Klarheit, dass es ihm nur darum ging, sie zu demütigen. Er suchte nicht nach Hinweisen oder Papieren, dafür schaute er sich nichts genau genug an, ebenso wenig suchte er den Vater. Er wollte ihnen nur vor Augen führen, dass er in ihrem Haus anstellen konnte, was er wollte, ohne dass sie auch nur den Mund aufzumachen wagten.

Schließlich ließ er von der Einrichtung ab und ging zu seinem Vorgesetzten zurück. »Dahinten ist er nicht.«

»Hier ist auch nichts«, sagte der zweite Mann, als er aus Tante Gerdas Zimmer kam. Sie folgte ihm mit je einem Jungen an der Hand.

»Wann haben Sie Ihren Mann zuletzt gesehen?«, wandte sich der Offizier erneut an Mutter.

»Heute Morgen. Er ist nach der Arbeit nicht mehr nach Hause gekommen.«

Harri hielt gespannt die Luft an. Doch der Mann ließ ihr die Lüge kommentarlos durchgehen.

»Ich hoffe, Sie kennen Ihre Pflicht, sich unverzüglich bei uns zu melden, falls Sie etwas von ihm hören.«

»Selbstverständlich.« Harri bewunderte seine Mutter dafür, wie beherrscht ihre Stimme klang.

»Sehr gut. Dann entschuldigen Sie die späte Störung, Genossin.« Der Mann fasste sich in der ironischen Andeutung einer Verbeugung an die Kappe seiner Mütze. »Eine schöne Nacht noch.«

»Danke«, murmelte Mutter und wartete, bis die Männer das Haus verlassen hatten. Dann stürzte sie nach vorn und verriegelte die Tür. Zitternd lehnte sie sich dagegen und machte den Eindruck, als könnte sie jeden Moment umfallen. Hastig zog Harri ihr einen Stuhl heran.

»Brauchst du was, Mama? Geht's dir nicht gut?«

»Doch, doch, alles bestens«, beruhigte sie ihn matt. »Es ist nur die Aufregung. Lass mich einfach ein wenig sitzen, gleich geht es besser.«

Emma trat zu ihr und umarmte sie fest. »Ruh dich aus, Mama. Harri und ich räumen auf.«

»Danke.« Sie lächelte leicht.

»Es ist doch jetzt alles vorbei, oder?«, konnte Harri die Frage, die auf seiner Seele brannte, nicht länger zurückhalten. »Sie werden Papa nicht finden.«

»Das werden sie nicht«, bestätigte die Mutter ihm. »Er ist bestimmt schon längst weg.«

* * *

Samuel drückte sich in den Schatten eines Hauses und warf einen vorsichtigen Blick auf die hinter der kleinen Bahnhofshalle liegenden Gleise. Es schien alles ruhig zu sein, vermutlich wurde er noch gar nicht vermisst. Dennoch traute er sich nicht, einfach hineinzugehen und auf den nächsten Zug zu warten. Samuel hatte keine Ahnung, wann der kommen würde. Und das Risiko, erkannt oder erwischt zu werden, war ihm zu hoch.

Er umfasste den Koffergriff noch fester und schlich bedauernd weiter. Vielleicht würde es ihm gelingen, außerhalb der Siedlung auf einen Güterzug aufzuspringen. Meist fuhren die Züge recht langsam aus dem Bahnhof und benötigten ein paar Minuten, um ihre volle Geschwindigkeit zu erreichen.

Irgendwo kläffte ein Hund, und Samuel zuckte erschrocken zusammen. Hektisch sah er sich um und beschleunigte seinen Schritt. Im Wäldchen außerhalb der Stadt würde er sicher sein. Um diese Uhrzeit trieb sich dort niemand mehr herum, dort würde er in Ruhe warten und über seine Lage nachdenken können.

Tausend Gedanken rasten durch seinen Kopf – die Sorge um seine Familie, die Wut auf eine Regierung, die unschuldige Menschen zu Flüchtlingen, zu Feinden im eigenen Land machte. Zum dritten Mal schon musste er alles zurücklassen, was ihm lieb und teuer war, und sich irgendwo eine neue Existenz aufbauen. Er war ein junger Mann gewesen, als seinen Eltern und ihm der gesamte Grundbesitz genommen worden war. Es war nicht einfach gewesen, doch bald darauf hatte er Hilde kennengelernt, und das Leben schien trotz der Entbehrungen wieder aufwärtszugehen. Sie hatten alles, was sie zum Glücklichsein brauchten – ihre Arbeit, ihre Kinder, das Haus. Doch auch das hatten sie wieder verlassen müssen, worauf sie bei seinem Bruder Unterschlupf fanden, der sie ganz selbstverständlich bei sich aufnahm. Aber der war jetzt tot und er selbst erneut auf der Flucht. Würde das denn niemals enden?

Samuel erreichte den Wald und setzte sich auf das trockene Gras am Fuße eines Baumes. Angestrengt lauschte er in die zunehmende Dunkelheit. Waren die Männer der GPU bereits bei seiner Familie? Was würden sie tun, wenn sie ihn nicht vorfanden? Suchten sie schon nach ihm? Er musste so schnell wie möglich aus dieser Gegend verschwinden. Sobald man eine Fahndung herausgab und die Bahnhöfe kontrollierte, war er verloren.

Irgendwann hörte er schließlich das Rattern eines herannahenden Zuges. Er stand auf und drückte sich hinter den Baumstamm, um dem hellen Scheinwerferlicht zu entgehen. Der erste Wagen rollte rumpelnd an ihm vorbei. Auf der langen Ladefläche waren Wände aufgebaut, hinter denen sich vermutlich dicke Baumstämme türmten. Samuel zögerte nicht länger. Seinen Koffer fest in der Hand lief er los. Der zweite Wagen rollte an ihm vorbei. Er musste sich beeilen. Er streckte den Arm aus und versuchte, den Griff zu fassen zu kriegen, um sich auf die schmale Plattform zu ziehen, die hinter jedem Waggon für etwaige Zugbegleiter vorgesehen war. Zweimal rutschten seine Finger ab, doch beim dritten Mal schaffte er es, den Griff zu packen und mit einem Fuß auf die Kante der Plattform zu springen. Keuchend zog er sich weiter, verschnaufte kurz und ließ sich vorsichtig zu Boden gleiten. Die Plattform war gerade tief genug, dass er bequem darauf sitzen konnte. Den Koffer legte er flach neben sich, streckte sich aus und bettete seinen Kopf darauf.

Während der Zug ihn ratternd hin und her wiegte, schaute Samuel hinauf in den vorbeiziehenden Himmel. »Danke, Herr«, murmelte er leise. Er mochte gerade einer ungewissen Zukunft entgegenrasen, aber er war frei, und er war am Leben.

Samuel wachte auf, als der Zug die Geschwindigkeit drosselte. Irritiert wischte er sich über das Gesicht. Ihm war gar nicht aufgefallen, dass er eingenickt war. Über ihm graute bereits schwach der Morgen. Er richtete sich auf und schaute sich aufmerksam um. Er hatte keine Ahnung, wo er sich befand, doch der Zug bremste zweifelsfrei ab. Er würde also bald einen größeren Bahnhof erreichen. Samuel ließ die Schultern kreisen, nahm den Koffer und richtete sich vorsichtig auf. Aufmerksam beobachtete er die vorbeiziehende Landschaft und wartete eine günstige Stelle ab. Dann warf er den Koffer hinunter und sprang selbst hinterher. Er versuchte, sich abzurollen, kam schmerzhaft mit Knie und Schulter auf und blieb ein paar Atemzüge lang reglos liegen, während das Pochen in seinem Körper abklang und sein wilder Herzschlag sich beruhigte. Zum Glück schien er sich nicht ernsthaft verletzt zu haben. Langsam stand er auf und ging ein Stück zurück, bis er den Koffer fand. Dann richtete er seine Kleidung, klopfte Schmutz und trockenes Gras von Hose und Mantel ab und setzte seinen Weg an den Gleisen entlang fort.

Knapp eine halbe Stunde später erreichte er den Bahnhof von Swetlograd.

Samuel atmete erleichtert auf. Zumindest war er nicht in die völlig falsche Richtung gereist. Wäre er nach Norden gefahren, hätte er Armawir auf seinem Weg nach Aserbaidschan erneut passieren müssen. So aber brauchte er nur einen Zug Richtung Süden zu finden.

Er betrat das Bahnhofsgebäude und stellte erfreut fest, dass ihn keiner beachtete. Einige Menschen warteten still und schläfrig auf den unbequemen Bänken auf ihren Anschlusszug oder darauf, dass man den Bahnhofsschalter öffnete. Er ließ sich auf einen freien Platz sinken und beobachtete interessiert das Geschehen.

Die große Bahnhofsuhr zeigte kurz nach sechs. Eine alte Frau in einem abgegriffenen Mantel und mit einem dunklen Tuch auf dem Kopf ging mit einem kleinen Korb zwischen den Wartenden umher. Die meisten winkten ab, manche gaben ihr einige Münzen im Austausch für ein paar Piroschki – gefüllte, gebackene Teigtaschen. Samuel spürte, wie sich sein Magen vor Hunger zusammenzog.

»Möchtest du etwas essen, Söhnchen?« Die alte Frau trat nun auch zu ihm.

»Gern.« Er lächelte. »Was haben Sie denn Gutes?«

Die Frau lüftete das Tuch, mit dem ihr Korb abgedeckt war. »Die hier sind mit Eiern und die mit Sauerkraut. Sind beide sehr lecker«, betonte sie.

»Ich nehme zwei von beiden«, sagte Samuel und betrachtete die ärmliche Kleidung der Frau. Dann reichte er ihr ein paar Münzen, die den Wert des Essens bei Weitem überstiegen.

Die Frau begann, in einem dünnen Geldbeutel nach Rückgeld zu kramen, doch Samuel hielt sie zurück. »Schon gut.« Er hatte selbst nicht viel Geld, aber er war stark und gesund, er würde bestimmt bald eine Arbeit finden. Die Frau aber sah aus, als könnte sie das Geld gut gebrauchen.

»Gott segne dich, Söhnchen«, murmelte die Alte. »Gott segne dich.«

Zwei Stunden später wurde der Schalter geöffnet und Samuel reihte sich in die Schlange der Reisenden ein. Er hatte Glück. Der nächste Zug nach Baku ging in drei Stunden. Von dort müsste er einen Anschluss ins Landesinnere bekommen. Er wusste noch von früher, dass es in der Nähe von Aghstafa eine Reihe deutscher Dörfer gab, vielleicht würde er dort irgendwo unterkommen können.

Kapitel 15

Mai 1938, Siedlung Sor-El, Sowjetrepublik Komi

»Anna Friedrichowna!«

Anna, die gerade in ihrem Vorgarten Unkraut zupfte, schaute überrascht hoch. Vor ihr stand einer ihrer jüngsten Schüler – Anton Dvorkin – mit stolzgeschwellter Brust.

»Was ist los, Anton?«, fragte sie den kleinen Jungen freundlich.

»Mein Papa hat mich gebeten, Ihnen auszurichten, dass Ihr Mann heute spät nach Hause kommt.«

»Weshalb?« Alarmiert richtete sie sich auf.

»Ähm.« Der Junge zog die Stirn kraus, so konzentriert dachte er nach. »Irgendetwas mit seiner Arbeit«, sagte er schließlich zögerlich. »Sie sollen sich keine Sorgen machen.« Den letzten Satz brachte er wieder selbstbewusster hervor, offensichtlich gehörte der zu der ursprünglichen Nachricht.

Anna lächelte. »Danke, Anton. Das ist sehr freundlich von dir. Wenn du magst, kannst du reingehen und dir von Yvo ein Stückchen Karamell holen.«

»Wirklich?« Der Junge machte große Augen.

»Wirklich«, bestätigte Anna lachend.

»Danke!« Er huschte an ihr vorbei auf die Haustür zu.

Anna seufzte und widmete sich erneut ihrem Garten. Trotz der harmlosen Worte des Jungen machte sich eine leichte Unruhe in ihr breit. Seit Wilhelms Verhaftung reagierte sie sehr empfindlich, wenn er nicht pünktlich nach Hause kam. Auch wenn es völlig unsinnig war. Immerhin hatte Willi ihr extra eine Nachricht überbringen lassen, damit genau das nicht geschah.

Über sich selbst belustigt schüttelte sie den Kopf. Wo das Herz betroffen war, setzte der Verstand manchmal einfach aus.

Yvo lag schon im Bett, als Wilhelm endlich nach Hause kam. Er sah müde und verärgert aus.

»Was ist los?« Fürsorglich nahm Anna ihm die Jacke ab und schenkte ihnen beiden heißen Tee ein.

»Die Kasse stimmte heute nicht.« Schwer ließ sich Wilhelm auf einen Stuhl fallen. »Es fehlte Geld.«

»Aber das kommt doch schon mal vor. Vielleicht hat jemand einen Fehler gemacht.«

»Es gab keinen Fehler«, entgegnete Wilhelm düster. »Boris Alexejevitsch und ich haben alles geprüft. Es fehlen genau fünfzig Rubel aus einer Kasse, zu der nur er und ich einen Schlüssel besitzen.«

Anna stockte. »Glaubst du etwa, er …?«

»Natürlich nicht!«, unterbrach Wilhelm sie unwirsch. »Aber ich habe es genauso wenig genommen.«

»Und wo ist es dann?« Fünfzig Rubel waren eine Menge Geld – sie verdiente in einem ganzen Monat nur hundert.

»Tja, das ist die Frage.« Wilhelm wischte sich über das Gesicht. »Es kann nur bei ihm oder mir sein, obwohl keiner von uns beiden es genommen hat.«

»Und was sagt Boris Alexejevitsch?«

Wilhelm kaute nachdenklich auf seiner Lippe. »Ihm sind die Hände gebunden«, sagte er schließlich. »Er glaubt nicht, dass ich es war. Aber wenn das Geld nicht wiederauftaucht, muss er einen Schuldigen präsentieren.« Er seufzte. »Ich habe schon überlegt, es aus eigener Tasche zu erstatten.«

»Käme das nicht einem Schuldeingeständnis gleich?«, wandte Anna ein. Ganz abgesehen davon, dass fünfzig Rubel eine spürbare Lücke in ihre Ersparnisse reißen würden.

»Was soll ich denn sonst tun?«, entfuhr es Wilhelm verzweifelt. »Wir beide sind die Einzigen, die Zugang zu dem Geld haben, das Schloss wurde nicht aufgebrochen, aber das Geld ist weg.«

»Es ist eine Falle«, erkannte Anna plötzlich.

»Wie meinst du das?«

»Denk doch mal nach. Erst hat man dich angeschwärzt, und da das nicht funktioniert hat, versucht man nun, dich auf andere Weise loszuwerden.«

»Aber wer, und wieso?«

»Wer hatte deinen Posten, als du im Gefängnis warst?«

Wilhelms Züge entgleisten für einen Moment. Sofort schüttelte er kategorisch den Kopf. »Nein. Auf keinen Fall. Eugen ist nicht nur mein Stellvertreter, er ist mein Freund. Er würde so etwas nie tun.«

»Weißt du, was in seinem Kopf vorgeht? Wie gelegen ihm dein Posten vielleicht käme?«

Wilhelm zog die Unterlippe zwischen die Zähne. »Das kann nicht sein«, widersprach er, doch er klang nicht mehr ganz so entschieden.

»Er hatte Zugang zu dem Geld, während du fort warst, oder?«

»Ja. Aber es fehlt erst jetzt etwas. Wochen, nachdem er den Schlüssel wieder abgegeben hatte.« Wilhelm lächelte erleichtert. »Eugen kann es also nicht gewesen sein.«

»Wenn er wirklich deinen Posten will, hat er das Geld nicht genommen, weil er es so dringend braucht, sondern um es dir in die Schuhe zu schieben. Solange er geglaubt hat, dass du nicht wiederkommst, hatte er keinen Grund, es zu stehlen.«

»Aber wie soll er darangekommen sein?« Er stockte. »Meinst du, er hat sich den Schlüssel nachmachen lassen?«

Anna zuckte mit den Schultern. »Wäre doch möglich.«

Wilhelm wischte sich mit den Händen übers Gesicht. »Es ist aber nichts als eine Hypothese, die uns leider nicht weiterhilft. Ich kann und werde einen Freund nicht ohne handfeste Beweise beschuldigen.«

Anna schnaufte. Wenn sie mit ihrem Verdacht richtig lag, hatte sein *Freund* diesbezüglich deutlich weniger Vorbehalte. »Vielleicht weiß Boris Alexejevitsch, wer die Falschaussage gegen dich gemacht hat.«

»Weiß er nicht«, entgegnete Wilhelm bedauernd. »Ich habe ihn gleich nach meiner Freilassung gefragt. Aber die GPU schützt ihre Leute. Selbst wenn sich ein Hinweis als falsch herausstellt, sind die Zuträger offensichtlich weiterhin wichtig für sie. Ihnen wird Anonymität garantiert, und nicht einmal Boris Alexejevitsch hat da eine Ausnahme erwirken können.«

»Du solltest trotzdem mit ihm über unseren Verdacht sprechen. Wenn du das Geld einfach nur aus eigener Tasche erstattest, wer garantiert uns, dass morgen nicht eine noch größere Summe fehlt?«

»Also gut«, gab sich Wilhelm geschlagen. »Ich spreche mit ihm. Aber ich kann dir nicht sagen, was dabei herauskommt. Du weißt, dass Loyalität für Boris Alexejevitsch einen hohen Stellenwert besitzt. Und wenn ich eine ungerechtfertigte Anschuldigung vorbringe, kann die Sache für mich auch nach hinten losgehen.«

»Du musst Eugen ja nicht gleich beschuldigen. Lass Boris Alexejevitsch einfach an unseren Überlegungen teilhaben. Es kann auch nicht in seinem Interesse sein, dass sich ein Dieb in seinem Betrieb herumtreibt.«

»Ich werd's versuchen.« Wilhelm wirkte so besorgt und niedergeschlagen, dass Anna um ihn herumging und ihn von hinten umarmte.

»Wir schaffen das schon«, murmelte sie leise. »Wir haben schon Schlimmeres überstanden.« Sie streifte mit den Lippen seine Wange.

Dankbar tätschelte er ihren Arm. »Du hast recht, mein Schatz. Gott wird es schon fügen.«

Am nächsten Tag konnte sich Anna kaum auf den Unterricht konzentrieren, so sehr kreisten ihre Gedanken um Wilhelm und das, was nun geschehen würde. Am Morgen hatte sie ihn kaum gesehen, weil er zu nervös gewesen war, um etwas zu essen, und er außerdem gehofft hatte, Boris Alexejevitsch – der meist als Erster da war – noch vor Arbeitsbeginn sprechen zu können.

In der Mittagspause hielt sie es schließlich nicht mehr aus. Zu Fuß brauchte sie etwa zwanzig Minuten von der Schule bis zum Sägewerk. Wenn sie noch einmal so viel für den Rückweg einplante, blieben ihr noch etwa zehn Minuten Zeit, um mit ihrem Mann zu sprechen.

Kaum hörte sie die Schulglocke, schnappte sie sich ihre Tasche und verließ als Erste die Klasse. Natürlich entgingen ihr nicht die verwunderten Blicke ihrer Schüler, aber das kümmerte sie nicht. So schnell sie – ohne zu rennen – konnte, eilte sie die Straßen entlang und kam völlig außer Atem bei der Fabrik an. Sie kannte den Weg zu Wilhelms Büro und winkte dem Pförtner im Vorbeigehen zu.

Der Mann nickte freundlich zurück, und Anna spürte, wie ein Teil ihrer Anspannung von ihr abfiel. Hätte Willi an diesem Morgen gravierende Schwierigkeiten bekommen, hätte sie der Pförtner gewiss nicht einfach so durchgelassen. Er musste also zumindest noch in seinem Büro sein.

Mit jedem Schritt, den sie dem Verwaltungstrakt näher kam, wurden ihre Knie weicher. Schließlich blieb sie vor Wilhelms Tür stehen und klopfte zögernd an.

Sie hörte Schritte, dann wurde die dunkle Holztür geöffnet und sie schaute direkt in Willis verwundertes Gesicht.

»Anna, Schatz. Das ist ja eine Überraschung«, sagte er auf Russisch. Schon vor einiger Zeit hatten sie es sich angewöhnt, in der Öffentlichkeit nur noch die offizielle Sprache zu benutzen, um nicht unnötig aufzufallen. »Bist du extra hergekommen, um mir mein Mittagessen zu bringen? Das hättest du doch nicht tun müssen.«

Sie lächelte unsicher, weil sie sein Verhalten nicht ganz einschätzen konnte. Da stieß Willi die Tür weiter auf und sie sah Boris Alexejevitsch im Raum hinter ihm sitzen.

»Störe ich?«, fragte Anna erschrocken und machte unwillkürlich einen Schritt zurück. »Ich wollte nur kurz vorbeischauen …«

»Machen Sie sich keine Sorgen, Anna Friedrichowna«, sagte der Betriebsleiter freundlich. »Sie haben völlig recht, es ist längst Zeit für eine Mittagspause. Gehen Sie mit Ihrer Frau ruhig eine Runde spazieren, Wilhelm«, fügte er an ihren Mann gewandt hinzu.

»Danke, das mache ich.« Willi nahm sein Jackett. »Ich bin gleich wieder da.«

»Keine Eile. Ich denke, wir haben das Wichtigste bereits besprochen. Auf Wiedersehen, Anna Friedrichowna.«

»Auf Wiedersehen, Boris Alexejevitsch«, murmelte sie überrumpelt.

»Komm, Schatz.« Willi nahm ihren Arm. »Das Wetter ist schön, lass uns einen kleinen Spaziergang machen.«

Anna nickte und folgte ihm schweigend durch die Flure nach draußen, während er sich wortreich dafür bedankte, dass sie ihn so überraschend besuchte. Erst als sie das Werksgelände hinter sich gelassen hatten, ließ er ihren Arm los und drückte sie fest an sich.

»Was sollte das eben?«, fragte Anna zwischen Sorge und Ärger hin- und hergerissen. »Habe ich etwas falsch gemacht? Hätte ich nicht kommen sollen?«

»Es ist alles gut«, beruhigte Wilhelm sie.

»Und weshalb benehmt ihr euch so komisch?«

»Lass uns ein Stück gehen, dann erkläre ich es dir.«

Sie hakte sich bei ihm unter und setzte sich erwartungsvoll in Bewegung.

»Du hast tatsächlich recht gehabt«, gestand er ihr leise. »Es war Eugen, der mich angeschwärzt hat, und er hat auch das Geld genommen.« Grenzenlose Enttäuschung lag in seiner Stimme. »Ich habe ihm vertraut, ihn immer unterstützt und gefördert. Und er ...« Willi verstummte fassungslos.

»Wie habt ihr das herausgefunden?«

»Ich habe Boris Alexejevitsch erklärt, dass sich womöglich jemand Drittes Zutritt zu dem Geld verschafft haben könnte. Er selbst hat daraufhin Eugens Namen ins Spiel gebracht. Er sagte, der Gedanke sei ihm auch schon gekommen. Also hat er ihn – mit seiner Sekretärin als Zeugin – in sein Büro bestellt und dazu aufgefordert, seine Taschen zu leeren. An seinem Schlüsselbund hing tatsächlich ein passender Schlüssel.« Wilhelm schüttelte ungläubig den Kopf. »Vermutlich hat er ihn behalten, um ihn bei Bedarf noch einmal benutzen zu können. Und damit er niemandem zufällig in die Hände fällt, hat er ihn einfach immer bei sich getragen.«

»Und was geschieht jetzt mit ihm?«

»Ich bin mir nicht sicher. Boris Alexejevitsch hat mir erzählt, dass Eugen während des Gesprächs einige Andeutungen gemacht habe, dass er einflussreiche Freunde habe und Boris Alexejevitsch damit nicht durchkommen werde. Es sieht so aus, als hätte er tatsächlich Verbindungen zur GPU. Ich weiß allerdings nicht, wie eng die in Wirklichkeit sind.«

»Das wird sich jetzt vermutlich zeigen.« Anna runzelte nachdenklich die Stirn. »Aber ich verstehe trotzdem nicht, wieso ihr euch vorhin so aufgeführt habt.«

»Eugen weiß nichts von meiner Rolle in dieser Sache. Boris Alexejevitsch hat mich mit Absicht außen vor gelassen. Ich wollte nicht, dass der Eindruck entsteht, dass du dir Sorgen gemacht hast oder überhaupt etwas von der ganzen Sache weißt. Ich fürchte, ich habe mir auch so schon einen Feind gemacht. Ich wollte ihm nicht noch mehr Anlass geben, uns Böses zu wünschen.«

»Wenn man ihn des Diebstahls überführt hat, wird er uns hoffentlich nicht mehr schaden können.«

»Das hoffe ich auch.« Wilhelm blieb plötzlich stehen und drehte sich zu Anna um. »Ich danke dir«, sagte er leise und küsste zärtlich ihre Lippen. »Du hattest wie immer den richtigen Instinkt.«

* * *

Aghstafa, Sowjetrepublik Aserbaidschan

Ratternd fuhr der Zug in einen Bahnhof ein. Samuel kniff die Augen zusammen, um in der zunehmenden Dunkelheit den Namen auf der Bahnhofstafel zu entschlüsseln. Er war bereits seit drei Tagen unterwegs und konnte es kaum erwarten, dem ständigen Rattern des Zugs zu entkommen. Seine Kleidung war durchgeschwitzt und zerknittert, und er sehnte sich danach, sich zumindest notdürftig zu waschen.

Die Türen gingen auf.

»Aghstafa!«, schallte die laute Stimme des Schaffners von außen herein.

Samuel nahm seinen Koffer und erhob sich. Er war weit genug gereist. Hier, inmitten der Baumwollfelder, würde es ihm bestimmt gelingen, Arbeit zu finden. In seiner Jugend, bevor seine Familie enteignet worden war, hatte er häufig auf den Feldern mitgeholfen und wusste durchaus, wie man einen Traktor bediente. Als er nach draußen trat, schlug ihm feuchtwarme Luft entgegen, und ihm wurde klar, wie weit im Süden er sich befand. Um ihn herum drängten sich Menschen, die ebenfalls aus- oder einstiegen, und Samuel beeilte sich, zur Seite zu treten, um sich einen Überblick zu verschaffen. Der Bahnhof war klein, kaum mehr als eine einfache Station, doch immerhin stand neben den Gleisen eine niedrige Bahnhofshalle. Vielleicht würde ihm dort jemand weiterhelfen können. Er brauchte eine Unterkunft und ein paar Informationen darüber, wo sich die nächste Sowchose befand.

Bis auf zwei Männer, die vermutlich auf einen Anschlusszug warteten oder ebenso wie er nicht wussten, wohin sie sich wenden sollten, war das Gebäude jedoch leer. Unsicher schaute er zurück zur Tür. Draußen war es inzwischen völlig dunkel. Heute würde er wohl nichts mehr erreichen.

Das Getuschel der beiden Männer drang an sein Ohr, und er bemerkte die neugierigen Blicke, die sie ihm zuwarfen. Wenn er weiterhin so verloren herumstand, würde er nur unnötig Aufmerksamkeit erregen. Samuel seufzte resigniert und ließ sich auf eine der Bänke sinken. Wie es aussah, würde er die Nacht hier verbringen müssen und sich morgen auf die Suche nach Arbeit und Unterkunft machen.

Er wuchtete seinen Koffer neben sich auf die Bank, legte den Kopf darauf, um sein Gepäck vor Diebstahl zu schützen, und schloss die Augen. Es lagen drei verdammt lange Tage hinter ihm. Und zu den Gedanken über seine eigene ungewisse Situation gesellte sich die Sorge um seine Familie. Vielleicht hätte er sie gleich mitnehmen sollen. Er hätte es sich nie verziehen, wenn Hilde und die Kinder wegen seines Verschwindens Schwierigkeiten bekamen. Doch in der Eile des Aufbruchs war keine Zeit für derartige Überlegungen gewesen. Außerdem wusste er, dass seine Frau und Tochter die erste Etappe der Flucht nicht geschafft hätten. Es war schon für ihn riskant gewesen, auf einen fahrenden Zug aufzuspringen. Nein, es war schon besser so. Immerhin war er nicht der Einzige, der Hals über Kopf verschwand. Und die Behörden hatten so viele Verdächtige auf ihrer Liste, dass sie sich meist einfach dem Nächsten zuwandten, wenn einer plötzlich unauffindbar war.

Zwischen Zuversicht und Sorge hin- und hergerissen, schlief Samuel schließlich ein.

Als er aufwachte, fielen bereits warme Sonnenstrahlen durch ein paar dreckige Fenster in die Halle. Samuel setzte sich auf und streckte sich. Nachdem er sich vergewissert hatte, dass sein Koffer unversehrt an seinem Platz lag, schaute er sich aufmerksam um. Der Schalter war noch immer geschlossen, aber draußen, vor den Gleisen, konnte er Menschen warten sehen. Er nahm sein Gepäck und trat nach draußen.

Mehrere Personen standen in Grüppchen herum. Es musste sich um Einheimische handeln, denn er war sicher, dass in der Zwischenzeit kein neuer Zug gekommen war. Kinder wuselten ungeduldig umher, während die Mütter sie hin und wieder zur Ordnung riefen.

Samuel spazierte am Gleis entlang, lauschte den Gesprächen in der Hoffnung, ein deutsches Wort oder einen vertrauten Akzent zu entdecken, doch vergeblich. Falls es hier Deutsche gab, achteten sie darauf, es nicht nach außen zu zeigen.

Eine ältere Frau reichte einem jungen Mann – vermutlich ihrem Sohn – ein Bündel, das herrlich nach frisch gebackenem Brot duftete. Samuels Magen knurrte vernehmlich. Er hatte seit dem gestrigen Nachmittag, als er sich beim Halt an einer größeren Station ein belegtes Fladenbrot gekauft hatte, nichts mehr gegessen. Gern hätte er sich bei der Gelegenheit an den kleinen Marktständen mit mehr Lebensmitteln eingedeckt, aber er hatte befürchtet, dass der Zug ohne ihn weiterfahren könnte.

Jetzt beobachtete er die Frau, die sich von ihrem Sohn verabschiedete. Sie drückte ihn an sich, gab ihm ein paar letzte Worte mit auf den Weg und schlenderte davon. Samuel folgte ihr.

»Entschuldigen Sie bitte.«

Überrascht drehte sich die Frau um und maß ihn mit einem aufmerksamen Blick. Allzu vertrauenerweckend schien er in seiner – zwar guten, aber nicht mehr ganz so frischen – Kleidung nicht zu wirken, denn eine Spur von Misstrauen schlich sich in ihr Gesicht. »Was wollen Sie?«

»Ich bin gestern hier angekommen und brauche ein Zimmer oder eine Wohnung, wo ich bleiben kann.«

»Tut mir leid, ich kann Ihnen nicht helfen.« Sie wandte sich ab.

»Kennen Sie vielleicht jemanden, der ein Zimmer vermietet?«

»Nein, tut mir leid.«

Samuel ließ sich von diesem ersten Rückschlag nicht entmutigen, sondern hielt nach weiteren Leuten Ausschau, die er fragen konnte. Wenn er bei den Wartenden keinen Erfolg hätte, würde er sich wohl oder übel an den Mann am Bahnhofsschalter wenden müssen.

Er wollte gerade eine junge Frau ansprechen, die anscheinend ihren Mann zum Zug begleitete, als jemand vorsichtig an seine Schulter klopfte.

»Sie suchen ein Zimmer?«, fragte eine schüchterne Stimme.

Samuel wandte sich um und sah ein etwa achtzehnjähriges Mädchen vor sich stehen.

»Lass das, Sveta!«, zischte eine alte Frau neben ihr und schüttelte missbilligend den Kopf. »Wir kennen den Mann nicht.«

»Aber wir brauchen das Geld, Babulja«, flüsterte das Mädchen eindringlich zurück. »Sie können doch bezahlen, oder?«, erkundigte sie sich leicht verunsichert.

»Ja.« Samuel nickte. »Aber vielleicht sollten wir alles in Ruhe besprechen.« Er deutete zum Bahnhofsausgang. Ihre kleine Unterhaltung hatte bereits die Neugier der Umstehenden geweckt. Er sah, wie einige Frauen zu tuscheln begannen und das Mädchen – Sveta – stolz ihren Kopf hob, als sie an ihnen vorbeigingen.

»Wir haben ein Zimmer frei in unserem Haus, meine Oma und ich«, sagte das Mädchen fest, sobald sie außer Hörweite der anderen waren. »Wie lange wollen Sie denn bleiben?«

Samuel zuckte mit den Schultern. »Ein paar Monate.«

»Gut.« Das Mädchen nickte geschäftsmäßig und versuchte, ihre Unsicherheit hinter einer forschen Maske zu verbergen. Dennoch war es offensichtlich, dass sie sich bei der ganzen Sache nicht wirklich wohlfühlte, vermutlich machte sie so etwas zum ersten Mal. Unwillkürlich fragte sich Samuel, was den beiden Frauen widerfahren sein mochte, dass sie sich zu diesem Schritt gezwungen sahen. »Für das Zimmer wären es fünf Rubel pro Monat und fünf weitere, wenn Sie bei uns mitessen wollen.« Gespannt wartete das Mädchen seine Antwort ab.

»Einverstanden«, sagte Samuel bedächtig.

»Nicht so schnell!«, mischte sich nun die Großmutter in das Gespräch ein. »Wie sieht es denn aus, wenn du einen fremden, alleinstehenden Mann in unser Haus holst? Wir kennen ihn doch gar nicht!«

»Ich heiße Samuel Danilovitsch Pfeiffer.« Er deutete eine höfliche Verbeugung an. »Und alleinstehend bin ich nicht.« Er holte seine Brieftasche hervor und zog ein kleines Foto heraus, das sie vor knapp drei Jahren zu Harris zehntem Geburtstag hatten machen lassen. »Das sind meine Frau und meine zwei Kinder«, erklärte er.

Die Augen der alten Frau wurden groß. »Sie scheinen ein vornehmer Mann zu sein«, brummte sie mit unwilligem Respekt, doch ihr Misstrauen schien noch immer nicht besänftigt. »Was verschlägt Sie denn ganz allein in unsere Gegend?«

Samuel zögerte. Diese Frage hatte er befürchtet, und hatte noch immer keine ganz zufriedenstellende Antwort darauf. Er zuckte mit den Schultern und setzte eine möglichst neutrale Miene auf. »Wir fühlen uns am Kuban nicht mehr wohl, brauchen eine Luftveränderung. Also bin ich vorgefahren, und sobald ich mich hier eingerichtet habe, hole ich meine Familie nach.«

Die Frau verengte die Augen. »Sind Sie Deutscher?«

Samuel stutzte. Eine so direkte Frage hatte er nicht erwartet. »Ja«, erwiderte er dennoch wahrheitsgemäß. »Ist das ein Problem für Sie?«

»Nein.« Die Frau schüttelte langsam ihren Kopf. »Das war mein Schwiegersohn auch.«

»Und wo ist er jetzt?«

»Fort«, war alles, was sie dazu sagte, doch in dem einen Wort klang die ganze traurige Wahrheit mit.

»Verstehe«, sagte Samuel leise.

»Kommen Sie mit«, winkte die alte Frau ihm zu. »Sie können mich übrigens Baba Nina nennen.«

Kapitel 16

September 1938, Stadt Armawir, Nordkaukasus

»Hier. Mein Vater hat gesagt, dass ich dir das geben soll.«

Harri spürte, wie ihm ein Zettel in die Hand geschoben wurde, und schaute sich erstaunt um. Vanja grinste ihn verschwörerisch an. Harris Herz begann wie wild in seiner Brust zu pochen. Nur mit Mühe konnte er sich davon abhalten, das Papier auf der Stelle zu entfalten und seinen Inhalt zu verschlingen. Stattdessen schob er es nur beiläufig in seine Tasche. »Danke, Vanja. Wenn du magst, kannst du nachher bei uns vorbeischauen. Tante Gerda backt wieder ihren Honigkuchen.«

Die Augen des kleineren Jungen leuchteten auf. »Au ja!«, rief er und hüpfte fröhlich davon.

Harris Blick wanderte zu seiner Mutter, die sich am anderen Ende des Schulhofs gerade mit einer Kollegin unterhielt.

Er haderte kurz mit sich selbst, ob er zu ihr hinübergehen und ihr von dem Brief erzählen sollte, entschied sich aber schließlich dagegen. Wenn es wirklich das war, was er glaubte – eine Nachricht von seinem Vater –, dann würden sie sie in Ruhe gemeinsam zu Hause lesen. Hätte er ihr jetzt schon den Umschlag gezeigt, dann hätte er sie nur unnütz aufgeregt, und vielleicht würde dann jemand etwas bemerken und unangenehme Fragen stellen.

Er spürte ja selbst, wie es ihm gerade erging. Harri schlenderte an den Rand des Schulhofs und zog den Briefumschlag ein wenig aus der Tasche, gerade mal weit genug, um die Handschrift darauf erkennen zu können. Sein Herz machte einen freudigen Sprung. Es war eindeutig die seines Vaters, auch wenn als Absender ein weiblicher Name stand. Doch davon ließ er sich nicht beirren, schon bei der ersten, kurzen Nachricht, die sie vor rund drei Monaten von ihm erhalten hatten, hatte dieser Name darauf gestanden. Damals hatte sein Vater nur zwei kurze Sätze geschrieben, dass ihm die Rundreise gefalle und er die Gegend sehr empfehlen könne. Es hatte keine Anrede und keine Unterschrift gegeben, und doch hatte es gereicht, um seine Mutter zwei Wochen lang strahlen zu lassen. Und auch für Harri war es einer der glücklichsten Tage seines Lebens gewesen.

Harri betastete neugierig den Umschlag, während er ihn wieder tief in seine Tasche schob. Er schien dieses Mal etwas dicker zu sein. Vermutlich hatte der Brief, den Mama an die angegebene Adresse geschickt hatte, Vater ermutigt, mehr über seine Situation zu schreiben.

Zweimal hatten Offiziere der GPU die Familie noch besucht, nachdem sie seinen Vater nicht hatten auffinden können. Zweimal hatten sie seine Mutter befragt. Doch irgendwann hatte man sie schließlich in Ruhe gelassen. Es gab genug andere Menschen um sie herum, die man anklagen und verhaften konnte, da kam es auf einen mehr oder weniger vermutlich nicht an.

Es klingelte, und widerstrebend folgte Harri den anderen Kindern ins Schulgebäude. Normalerweise liebte er den Unterricht. Insbesondere Algebra, die gleich auf dem Plan stand, vermochte ihn immer wieder zu fesseln. Doch heute fiel es ihm schwer, sich auf die Ausführungen des Lehrers zu konzentrieren. Der Brief in seiner Hosentasche schien mit jeder Sekunde, die verstrich, immer schwerer zu werden, sein Gewicht brannte schon förmlich auf Harris Haut, so bewusst war er sich des kleinen Schatzes, den er bei sich trug.

Gleich nach der letzten Stunde eilte er ins Lehrerzimmer. Emma, die eine Stunde weniger gehabt hatte, saß bereits in ihre Hausaufgaben vertieft am Schreibtisch in einer Ecke. Von Mama war jedoch noch keine Spur zu sehen. Ungeduldig lief Harri zu seiner Schwester.

»Pack deine Sachen zusammen«, raunte er.

»Ich bin aber noch nicht fertig. Und Mama ist auch noch nicht da.«

»Pack ein!« Er strahlte sie aufgeregt an und dämpfte noch weiter die Stimme, obwohl sich außer ihnen beiden niemand im Raum befand. »Ich habe einen Brief.« Er sprach so leise, dass er nicht sicher war, ob sie ihn überhaupt verstehen konnte.

Emma schnappte laut nach Luft, ihre Finger schlossen sich fest um seinen Arm. Sie hatte ihn verstanden. »Wo?«, flüsterte sie und suchte seine Gestalt mit den Augen ab.

Harri lachte. Glaubte sie etwa, er würde ihn um den Hals tragen, damit ihn alle sehen konnten? »Zeige ich dir, wenn wir zu Hause sind.«

Aufgeregt schlug Emma ihr Heft zu und begann ihre Stifte wegzupacken. In diesem Moment betrat Mama in Begleitung einer anderen Lehrerin das Zimmer.

»Oh, Harri, du bist ja auch schon da. Wenn ihr wollt, könnt ihr beide vorgehen, ich habe hier noch ein wenig zu tun.«

»Kannst du das nicht zu Hause machen?«, fragte er enttäuscht. Die Aussicht, noch länger auf das Lesen des Briefes warten zu müssen, kam seelischer Grausamkeit gleich. Auch Emma neben ihm zog ein langes Gesicht.

»Nein, kann ich nicht«, sagte Mama streng. »Was ist denn mit euch los?«

Die Geschwister wechselten einen ratlosen Blick.

»Mir ist schlecht!«, sagte Emma plötzlich und hielt sich den Bauch.

Harri bewunderte seine Schwester für ihren Einfallsreichtum.

»Was fehlt dir denn?« Eine gehörige Portion Skepsis lag in Mamas Blick. Dennoch kam sie näher und legte Emma prüfend eine Hand auf die Stirn.

»Ich weiß nicht«, krächzte diese. »Mir ist einfach nicht gut.«

»Kannst du sie bitte nach Hause bringen, Harri? Ich komme so bald es geht nach.«

»Was?« Er starrte seine Mutter entgeistert an. »Es wäre wirklich besser, wenn du mitkommst, Mama. Emma macht einen sehr kranken Eindruck auf mich«, versuchte er, die Situation zu retten.

»Meinst du?«

»Geh nur, Hilde«, meldete sich die andere Lehrerin zu Wort. »Wir können den Unterrichtsplan auch morgen besprechen.«

»Danke.« Mama lächelte ihre Kollegin an. »Na, dann kommt«, wandte sie sich schließlich an ihre Kinder.

Harri legte, um die Scharade aufrecht zu erhalten, den Arm um seine Schwester und zog sich ihre Schultasche mit der seinen auf die Schulter.

»Gute Besserung!«, rief Mamas Kollegin ihnen nach.

»Danke«, krächzte Emma.

»Verratet ihr mir jetzt endlich, was dieses Theater soll?«, fragte Mama halb amüsiert, halb entrüstet, sobald sie die Schule hinter sich gelassen hatten.

»Vanja hat mir heute einen Brief gegeben. Ich dachte, dass du ihn bestimmt gern lesen möchtest«, ließ Harri grinsend seine Bombe platzen. Der Effekt hätte nicht durchdringender sein können. Mama blieb stehen und starrte ihn ungläubig an. Ein glückliches Lächeln breitete sich auf ihrem Gesicht aus.

»Bist du sicher, dass er von ihm ist?«

»Ja, auf dem Umschlag ist seine Handschrift. Außerdem, warum sollte Vanja mir sonst einen Brief übergeben? Willst du ihn haben?« Harris Hand fuhr zu der Hosentasche.

»Ja, aber nicht hier«, sagte Mama. »Lasst uns schnell nach Hause gehen.«

Sosehr Harri es sich in den letzten Stunden gewünscht hatte, diesen Brief zu lesen, so nervös wurde er plötzlich, als es endlich so weit war. Was, wenn er keine guten Neuigkeiten enthielt? Was, wenn er doch nicht von seinem Vater war?

Seiner Mutter mussten ähnliche Gedanken durch den Kopf gehen, denn ihre Finger zitterten leicht, als sie den Umschlag entgegennahm und ihn öffnete.

»Was steht drin?«, fragte Emma ungeduldig.

Mama lächelte und Harri sah Tränen in ihren Augen schimmern. »Meine Lieben«, begann sie leise zu lesen, »es geht mir gut.«

Alle drei atmeten erleichtert auf. Emma schmiegte sich an Harris Schulter, und beruhigend nahm er die jüngere Schwester in den Arm. »Von wann ist der Brief?«, fragte er leise.

»Vom achtzehnten August.«

Er nickte. Also hatte die Post nur knapp vier Wochen gebraucht.

»Jetzt lies endlich weiter«, drängelte Emma und Mama gehorchte.

»Meine Lieben«, wiederholte sie langsam, schien jedes einzelne Wort in die Länge zu ziehen, um es angemessen genießen zu können. »Es geht mir gut, abgesehen davon, dass ich euch alle so sehr vermisse. Das Schicksal war mir gnädig, ich habe Arbeit als Lagerverwalter in einer Sowchose bekommen und habe ein Dach über dem Kopf. Es ist ein ruhiges, beschauliches Leben, das auch euch mit Sicherheit gefallen würde.

Ich habe ein kleines Haus gefunden, es hat einen Garten und einen Stall und bietet genug Platz für eine Familie. Es steht derzeit leer und ist nur wenige Kilometer von meiner Arbeitsstelle entfernt, wo gute Mitarbeiter immer gebraucht werden.

Ach, meine Lieben, könntet ihr das nur mit eigenen Augen sehen, ihr würdet euch mit mir daran erfreuen.

Ich warte sehnsüchtig auf eine Nachricht von euch und hoffe, dass sich unsere Wege bald wieder kreuzen.«

Mama verstummte und wischte sich ein paar Tränen aus dem Gesicht. »Er ist in Sicherheit und möchte, dass wir zu ihm fahren«, murmelte sie überwältigt.

»Das hat er aber nicht geschrieben«, warf Emma skeptisch ein.

Nachsichtig streichelte Mama dem Mädchen über den Kopf. »Manchmal muss man auch zwischen den Zeilen lesen, mein Schatz«, sagte sie. »Er hat sich nicht getraut, es ausdrücklich zu formulieren, falls der Brief in falsche Hände fällt. Deshalb ist er auch nicht unterschrieben, und es stehen auch sonst keine Namen darin.«

»Und was machen wir nun?«, fragte Harri leise. »Gehen wir einfach von hier fort und folgen ihm?« Er war froh, dass es seinem Vater gut ging, und wollte natürlich wieder bei ihm sein. Aber hier fühlte er sich wohl, hier hatte er seine Freunde, seine Cousins. Hier war sein Zuhause.

Ernst schaute Mama ihn an. »Ja, wir werden gehen«, sagte sie schließlich. »Onkel Otto ist tot, dein Vater ist womöglich nur knapp einem ähnlichen Schicksal entkommen. Ich glaube nicht, dass man uns hier noch viel länger in Ruhe leben lässt.«

»Und wer sagt uns, dass es woanders nicht genauso sein wird?«

»Keiner«, erwiderte sie traurig. »Aber dein Vater würde uns kaum zu sich rufen und von einem *ruhigen, beschaulichen* Leben berichten, wenn die Lage dort bereits genauso angespannt wäre wie hier.«

»Aber ich will hier nicht weg«, sagte Emma mit dünner Stimme.

»Das verstehe ich, mein Schatz. Doch hier sind wir nicht sicher. Außerdem sind wir eine Familie, wir gehören zusammen. Würdest du wirklich lieber hierbleiben, als wieder bei Papa zu sein?«

»Nein.« Emma senkte mürrisch den Kopf.

»Na, siehst du. Und jetzt zieht nicht solche Gesichter, ihr beiden. Papa bereitet alles für unsere Ankunft vor, das ist ein Grund zur Freude.« Sie strahlte sie an, als wäre eine tonnenschwere Last von ihren Schultern gefallen.

Harri schämte sich seiner egoistischen Gedanken. Sie hatte recht. Die Familie war das Wichtigste. Er würde neue Freunde finden, aber seinen Vater gab es nur einmal.

»Wann wollen wir los?«, fragte er neugierig.

Mama runzelte nachdenklich die Stirn. »Ganz so schnell geht es natürlich nicht. Ich werde Papa erst einmal schreiben müssen. Ich denke, vor dem Winter kommen wir nicht weg. Am einfachsten wäre es, wenn wir in den Ferien fahren. Dann können wir in Ruhe unsere Sachen packen und unsere Abwesenheit fällt nicht sofort auf. Falls jemand fragt, kann Tante Gerda sagen, wir seien verreist. Und wenn wir nicht wiederkommen, kann ihr keiner einen Strick daraus drehen – falls überhaupt jemand danach fragt. Und euch ist bestimmt klar«, sie fixierte ihre Kinder mit ihrem Blick, »dass ihr niemandem auch nur ein Wort davon verraten dürft, oder?«

»Ja, Mama«, entgegneten beide wie aus einem Mund.

»Gut.« Sie lächelte.

Die Eingangstür schwang auf und Stimmen hallten durchs Haus. Tante Gerda war mit den beiden Jungs vom Sportplatz nach Hause gekommen, wo sie nach der Schule für einen Wettkampf trainiert hatten.

Mama erhob sich. »Dann sage ich Tante Gerda am besten Bescheid.«

Harri stockte. »Was wird dann aus ihr?«

»Wenn sie möchte, kann sie später nachkommen.«

* * *

September 1938, Siedlung Sor-El, Sowjetrepublik Komi

»Wo stecken sie denn?« Verärgert stampfte Anna ins Haus. Sie hatte den Garten und den Stall abgesucht und sogar einen Blick in die Nachbargärten geworfen, doch von ihren Kindern fehlte jegliche Spur. Dabei wurde es allmählich dunkel.

»Sie laufen bestimmt nur irgendwo draußen herum«, sagte Wilhelm besänftigend, ohne von dem Buch aufzublicken, in dem er gerade las. »Du musst den beiden etwas Freiraum lassen.«

Anna schnaufte, er hatte vermutlich recht. Und doch konnte sie sich in letzter Zeit nur noch entspannen, wenn alle, die sie liebte, sicher und gesund um sie versammelt waren.

Am Tag nach seiner Entlarvung hatte Eugen gedroht, dass dies für Wilhelm Konsequenzen haben werde. Und seine Worte hallten noch immer in ihren Ohren nach.

Das war wirklich ein Dieb und Verräter, den man die volle Macht der Justiz hätte spüren lassen sollen. Er war zwar nicht gänzlich ungeschoren davongekommen, aber seine Verbindung zur GPU hatte ihn vor dem Schlimmsten bewahrt. Boris Alexejevitsch hatte ihn seines Postens enthoben, weil er keine Diebe in seinem Sägewerk gebrauchen konnte. Aber man hatte schnell eine andere Stelle für ihn gefunden – als Kontrolleur bei einem Baumfällbetrieb. Natürlich war diese Stelle nicht so komfortabel und auch nicht ganz so gut bezahlt wie die, die er hatte räumen müssen. Und dafür gab er Wilhelm die Schuld, auch wenn seine Beteiligung nicht offiziell publik gemacht worden war. Doch Eugen war nicht dumm, er konnte sich denken, dass Wilhelm dabei eine Rolle gespielt haben musste.

In den ersten Wochen danach war Anna bei jedem Klopfen an der Tür zusammengezuckt, und es hatte eine Weile gedauert, bis sie ihre gewohnte Zuversicht weitgehend wiedergefunden hatte.

Wilhelm war der Meinung, dass Eugen seine Glaubwürdigkeit, zumindest, was seine Person anging, eingebüßt hatte. Er versicherte ihr, dass nicht einmal die GPU zweimal auf die gleiche Lüge hereinfallen würde. Doch Anna konnte das nicht beruhigen. Zumal anonyme Hinweise nicht der einzige Weg waren, wie er ihnen schaden konnte. Zwei Tage nach dem Vorfall hatten drei Jungen – unter anderem Eugens Sohn – Erich aufgelauert und ihm mehr als nur einen blauen Fleck verschafft. Er hatte Glück gehabt, dass gerade ein Mann vorbeigekommen war und die Jungen verscheucht hatte. Leider hatte der die Gesichter der drei nicht gesehen, und so hatten sie außer Erichs Wort keine Beweise. Da kein ernsthafter Schaden entstanden war, hatten sie auch nichts unternehmen können.

Jungs prügeln sich halt, war die eine Antwort, die Anna stets zu hören bekam, wenn sie den Vorfall irgendwo – und sei es unter ihren Kollegen – ansprach. Dennoch hatte sie darauf bestanden, dass Wilhelm Erich ein paar Selbstverteidigungsgriffe beibrachte. Ihr Mann hatte in seiner Jugend geboxt, doch ihr Sohn hatte sich nie für solche Dinge interessiert. Sie hätte nicht gedacht, dass es einmal erforderlich sein würde, ihm das Kämpfen beizubringen.

Seitdem war wieder Ruhe bei ihnen eingekehrt, das Leben ging seinen Gang. Die Kinder lernten und sie arbeiteten. Und doch führte der heutige Abend Anna überdeutlich vor Augen, wie nervös sie nach wie vor war. Kaum waren die Kinder aus den Augen, kam sie vor Sorge halb um.

Plötzlich wurde die Tür aufgerissen und Yvo stürmte atemlos lachend ins Haus, dicht gefolgt von ihrem Bruder. Beide blieben wie angewurzelt stehen, als sie ihre Mutter erblickten, die steif und mit ineinander verknoteten Händen in der Mitte des Zimmers stand.

»Was ist los, Mama?«, fragte Yvo, während Erich etwas hinter seinem Rücken zu verstecken versuchte.

»Das wollte ich euch gerade fragen«, entgegnete Anna verstimmt. »Wo wart ihr? Ich habe mir Sorgen um euch gemacht.«

»Wir … äh …« Yvo warf ihrem Bruder einen schnellen Blick zu. »Wir sind nur draußen ein wenig herumgelaufen.«

»Ja, genau«, stimmte er ihr schnell zu und trat, bemüht beiläufig, den Rückzug an.

»Was versteckt ihr da?«

»Wir? Nichts.« Yvo setzte ihr unschuldigstes Lächeln auf und ging mit offenen Händen auf Anna zu. »Soll ich dir einen Tee machen, während Erich noch mal kurz nach draußen geht? Er hat da was vergessen.«

»Und das wäre?« Das Verhalten der beiden war mehr als ungewöhnlich, außerdem stieg ihr ein unangenehmer Geruch in die Nase. Es roch wie … Mist. »Was stinkt hier so?«

Yvo hielt inne, als hätte sie den Gestank auch gerade erst bemerkt. Verunsichert drehte sie sich zu ihrem Bruder um, der ratlos mit den Schultern zuckte.

»Jetzt zeigt schon her!« Energisch ging Anna an ihrer Tochter vorbei und streckte Erich auffordernd die Hand entgegen.

Er zögerte einen Moment, dann sackten seine Schultern nach vorn und er reichte ihr resigniert einen kleinen Korb.

Neugierig warf Anna einen Blick hinein. Er war bis zum Rand gefüllt mit den etwa daumendicken, rötlichen sibirischen Aprikosen und etwas, das verdächtig nach Schafsköteln aussah.

»Ihhh«, entfuhr es Yvo plötzlich, die ihr über die Schulter geschaut hatte. Das Mädchen schüttelte sich und wedelte hektisch mit den Händen.

Anna hatte Mühe, ihre Belustigung zu verbergen. »Ich hoffe, ihr habt keine davon gegessen«, kommentierte sie trocken.

Yvo lief zur Waschschüssel und seifte sich die Hände gründlich ein. Erich beeilte sich, es ihr gleichzutun.

»Sagt ihr mir jetzt vielleicht, was das soll?«, fragte Anna, nachdem sich Yvo die Hände zum dritten Mal abgespült hatte.

»Ich bin heute auf dem Heimweg einen anderen Weg gegangen als sonst, und da habe ich diesen Baum gesehen. Er hing voll mit Aprikosen, aber keiner pflückte sie, sie fielen sogar schon zu Boden.«

»Und da wir wissen, wie sehr du Aprikosenmarmelade magst, und weil du in letzter Zeit oft so traurig warst, wollten wir dir eine Freude machen«, fügte Yvo kleinlaut hinzu.

»Also sind wir losgezogen, um die Früchte zu pflücken«, ergänzte Erich.

»Und ihr habt bis zum Einbruch der Dunkelheit damit gewartet, weil ihr den Zaun gesehen habt, hinter dem der Baum steht, nicht wahr?«, fragte Anna streng. »Wenn mich nicht alles täuscht, müsste er der Witwe Ivanov gehören. Sie ist zu alt, um in Bäumen herumzuklettern.«

»Wir dachten, sie wollte die Aprikosen nicht«, murmelte Yvo. »Außerdem sahen sie so einladend aus. Und die Äste reichen über den Zaun, sodass man von der Straße aus draufklettern kann.«

»Verstehe. Aber das erklärt immer noch nicht die Schafskötel.«

»Uns ist der Eimer umgekippt, als wir hinabsteigen wollten«, gestand Erich und seine Mundwinkel zuckten. »Jemand muss zuvor seine Schafe da vorbeigetrieben haben. Und in der Dunkelheit konnten wir die Aprikosen offensichtlich nicht von dem Mist unterscheiden.«

Anna nickte langsam und überlegte, was sie nun mit den beiden machen sollte.

»Wir wollten dir doch nur eine Freude machen«, meinte Yvo kläglich.

»Es war lieb gemeint, aber ihr hättet nicht ungefragt in fremden Bäumen herumklettern dürfen. Ihr werdet euch morgen persönlich bei der Witwe dafür entschuldigen und die Aprikosen zurückgeben. Yvo, du wirst ihr helfen, die Früchte einzukochen, und Erich, du pflückst ihr den ganzen Baum leer, habt ihr verstanden?«

»Ja, Mama.«

»Und jetzt bringt diesen Eimer nach draußen. Heute ist es schon zu dunkel. Aber morgen früh werdet ihr als Erstes die Kötel aussortieren und die Früchte gründlich waschen, bevor ihr zur Schule geht.«

»Ja.« Erwartungsvoll schauten die Kinder sie an, unsicher, ob noch eine weitere Strafe folgen würde. Anna erlöste sie mit einem Lächeln. »Heute ist ein Brief von Rita angekommen«, wechselte sie das Thema.

»Wirklich?« Aufgeregt strahlte Erich sie an. »Was schreibt sie denn?« Sein Gesicht färbte sich rosa. Offensichtlich hatte die Trennung bislang keinen Einfluss auf seine Gefühle gehabt.

»Es geht ihr gut, ihre Tante und die anderen sind sehr lieb zu ihr, aber trotzdem vermisst sie uns alle.«

»Hat sie … Hat sie auch etwas über mich geschrieben?«, fragte Erich nervös.

»Nicht direkt«, entgegnete Anna. »Aber sie hat einen extra Brief für dich beigelegt«, fügte sie schnell hinzu, als er enttäuscht den Kopf hängen ließ.

»Wirklich?«

»Ja, hier.« Schmunzelnd schaute sie zu, wie er sich mit dem Kerzenleuchter in eine Ecke verzog, um die kostbare Nachricht zu lesen.

Yvo verdrehte grinsend die Augen, doch Anna bedeutete ihr, ihn in Ruhe zu lassen. Es war wirklich nicht einfach für ihn.

Yvo schnappte sich ein Buch und zog einen Stuhl neben den ihres Bruders, um im Licht des Kerzenständers lesen zu können. Anna selbst ging zu Wilhelm hinüber, der in der Zeitung blätterte.

Er legte seine Lektüre beiseite, und Anna nahm auf seinem Oberschenkel Platz. Sie lehnte den Kopf behutsam an seinen und genoss den Augenblick der Ruhe und der Zweisamkeit.

»Was beschäftigt dich?«, fragte Wilhelm leise.

Anna seufzte. Er kannte sie wirklich gut. »Maria wird auf die Krim zurückkehren.«

Er setzte sich aufrechter hin und schaute Anna neugierig ins Gesicht.

»Sie hat dort noch eine Tante, und sie meint, sie hätte jetzt genug Geld zusammengespart, um sich den Umzug leisten zu können. Die Tante hat ein Haus, in dem sie vorerst unterkommen können, bis sie etwas Eigenes finden.«

»Und was ist mit dir? Möchtest du auch zurück?«

Anna verschränkte unsicher die Finger und wusste nicht, wie sie ihre widersprüchlichen Gefühle in Worte fassen sollte. »Ich wünsche mir sehr, wir könnten zurückgehen und alles wäre wieder so wie vorher«, sagte sie schließlich leise. »Aber das ist nicht möglich. Unser Haus ist fort. Alles, was uns jemals etwas bedeutet hat, gehört jetzt anderen Menschen. Dort ist kein Platz mehr für uns. Wir müssten wieder von vorne anfangen.«

»Wenn du es möchtest, wenn es dich glücklich macht, können wir es versuchen«, sagte er ernst.

Sie schaute ihn liebevoll an, sah in seinen Augen den Nachhall der Schuld, die er all die Jahre mit sich herumgeschleppt hatte. »Unser Zuhause ist jetzt hier, die Kinder fühlen sich wohl, wir haben Arbeit, Freunde und ein Dach über dem Kopf.« Der einzige Vorteil, den ihnen ein Umzug bieten konnte, war, auf diese Weise Eugens Einfluss zu entkommen. Doch dieser schien ohnehin bereits gemindert zu sein. Außerdem gab es keine Garantie, dass es an einem neuen Ort anders sein würde. Von überall hörte man Gerüchte, Nachrichten von Verrätern und Aufrührern, die man verhaftet, überführt, verurteilt hatte. Dieser Wahnsinn griff um sich – in manchen Regionen stärker, in anderen schwächer, aber ganz sicher konnte man wohl nirgends mehr sein. Und man hatte sie schon einmal unter einem fadenscheinigen Vorwand aus ihrer Heimat verbannt.

Sie zuckte mit den Schultern. »Vielleicht bin ich schon zu alt für einen Neuanfang«, sagte sie mit einem traurigen Lächeln. »Ich möchte gern einfach irgendwo dazugehören, Wurzeln schlagen, eine Zukunft für die Kinder aufbauen.«

Wilhelm nickte und zog sie fest an sich. »Das tun wir bereits, mein Schatz. Das tun wir.«

Kapitel 17

Januar 1939, Aghstafa, Sowjetrepublik Aserbaidschan

Schon durch das Zugfenster konnte Harri die vertraute Gestalt seines Vaters ausmachen, der auf dem Bahnsteig auf sie wartete. Neben ihm begann Emma wie wild zu winken, als sie ihn ebenfalls erkannte. Seine Mutter lächelte glücklich.

Sie hatten es tatsächlich geschafft. In wenigen Minuten würden sie wieder als Familie vereint sein. Erst jetzt wurde Harri bewusst, wie sehr er seinen Vater vermisst hatte, wie schwer die Verantwortung, die er ihm für Mutter und Schwester auferlegt hatte, auf seinen Schultern gelastet hatte. Wie froh war er, sie nun wieder mit ihm teilen zu können.

Quietschend kam der Zug zum Stehen, und Harri stemmte die schwere Metalltür auf. Ein Schwall frischer Luft schlug ihm entgegen – kühl und doch milder, als er erwartet hatte.

Harri kletterte aus dem Zug und nahm den ersten Koffer entgegen, den die Mutter ihm reichte. Er hatte ihn gerade abgestellt und wollte nach dem nächsten greifen, als sein Vater zu ihm stieß.

Er drückte kurz anerkennend Harris Schulter. »Lass mich«, sagte er dann und nahm das schwere Gepäckstück entgegen.

Ein weiterer Koffer folgte und dann fiel Emma jauchzend um des Vaters Hals. Er wirbelte sie einmal herum, setzte sie dann vorsichtig ab und streckte die Arme nach seiner Familie aus.

Lange Zeit standen sie einfach nur eng umschlungen da, während die Leute um sie herum ein- und ausstiegen. Erst das Pfeifen des Zuges weckte sie aus ihrer glücklichen Versunkenheit.

»Kommt mit. Ich habe mir einen Karren geborgt, damit wir nicht den ganzen Weg zu Fuß gehen müssen.« Er führte sie weg von den Gleisen zu einer kleinen braunen Stute, die vor einen hölzernen Wagen gespannt war.

»Wohin fahren wir?«, fragte Emma neugierig, nachdem sie es sich auf einem Koffer auf der Ladefläche bequem gemacht hatte. Mama gesellte sich zu ihr, während Harri neben dem Vater auf dem Kutschbock sitzen durfte.

»Nach Marxovka«, erklärte der Vater. »Es ist ein schönes, kleines Dorf, in dem hauptsächlich unsere Landsleute leben. Ich habe das Häuschen, von dem ich euch geschrieben habe, tatsächlich für uns gekauft. Ihr werdet sehen, es wird euch gefallen.«

Während sie fuhren, schaute sich Harri neugierig die Umgebung an. Rechts und links reihten sich große, leer anmutende Felder aneinander. »Was wird hier angebaut?«, fragte er neugierig.

»Baumwolle«, erklärte sein Vater. »In etwa zwei Monaten fängt die Aussaat an. Dann werde auch ich alle Hände voll zu tun haben.«

»Wieso denn das?«, verständnislos sah Harri ihn an. »Ich dachte, du arbeitest im Lager?«

»Sicher.« Sein Vater lachte. »Und ich muss das Saatgut entsprechend zuteilen, darauf achten, dass nichts abhandenkommt und dass genug für alle Felder da ist.«

»Hast du schon mit der Schule gesprochen?«, fragte die Mutter. Harri wusste, dass sie darauf hoffte, wieder als Lehrerin tätig sein zu können. Er teilte diese Hoffnung. Seine Mutter wirkte viel zu zerbrechlich, um harte Feldarbeit verrichten zu können.

»Ja, das habe ich.« Der Vater zögerte. »Wegen der Kinder geht alles klar. Sie können direkt nach den Ferien dort anfangen. Sie ist von unserem Haus in einer halben Stunde zu Fuß gut erreichbar. Allerdings werden dort keine weiteren Lehrkräfte benötigt.«

»Dann suche ich mir eben etwas anderes«, ließ sich Harris Mutter nicht entmutigen.

»Ich habe mit unserem Direktor gesprochen, dem Leiter der Sowchose, meine ich. Er ist ein ganz außergewöhnlicher Mann – ein Held des Bürgerkriegs. Er wurde für besondere Verdienste und Tapferkeit mit mehreren Orden ausgezeichnet, sogar mit dem Krasnoje Snamja – dem zweithöchsten Orden, den man bekommen kann. Er ist einer der wenigen, die noch immer die Erlaubnis besitzen, einen eigenen Revolver bei sich zu tragen. Einmal hat er ihn mir gezeigt, da ist sogar sein Name eingraviert.«

Die Mutter schnappte hörbar nach Luft. »Ist das nicht zu gefährlich? Wenn er erfährt, dass du geflohen bist, wird er dich sofort ausliefern!«

»Ich habe nicht gerade vor, es ihm auf die Nase zu binden, aber abgesehen davon, hat er eine ziemlich gute Menschenkenntnis. Ich habe nicht den Eindruck, dass er sich von den Meinungen anderer sonderlich beeinflussen lässt. Wir kommen sehr gut miteinander klar.«

»Na, hoffentlich.« Mama schien nicht besänftigt zu sein. »Ihr dürft auf keinen Fall darüber sprechen, mit niemandem. Ist das klar?«, wandte sie sich an die Kinder.

»Natürlich«, antworteten beide leicht genervt wie aus einem Mund. Niemand brauchte ihnen die Gefahren zu erklären, die ihnen drohten, falls man erneut Anschuldigungen gegen sie erhob. Nie würde Harri die Momente vergessen, als sie erfahren hatten, dass Onkel Otto erschossen worden war, oder als die Männer der GPU ihr Haus durchstöbert hatten, auf der Suche nach Vater, um ihm das gleiche Schicksal angedeihen zu lassen.

»Auf jeden Fall habe ich Direktor Muradov von dir erzählt«, setzte Vater seinen Bericht fort. »Und er meinte, du könntest vielleicht eine Stelle bei der Qualitätskontrolle der Baumwolle bekommen.«

»Ich kenne mich damit aber überhaupt nicht aus.«

»Ich weiß. Aber so schwer ist das nicht. Er könnte dir ein paar Bücher zur Verfügung stellen, und den Rest würden dir die Mitarbeiter im Labor schon beibringen. Wenn du bereit bist, dich darauf einzulassen.«

»Ich werde mir Mühe geben.« Mama lächelte leicht. »Chemie und Biologie haben mich schon immer interessiert.« Sie streckte den Arm aus und drückte den ihres Mannes. »Ich bin so froh, dass wir wieder alle beisammen sind.«

»Und ich erst.« Er lachte und ließ die Zügel knallen.

Die nächsten Tage vergingen wie im Flug. Alle halfen mit, das Haus auf Vordermann zu bringen. Der Stall musste ausgebessert werden, damit die Kuh, die Vater auf dem Markt erworben hatte, vor Wind und Wetter geschützt war. Harri hatte sich sofort mit Feuereifer auf die Aufgabe gestürzt, eine kleine Zeichnung angefertigt und alle Maße genau berechnet, bevor er sich an das Sägen und Hämmern machte. Er liebte diese Kombination aus Planen und Werkeln und freute sich jedes Mal, wenn sich die Richtigkeit seiner Berechnungen in der praktischen Umsetzung bestätigte. Nach zwei Tagen präsentierte er seinem Vater stolz den fertigen Stall und wurde mit einem anerkennenden Blick dafür belohnt.

»Aus dir wird eines Tages ein guter Ingenieur werden«, sagte Vater und klopfte ihm fest auf den Rücken. »Komm, lass uns die Kuh vom Nachbarn abholen.«

Grinsend folgte ihm Harri zum Nachbarhaus, wo sie ihre Kuh zeitweilig untergestellt hatten.

»Im Frühling werde ich uns auch ein paar Küken holen.«

»Und vielleicht ein Kaninchen?«, fragte Harri hoffnungsvoll und blieb fasziniert vor den Ställen des Nachbarn stehen, in dem sich schwarze, weiße, braune und gescheckte Tiere tummelten.

»Wir werden sehen«, versprach der Vater lächelnd. »Aber nur, wenn du die Käfige selber zimmerst.« Harri nickte begeistert und begann, im Kopf bereits die erste Skizze zu erstellen.

Die Kuh muhte laut, als sie sie in den Stall führten. Mutter und Emma schauten zufrieden aus dem Fenster, durch das es herrlich nach Hefekuchen roch.

Glücklich musterte Harri seine Familie, sein neues Zuhause. Endlich war das Leben wieder so, wie es sein sollte.

* * *

Mai 1939, Siedlung Sor-El, Sowjetrepublik Komi

»Ich weiß nicht, ob du wirklich fahren solltest, Erich.« Besorgt musterte Anna ihren Sohn. Er war bereits seit ein paar Tagen leicht angeschlagen, klagte über Müdigkeit, war bleich und hüstelte oft. Normalerweise hätte sie sich bei solchen Symptomen keine Sorgen gemacht, Erkältungen gehörten nun einmal zum Leben dazu. Doch da er am folgenden Tag zu Rita aufbrechen wollte, um die Sommerferien bei ihr zu verbringen, machte sie sich doch ein wenig Sorgen. Wenn sich daraus mehr entwickeln sollte als ein einfacher Infekt, wer sollte ihn dann pflegen?

»Das darf jetzt nicht wahr sein, Mama!« Aufgebracht starrte er sie an. »Seit Monaten freue ich mich darauf und nun willst du es mir wegen eines lächerlichen Hustens verbieten?«

»Nein, natürlich nicht.« Sie lächelte besänftigend. »Aber es wäre mir lieber, wenn du heute zum Arzt gehst, nur um ganz sicher zu sein.«

Erich zögerte. Sie spürte genau, was in ihm vorging. Er hatte Angst, dass der Arzt etwas fand, das ihn zwingen würde, zu Hause zu bleiben. Ganz so harmlos, wie er vorgab, schien sein Zustand also doch nicht zu sein.

»Entweder gehst du zum Arzt oder du darfst nicht fahren.«

»Papa?« Hilfe suchend wandte sich Erich Wilhelm zu, der gerade seine morgendliche Tasse Tee trank, bevor er zur Arbeit aufbrach. Erich, Yvo und Anna hatten bereits frei, weil die Sommerferien vor zwei Tagen angefangen hatten.

Wilhelm schaute ernst zwischen seiner Frau und seinem Sohn hin und her. »Du gehst zum Arzt. Und wenn er nichts Schlimmeres findet, darfst du selbstverständlich morgen fahren.«

Anna warf ihrem Mann einen unzufriedenen Blick zu. Es behagte ihr nicht, den Jungen für fast drei Monate aus den Augen zu lassen, insbesondere in dem angegriffenen Zustand.

»Er ist kein Kind mehr, Schatz«, sagte Wilhelm schulterzuckend.

Er ist erst siebzehn, hätte sie ihm am liebsten geantwortet, doch sie hielt sich zurück. Wilhelm hatte recht. Erich war kein Kind mehr, auch wenn es ihr widerstrebte, ihn erwachsen zu nennen. Doch egal, wie schwer es ihr fiel, sie musste sich an den Gedanken allmählich gewöhnen. In knapp eineinhalb Jahren würde er seine Ausbildung beenden, und er war nach wie vor fest entschlossen, gleich danach zu Rita zu ziehen. Im Grunde war er bereits ein Mann, sie konnte ihn nicht ewig bei sich behalten.

»Ist gut«, nickte sie widerstrebend.

»Warum darf ich eigentlich nicht mit?«, meldete sich Yvo unzufrieden zu Wort. »Ich möchte Rita auch sehen. Oder noch besser, warum kommt sie nicht einfach zu uns?«

»Weil weder ich noch ihre Tante möchten, dass sie eine so lange Reise ganz allein unternimmt. Und du bleibst hier, weil ihre Tante nicht genug Platz für alle hat, mein Schatz. Außerdem wolltest du doch für deinen Turnwettkampf trainieren.«

Yvo schnaubte. »*So* wichtig ist mir der nun auch wieder nicht.«

Wilhelm lächelte. »Das siehst du bestimmt anders, wenn du mit einer Medaille um den Hals auf dem Siegertreppchen stehst.«

Yvo bemühte sich vergeblich, das geschmeichelte Lächeln zurückzuhalten. »Mag schon sein«, gab sie schließlich widerwillig zu. »Ich möchte aber auch mal irgendwohin fahren.«

»Wir können auch für ein paar Tage verreisen«, sagte Wilhelm plötzlich.

»Wirklich? Wohin denn?«

Auch Anna schaute ihren Mann neugierig an.

»Letzte Woche hat unser Betrieb einige Tickets für Urlaubsreisen zugeteilt bekommen und ich habe drei davon ergattern können. Wir fahren eine Woche lang an die See!« Strahlend schaute er seine Familie an.

Einen Augenblick lang war es still, dann warf sich Yvo ihm jubelnd an den Hals. »Ist das wahr?«

»Ja.« Er lachte.

»In ein richtiges Hotel?«, fragte Anna ungläubig.

»Mit allem, was dazugehört. Zum Baden ist es dort natürlich zu kalt, aber wir werden das Meer sehen.«

Anna lächelte. Sie konnte sich den Luxus, eine Woche lang nicht kochen oder putzen zu müssen, gar nicht mehr vorstellen. Und die Aussicht darauf, endlich wieder das Meer zu riechen, berauschte sie. Natürlich war die kalte Barentssee nicht mit dem herrlich warmen Schwarzen Meer zu vergleichen, aber es wäre die erste Auszeit vom Alltag seit fast zehn Jahren. Sie nahm sich fest vor, jede einzelne Minute zu genießen.

»Wann geht es los?«

»Am elften Juni. Wir haben also noch ein bisschen Zeit, um alles in Ruhe zu planen.«

Erich hustete leise und brachte Anna schlagartig auf den Boden der Tatsachen zurück. Sie sah auf die Uhr. »Das medizinische Zentrum macht gleich auf, du solltest dich lieber auf den Weg machen, Erich.«

»Ist gut«, brummte er und stand auf.

Drei Stunden später – Anna und Yvo befreiten gerade den Gemüsegarten vom sprießenden Unkraut – kam Erich zurück. »Alles in Ordnung«, winkte er seiner Mutter beruhigend zu. »Der Arzt hat nichts weiter feststellen können. Er meint, ein trockener Husten ohne Auswurf sei nicht weiter schlimm. Und auch sonst sollte es mir bald besser gehen.« Er grinste. »Die südliche ukrainische Sonne wird mir bestimmt guttun.«

»Das hoffe ich«, murmelte Anna, während sie ihrem Sohn besorgt nachblickte, als er ins Haus ging, um sich umzuziehen. Er war blass, und dunkle Schatten lagen unter seinen Augen. Vielleicht brauchte er wirklich nur etwas mehr Sonne und Zeit, um zur Ruhe zu kommen. Sie hatte schon oft gedacht, dass ihm die Ausbildung, die Hausaufgaben und der lange Schulweg zu viel abverlangten. Doch wenn er eine gute, gesicherte Zukunft haben wollte, blieb ihm keine andere Wahl. Außerdem machte ihm das Lernen Spaß, und es war immer noch besser, als sein Leben lang bei Wind und Wetter im Wald oder auf einem Feld zu ackern. Eine gute Ausbildung zahlte sich schließlich immer aus.

Sie erhob sich und klopfte sich die Erde von den Knien. Ganz egal, was der Arzt gesagt hatte und für wie harmlos er Erichs Husten hielt, sie würde ihm gleich noch ein Töpfchen Salbeihonig mitgeben. Sie wollte nicht riskieren, dass der Husten schlimmer oder gar chronisch wurde.

* * *

August 1939, Aghstafa, Sowjetrepublik Aserbaidschan

»Harri, vergiss nicht, die Kaninchenställe zu reinigen«, ermahnte die Mutter ihn, kaum dass er es sich im Schatten des Apfelbaums mit einem Buch gemütlich gemacht hatte.

Harri seufzte genervt. Allmählich bereute er seinen Wunsch nach diesen Tierchen. Nur ein einziges Mal hatte er nicht aufgepasst und ein Männchen zu den drei Weibchen gesteckt, die er für seine Zucht verwenden wollte. Das Ergebnis waren mehr kleine Kaninchen, als er unterbringen konnte. Nun brachte er gefühlt die ganzen Sommerferien damit zu, die vielen Käfige zu säubern und seine Schützlinge zu versorgen. Und auch wenn er das öffentlich nie zugegeben hätte, fieberte er bereits der Zeit entgegen, wenn die Tiere endlich groß genug zum Schlachten waren. So gern er sie auch hatte, es waren einfach zu viele.

Er hörte, wie seine Mama Emma auftrug, Papa das Mittagessen zu bringen, und wie diese unzufrieden murrte, weil sie gerade mit einer Freundin spielte. Eigentlich war heute Sonntag, ein arbeitsfreier Tag, aber da die Haupternte kurz bevorstand, mussten alle beteiligten Arbeiter – darunter auch sein Vater – dennoch zur Arbeit kommen. Sie hatten Glück, dass Mama noch nicht gerufen wurde. Ihre Hauptarbeit würde beginnen, sobald die Baumwolle gepflückt war. Dann würde auch sie mehrere Wochen durcharbeiten müssen.

Emma beschwerte sich noch immer. Harri erkannte seine Chance.

»Das kann ich doch machen, Mama!«, rief er hastig und stürmte in die Küche. Ein Spaziergang in den nahe gelegenen Ort war deutlich besser als das, was er eigentlich tun sollte.

Er spürte Mamas wissenden, belustigten Blick auf sich ruhen und bemühte sich um eine undurchsichtige Miene.

»Ist gut«, sagte sie schließlich.

Harri atmete auf.

»Aber um die Kaninchen musst du dich nachher trotzdem noch kümmern.«

»Ja«, brummte er und nahm den Korb entgegen, den sie ihm reichte. Dann setzte er sich gemächlich in Bewegung. Je länger er für den Weg brauchte, desto länger hatte er frei.

Trotzdem flogen die Meter unter seinen gleichmäßigen Schritten nur so dahin. Die Sonne schien heiß auf ihn herab, der Himmel war blau und die Schule würde erst in einer Woche wieder beginnen. Noch vor einem Jahr hatte er es nicht für möglich gehalten, jemals wieder so glücklich zu sein wie jetzt.

Endlich nahmen die Felder ein Ende, und die niedrigen Gebäude der Sowchose kamen in Sicht. Harri winkte dem Pförtner am Tor freundlich zu – es war nicht das erste Mal, dass er seinen Vater besuchte, die Leute kannten ihn. Vor zwei Wochen hatte er sogar bei der Baumwollernte geholfen, wie die meisten seiner Klassenkameraden.

Zielsicher fanden seine Füße den Weg zur großen Lagerhalle, in der sich sein Vater die meiste Zeit über aufhielt. Irritiert bemerkte er den motorisierten Geländewagen, der direkt vor dem Eingang parkte.

Ein ungutes Gefühl machte sich in Harri breit. Er hatte solche Wagen bereits gesehen. Die Männer von der Geheimpolizei waren damit angekommen, als sie nach seinem Vater gesucht hatten.

Hastig schaute sich Harri um. Es war niemand zu sehen. Mit klopfendem Herzen schlich er langsam näher, quetschte sich durch die halb offene Tür und presste sich in den Schatten hinter ein paar Regale.

Vier Männer standen in der Mitte der Halle. Einer davon war sein Vater, der andere Direktor Muradov, der Leiter der Sowchose, den Harri bereits von früheren Besuchen kannte. Die beiden anderen Männer waren ihm fremd, doch sie trugen unverkennbar die Uniform der GPU. Sie schienen gerade erst angekommen zu sein, denn sie waren dabei, Vaters Identität zu klären.

»Das hier ist Genosse Pfeiffer«, drang Muradovs Stimme an sein Ohr. »Darf ich nun bitte erfahren, was Sie von ihm wollen?«

Noch nie hatte Harri jemanden so selbstbewusst, fast schon schroff mit Agenten der Geheimpolizei sprechen hören. Sein Vater hatte recht, Direktor Muradov schien ein wirklich besonderer Mensch zu sein. Er hatte nie darüber nachgedacht, wie es im Krieg gewesen sein mochte, doch nun verstand er, wieso der Mann mit mehreren Orden ausgezeichnet worden war. Nichts schien Muradov Angst einjagen zu können.

»Wir haben Hinweise erhalten, dass Samuel Pfeiffer ein Volksverräter ist.« Der GPU-Mann ließ sich ebenfalls nicht einschüchtern.

»Und was für *Hinweise* sollen das sein?«, erkundigte sich Muradov ruhig.

Der Mann räusperte sich irritiert. »Wir sind nicht befugt, hier darüber zu sprechen. Wir haben die Anweisung, den Verdächtigen mitzunehmen und ihn festzuhalten, bis die Kommission die Frage seiner Schuld geklärt hat.«

»Ich kann Ihnen diese Arbeit gern abnehmen. In meinem Betrieb entscheide *ich*, wer Freund und wer Feind ist.« Er tätschelte den Revolver, der immer an seiner Hüfte hing. »Und mit den Feinden mache ich kurzen Prozess, das können Sie mir glauben.«

»Bei allem Respekt, Direktor Muradov, ich denke nicht, dass Sie befugt dazu sind …«, setzte der GPU-Agent an, doch Muradov ließ ihn nicht ausreden.

»Sehen Sie das hier?«, er deutete auf die Ordenplakette auf seiner Brust. »Und das?« Er strich über seine Waffe. »Genosse Kliment Efremowitsch Woroschilow hat mir dies persönlich ausgehändigt. Offensichtlich hat *er* vollstes Vertrauen in meine Urteilsfähigkeit. Und ich frage mich, welches Recht Sie haben, diese zu hinterfragen. Ich kann Sie also noch einmal beruhigen, ich werde keine Verräter in meinem Betrieb dulden. Und jetzt bitte ich Sie, mir aus dem Weg zu gehen, bevor ich mich gezwungen sehe, mich bei Ihrem Vorgesetzten über Ihre Respektlosigkeit zu beschweren.«

Eine Zeit lang musterten die beiden GPU-Männer ihn grimmig, ihre Kiefer mahlten. »Ich hoffe, Sie wissen, was Sie tun, Genosse Muradov«, sagte einer von ihnen schließlich. Dann wandten sie sich ab und verließen die Halle.

Harri kauerte sich noch tiefer in die Schatten hinein, als sie an ihm vorbeigingen, doch sie schauten weder nach links noch nach rechts. Zu sehr waren sie in eine geflüsterte Unterhaltung vertieft.

»Wir werden sehen, wie lange er sich noch halten kann.«

»Solange Genosse Woroschilow selbst seine Hand über ihn hält, können wir nichts tun.«

Dann traten die beiden nach draußen, und Harri hörte nichts mehr von ihren Worten. Der Motor heulte laut auf, Steinchen spritzten zur Seite, prasselten an die Wände der Halle, als der Wagen sich in Bewegung setzte.

»Ich weiß nicht, wie ich Ihnen danken soll«, sagte der Vater leise.

»Indem Sie weiterhin Ihre Arbeit tun«, erwiderte der Direktor. »Bisher haben Sie mir keinen Anlass gegeben, an Ihrer Treue gegenüber der Partei zu zweifeln. Solange das so bleibt, ist alles gut. Und jetzt machen Sie hier weiter. Ich schicke gleich die anderen Männer wieder rein. Die haben lange genug Raucherpause gehabt.«

Der Vater nickte und der Direktor wandte sich zum Gehen. Harri hielt still, bis er die Halle verlassen hatte, dann stürmte er auf seinen Vater zu.

»Wo kommst du denn her?«, fragte der überrascht. Dann runzelte er misstrauisch die Stirn. »Hast du das eben etwa mitgehört?«

Harri nickte. »Ich wollte dir nur dein Essen bringen. Dann habe ich den Wagen gesehen und mich heimlich reingeschlichen.« Er zögerte. »Musst du jetzt wieder fort?«

»Nein.« Der Anflug eines Lächelns huschte über Vaters Gesicht. »Dieses Mal ist es gut gegangen.« Er schaute seinen Sohn ernst an. »Ich möchte nicht, dass du Mama davon erzählst, sie macht sich dann nur unnötig Sorgen.«

»Sie hat ein Recht, es zu erfahren«, widersprach Harri leise. Er wusste noch, wie niedergeschmettert Tante Gerda gewesen war, als man Onkel Otto ohne Vorwarnung abgeholt hatte. Sie alle hatten geglaubt, dass ihnen nichts geschehen konnte, dass sie sicher waren. Es war grausam, so abrupt aus dieser tröstlichen Vorstellung gerissen zu werden. »Dann kann sie sich wenigstens darauf einstellen, anstatt dem Schicksal ahnungslos ausgeliefert zu sein.«

Sein Vater musterte ihn verwundert – und mit neuem Respekt. »Siehst du das wirklich so?«

»Ja.« Harri reckte das Kinn. Es kam nicht oft vor, dass er dem Vater widersprach, aber diesmal stand er zu seiner Meinung.

»Gut. Dann werde ich heute Abend mit ihr reden. Aber bis dahin kein Wort, einverstanden?«

»Ja.«

»Sehr schön. Und jetzt zeig mal her, was du mir mitgebracht hast.«

Auf dem Rückweg schwirrten Harri die widersprüchlichsten Gedanken durch den Kopf. Die Angst davor, dass das Leben, das sich gerade erst wieder von der Sonnenseite zeigte, bald wieder ein ganz anderes sein könnte. Das Bewusstsein der Gefahr, die seinem Vater und somit ihnen allen drohte. Die Erleichterung darüber, dass man ihn nicht mitgenommen hatte. Die tröstende Erkenntnis, dass es noch immer Menschen gab, die für andere einstanden, einfach, weil sie es für richtig hielten.

Das gab ihm Hoffnung, das Gefühl, nicht hilflos und allein allen Widrigkeiten ausgeliefert zu sein. Natürlich hatte er keine Garantie, dass immer jemand für sie da sein würde, aber mit etwas Glück würde man sie irgendwann einfach in Ruhe leben lassen. Irgendwann musste dieser ganze Irrsinn schließlich enden.

Kapitel 18

Dezember 1939, Aghstafa, Sowjetrepublik Aserbaidschan

Unruhig ging Mama zum Fenster und warf einen Blick nach draußen. Eigentlich hätte sie sich das auch sparen können, denn es war bereits stockfinster. Doch Harri wusste, was sie beschäftigte. Vater hätte schon längst zurück sein müssen. Normalerweise fing Mamas Schicht im Labor früher an als seine im Lager, dafür war sie meist schon am späten Nachmittag zu Hause und hatte das Abendessen fertig, wenn er von der Arbeit kam.

An diesem Abend hatten sie lange auf ihn gewartet und dann doch alleine gegessen. Schweigend und bedrückt. Keiner traute sich, das auszusprechen, was ihnen allen durch den Kopf geisterte – dass man ihn festgenommen, unter einem fadenscheinigen Vorwand der Familie entrissen hatte.

Mit jeder Minute, die verstrich, wuchs ihre Anspannung.

»Er kommt bestimmt gleich«, sagte Harri in dem fruchtlosen Versuch, sowohl sich selbst als auch seine Mutter und Schwester zu trösten.

»Ja, bestimmt«, fügte Emma entschieden hinzu. Sie ging zu Mama hinüber und umarmte sie sanft. »Mach dir keine Sorgen.«

»Danke, ihr Lieben.« Mama atmete tief durch und setzte ein Lächeln auf, das wie eine Grimasse wirkte. In diesem Moment schwang die Tür plötzlich auf.

Erschrocken drehten sich alle um.

»Gott sei Dank!«, rief Mama erleichtert und drückte ihren Mann fest an sich. »Wo warst du? Wir haben uns solche Sorgen gemacht!«

Sanft befreite er sich aus ihrem Griff und streichelte Emma, die ebenfalls zu ihm gelaufen war, leicht über die Wange. »Es geht mir gut«, sagte er, doch der Ausdruck in seinem Gesicht strafte seine Worte Lügen. Harri hatte ihn nur selten so düster erlebt.

»Was ist los?«, fragte Mama alarmiert. Seine Stimmung war ihr also auch nicht entgangen.

Der Vater knöpfte den Mantel auf und streifte sich die Schuhe von den Füßen. »Ich war im Krankenhaus«, erklärte er. »Muradov hat einen Herzanfall erlitten.«

»Wie geht es ihm?« Erschrocken hielt sich die Mutter die Hand vor den Mund. »Wird er es schaffen?«

Der Vater zuckte müde mit den Schultern. »Ich hoffe es sehr. Noch kann keiner etwas Genaueres sagen.«

Harri fing den verständnislosen Blick seiner Schwester auf. Sie wunderte sich, wieso dieser Vorfall seine Eltern so mitnahm. Vater erzählte oft von Muradov und seiner Arbeit mit ihm, doch er war kein Freund, niemand, der ihnen nahestand. Aber Emma wusste ja auch nicht, dass der Direktor vermutlich das einzige Hindernis war, das zwischen ihrem Vater und der Geheimpolizei stand. Sollte Muradov ihn nicht länger beschützen können, würden die beiden Agenten bestimmt nicht zögern, Vater die erlittene Schmach heimzuzahlen.

An diesem Abend faltete Harri zum ersten Mal seit längerer Zeit wieder die Hände, um ein Gebet in den Himmel zu schicken. Er betete darum, dass Direktor Muradov sich erholte, dass er gesund wurde und seinen Platz in der Sowchose wieder einnahm. Und darum, dass man seinen Vater endlich in Ruhe ließ.

Die nächsten Tage verliefen in banger Erwartung. Harri hielt es für ein gutes Zeichen, dass der Direktor so lange durchhielt. Doch dann kamen seine Eltern mit ernsten, traurigen Gesichtern früher als erwartet nach Hause. Direktor Muradov war tot. Ihm zu Ehren hatte man den Betrieb zwei Stunden früher geschlossen, die Beisetzung war für den übernächsten Tag angesetzt.

»Was wird jetzt aus uns?«, fragte Harri seinen Vater leise, als Emma und seine Mutter kurz nach draußen gegangen waren.

»Wie meinst du das?« Vater ließ sich nichts anmerken.

»Du weißt, was ich meine. Wird die GPU dich jetzt holen?«

»Mach dir doch nicht so viele Sorgen, mein Sohn. Hab ein wenig Vertrauen.«

Harri schnaufte wütend. »Worauf denn?«

»Auf Gott.«

»Wer weiß, ob es den überhaupt gibt! In der Schule lernen wir auf jeden Fall nichts darüber.« Und auch sonst hatte Harri bisher herzlich wenig von seiner Hilfe mitgekriegt.

Der Vater musterte ihn nachdenklich. »Wir sind am Leben, zusammen, haben ein Dach über dem Kopf und genug zu essen, was brauchen wir mehr? Er hat uns hierhergeführt und wird uns auch weiterhin leiten. Darauf müssen wir vertrauen.«

Harri schluckte die wütenden Worte hinunter, die ihm auf der Zunge lagen. Onkel Otto hatte sein Gottvertrauen nichts gebracht und ganz vielen anderen ebenso wenig. Doch es führte zu nichts. Ob es Gott nun gab oder nicht, ein Streit darüber hätte nichts geändert. Und auch nichts an ihrer Situation.

»Und was machen wir jetzt?«

»Wir leben weiter wie bisher und genießen jeden Tag, den wir gemeinsam verbringen.«

Harri presste die Lippen zusammen und wandte sich ab. Er fühlte sich hilflos, ausgeliefert und wütend. Sie hatten es nicht verdient, in ständiger Angst leben zu müssen, sie taten niemandem etwas zuleide, begingen kein Unrecht oder Verbrechen. Er spürte, wie es in ihm brodelte, und hatte das Gefühl, jederzeit explodieren zu können.

»Du könntest frisches Holz hacken«, sagte sein Vater plötzlich. Er deutete auf den halb leeren Korb, der neben dem Ofen stand.

»Da ist doch noch genug«, widersprach Harri unwillig.

»Glaub mir, das würde dir jetzt richtig guttun«, erwiderte der Vater wissend.

Seufzend schnappte Harri seine Jacke und holte die Axt aus dem Schuppen.

Nicht zum ersten Mal fragte er sich, wie seine Eltern schon seit Jahren so leben konnten, in ständiger Anspannung, ständiger Angst. Er selbst begann erst allmählich, den ganzen Ernst ihrer Lage zu erfassen.

Vor zwei Wochen war sein Physiklehrer nicht mehr zum Unterricht erschienen. Man sagte ihnen, er sei ein Verräter. Dabei war er nicht einmal Deutscher. Er war ein freundlicher, intelligenter Mann, der seine Schüler stets dazu angeregt hatte, ihren Kopf zu benutzen, sich eine eigene Meinung zu bilden. Aber vielleicht war genau das sein Vergehen. Harri hatte danach zufällig ein Gespräch seiner Eltern mitbekommen. Sein Vater meinte, dass bald jeder, der zur Bildungsschicht gehörte, unter Generalverdacht gestellt werde. Harri konnte das nicht verstehen. In der Schule wurden sie zu immer besseren Leistungen angetrieben, und selbst Lenin hatte den berühmten Spruch geprägt, der bisher in jeder Schule, die er besucht hatte, an der Wand gestanden hatte. *Wissen ist Licht, Unwissen ist*

Dunkelheit. Wie konnte eine Partei, die solche Werte hochhielt, gleichzeitig diejenigen verfolgen, die diesem Licht nacheiferten?

Harri stellte einen Holzklotz auf den Boden und schwang die Axt. Splitternd brach das Holz entzwei. Er positionierte es erneut und spaltete es in schmalere Keile. Dann wieder. Und noch einmal. Allmählich begann die Wärme der Anstrengung, seinen Körper zu fluten, er spürte das Blut durch seine Adern rauschen.

Seine Mutter und Schwester kamen lachend aus dem Stall, einen Eimer frischer, dampfender Milch in den Händen.

Unwillkürlich breitete sich ein Lächeln auf Harris Lippen aus, als er die beiden beobachtete. Vielleicht hatte sein Vater doch recht. Vielleicht musste man jeden Tag so nehmen, wie er kam, jeden winzigen Augenblick des Glücks genießen und daraus die Kraft und Zuversicht schöpfen, die man brauchte, um schwierigere Zeiten zu überstehen.

* * *

Atemlos und völlig aufgelöst stürmte die Mutter ins Haus. Harri und seine Schwester, die gerade an ihren Hausaufgaben saßen, sprangen besorgt auf.

»Papa ist zum Volkskommissariat für innere Angelegenheiten bestellt worden«, brach es zitternd aus ihr heraus.

»Hat man ihn festgenommen?«, fragte Harri gefasst, während Emma neben ihm leise aufschluchzte.

»Nein.« Mama schüttelte ratlos den Kopf. »Es hat einen Anruf gegeben, dass er sich umgehend in deren Büro einfinden soll. Er hat sich kurz von mir verabschiedet und ist dann gegangen.«

»Ist er geflohen?« Hoffnung und Sorge mischten sich in Harris Brust.

»Nein, das wollte er nicht. Nicht noch einmal. Und nicht bevor er wusste, worum es überhaupt ging. Er wurde nicht angeklagt oder verhaftet.« Sie sagte das so nachdrücklich, als müsste sie sich selbst davon überzeugen.

»Es ist bestimmt halb so wild«, meinte Harri besänftigend und drängte seine eigenen Zweifel entschieden beiseite. »Er kommt bald wieder, und dann wissen wir mehr.«

»Du hast sicher recht.« Die Mutter lächelte ihn dankbar an und zog ihre beiden Kinder plötzlich in ihre Arme. »Ich weiß gar nicht, was ich ohne euch tun würde«, flüsterte sie.

»Brauchst du auch nicht, Mama«, gab Emma leise zurück. »Wir werden immer für dich da sein.«

Es vergingen zwei Stunden in gespannter Erwartung. Obwohl Harri sich nach Kräften bemühte, sich durch eine sinnvolle Aufgabe abzulenken, vermochte nichts seine Aufmerksamkeit zu fesseln – weder die komplizierte Matheaufgabe noch das Buch, das er sich aus der Schulbibliothek ausgeliehen hatte. Unablässig kreisten seine Gedanken darum, was sein Vater gerade tat und wie es ihm ergehen mochte. Er überlegte gerade, ob er – trotz der Dunkelheit – nicht doch noch etwas Holz hacken sollte, als die Tür endlich aufschwang und sein Vater ins Haus trat.

Er sah wütend aus.

»Was ist passiert? Was wollten sie von dir?«, fragte die Mutter besorgt.

»Nichts weiter, als mich zu demütigen und mir das Leben unnötig schwer zu machen.« Er seufzte und schüttelte aufgebracht den Kopf. »Diese Mistkerle!«

»Was ist geschehen?«, wiederholte die Mutter sanft.

»Ich bin meine Arbeit los und habe zusätzlich noch diesen netten Vermerk im Pass.« Er zog das rote Heftchen aus der Tasche und schleuderte es verächtlich auf den Tisch.

Vorsichtig griff die Mutter danach und schlug es auf. Einen Moment lang studierte sie den Eintrag, dann runzelte sie verständnislos die Stirn. »Was soll das bedeuten? Kein Wohnrecht im Umkreis von zweihundert Kilometern um einen Bahnhof?«

»Genau das, was da steht. Ich darf mich nur noch in Gegenden ohne Bahnanbindung niederlassen.«

»Und mit welcher Begründung?«

Er schnaufte freudlos. »Seit wann muss das Volkskommissariat seine Entscheidungen rechtfertigen? Ich werde wohl als latent gefährlich eingestuft, vielleicht fürchten sie auch, dass ich fliehen könnte, obwohl keinerlei Anklage gegen mich vorliegt.«

»Und was machen wir jetzt?«

»Ich weiß es nicht.« Resigniert wischte er sich über das Gesicht. »Aber allzu viel Zeit zum Nachdenken bleibt mir leider auch nicht. Ich muss unser Haus innerhalb von vierundzwanzig Stunden verlassen.«

Harri hätte vor Wut und Frust am liebsten geschrien. Schon wieder musste sein Vater Hals über Kopf weg, ohne zu wissen, wohin es ihn verschlagen würde. Und auch dieses Mal kam sein Aufbruch einer Flucht gleich, auch wenn sie diesmal auf Befehl des Volkskommissariats geschah.

»Ich würde jetzt gern etwas essen«, sagte der Vater müde.

Mama und Emma sprangen sofort auf.

»Wohin wirst du gehen?«, fragte Harri leise.

Vater seufzte. »Weiter nach Süden. Dort gibt es kaum Bahnanbindung. Vielleicht habe ich dort Glück.«

Als Harri und seine Schwester am nächsten Morgen zur Schule aufbrachen, wussten sie, dass sie ihren Vater nicht mehr antreffen würden, wenn sie am Nachmittag nach Hause kamen. Sein Koffer stand bereits gepackt neben der Tür und Mama machte ihm gerade ein Bündel mit Proviant fertig.

»Ich melde mich, sobald und sooft ich kann«, versprach er ihnen. Dieses Mal mussten sie sich zumindest keine Sorgen darüber machen, dass jemand ihre Briefe abfing.

Er drückte seine Kinder zum Abschied fest an sich und lächelte sie aufmunternd an. »Kopf hoch, wir haben es einmal geschafft, also schaffen wir das jetzt auch.«

Sie verließen das Haus, drehten sich um und winkten ihrem Vater rückwärtsgehend so lange zu, bis das Haus hinter einer Wegbiegung verschwand.

Emma schniefte leise, und Harri legte den Arm tröstend um ihre Schultern.

»Es wird alles gut«, versprach er ihr fest, und sie schmiegte sich dankbar an ihn.

Harri spürte sofort die eigentümliche Leere, als sie nach der Schule nach Hause kamen. Es hatte sich kaum etwas verändert – nur Vaters Hausschuhe standen nicht wie sonst neben der Tür, da Mama sie vorsorglich weggeräumt hatte – und doch fühlte es sich völlig anders an. Allein die Gewissheit, dass er am Abend nicht wiederkommen würde, ließ ihn seinen Vater vermissen.

Emma und Mama hatten gerade den Tisch nach dem Abendessen abgeräumt, als es laut an der Tür klopfte. Erschrocken blickten sie sich an. Langsam legte Mama das Geschirrtuch zur Seite, mit dem sie die Gabeln abgetrocknet hatte, und öffnete die Tür.

»Genossin Pfeiffer?«, erkundigte sich ein Mann in der Uniform der GPU höflich.

»Ja.« Abwartend sah sie ihn an.

»Ich möchte bitte Ihren Mann sprechen.«

»Er ist nicht hier«, entfuhr es ihr irritiert. »Das Volkskommissariat hat doch selbst angeordnet, dass er unser Haus verlassen muss.«

»Haben Sie etwas dagegen, wenn ich mich selbst davon überzeuge?«

Mama verschränkte die Arme und trat einen Schritt zur Seite. »Nur zu.«

Der Mann durchschritt die Wohnstube und warf einen flüchtigen Blick in die beiden angrenzenden Zimmer. Er schien sich nicht besonders wohl dabei zu fühlen. Er war noch recht jung, Harri vermutete, dass er noch nicht lange dabei war.

»Vielen Dank«, sagte er schließlich. »Ich wünsche Ihnen noch einen schönen Abend.«

Obwohl sich der Mann überaus höflich und zuvorkommend verhalten hatte, atmeten sie erst auf, als er das Haus verließ.

»Das wäre schon mal geschafft«, murmelte Mama. »Jetzt heißt es nur noch warten.«

Die nächsten Monate verliefen fast schon frustrierend monoton. Nach dem ersten Besuch der GPU hatte man die Familie nicht wieder belästigt. Nur ab und zu trudelte ein kurzer Brief vom Vater ein, der jedes Mal mit großer Freude und Aufregung gelesen wurde und jedes Mal mehr oder weniger die gleiche Nachricht enthielt. Von kleinen Gelegenheitsarbeiten abgesehen, mit denen er seine Reisekasse auffüllte, konnte er keine Anstellung finden. Mit dem Vermerk in seinem Pass wollte ihm niemand eine richtige Arbeit geben oder auch nur eine Wohnung vermieten. Die Menschen hatten alle Angst, damit einem Feind des Volkes zu helfen und sich selbst in Schwierigkeiten zu bringen. Mit jedem Brief waren die Erschöpfung und die Resignation des Vaters immer deutlicher zu spüren. Und auch Mama glaubte nicht mehr daran, dass es ihm noch gelingen würde, eine geeignete Stelle zu finden.

Der Frühling kam und mit ihm die Baumwollsaat. Wie immer wurden die Schüler für eine Woche von der Schule befreit, um den Arbeitern auf den Feldern der Sowchose zu helfen. Harri genoss diese Zeit der körperlichen Tätigkeit, auch wenn er am Abend todmüde ins Bett fiel. Gleich danach würden die Frühlingsferien beginnen, und bald darauf startete die Vorbereitungszeit für die Abschlussprüfungen, die in der achten Klasse viel schwieriger waren als in den Jahren davor.

Nach dem letzten Arbeitstag lag er im Bett und malte sich aus, was er in den Ferien alles unternehmen würde, während seine Schwester an der anderen Wand des Zimmers bereits tief und fest schlief.

Plötzlich hörte er ein leises Geräusch in der Wohnstube. Ein Klicken und Kratzen, als würde sich jemand am Schloss der Haustür zu schaffen machen.

Alarmiert setzte sich Harri auf und lauschte. Mama hatte sich ebenfalls bereits zur Ruhe begeben, denn es drang kein Lichtschein mehr durch den schmalen Spalt unter der Zimmertür. So leise wie möglich schwang Harri die Beine aus dem Bett und suchte nach etwas, das er als Waffe verwenden konnte. Im schwachen Schein des Mondes, der durch das Fenster hereinfiel, erblickte er seine Schultasche, noch immer mit den schweren Büchern bepackt, die er am letzten Schultag mit nach Hause genommen hatte. Es war nicht viel, aber besser als nichts. Leise nahm er die Tasche hoch und überprüfte den Verschluss. Wenn er sie an ihrem Riemen schwang, würde sie eine beachtliche Schlagkraft entwickeln. Derart bewaffnet schlich er auf Zehenspitzen zur Tür und stieß sie vorsichtig auf.

Eine dunkle Gestalt fuhr überrascht herum. Der Eindringling musste die Bewegung gespürt haben. Harri nutzte den Moment und wirbelte seine Schultasche. Sie traf den Fremden in der Körpermitte, und er krümmte sich stöhnend zusammen. Sofort setzte Harri nach und drückte den Mann zu Boden.

»Lass gut sein, ich ergebe mich!«, keuchte eine vertraute Stimme.

»Papa?« Harri erstarrte.

»Ja.« Er schob den Jungen vorsichtig von sich herunter und begann, sich langsam aufzurichten. »Du hast einen ordentlichen Schlag drauf«, fügte er hinzu und rieb sich den Bauch.

»Es tut mir leid«, stammelte Harri. »Ich habe nicht gewusst, dass … Ich habe dich nicht erwartet …«

»Schon gut.« Der Vater kam auf die Beine. »Ich freue mich, dass deine Mutter und deine Schwester bei dir in so guten Händen sind.«

»Harri? Was ist hier los? Was hat so gekracht?« Mama hatte sich ein Tuch übergeworfen und kam barfuß aus dem Schlafzimmer.

»Hallo, Schatz«, sagte Vater leise.

Mama stieß einen leisen Schrei aus und stürzte sich auf ihn.

»Ich habe dich so vermisst. Euch alle.« Heftig drückte der Vater sie an sich.

»Was ist denn hier los?« Emma kam – sich verschlafen die Augen reibend – ins Zimmer. »Papa?«, entfuhr es ihr ungläubig.

Harri fragte sich, wie sie ihn in der Dunkelheit sehen konnte. Vermutlich hatte sie seine Stimme erkannt.

Glücklich lief seine Schwester auf den Vater zu. Harri tastete nach der Öllampe auf dem großen Esstisch und entzündete sie mithilfe der daneben liegenden Streichhölzer. Der Raum füllte sich mit warmem, gelblichem Licht.

»Warte.« Mama drückte den Vater zurück in Richtung der Eingangstür, dann schloss sie hastig die Fensterläden. Sie hatten es sich angewöhnt, sie im Frühling offen zu lassen, damit es nicht ganz so düster war.

Sobald sie sichergestellt hatte, dass ihn niemand zufällig von außen sehen konnte, drehte sie sich wieder zu ihm um. »Setz dich hin, ruh dich aus. Du siehst müde aus.«

Sie hatte recht. Im Schein der Öllampe wirkten die Wangen des Vaters eingefallen, trotz des Bartes, der sie bedeckte, und dunkle Schatten lagen unter seinen Augen. Er sah erschöpft aus, entmutigt, verwahrlost. Trotzdem glänzten seine Augen voller Freude, während er seine Familie betrachtete.

Mama stellte den Wasserkessel auf den Herd, während Emma Teller und Tasse für ihn hervorholte und Harri ein paar dicke Scheiben von dem knusprigen Graubrot abschnitt, das Mama am Vortag gebacken hatte.

Ungeduldig sahen sie zu, wie der Vater hungrig sein Essen vertilgte, und Harri zerbrach sich den Kopf darüber, was sein plötzliches Auftauchen bedeuten konnte – für sie alle. In den Gesichtern seiner Mutter und Schwester las er die gleiche Neugier, die sich mit Freude und Sorge vermischte, doch sie ließen ihn stillschweigend in Ruhe. So wie er aussah, lag seine letzte Mahlzeit schon einige Zeit zurück.

Schließlich sammelte er die letzten Brotkrümel vom Teller und schob ihn ein wenig von sich fort. »Das tat gut«, seufzte er zufrieden.

»Wie ist es dir ergangen?«, fragte Mama zögernd. »Hast du eine Stelle gefunden? In deinem letzten Brief hat nichts davon gestanden.«

»Nein.« Er schüttelte den Kopf. »Es nimmt mich einfach keiner. Selbst für Feldarbeit oder als Viehhüter wollte man mich nicht. Dieser elende Vermerk in meinem Pass hat mich praktisch zu einem Ausgestoßenen gemacht. Und genau deshalb bin ich jetzt hier.«

»Was hast du vor?«, stieß Mama alarmiert aus, und auch Harri gefiel der düstere Unterton in der Stimme seines Vaters nicht.

»Ich sehe keinen anderen Ausweg.« Er zuckte mit den Schultern. »Ich werde nach Baku fahren, in die Zentrale des hiesigen Volkskommissariats. Dort sollen sie mich entweder direkt erschießen oder mir einen neuen Pass ausstellen. Mit diesem hier kann ich jedenfalls nicht leben!«

»Was? Nein!«, rief Mama entsetzt aus. »Das kommt überhaupt nicht infrage, das ist viel zu gefährlich! Was, wenn sie dich tatsächlich festnehmen oder verurteilen?«

»Was soll ich denn sonst tun?« Unendliche Erschöpfung sprach aus seinem Gesicht. »Ich will arbeiten, ich kann arbeiten, aber niemand gibt mir eine Chance.«

»Du könntest hierbleiben«, sagte sie langsam.

»Und was dann? Mich die ganze Zeit im Haus verstecken? Immer mit der Angst leben, dass mich irgendjemand sieht? Dir auf der Tasche liegen, ohne auch nur einen Finger im Garten krumm machen zu dürfen?«

»Natürlich nicht.« Betreten senkte sie den Blick. »Aber wenn du gehst, werden wir dich womöglich nie wiedersehen, werden vielleicht nicht einmal erfahren, was mit dir geschieht.«

»Und deshalb bin ich hergekommen, um mich zu verabschieden. Um euch alle zu sehen und euch zu sagen, wie sehr ich euch liebe.«

»Das ist absurd.« Die Mutter kämpfte sichtlich mit den Tränen. Emma drückte sich schniefend an ihre Schulter.

»Ich sehe keinen anderen Ausweg«, wiederholte der Vater ruhig. »Glaub mir, ich habe lange genug über alles nachgedacht. Sieh es doch so, dieser Vermerk ist reine Willkür, ein persönlicher Racheakt für eine von Muradov zugefügte Demütigung. Er entbehrt jeglicher Grundlage. Wenn sie etwas gegen mich in der Hand gehabt hätten, hätten sie mich direkt festgenommen.«

»Das sagst du. In der Zentrale sehen die das vielleicht anders.« Die Mutter streckte die Hand aus und drückte fest seine Finger. »Versteh doch, ich ertrage das nicht. Dieses Hoffen und Bangen und Warten. Ich habe gesehen, wie es

Gerda zugesetzt hat, nachdem sie Otto mitgenommen hatten. Und dann ist sie fast an der Erkenntnis zerbrochen, dass er längst tot war, als sie noch verzweifelt um sein Leben, seine Freiheit gekämpft hat. Ich kann und ich will das nicht«, betonte sie zitternd.

»Ich begleite ihn«, sagte Harri plötzlich. Der Entschluss war ihm spontan gekommen, doch er fühlte sich richtig an.

»Bist du von allen guten Geistern verlassen?«, fuhr Mama ihn an. »Was glaubst du denn, was du ausrichten könntest? Außer ebenfalls in die Mühlen dieser Willkürjustiz zu geraten?« Selten zuvor hatte sie so deutliche Worte benutzt, selten hatte sie verlauten lassen, was sie tatsächlich über das Regime dachte, in dem sie lebten.

Doch Harri ließ sich davon nicht beirren. »Ich könnte dir berichten, was geschehen ist«, erklärte er. »Damit du dir nicht so viele Sorgen machst. Ein Brief würde mit etwas Glück zehn Tage brauchen, ich dagegen nur zwei.«

»Vielleicht ist das keine so schlechte Idee«, sagte der Vater langsam.

»Das ist jetzt nicht euer Ernst!«

»Ich bin doch kein kleines Kind mehr, Mama. Außerdem wollte ich Baku schon lange mal sehen.«

»Es handelt sich hierbei nicht um eine Vergnügungsreise!«, entgegnete sie scharf.

»Ich weiß.«

Ihr Blick flackerte aufgebracht zwischen Vater und Sohn hin und her, die ihn entschlossen erwiderten. Ihre Augen glänzten feucht. »Ist das euer letztes Wort?«

»Ja.«

»Wie ihr wollt!« Sie stand so abrupt auf, dass ihr Stuhl laut über den Boden kratzte. »Aber sagt nicht, ich hätte euch nicht gewarnt!« Sie schluckte und kämpfte sichtlich um ihre

Selbstbeherrschung. Dann streckte sie die Hand nach ihrer Tochter aus. »Komm, Schatz. Wir beide gehen jetzt schlafen.«

Verdattert schaute Harri ihr hinterher. Sie führte Emma in ihr Schlafzimmer und zog die Tür nachdrücklich hinter sich zu.

»Mach dir nichts draus.« Der Vater klopfte Harri aufmunternd auf die Schulter. »Es kommt nicht oft vor, dass Mama die Fassung verliert, aber wenn, dann umso dramatischer. Keine Angst, bis morgen hat sie sich wieder beruhigt.«

Kapitel 19

Der Vater hatte recht behalten. Schon vor dem Morgengrauen war Mama aufgestanden, um ihnen ein reichhaltiges Frühstück zu machen. Ihre Augen waren rot geweint, ihre Lippen fest zusammengepresst, doch sie sprach das Thema nicht noch einmal an.

Sie drückte jeden von ihnen zum Abschied fest an die Brust. »Passt auf euch auf«, sagte sie und schluckte. »Und du«, sie wandte sich an Harri, »versprich mir, dass du keine Dummheiten machst. Du gehst nicht mit ins Volkskommissariat. Und sollte Papa Schwierigkeiten bekommen, fährst du sofort zurück nach Hause.«

»Ist gut, Mama«, stimmte Harri ihr unwillig zu. Er wollte die Möglichkeit, dass man seinen Vater tatsächlich festnehmen konnte, nicht ernsthaft in Betracht ziehen.

»Hast du das Geld für die Rückreise sicher verstaut?«

»Ja, doch.« Er krempelte seine Hosentasche nach außen, um ihr das eingeschlagene Taschentuch zu zeigen, das mit einer Sicherheitsnadel an die Innenseite seiner Tasche geheftet war.

»Wir müssen los«, drängte der Vater bedauernd. »Vertrau mir, es wird alles gut.« Er lächelte Mama aufmunternd zu und küsste sie fest auf die Lippen. »Komm mit, Harri.«

Schweigend folgte er ihm nach draußen, das Herz klopfte vor Aufregung laut in seiner Brust. Er widerstand nur knapp dem Wunsch, die Hand seines Vaters zu nehmen, sich von ihrer Wärme und Größe trösten zu lassen. Aber er war kein Kind mehr, das hatte er seiner Mutter selbst gesagt. Er musste lernen, mit seinen Sorgen allein klarzukommen.

Das erste Stück des Weges war das schwierigste. Sie wollten nicht riskieren, dass jemand seinen Vater am Bahnhof von Aghstafa erkannte, daher mussten sie sich irgendwie bis zur nächsten Station durchschlagen. Im Schutz der Dunkelheit verließen sie leise das Dorf. Sie mussten sich beeilen, um Aghstafa und den nächstgelegenen Ort hinter sich zu lassen, bevor die Menschen zur Arbeit aufbrachen und einer von ihnen womöglich seinen Vater erkannte. Danach würden sie sich ein wenig entspannen können.

Gern hätte Harri seinen Vater über die Erlebnisse der letzten Monate ausgefragt, doch der zügige Marsch zwang ihn, mit seinem Atem zu haushalten. Später im Zug würde er noch genug Gelegenheit dazu bekommen.

Sie waren bereits seit etwa zwei Stunden unterwegs – Harri schätzte, dass es ungefähr sieben Uhr sein musste –, als sein Vater stehen blieb und die große Wasserflasche aus seinem Rucksack holte. Er nahm einen Schluck und reichte sie dann an seinen Sohn weiter. »Hast du Hunger?«

Harri verneinte. Er wusste, dass sie noch einen langen Weg vor sich hatten und sie sich den Proviant gut einteilen mussten. Außerdem kam man mit vollem Magen nicht so gut voran.

»In etwa einer Stunde müssten wir die Abzweigung nach Tovuz erreichen. Dann haben wir fast die Hälfte des Fußwegs bereits hinter uns. In der Stadt ruhen wir uns etwas aus und nehmen den Nachtzug nach Baku.« Der Vater setzte sich wieder in Bewegung.

In den nächsten Stunden begegneten ihnen hin und wieder Pferdekarren oder Menschen, die in ein Nachbardorf unterwegs waren. Insgesamt blieb die Landstraße aber relativ leer. Was zum einen an den Frühlingsferien liegen mochte und zum anderen an der Bahnlinie, die fast parallel zur Straße verlief. Die meisten Waren wurden mit der Bahn transportiert, alle Erzeugnisse und Ernten direkt in die Hauptstadt gebracht, um von dort aus auf die übrigen Republiken verteilt zu werden.

Die Sonne hatte ihren Zenit fast erreicht und Harri glaubte, seine Füße kaum noch zu spüren, als sie endlich Tovuz erreichten. Die Stadt war in etwa so groß wie Aghstafa, und sie brauchten nur den Gleisen zu folgen, um den Bahnhof zu finden.

Während sich Harri müde auf eine Bank in der Wartehalle fallen ließ und ein paar belegte Brote hervorholte, ging sein Vater zu dem Bahnschalter hinüber, um die Fahrkarten zu besorgen.

Sechs Stunden später saßen sie im Zug und jagten ratternd durch die zunehmende Dämmerung. Aufgeregt schaute Harri aus dem Fenster, versuchte, so viel wie möglich von der vorbeifliegenden Landschaft zu erkennen, und wünschte sich plötzlich, der Zug wäre nicht halb so schnell. Denn keiner konnte sagen, was sie an ihrem Zielort erwartete. Würde er in zwei Tagen völlig allein und verzweifelt oder zusammen mit seinem rehabilitierten Vater zurückkehren? Er wusste es nicht. Und plötzlich wollte er es auch gar nicht erfahren, wollte nur diesen Moment genießen, in dem sein Vater gesund und sicher neben ihm saß und beinahe so fasziniert wie er selbst aus dem Fenster schaute.

»Der Luxus der modernen Technik«, seufzte der Vater leise. »Wie einfach, wie angenehm er doch das Reisen macht. Wie sehr hätte ich mir in den letzten Monaten gewünscht, darauf zurückgreifen zu können.« Er schüttelte ungläubig den Kopf. »Weißt du, dass ich einmal fünf Tage am Stück gewandert bin, um eine Sowchose zu erreichen, in der ich um Arbeit bitten wollte? Und ich hatte noch Glück. Ein Lastwagen hat mich das letzte Stückchen des Weges mitgenommen. Aber es hat mir natürlich trotzdem nichts genützt.« Er verstummte, und wieder legte sich der bittere Zug um seine Lippen, den Harri schon öfter bei ihm gesehen hatte. Er konnte es ihm nicht verdenken. Wie viel Ablehnung, wie viel Demütigung konnte ein Mensch ertragen, bevor es ihn nachhaltig veränderte?

Irgendwann musste Harri eingeschlafen sein, eingelullt vom leisen Rattern der Räder. Denn als er die Augen aufschlug, war es bereits hell. Harri reckte und streckte sich ausgiebig, bevor er sich nach seinem Vater umsah. Kurz flackerte Panik in ihm auf, als er ihn nicht neben sich entdeckte, doch er kämpfte die irrationalen Gedanken entschieden nieder. Weder war sein Vater bereits ausgestiegen und hatte ihn zurückgelassen, noch konnte er festgenommen worden sein, ohne dass Harri es bemerkt hätte.

Er erhob sich und schaute sich um. Der Zug stand still. Vaters Jackett hing noch immer an dem Haken über seinem Sitz, der Rucksack war darunter geschoben. Er vertrat sich also vermutlich nur kurz die Beine.

Harri zögerte, unsicher, ob er ihn suchen gehen oder hier auf ihn warten sollte. In diesem Moment öffnete sich die Tür des Abteils und sein Vater kam herein.

»Ich habe uns was zum Frühstück besorgt«, verkündete er strahlend und reichte Harri zwei in dünnes Papier eingeschlagene Teigtaschen, die einen herrlich appetitlichen Duft verbreiteten. »Im Flur steht das Fenster auf und ich habe sie bis hierher gerochen.« Er zuckte grinsend mit den Achseln. »Da konnte ich einfach nicht widerstehen.«

Harri war das nur recht. Die Teigtaschen waren frisch, heiß und saftig – genau, wie sie sein sollten. Der Fleischsaft rann ihm am Handgelenk herunter und er beeilte sich, die Tropfen mit der Zunge einzufangen. Zuhause durften sie das nicht tun, Mama legte strengen Wert auf gute Manieren, doch seinen Vater schien es jetzt nicht zu stören. Er blinzelte seinem Sohn verschwörerisch zu und leckte sich seinerseits die Fingerspitzen ab.

Langsam setzte sich der Zug erneut in Bewegung und eine Stunde später erreichten sie den Bahnhof von Baku. Harri musste sich dazu überwinden, aus dem Waggon zu steigen. Am liebsten wäre er einfach weitergefahren mit seinem Vater, immer weiter, hätte mit ihm geredet oder schweigend aus dem Fenster gestarrt, heiße Teigtaschen gegessen und sich keine Sorgen darüber gemacht, was in den nächsten Stunden geschehen würde. Aber das konnte er nicht. Der Zug fuhr nicht weiter, es war Endstation. Außerdem hätte sich sein Vater nicht ewig verstecken, nicht immerfort weglaufen können. Er war stets ein stolzer Mann gewesen, jemand, der bereit war, hart zu arbeiten, um seine Familie zu versorgen, und die letzten Monate hatten ihm ziemlich zugesetzt. Sonst hätte er sich kaum zu diesem riskanten Schritt entschlossen, der sie hierhergeführt hatte.

Sobald sie den Zug verlassen hatten, steuerte Vater als Erstes die Fahrplan-Anzeigetafel an. »Der nächste Zug zurück nach Aghstafa fährt heute Abend um sechs. Wenn du den verpasst, musst du einen ganzen Tag warten. Sollte es bei mir schiefgehen, möchte ich, dass du ihn nimmst, hast du verstanden?«

»Ja, Papa.«

»Sehr gut.« Der Vater straffte die Schultern und reckte den Kopf. »Dann lass es uns hinter uns bringen.«

Es war nicht schwer, das Büro des Zentralkommissariats zu finden. Schon der Erste, den sie darauf ansprachen, erklärte ihnen den richtigen Weg. Kurz darauf erreichten sie das dreistöckige Backsteingebäude.

»Du wartest da«, sagte Harris Vater streng und deutete auf eine kleine Grünfläche mit einem einsamen Baum auf der anderen Straßenseite. »Entweder ich komme selbst, oder ich bitte jemanden, dir eine Nachricht zu überbringen.«

Harri nickte stumm. Seine Kehle wurde plötzlich eng. Was sagte man seinem Vater, wenn man nicht wusste, ob man ihn jemals wiedersah? »Viel Glück«, presste er mühsam hervor.

»Pass auf dich auf«, erwiderte der Vater und zog ihn in eine schnelle Umarmung.

Harri schaute ihm nach, wie er zielstrebig das Gebäude betrat, prägte sich jede Einzelheit seiner Erscheinung ein – die breiten Schultern, das zerknitterte Jackett, den hoch erhobenen Kopf.

Dann fiel die Tür hinter ihm zu, und er war nicht mehr zu sehen.

Langsam ging Harri zu dem Baum und ließ sich daran zu Boden sinken. Er zog die Knie an und legte den Kopf darauf. Die große, runde Uhr auf dem Gebäude zeigte eins.

Harri hasste es zu warten. Und noch schlimmer war es, wenn es nichts gab, womit er sich ablenken oder beschäftigen konnte. Stumpf starrte er den großen Uhrzeiger an, der sich viel zu langsam bewegte.

Jedes Mal, wenn sich die Tür des Gebäudes öffnete, begann sein Herz vor Aufregung zu pochen, sein ganzer Körper spannte sich an, nur damit er sich im nächsten Augenblick halb enttäuscht und halb erleichtert wieder zurücksinken lassen konnte. Enttäuscht, weil es nicht sein Vater war, der das Haus verließ. Erleichtert, weil kein Fremder suchend nach ihm Ausschau hielt, um ihm die traurige Nachricht zu überbringen.

Die Stunden vergingen. Ab und zu erhob sich Harri, um eine Runde um den Baum zu drehen, seine vom Sitzen steif gewordenen Muskeln zu lockern oder einfach nur, um etwas anderes zu sehen als diese Tür, deren Anblick sich bereits in seine Augen eingebrannt zu haben schien und die er selbst dann noch vor sich sah, wenn er die Lider schloss.

Die Uhr zeigte vier. Harri rechnete nicht mehr damit, seinen Vater wiederzusehen. Eine Stunde würde er noch darauf warten, dass irgendjemand erschien, um ihn über das Schicksal seines Vaters in Kenntnis zu setzen. Dann würde er selbst nachfragen gehen.

Er wusste wohl, dass er beiden Eltern versprochen hatte, einfach wieder nach Hause zu fahren. Aber das konnte er nicht. Nicht, ohne zu wissen, was mit seinem Vater geschehen würde, nicht, ohne seiner Mutter eine vernünftige Antwort geben zu können. Und es war schließlich nur eine Frage – eine ziemlich berechtigte –, die er zu stellen gedachte. Nichts, was man ihm schlecht auslegen oder vorwerfen konnte. Und anschließend hätte er immer noch genug Zeit, um sich seine Fahrkarte zu besorgen und in den Zug nach Hause zu steigen.

Automatisch tastete Harri nach dem Geld in seiner Hosentasche, spürte den kleinen Knubbel, der ihm ein Gefühl der Sicherheit verlieh. Vielleicht sollte er doch jetzt schon fragen gehen. Diese Warterei brachte ohnehin nichts.

Entschlossen stand Harri auf und ignorierte geflissentlich das nervöse Zittern in seinen Knien.

Ich werde nur kurz nachfragen, sprach er sich selbst in Gedanken Mut zu. Dennoch fiel ihm das Ein- und Ausatmen mit jedem Schritt schwerer. Es war, als würde ein zentnerschweres Gewicht auf seiner Brust liegen und gleichzeitig eine ganze Horde wilder Ameisen in seinen Eingeweiden toben. Er drückte sich die Fingernägel in die Handflächen, um den Aufruhr in seinem Inneren zu beherrschen. Es half nur wenig. Seine Hand zitterte, als er sie nach dem Türgriff ausstreckte.

Im selben Moment wurde die Tür aufgerissen, Harris Hand griff ins Leere und er strauchelte.

»Hoppla!« Jemand packte ihn am Arm und hielt ihn fest. Er brauchte einige Herzschläge, um durch den Nebel in seinem Kopf seinen Vater zu erkennen.

»Was machst du hier?«

»Ich … Ich wollte gerade nachsehen, wo du bleibst«, stammelte Harri, von Erleichterung überwältigt.

»Dann bin ich wohl gerade noch rechtzeitig herausgekommen.« Leichter Tadel schwang in der Stimme des Vaters mit, er schien aber nicht ernsthaft verärgert zu sein, dafür strahlte er viel zu sehr.

»Hat es geklappt?«, fragte Harri fassungslos.

»Komm mit.« Der Vater legte ihm den Arm um die Schultern und führte ihn mit sich fort. Harri gehorchte wortlos. Er hatte recht, hier war nicht der richtige Ort, um in Ruhe über alles zu sprechen.

Sie betraten eine enge, verlassene Seitenstraße und lehnten sich in den Schatten einer Mauer.

»Sie haben mich rehabilitiert«, sagte der Vater unvermittelt und klang dabei, als könnte er es selbst noch gar nicht glauben. »Sieh her.« Er zog einen nagelneuen Pass aus der Tasche, in dem kein störender Vermerk mehr zu sehen war.

Harri lachte begeistert auf. »Dann können wir gleich wieder nach Hause fahren!«

»So einfach ist das nicht«, entgegnete der Vater bedauernd.

Harris Lächeln gefror. »Wie meinst du das? Du bist frei, es ist alles wieder in Ordnung!«

»Man hat mir den neuen Pass ausgestellt, weil die Behörde hier keine Veranlassung für irgendwelche Repressalien sieht, und weil keine Anklagepunkte gegen mich vorliegen. Wenn ich aber zurückgehe, gibt es keine Garantie, dass so etwas – oder noch Schlimmeres – nicht noch einmal geschieht. Ich fürchte, ich habe mir bei uns zu Hause nicht nur Freunde gemacht.«

»Und was hast du jetzt vor?«

Der Vater grinste. »Manchmal ist das Schicksal trotz allem recht gnädig zu uns. Ich habe gleich eine neue Stelle bekommen. Dem Kommissariat gehören mehrere Sowchosen in der Umgebung. Und in einer von ihnen wird ein Buchhalter gesucht. Als ich erwähnt habe, dass ich gut mit Zahlen umgehen kann und jahrelang Mathematik unterrichtet habe, haben sie mich gleich gefragt, ob ich das machen möchte. Hier«, er zog einen Umschlag aus der Jacketttasche. »Das ist eine Nachricht an den Betriebsdirektor. Mit besten Grüßen vom Volkskommissariat. Ich soll mich noch heute dort melden.«

»Ist es weit?«

»Nicht besonders. Eine Stunde Fußmarsch, nicht mehr.«

»Darf ich dich begleiten?«

»Ich weiß nicht.« Sein Vater verzog das Gesicht. »Deine Mutter wartet auf dich, sie macht sich Sorgen.«

»Ich kann sie viel besser beruhigen, wenn ich mich mit eigenen Augen davon überzeugt habe, dass wirklich alles völlig in Ordnung ist«, pokerte Harri.

Sein Vater lachte. »Na gut, von mir aus. Und vielleicht schaffen wir es morgen noch kurz ans Meer.«

»Wirklich?«, freute sich Harri. Er war erst fünf gewesen, als sie die Krim verlassen und er das Schwarze Meer zum letzten Mal gesehen hatte. Er konnte sich nur schwach an das herrlich warme dunkelblaue Wasser erinnern, das sich bis zum Horizont erstreckte. Das Kaspische Meer würde bestimmt ähnlich sein.

»Wirklich«, bestätigte sein Vater. »Vorausgesetzt, ich muss morgen nicht schon direkt mit der Arbeit beginnen.«

Fasziniert, fast schon andächtig, ging Harri zwischen den in geraden Reihen gepflanzten Weinstöcken umher. Die Trauben waren noch kaum mehr als grüne Körnchen, doch man konnte bereits erahnen, wie üppig der Ertrag eines Tages sein würde. Er blieb stehen und befühlte ein Blatt, pflückte eine kleine, feste

Frucht herunter und biss vorsichtig hinein. Die Säure verzog ihm den Kiefer, und er spuckte hastig auf den Boden. Trotzdem konnte er nicht leugnen, dass ihn der Weinanbau deutlich mehr interessierte als die Baumwolle. Hier aushelfen zu müssen, hätte er um einiges angenehmer gefunden als auf den Feldern zu Hause. Vielleicht würde Vater sie wieder zu sich holen können, sobald er sich hier ein wenig eingelebt hatte. Harri jedenfalls hätte nichts dagegen gehabt. Selbst die Luft war hier besser, nicht ganz so schwül und feucht.

»Ach, hier steckst du!« Die Stimme des Vaters riss ihn aus seinen Gedanken. Überrascht fuhr Harri herum und sah ihn zwischen den Pflanzen auf sich zueilen. »Ich habe dich schon gesucht.«

»Tut mir leid.« Harri zuckte schuldbewusst mit den Schultern. »Ich wusste nicht, wie lange es bei dir dauern würde.«

»Ist nicht so schlimm«, winkte Vater ab. Nichts schien seine Laune heute trüben zu können.

»Hat es geklappt? Hast du die Stelle bekommen?«

»Ja.« Er klopfte seinem Sohn auf die Schulter. »Und nicht nur das, sie haben mir sogar eine Unterkunft zugeteilt. Komm mit, wir sehen sie uns gleich an.«

Zielstrebig ging er an den gepflanzten Reihen entlang, bis er vor einem Holzschuppen am Ende des Feldes stehen blieb. Die Tür knarzte, als der Vater sie vorsichtig öffnete. Neugierig traten beide ein.

Drinnen war es dunkel, und Harri stieg sofort der süßlich-säuerliche Duft von Trauben in die Nase. »Was ist das hier?«

»Hier wurden bis vor Kurzem die Trauben getrocknet, bevor sie zu Rosinen weiterverarbeitet wurden.« Der Vater schaute sich im Schuppen um, in den nur durch die Tür und einige Ritzen in den Wänden Tageslicht fiel. »Daraus lässt sich auf jeden Fall etwas machen.«

Harri ließ ebenfalls den Blick schweifen, während es in seinem Kopf bereits zu arbeiten begann. Sein Vater hatte recht. Rechts und links konnte man zwei Fenster einbauen und sogar eine Wand einziehen, um ein weiteres Zimmer zu schaffen. Vor dem Winter mussten noch das Dach ausgebessert und die Ritzen in den Wänden gestopft werden, aber bis dahin war noch mehr als genug Zeit. Und im Sommer würden diese Mängel nicht stören – es war warm und regnete kaum.

»Abendessen?«, schlug sein Vater gut gelaunt vor.

Harri nickte. In der ganzen Aufregung hatte er gar nicht daran gedacht, doch nun meldete sich sein Magen laut knurrend zu Wort.

»Ein Glück, dass deine Mama so viel eingepackt hat«, sagte Vater grinsend. »Da bleibt sogar noch was für deine Heimfahrt übrig.« Er reichte ihm ein dickes Stück Brot mit geräuchertem Schinken, das er dankbar entgegennahm.

Dann setzten sie sich auf den Boden, lehnten sich mit dem Rücken an die Schuppenwand und schauten kauend auf den Weinberg, über dem sich die Sonne langsam dem Horizont zuneigte. Tiefer Frieden erfüllte Harri. Genau jetzt war einer dieser perfekten, sorglosen Augenblicke, von denen er bestimmt eines Tages seinen Enkeln erzählen würde. Er lächelte. Das Schicksal schien ihnen wirklich endlich gnädig zu sein.

Lange Zeit saßen sie einfach nur schweigend da, Schulter an Schulter, aßen und schauten dem Sonnenuntergang zu, der den Himmel erst feuerrot und dann lila färbte.

Schließlich erhob sich sein Vater und klopfte sich den Staub von der Hose. »Wir sollten jetzt schlafen gehen«, sagte er. »Morgen früh muss ich mich im Büro des Direktors melden. Du kannst dir, wenn du magst, ein wenig die Stadt ansehen, bevor dein Zug nach Hause geht.«

Harri nickte und folgte ihm in den Schuppen. Sein Vater holte eine Decke aus dem Rucksack und reichte sie Harri.

Da es warm genug war, entschied Harri, sie als Kopfkissen zu benutzen, um es auf dem harten Boden ein wenig bequemer zu haben.

Er legte sich hin und schloss die Augen, nahm das leise Rauschen der Blätter draußen auf dem Feld wahr und sog den in der Luft hängenden Traubenduft tief ein.

Er würde morgen heimfahren, und in ein paar Wochen würde er mit Mama und Emma an diesen Ort zurückkehren. Sie würden das Haus schön herrichten und einen eigenen Garten anlegen. Und eines Tages würde er selbst die ersten Weinstöcke dort einpflanzen.

Kapitel 20

März 1941, Siedlung Sor-El, Sowjetrepublik Komi

»Geschafft!« Triumphierend ließ Erich die Tür hinter sich zuknallen und warf die Tasche mit seinen Lehrbüchern schwungvoll in die Ecke.

Glücklich eilte Anna auf ihn zu und schloss ihn in die Arme. »Wie ist es gelaufen?«, fragte sie aufgeregt. An diesem Morgen hatte Erich seine letzte Prüfung abgelegt, seine Lehrzeit war offiziell zu Ende.

»Mit Auszeichnung bestanden!« Er strahlte übers ganze Gesicht und drückte seine Mutter so fest an sich, dass er sie leicht vom Boden abhob.

Lachend befreite sie sich aus dem Griff ihres Sohnes, der sie nun um einen ganzen Kopf überragte. »Ich bin so stolz auf dich!«

»Und weißt du, was das Beste daran ist? Ich bin frei! Ich kann endlich zu Rita fahren! Wir können heiraten!«

Anna nickte bedächtig. Sie hatte gewusst, dass das kommen würde. Seit Monaten sprach Erich von nichts anderem mehr, als dass er endlich zu ihr ziehen wollte. Die Jahre der Trennung, die nur von Briefen und gelegentlichen Besuchen in den Ferien unterbrochen waren, hatten nichts an den Gefühlen geändert, die die beiden jungen Menschen verbanden, wenn möglich, waren sie durch die Entfernung noch weiter gereift. Von Heirat sprach Erich heute allerdings zum ersten Mal.

»Rita ist erst sechzehn«, wandte Anna vorsichtig ein. »Sie ist noch zu jung, um zu heiraten.«

»Das sieht sie aber anders.«

»Du hast schon mit ihr darüber gesprochen?«

»Natürlich.« Er schüttelte den Kopf. »Du glaubst doch nicht, ich würde so etwas über ihren Kopf hinweg entscheiden? Das würde sie mir niemals verzeihen.«

Anna schmunzelte. Ihr Sohn kannte seine Zukünftige wirklich gut. »Zum Heiraten braucht man Geld«, sagte sie. »Ihr wollt doch nicht weiterhin bei ihrer Tante hausen, oder? Wenn ihr wirklich eine Familie gründen wollt, musst du auch dafür sorgen können.«

Erich stockte. »Eine Familie«, wiederholte er langsam. Wie es schien, hatte er sich noch keine großen Gedanken darüber gemacht, welche Folgen eine Heirat haben konnte.

»Rita könnte schwanger werden, sehr bald sogar. Seid ihr sicher, dass ihr alles bedacht habt?«

Erich verzog unwillig das Gesicht. Anna wertete das als Nein. Ihr sonst so vernünftiger Sohn schien von der Aussicht auf ein baldiges Wiedersehen völlig geblendet zu sein. Erst jetzt begann er, die ganze Komplexität der Situation zu erfassen. Die Freude wich aus seinem Gesicht und wurde von einem überaus nachdenklichen Ausdruck abgelöst.

Es versetzte Anna einen Stich, Erichs Euphorie einen solchen Dämpfer verpasst zu haben. Sie wollte nicht, dass ein Tag, der zu den schönsten seines Lebens zählen sollte, von derartigen Sorgen überschattet wurde.

Sie zog ihn mit sich zum Esstisch und drückte ihn auf einen Stuhl. Dann nahm sie selbst neben ihm Platz. »Ich habe einen Vorschlag«, sagte sie mit einem liebevollen Lächeln. »Du arbeitest ein paar Monate im Sägewerk. Ich bin sicher, sie würden dich gerne nehmen, immerhin hast du dort deine Praxiszeiten verbracht.« Erich öffnete den Mund, um ihr zu widersprechen, und sie beeilte sich, weiterzureden. »Es muss ja nicht für lange sein, nur bis zum Sommer. Du kannst alles sparen, was du verdienst. So hättest du zumindest einen kleinen Puffer, etwas, worauf du zurückgreifen kannst, wenn das Geld knapp wird.« Sie zögerte. »Außerdem habe ich immer noch das Silberbesteck meiner Mutter. Ich werde dir die Hälfte davon mitgeben, die andere Hälfte behalte ich zurück als Mitgift für Yvo.«

Erich schüttelte erschrocken den Kopf. »Das … Das kann ich nicht annehmen, Mama. Ich weiß doch, wie viel es dir bedeutet.«

»Mach dir darüber keine Gedanken, mein Schatz. Es ist nur Metall. Und wenn es meinem Sohn hilft, sein Glück zu finden, kann ich mir keine bessere Verwendung dafür vorstellen.« Erstaunt stellte Anna fest, dass ihr die Aussicht, sich von diesem Andenken an ihre Mutter zu trennen, nicht einmal leidtat. Ihre Prioritäten hatten sich in den letzten Jahren ziemlich verschoben. Das, was früher einmal wichtig gewesen war – Dinge wie Ansehen oder Besitz –, spielte zunehmend keine Rolle mehr. Geld war nur von Belang, solange es das Überleben der Familie sicherte. Und Erich brauchte es gerade viel dringender als Wilhelm und sie. Außerdem benötigte sie dieses Andenken nicht, um sich an ihre Mutter zu erinnern, hatte es seit Jahren nicht mehr aus seinem Versteck geholt. Ihre Mutter hingegen würde immer in ihrem Herzen bleiben, unabhängig davon, wo sie war oder was sie bei sich hatte.

»Bist du ganz sicher, Mama?«

»Ja, mein Schatz, das bin ich.«

»Danke!« Stürmisch schloss er sie in die Arme. »Und vielleicht ist es auch gar nicht nötig. Vielleicht schaffe ich es, selbst genug Geld zu sparen.«

»Wir werden sehen.« Anna tätschelte seinen Arm. »Morgen gehst du mit Papa erst einmal zum Sägewerk, und dann schauen wir weiter.«

* * *

»Die Wehrmacht greift Großbritannien weiterhin aus der Luft an«, berichtete Wilhelm, sobald er die Tür hinter sich geschlossen hatte. Er war gerade vom obligatorischen Atheistentreff nach Hause gekommen. Diese Treffen fanden im Klub statt, wo sich auch das einzige Radio befand. »Sie haben es gerade durchgegeben.«

Anna nickte. Sie hatten in ihrer Abgeschiedenheit zwar nicht besonders viel vom Krieg mitbekommen. Dennoch konnte sie nicht die Augen davor verschließen, dass es nicht überall so friedlich zuging wie hier.

»Und welche Nachrichten gibt es sonst? Was macht Deutschland noch?« Seit dem deutschen Angriff auf Polen vor etwa eineinhalb Jahren verfolgten sie interessiert die Neuigkeiten. Trotz des Nichtangriffspakts, der noch vor Kriegsbeginn zwischen Deutschland und der Sowjetunion unterzeichnet worden war, blieb die latente Sorge, dass Hitler etwas tun könnte, das ein schlechtes Licht auf die Sowjetdeutschen warf. Offiziell galt das Deutsche Reich gegenwärtig zwar als Verbündeter, aber das konnte sich schnell ändern, so rasant wie Hitler seinen Eroberungszug führte. Und Anna konnte sich noch gut erinnern, wie schlagartig die Stimmung gegen die Deutschen in Russland beim letzten Krieg gekippt war. Sie hoffte sehr, dass sie so etwas nicht noch einmal würden durchmachen müssen.

Wilhelm zuckte mit den Schultern. »Mach dir doch nicht immer so viele Sorgen. Dieses Mal sind wir auf der sicheren Seite. Es wird keine Vergeltungsmaßnahmen gegen uns geben.«

Anna nickte und hoffte, dass er damit recht behielt. »Wie macht sich Erich?«, wechselte sie das Thema. Sie konnten so oder so nichts am aktuellen Weltgeschehen ändern.

»Ganz gut, soweit man hört. Aber daran habe ich auch nie gezweifelt. Er versteht wirklich was von Technik.« Sie hörte eine Spur von Sehnsucht in Wilhelms Stimme. Sie wusste, wie gern er selbst Ingenieur geworden wäre, doch das Leben hatte anders entschieden.

»Wo ist Erich denn? Ich dachte, er kommt mit dir nach Hause.«

»Er ist im Klub geblieben. Seine ganzen Freunde waren auch noch da.«

»Meinst du, das ist eine gute Idee?«

Wilhelm lachte und zog sie in seine Arme. »Er ist kein kleiner Junge mehr, mein Schatz«, sagte er und küsste sie sanft. »Er ist erwachsen.«

»Ja, aber …«, widersprach sie schwach, als sein Kuss fordernder wurde.

»Kein Aber«, murmelte er. »Wo ist eigentlich Yvo?«, fügte er fragend hinzu.

»Bei Frieda. Sie wollte dort über Nacht bleiben.«

»Oh.« Wilhelms Hände wanderten an Annas Rücken herunter. »Das eröffnet uns völlig neue Möglichkeiten«, flüsterte er verheißungsvoll.

Anna kicherte, als er sie plötzlich auf die Arme hob und zielstrebig ihre Schlafzimmertür ansteuerte. »Was hast du vor?«, fragte sie lächelnd.

»Das wirst du schon sehen«, versprach er ihr leise.

* * *

Juni 1941, Siedlung Sor-El, Sowjetrepublik Komi

Im Vorbeigehen warf Anna einen Blick in den großen Spiegel, der am Eingang des Klubgebäudes hing. Ihr gefiel, was sie dort sah. Das neue Kleid, das sie sich genäht hatte, stand ihr wirklich ausgezeichnet. Sie hatte es gestern Abend gerade noch rechtzeitig zum sonntäglichen Tanznachmittag fertiggestellt. Auch Wilhelm sah in seinem Anzug und dem hellen Hemd sehr ansehnlich aus, von Yvo und Erich ganz zu schweigen. Anna fand, dass ihre Kinder von allen die hübschesten waren, und sie war sich sicher, dass es nicht nur ihr so erging. Sie fing mehr als nur einen schmachtenden Blick auf, der ihrem Sohn von den jungen Frauen zugeworfen wurde, und bewunderte seine Standfestigkeit. Er hatte nie Augen für eine andere als Rita gehabt. Aus dem Augenwinkel bemerkte sie einen Jungen, der Yvo verstohlen zuwinkte, und sah, wie ihre Tochter leicht errötete, bevor sie zaghaft zurückgrüßte. Anna seufzte innerlich. Auch ihre Kleine wurde langsam erwachsen.

Aus dem großen Raum drangen ihnen bereits die ersten Klänge der Musik entgegen. Sie waren genau rechtzeitig eingetroffen, der Tanz fing gerade an.

Mit einer schwungvollen Bewegung zog Wilhelm Anna mitten auf die sich langsam füllende Tanzfläche, während Erich pflichtbewusst seine Schwester aufforderte. Anna verkniff sich ein Lächeln, als sie die enttäuschten Gesichter der Mädchen sah. Sie konnte es ihnen nicht verübeln. Auch abgesehen von seinem Äußeren galt Erich als gute Partie – er war gebildet, trank nicht und hatte eine lukrative Stelle. Kein Wunder also, dass so manche ihre Hoffnungen darauf setzte, ihn für sich zu gewinnen. Erich indessen tat, als würde er all das nicht bemerken. Und vielleicht war es tatsächlich so. Er scherzte und lachte mit seiner Schwester, als gäbe es nichts Selbstverständlicheres auf der Welt.

Die Schallplatte auf dem alten Grammofon knarzte und knackte, aber davon ließen sie sich die Laune nicht trüben. Anna genoss es, Wilhelms starken Arm in ihrem Rücken zu spüren und sich mit ihm im Takt der Musik hin und her zu bewegen. Vielleicht sollten sie doch öfter zu diesen Treffen gehen. Viel zu häufig ließ sie sich von zu korrigierenden Hausaufgaben oder der Haus- und Gartenarbeit abhalten. Dabei machte ihr das Tanzen so viel Spaß.

»Wie wär's mit einer kleinen Erfrischung?«, fragte Wilhelm, nachdem das dritte Lied verklungen war.

»Gerne.« Anna fächelte sich mit der flachen Hand Luft zu und folgte ihm an den Tresen, der auf der anderen Seite des Raumes aufgestellt worden war. Während sie langsam an ihrem Wasser nippten, beobachteten sie die Paare, die ausgelassen über die Tanzfläche wirbelten.

Plötzlich dröhnte ein Knacken aus den an der Wand angebrachten Lautsprechern. Irritiert hielten die Leute inne, drehten sich in Richtung des Geräusches um. Auch Annas Blick hing gebannt an den Lautsprechern, die zu dem einzigen öffentlichen Radio im Ort gehörten.

Es knisterte erneut.

»Achtung, Achtung!«, erklang eine verzerrte, blecherne Stimme. »Hier spricht Moskau. Wir haben eine wichtige Regierungserklärung für alle Bürger und Bürgerinnen der Sowjetunion! Heute Morgen um vier Uhr haben die deutschen Streitkräfte ohne Kriegserklärung die Grenzen der Sowjetunion angegriffen. Der Krieg des Sowjetvolks gegen die deutschen Eroberer hat begonnen. Unsere Sache ist gerecht, wir werden den Feind zerschlagen. Der Sieg wird unser sein!« Totenstille breitete sich in der gerade noch von fröhlichem Gelächter erfüllten Halle aus. Jemand war so geistesgegenwärtig, die Musik abzustellen.

»Ich wiederhole«, setzte die Stimme im Radio erneut an, doch Anna hörte nicht länger zu. In ihren Ohren rauschte es, sie schwankte. Es gab Krieg. Mit Deutschland.

Erschüttert blickte sie ihren Mann an, der ihr beruhigend den Arm um die Schultern legte. Er schluckte und wirkte genauso betäubt wie sie selbst.

Wie automatisch suchte Anna die Menge nach ihren Kindern ab. Im Radio erzählten sie etwas von Angriffen auf Litauen, Weißrussland und die Ukraine, doch Anna war nicht fähig, diese Informationen zu verarbeiten. Endlich hatte sie Erich und Yvo in der Menge erspäht und winkte sie hektisch zu sich.

Die Kinder drängten sich gehorsam zu ihr durch. Der Schrecken stand ihnen ins Gesicht geschrieben und die unausgesprochene Frage danach, was nun geschehen solle.

Das Radio verstummte, niemand rührte sich.

Schließlich durchmaß ein Mann mit energischen Schritten den Raum, stellte sich auf einen Stuhl und zog alle Aufmerksamkeit auf sich. Anna kannte ihn. Es war der Vorsteher der örtlichen Partei.

»Ihr könnt jetzt nach Hause gehen«, verkündete er. »Die Veranstaltung ist vorbei. Wir werden euch informieren, sobald es erforderlich ist.«

Langsam kam wieder Leben in die versammelten Menschen. Viele schauten sich verloren um, bevor sie sich zögernd in Bewegung setzten. Etwa ein Viertel der Anwesenden waren Deutsche.

Anna war sich nicht sicher, ob sie es sich nur einbildete oder ob die auf sie gerichteten Blicke tatsächlich deutlich feindseliger geworden waren als noch zehn Minuten zuvor.

Auf dem Heimweg blieb die Familie eng zusammen, ganz intuitiv vermieden es alle, nach rechts und links zu schauen, und Anna war sehr dankbar dafür, dass Erich und Wilhelm

Stillschweigen wahrten, obwohl es ihnen unverkennbar schwerfiel.

Erst als sich die Haustür hinter ihnen schloss, wagte sie es, aufzuatmen.

»Wieso seid ihr so aufgebracht?«, fragte Yvo verunsichert. »Der Krieg ist doch weit weg. Und von den Kämpfen mit Finnland haben wir auch kaum etwas gespürt.«

»Deutschland ist nicht Finnland«, erklärte Wilhelm beherrscht. »Die Wehrmacht hat schon halb Europa erobert, und jetzt greifen sie uns an, ohne Vorwarnung oder Kriegserklärung. Das kann nichts Gutes bedeuten. Und erst recht nicht für uns.«

»Aber wir gehören zur Sowjetunion, wir haben nichts mit diesem Krieg zu tun.«

»Du hast recht, mein Schatz.« Anna zog ihre Tochter an sich. »Die Regierung weiß das sicherlich auch. Wir leben einfach weiter wie bisher und hoffen, dass unsere Rote Armee den Krieg bald gewinnen wird.«

Erich stürmte an ihr vorbei und ließ einen vollen Rucksack auf den Boden fallen, dann machte er sich am Küchenschrank zu schaffen. Erst jetzt fiel Anna auf, dass er direkt nach der Ankunft in das Zimmer geeilt war, das er sich mit seiner Schwester teilte.

»Was machst du da?«, fragte sie verwirrt, als er begann ein großes Stück Brot und ein paar Äpfel in Zeitungspapier zu wickeln.

»Ich muss los«, erklärte er knapp. Hastig packte er das Essen in einen Beutel und bückte sich nach seinem Rucksack.

»Und wohin?« Anna hielt ihn am Arm fest.

»Zu Rita!«, erklärte er, als ob es offensichtlich wäre. Tiefe Entschlossenheit und Verzweiflung zeichneten sein Gesicht.

Verständnislos starrte Anna ihren Sohn an.

»Hast du etwa nicht zugehört, Mama?«, fragte er schrill. »Die Wehrmacht greift die Ukraine an! Rita ist dort, schutzlos und alleine. Ich muss sofort zu ihr!« Er versuchte, seinen Arm aus ihrem Griff zu befreien.

»Du gehst nirgendwohin«, sagte Wilhelm bestimmt.

»Ihr könnt mich nicht zwingen, hierzubleiben!«

»Denk doch mal nach, Erich«, sprach Anna besänftigend auf ihren Sohn ein.

Neben ihr sog Yvo scharf die Luft ein. »Ist Rita wirklich in Gefahr?«

»Nein, das ist sie nicht«, erwiderte Anna entschieden. »Die Frontlinie wird sie vermutlich gar nicht erreichen. Und selbst wenn, Soldaten greifen keine Frauen und Kinder an.« Zumindest hoffte sie, dass das dieses Mal stimmte.

»Das reicht mir nicht. Ich werde sie dort wegholen und hierherbringen, in Sicherheit!«, zischte Erich.

»Ihr wird nichts geschehen«, wiederholte Anna fest. »Aber du würdest dich in Gefahr begeben.«

Er schüttelte den Kopf. »Entweder ist es dort gefährlich oder nicht. Auf jeden Fall gilt es dann für alle, ich sehe da keinen Unterschied zwischen Rita und mir.«

»Was meinst du, wie es aussehen wird, wenn sich ein junger Deutscher von hinten der Frontlinie nähern will?«, meldete sich Wilhelm leise zu Wort. »Glaube mir, man würde dich nicht mal in ihre Nähe lassen. Du würdest als Spion oder Überläufer verhaftet, noch bevor du den Mund aufmachen kannst, um dich zu erklären.«

Verunsichert schaute Erich seinen Vater an. Diese Ansprache hatte ihm sichtlich den Wind aus den Segeln genommen. »Ich kann sie doch nicht einfach im Stich lassen.«

»Du kannst ihr aber auch nicht helfen, wenn du im Gefängnis schmorst.«

Anna warf ihrem Mann einen tadelnden Blick zu. Sie hätte es gern etwas einfühlsamer formuliert. Andererseits konnte sie weder den Wahrheitsgehalt seiner Worte noch deren Wirkung auf Erich leugnen. Langsam ließ der Junge den Riemen des Rucksacks los und setzte sich erschüttert auf einen Stuhl. »Und was soll ich dann tun?«

»Dich ruhig verhalten und auf einen Brief von ihr warten. Sie weiß mit Sicherheit, dass wir uns Sorgen machen, und wird uns bestimmt ein paar Zeilen schicken. Du darfst auf keinen Fall etwas überstürzen.«

»Ich weiß nicht, ob ich das kann«, stöhnte Erich und vergrub sein Gesicht in den Händen. »Ihr habt keine Ahnung, wie ich mich gerade fühle.«

»Doch, das haben wir«, widersprach Anna leise. »Genauso habe ich mich gefühlt, als man Papa in den Wald geschleppt hat, um Bäume zu fällen, und ich monatelang nichts von ihm gehört habe. Oder als er im Gefängnis saß und wir nicht wussten, ob wir ihn jemals wiedersehen würden. Und doch ist alles immer gut ausgegangen. Du solltest auch etwas Vertrauen haben.«

Am nächsten Morgen war die Stimmung immer noch gedrückt, als die Männer zum Sägewerk aufbrachen, während Anna und Yvo ihre Sommerferien in Haus und Garten verbrachten.

Plötzlich klopfte es an der Tür. Sie öffnete und sah sich einem Jungen gegenüber, der ihr vage bekannt vorkam.

»Anna Friedrichowna, Direktor Romanow möchte Sie gerne sprechen«, sprudelte es aufgeregt aus ihm hervor. Jetzt wusste sie auch, woher sie ihn kannte. Sie hatte ihn öfter in der Schule gesehen.

»Jetzt?«, entfuhr es ihr erstaunt. Ein ungutes Gefühl machte sich in ihrer Magengrube breit.

»Ja. Ich soll Sie zu ihm führen.«

Anna nahm ihre Schürze ab. »Yvo?«, rief sie ins Innere des Hauses.

»Ja, Mama?«

»Ich muss kurz weg.«

»Ist gut, Mama. Ich wollte sowieso gleich zu Frieda.«

»Viel Spaß, Schatz.«

»Bis dann.« Yvo hatte ihren inneren Aufruhr zum Glück nicht bemerkt.

Anna zog die Tür hinter sich zu und folgte dem Jungen zum Haus ihres Vorgesetzten. Sie zermarterte sich den Kopf, aber es wollte ihr einfach kein unverfänglicher Grund einfallen, weshalb der Direktor sie mitten in den Sommerferien so dringend sprechen wollte.

»Da wären wir«, sagte der Junge stolz und deutete auf ein freundlich gestrichenes, einstöckiges Haus.

»Danke dir.« Anna schaffte es nicht, den Jungen anzulächeln, so gefangen war sie in ihren eigenen Sorgen. Doch ihn schien das nicht weiter zu stören. Fröhlich pfeifend hüpfte er davon.

Anna trat durch das Gartentor und klopfte an die Tür.

Es dauerte nicht lange, bis ihr geöffnet wurde und Direktor Romanow auf der Türschwelle erschien.

»Anna Friedrichowna, schön, dass Sergej Sie so schnell gefunden hat.« Er wirkte nervös. »Kommen Sie doch herein.«

»Gerne.« Sie versuchte, sich nichts anmerken zu lassen, während ihr Herz vor Anspannung zu trommeln begann.

»Worum geht es?«, erkundigte sie sich, sobald sie im Haus war.

»Das würde ich lieber in meinem Büro mit Ihnen besprechen.« Er schien sich äußerst unwohl zu fühlen. Annas Besorgnis wuchs. Sie folgte ihm in das angrenzende Zimmer.

»Nehmen Sie bitte Platz«, sagte der Direktor höflich. »Möchten Sie vielleicht einen Tee?«

Anna beschlich das Gefühl, dass er bloß Zeit schindete, weil er das unangenehme Thema so weit wie möglich hinausschieben wollte. Sie mochte und respektierte ihn – er war ein ruhiger, höflicher Mann – und sie wusste, dass der Respekt auf Gegenseitigkeit beruhte.

»Sagen Sie es einfach«, bat sie leise.

Er schaute sie ertappt an, dann zuckte er entschuldigend mit den Achseln. »Ich habe vorhin die Anweisung erhalten, Sie für das kommende Schuljahr vom Unterricht zu suspendieren. Es tut mir leid. Anscheinend sind bestimmte Leute der Ansicht, dass Sie einen schlechten Einfluss auf die Schüler ausüben könnten. Außerdem scheint es angesichts der momentanen Lage nicht angebracht, dass jemand wie Sie«, er räusperte sich und sprach hastig weiter, »eine derart herausragende Funktion in unserer Gesellschaft einnimmt.«

Jemand wie sie – also eine Deutsche, übersetzte Anna automatisch. Dennoch fühlte sie sich fast erleichtert. Es hätte schlimmer kommen können. »Ist das alles?«, fragte sie beherrscht.

Der Direktor wühlte in den Unterlagen auf seinem Schreibtisch, als müsste er diese Information erst heraussuchen. Er schaute sie nicht an, als er weitersprach. »Da Sie nun nicht länger als Lehrerin tätig sind, müssen Sie ab sofort einer anderen Beschäftigung nachgehen. Sie wurden dem Landwirtschaftsbetrieb als Hilfskraft zugeteilt. Hier.« Er hielt ihr einen Zettel hin. »Bitte melden Sie sich damit bei der Verwaltung. Man wird Ihnen alles Weitere mitteilen.«

»Danke«, erwiderte Anna kühl und nahm das Schreiben entgegen. Nun würde sie also als unqualifizierte Hilfskraft arbeiten und die niedrigsten, schwersten Arbeiten verrichten müssen.

Es hätte schlimmer kommen können, rief sie sich nachdrücklich ins Gedächtnis, bevor die Bitterkeit sie übermannen konnte. Sie wurde weder festgenommen noch vertrieben oder enteignet.

»Es tut mir leid«, betonte Direktor Romanow noch einmal.

»Sie können nichts dafür«, murmelte sie resigniert.

»Sobald sich die Situation ändert, sind Sie uns selbstverständlich wieder willkommen.«

»Danke. Was wird jetzt aus meiner Klasse?«

»Ich hoffe, bis zum nächsten Schuljahr einen qualifizierten Ersatz für Sie zu finden.«

Anna nickte. »Darf ich mich von den Schülern verabschieden?«

Er schüttelte bedauernd den Kopf. »Ich fürchte, das ist keine gute Idee. Ich werde die Klasse zu Beginn des Schuljahres selbst über die Änderung informieren.«

Anna ballte die Fäuste, um ihre Selbstbeherrschung zu wahren. Auch wenn es albern war, tat es ihr weh, dass ihre Schüler nun ein politisch motiviertes negatives Bild von ihr bekommen würden. Sie wusste, dass die meisten von ihnen sie durchaus schätzten und respektierten. Sie hätte sich gern persönlich und in Würde von ihnen verabschiedet.

Romanow streckte ihr die Hand hin. »Ich wünsche Ihnen alles Gute, Anna Friedrichowna.«

»Danke.« Sie ergriff die Hand und drückte sie kurz. »Ich Ihnen auch.«

Dann wandte sie sich ab und verließ mit hocherhobenem Haupt das Haus. Sie hatte nichts Falsches getan und es gab nichts, dessen sie sich schämen musste.

Anna nahm sich die Zeit, nach Hause zu gehen und ihre Kleidung zu wechseln. Sie zog sich einen schlichten Rock und eine ältere Bluse an und band ihre Haare mit einem Kopftuch zurück. Dann machte sie sich auf den Weg zu ihrer neuen Arbeitsstelle.

Ihre Aufgabe erwies sich als denkbar einfach, wenn auch auf Dauer sehr kräftezehrend. Sie wurde den Gemüseäckern zugeteilt, wo sie zunächst bei der Kohlernte mithelfen sollte. Dabei ging eine Frau mit einer speziellen, scharfen Hacke voran und durchtrennte den Strunk unterhalb des Kohlkopfes. Anna fiel dann die Aufgabe zu, den Kohl auf den bereitstehenden Karren zu laden. Nach einer Stunde stetigen Bückens, Hockens und Hebens taten ihr Rücken und Knie weh. Zu Hause arbeitete sie zwar auch oft im Garten, aber es war etwas völlig anderes, ein ganzes Feld abzuernten. Die anderen Frauen hatten anfangs die Nase über sie und ihre sauberen, weichen Hände gerümpft. Doch als sie merkten, dass sie sich nicht zu schade war, herzhaft zuzupacken, ließen sie sie weitgehend in Ruhe.

Da die Felder außerhalb der Siedlung lagen, erwartete Anna nach der Arbeit noch ein einstündiger Fußmarsch. Sie konnte ihre Beine vor Erschöpfung kaum noch spüren, als sie endlich ihre Wohnung erreichte.

Yvo wartete bereits besorgt auf sie. »Da bist du ja endlich!«, rief das Mädchen und stürmte auf sie zu. »Wie geht es dir? Wo sind die anderen?«

Müde ließ sich Anna auf einen Stuhl fallen. »Mir geht es gut.« Fahrig streifte sie sich die Schuhe von den Füßen und bewegte ihre Zehen. »Papa und Erich kommen bestimmt bald«, murmelte sie. Ihr fehlte einfach die Kraft, um sich auch noch Sorgen zu machen.

»Was ist geschehen?«

»Man hat mich vom Unterricht suspendiert und einem Gemüseacker zugeteilt. Ich schätze, dass es Papa und Erich ähnlich ergangen ist.«

»Verstehe.« Yvo nickte beschwichtigt. »Dann ruhe dich erst mal aus und iss etwas.«

Gerührt beobachtete Anna, wie ihre Tochter eine dampfende Schüssel mit Suppe vor ihr abstellte und ihr eine dicke Scheibe Brot abschnitt.

»Die Kuh habe ich schon gemolken und versorgt«, erklärte Yvo.

»Danke, mein Schatz.« Anna nahm einen Löffel voll Suppe und schloss genüsslich die Augen. Es tat gut, so umsorgt zu werden. Lächelnd sah sie ihre Tochter an. »Ich fürchte, du wirst in Zukunft noch mehr Aufgaben im Haus übernehmen müssen. Ich schaffe das einfach nicht.« Normalerweise war sie während der Schulzeit zusammen mit Yvo oder kurz nach ihr nach Hause gekommen. Sie hatte zwar dann noch Hefte korrigiert oder den Unterricht vorbereitet, dennoch konnte sie zwischendurch auch Dinge im Haushalt oder Garten erledigen. Das würde nun nicht mehr möglich sein.

»Ist nicht schlimm, Mama. Du weißt doch, ich koche gern. Und den Garten kriege ich auch schon hin.«

Die Tür ging erneut auf, Wilhelm und Erich kamen herein. Beide waren mürrisch, dreckig und verschwitzt.

»Wie ist es euch ergangen?«

Wilhelm wusch sich die Hände und trank durstig einen Becher Wasser, bevor er ihr antwortete. »Man hat uns direkt am Werkseingang abgefangen und in den Wald geschickt.«

Anna schnaufte bitter. Es schien, als wäre alles wieder auf Anfang gedreht. »Baumfällung?«, fragte sie düster.

»Was sonst?«, brummte er müde.

Kapitel 21

Juni 1941, Baku, Sowjetrepublik Aserbaidschan

»Es wird ernst«, berichtete der Vater grimmig. Seit Beginn des Krieges mit Deutschland hatte er es sich zur Gewohnheit gemacht, nach der Arbeit im Klub vorbeizuschauen, um sich die neueste Nachrichtenübertragung im Radio anzuhören.

Der Kriegsbeginn hatte Harri und seine Familie völlig unvorbereitet erwischt. Voller Sorge warteten sie ab, was als Nächstes geschehen würde. Doch vorerst ging ihr Leben wie gewohnt weiter, die Frontlinie war weit entfernt und hier, am Kaspischen Meer, spürte man nichts davon. Die einzige Änderung war, dass sie nun regelmäßig mit Informationen zum Stand der Kämpfe versorgt wurden.

»Durch den Überraschungsangriff muss die Wehrmacht viel weiter vorgedrungen sein, als man es für möglich hielt. Dieser Verrat hat der Sowjetunion erheblichen Schaden zugefügt. Die Regierung hat nun zum Großen Vaterlandskrieg aufgerufen, um die Verteidigungslinie zu halten.«

»Und was bedeutet das für uns?«, fragte Mama leise.

»Es wird von Massenmobilisierung gesprochen. Im Radio riefen sie dazu auf, dass sich alle, die Erfahrung mit dem Dienst an der Waffe haben, freiwillig melden sollten.«

»Wirst du das auch tun?«, fragte Harri besorgt. Er wusste, dass sein Vater die Grundausbildung durchlaufen hatte, auch wenn man ihn als Deutschen im letzten Krieg nicht einberufen hatte.

»Nein.« Er schüttelte den Kopf. »Für so etwas werde ich langsam zu alt. Ich denke, es gibt genug junge Männer, die sich da beweisen können. Außerdem möchte ich euch nicht allein lassen.«

»Glaubst du, Deutschland könnte wirklich gewinnen?«, fragte Harri neugierig.

»Nein. Die Sowjetunion ist einfach zu groß. Vielleicht schaffen sie es, ein paar der nordwestlichen Regionen einzunehmen, aber ich kann mir nicht vorstellen, dass sie bis hierher vordringen. Wir brauchen uns wirklich keine Sorgen zu machen.«

Am nächsten Tag kam der Vater später als gewöhnlich nach Hause. Tiefe Sorgenfalten zeichneten sein Gesicht, als er schließlich auf der Türschwelle stand.

»Was ist passiert?«, fragte Mama nervös.

Statt einer Antwort reichte er ihr ein zusammengefaltetes Blatt.

»Was ist das?« Ihre Stimme zitterte, als sie es entgegennahm. Sie schien bereits zu ahnen, was darin stand, auch wenn Harri selbst es sich nicht vorstellen konnte. Emma neben ihm wirkte genauso ratlos wie er.

Hastig faltete Mama das Papier auseinander und überflog den Inhalt.

»Es sieht so aus, als würde ich doch nicht bei euch bleiben können«, sagte der Vater mit einem traurigen Lächeln.

»Musst du schon wieder fort?«, rief Emma frustriert aus. »Können sie dich nicht endlich mal in Frieden lassen?«

»Dieses Mal ist es nicht gegen mich, sondern für das Vaterland.«

»Du musst in den Krieg?« Seine Schwester wurde schreckensbleich, und auch Harri bekam ein flaues Gefühl im Magen. Er kannte Krieg nur vom Hörensagen. Der Vater eines seiner Freunde hatte einmal sehr viel von Tod, Schmerz und Angst erzählt.

»Ja.« Vater nickte. »Ich habe vorhin meinen Einberufungsbefehl erhalten.«

»Wann ...« Mama räusperte sich. »Wann musst du los?«

»Morgen Nachmittag geht mein Zug.«

Mama schluckte und drückte sich fest an ihn. »Ich möchte nicht, dass du gehst«, flüsterte sie.

Er legte ihr einen Arm um die Schultern. »Es ist ja nicht so, als hätte ich eine Wahl. Nun zieht nicht solche Gesichter«, fügte er mit einem Blick auf seine Kinder etwas lauter hinzu. »Ich bin nicht der Einzige, der zur Front gerufen wird. Im ganzen Land wird mobilisiert. Ich kann mir gar nicht vorstellen, dass es für uns alle genug zu tun geben wird. Bestimmt schicken sie die Hälfte von uns direkt wieder nach Hause.«

Harri wusste, dass er sie nur aufzuheitern versuchte. Doch leider war er schon lange dem Alter entwachsen, in dem ihn so eine Lüge hätte trösten können. Und seiner Schwester schien es ebenso zu gehen.

»Ihr solltet das Positive daran sehen«, sagte der Vater. Und dieses Mal schien er es wirklich ernst zu meinen. »Deutschland hat uns den Krieg erklärt. Und dieses Mal werde ich – wie weitere Deutsche – gemeinsam mit allen anderen an die Front gerufen. Versteht ihr, was das bedeutet? Wir werden nicht ausgegrenzt, nicht verurteilt. Dieses Mal wird es keine Repressalien geben.

Ich kann ruhig an die Front ziehen, weil ich weiß, dass euch hier nichts geschehen wird.«

Die nächsten Wochen verliefen im Zustand angespannter Erwartung. Jedes Mal, wenn sich der Postbote ihrem Haus näherte oder er selbst die Post aus dem Briefkasten holte, bekam Harri einen eisigen Klumpen im Magen. Und jedes Mal atmete er erleichtert auf, wenn er feststellte, dass kein amtliches Schreiben dabei war, das den Tod seines Vaters bescheinigte.

Ansonsten zogen sich die Tage wie gewohnt dahin. Harri und seine Schwester halfen in den Weinbergen aus, um ein paar Rubel dazuzuverdienen. Da Vater nun keinen Lohn mehr nach Hause brachte und sie nicht wussten, wann und ob sie Sold für seinen Einsatz erhalten würden, wollten sie ihre Ersparnisse nicht zu früh anrühren. Und das Geld, das Mama verdiente, reichte gerade so, um über die Runden zu kommen.

Harri mochte die Arbeit im Weinberg, er liebte den Duft der Früchte. Mittlerweile konnte er den Reifegrad und die Süße der Trauben anhand ihrer Farbe einschätzen. Dennoch hoffte er, nach Abschluss der Schule auf die technische Universität gehen zu können. Schon in einem Jahr würde es so weit sein. Er musste nur noch die zehnte Klasse hinter sich bringen.

Manchmal, wenn die Sonne brennend vom Himmel schien, stellte er sich vor, wie er von der Arbeit im Büro nach Hause kommen würde, um sich in seinem Garten im Schatten der rankenden Weinreben auszuruhen. Diese Vorstellung hatte etwas so Friedliches, so Verheißungsvolles, dass es ihm half, die Neuigkeiten, die hin und wieder von der Front zu ihnen drangen – von erbitterten Kämpfen und blutigen Niederlagen –, von sich fernzuhalten, ebenso wie die ständig nagende Sorge um seinen Vater.

* * *

August 1941, Siedlung Sor-El, Sowjetrepublik Komi

»Ist heute ein Brief von Rita gekommen?«

Wie immer, wenn er abends nach Hause kam, war dies die erste Frage, die Erich stellte.

»Nein«, sagte Anna müde. Und es würde auch keiner mehr kommen. Die Wehrmacht hatte die halbe Ukraine innerhalb weniger Wochen erobert. Die Gegend um Winnyzja, wo Rita mit ihrer Tante lebte, befand sich bereits seit Mitte Juli unter deutscher Besetzung. Dennoch gab Erich die Hoffnung nicht auf, ein Lebenszeichen von ihr zu erhalten. »Du weißt selbst, dass sie keine Briefe aus dem besetzten Gebiet durchlassen.«

Unglücklich starrte Erich sie an. »Ich ertrag das einfach nicht! Ihr hättet mich direkt zu Rita fahren lassen sollen. Alles wäre besser als das!« Hilflos hob er die Arme.

»Ich bin sicher, es geht ihr gut«, versuchte Anna, ihren Sohn zu trösten. »Man munkelt, die Soldaten wären den deutschen Siedlern durchaus freundlich gesinnt. Mach dir um sie keine Sorgen.«

Erich brummte etwas Unverständliches und verzog sich bekümmert ins Nebenzimmer. Anna konnte ihn gut verstehen. Es war nicht leicht, von den Menschen getrennt zu sein, die man liebte. Aber ihr fehlte einfach die Kraft, ihm stärker zur Seite zu stehen.

Vor drei Wochen war die erste Charge der jungen Männer zur Armee einberufen worden. Anna hatte so gezittert, dass es auch Erich oder Wilhelm treffen könnte. Es hatte ein paar Tage gedauert, bis sie erkannte, dass man die Deutschen offenbar wieder nicht dabeihaben wollte. Einerseits traf es sie, dass man sie in dem Land, in dem sie geboren und aufgewachsen waren, in dem sie ihr Leben lang ehrlich arbeiteten, noch immer als Feinde ansah. Andererseits war sie dieses eine Mal für die Diskriminierung sehr dankbar. Sie wusste, dass ein Großteil der jungen Männer, die mit stolzgeschwellter Brust ihren Müttern und Schwestern aus dem abfahrenden Zug zugewinkt hatten, nicht mehr zu ihnen zurückkehren würde. Sie hatte bereits einen Krieg erlebt. Sie wusste, was er bedeutete.

Aber auch die Zurückgebliebenen bekamen die Folgen der Einberufung zu spüren. Die Arbeitskraft der Soldaten fehlte und musste von den anderen – hauptsächlich Frauen – ausgeglichen werden. Die Arbeitszeiten wurden ausgedehnt, von nun an wurde von früh bis spät geschuftet, und zwar die ganze Woche durch, ohne auch nur einen einzigen Ruhetag. An manchen Abenden hatte Anna das Gefühl, ihren Rücken gar nicht mehr strecken zu können. Ihren Mann und ihren Sohn sah sie nur noch kurz vor dem Schlafengehen, wenn sie erschöpft, hungrig und schmutzig endlich nach Hause kamen. Ein Glück, dass zumindest Yvo von dieser Tortur verschont blieb. Doch auch so lastete genug auf ihren jungen Schultern. Ohne sie hätte das Leben der Familie nicht mehr funktioniert. Sie wusch die Wäsche, versorgte die Kuh und den Garten, kaufte ein und kochte das Essen. Anna wusste nicht, was sie tun würden, wenn die Schule wieder losging. Sie wollte nicht, dass ihre Tochter die Ausbildung zugunsten des Haushalts vernachlässigte, aber sie hatte keine Ahnung, wie sie es verhindern sollte.

Aus dem Nebenzimmer hörte sie Erichs gedämpften Husten. Es gefiel ihr nicht, dass dieser immer wiederkam, selbst jetzt, mitten im Sommer. Zumindest schien es ihm bis auf das regelmäßige Hüsteln einigermaßen gut zu gehen. Und solange sich sein Zustand nicht verschlechterte oder er ernsthaft unter dem Husten zu leiden begann, wollte sie ihn mit diesen Sorgen nicht auch noch belasten. Er hatte es, weiß Gott, bereits schwer genug.

* * *

September 1941, Baku, Sowjetrepublik Aserbaidschan

»Du musst mir nachher unbedingt bei Algebra helfen. Ich verstehe es einfach nicht!«, stöhnte Emma und sah ihren Bruder hoffnungsvoll an.

»Ja, mache ich«, versprach Harri widerwillig. »Sobald ich meine eigenen Aufgaben fertig habe.« Die Schule hatte vor einer Woche wieder begonnen, und nach der langen Sommerpause fiel auch ihm die Umstellung nicht ganz leicht. Nachdem er die letzten Monate fast ausschließlich im Freien verbracht hatte, konnte er dem ständigen Sitzen im aufgeheizten Klassenzimmer nur wenig abgewinnen.

»Du hast es gut«, sagte Emma neidisch. »In einem Jahr bist du fertig.«

Harri schnaufte. »Du glaubst doch nicht, dass es an der Uni einfacher sein wird als in der Schule?« Plötzlich stockte er. Sie waren gerade aus dem Schatten der hohen Weinstöcke herausgetreten und schauten direkt auf ihr kleines Haus. Ein Mann saß davor. Er hatte die Augen geschlossen und reckte sein Gesicht der Sonne entgegen. Harris Herz tat einen Sprung.

»Papa!«, riefen seine Schwester und er zugleich aus und rannten auf ihn zu. »Papa!«

Er sprang auf die Beine und drückte die beiden fest an sich.

»Du bist wieder da!«, stammelte Emma glücklich.

»Bist du verletzt?«, fügte Harri besorgt hinzu. Normalerweise wurde man nur von der Front entlassen, wenn man nicht mehr kampffähig war.

»Nein, mir geht es gut«, beruhigte ihn der Vater, doch es lag etwas in seiner Stimme, das Harri aufmerken ließ. »Lasst uns reingehen.« Er öffnete die Tür. »Ich habe nur die Sonne genossen, während ich auf euch gewartet habe. Fast hätte ich vergessen, wie schön und friedlich es hier ist.«

»Hast du wirklich gekämpft?«, fragte Harri neugierig.

»Ja. Mehr als mir lieb ist.« Sein Vater verstummte und Harri bohrte nicht nach.

»Wann kommt Mama nach Hause?«

»Meistens erst, wenn es dunkel wird. Sie haben die Arbeitszeiten verlängert, weil doch so viele Männer fehlen.« Es tat Harri jedes Mal weh, sie so müde und ausgezehrt zu sehen. Er fragte sich ohnehin, wie sie das alles überhaupt schaffte, sie wirkte so zierlich und klein und war doch so unglaublich stark. Gern hätte er ihr die Arbeit abgenommen, hatte schweren Herzens sogar angeboten, die Schule dafür abzubrechen, doch sie hatte nichts davon hören wollen. »Ein guter Abschluss ist das Wichtigste, um im Leben Fuß zu fassen«, sagte sie stets. »Er öffnet dir Türen und lässt dich herausstechen aus der Masse.« Harri bezweifelte das, wenn er sah, wie sie Tag für Tag in den Weinbergen schuftete. Was brachte es ihr, jahrelange Erfahrung als Lehrerin zu haben? Anfangs hatte man sie noch in der Qualitätskontrolle eingesetzt, doch der Kriegsbeginn hatte die Prioritäten verschoben, hatte sie alle einander gleichgemacht. Es zählte nicht länger, was man wusste oder konnte, solange man zwei kräftige Arme zum Zupacken besaß.

»Hast du Hunger, Papa?« Emma begann, sich am Küchenschrank zu schaffen zu machen.

»Ja, was zu essen wäre toll.«

»Soll ich dir ein paar Eier braten? Oder lieber Kartoffeln?«

Der Vater schmunzelte. »Kann ich auch beides haben?«

»Sicher doch!« Sie strahlte.

Harri versteckte sein Grinsen hinter vorgehaltener Hand und packte die Schulbücher aus. Emma war wohl alles recht, um Algebra zu entkommen.

»Wie lange wirst du bleiben?«, fragte sie fröhlich, während sie die Kartoffeln zu schälen begann.

Vater zuckte mit den Achseln. »Ich hoffe für immer.«

Harri legte den Stift zur Seite. »Was ist passiert?«, fragte er leise.

Sein Vater musterte seine ineinander verschränkten Hände. »Ich wurde entlassen«, sagte er schließlich.

»Entlassen?«, entfuhr es Harri verwirrt. Er hatte nicht gewusst, dass das möglich war. »Hast du etwas falsch gemacht?«

»Nein. Alle Deutschen, die man einberufen hat, wurden wieder nach Hause geschickt.«

»Und was bedeutet das für uns?«

»Es bedeutet, dass ich wieder bei euch sein darf.« Der Vater lächelte leicht. »Ich kann nicht behaupten, dass ich darüber besonders traurig bin. Und was den Rest angeht, werden wir sehen. Morgen gehe ich erst mal zu Direktor Klydeschev und versuche, meine alte Stelle zurückzubekommen. Schließlich haben wir bisher gut zusammengearbeitet.«

* * *

Ein lautes Hämmern an der Tür riss Harri aus dem Schlaf. Er rieb sich müde das Gesicht und versuchte, etwas Klarheit in seine Gedanken zu bringen.

»Was ist los?«, fragte seine Schwester erschrocken.

»Ich weiß es nicht.« Er stieg aus dem Bett und tastete sich im Dunkeln zur Zimmertür vor. Im Nebenraum hörte er die Stimme seines Vaters. Es war nun zwei Wochen her, dass er zurückgekehrt war – zwei wundervolle, ruhige Wochen. Er hatte seine alte Arbeitsstelle sofort wiederbekommen und alles schien in Ordnung zu sein. Bis jetzt.

Schwacher Lichtschein fiel plötzlich durch den Türspalt – seine Eltern mussten die Lampe angemacht haben – und Harri spähte vorsichtig in den Wohnraum. Sein Vater öffnete die Haustür.

Er konnte in der Dunkelheit mehrere Gestalten ausmachen.

»Samuel Pfeiffer?«, fragte eine herrische Stimme.

Harri gefror das Blut in den Adern. Es konnte nicht wahr sein. Nicht schon wieder.

»Ja«, sagte sein Vater fest.

»Sie sind festgenommen.«

»Weshalb?«

»Das erfahren Sie früh genug. Sie können sich ordentlich anziehen, wenn Sie das möchten.« Der Sprecher gab ein Zeichen und ein anderer Mann folgte seinem Vater ins Schlafzimmer.

»Wer befindet sich sonst noch im Haus?«, wandte sich der Sprecher an seine Mutter.

»Nur ich und unsere beiden Kinder.«

»Bitte rufen Sie sie her, damit wir das Haus durchsuchen können.«

»Komm mit!« Harri packte seine Schwester fest bei der Hand und trat durch die Tür. Er hielt die Augen fest zu Boden gerichtet, damit die Männer darin nicht die Wut und den Hass sehen konnten, die in seinem Inneren tobten. Wieso nur musste jedes Mal, wenn etwas glatt lief, die Obrigkeit alles wieder zunichtemachen?

Er spürte den bohrenden Blick des Mannes auf sich ruhen. »Wie alt bist du?«

Langsam hob Harri den Kopf. »Sechzehn.«

Der Mann grinste. »Noch ein bisschen zu jung, um dich ebenfalls mitzunehmen. Aber wir behalten dich im Auge.«

Harri versuchte, sich nichts anmerken zu lassen. Erst als seine Schwester die Hand vorsichtig aus der seinen zog, fiel ihm auf, dass er seine Fäuste fest geballt hatte und ihr damit wehtat. Er zwang sich, seine Hand zu entspannen.

Sein Vater trat fertig angezogen zu ihnen. »Es ist nur ein Missverständnis«, versuchte er halbherzig, seine Familie zu beruhigen.

Harri hätte am liebsten laut geschnauft. Es war kein Missverständnis, es war Vorsatz. Doch es war ihm bewusst, dass er mit jedweder Äußerung die Situation nur noch schlimmer machen würde – für seinen Vater, für sich selbst, für sie alle. Wenn man ihn ebenfalls mitnahm, würden Mama und Emma ganz ohne männlichen Beistand bleiben.

Hilflos sahen sie zu, wie die Männer ihr Haus durchsuchten, um nicht zu sagen verwüsteten. Alle Bilder wurden von den Wänden gerissen, die Möbel verschoben. Sie schlugen sogar die zwischen den Schlafräumen eingezogene Wand ein. Den knappen Worten der Männer konnte Harri entnehmen, dass sie nach einem Radio oder Sender suchten, mit dem verräterische Informationen an den Feind weitergeleitet werden konnten. Kein einziger Gegenstand lag noch an seinem Platz, nachdem die Geheimpolizei mit ihrem Werk fertig war.

Selbst das gerahmte Familienfoto lag in Scherben am Boden.

»Wir sehen uns wieder«, versprach der Vater fest, als die Männer ihn aus dem Haus führten. Laut fiel die Tür hinter ihm ins Schloss.

Harri bemühte sich mit aller Kraft, nicht an den Vorfall vor vier Jahren zu denken, als sein Onkel in einer ähnlich dunklen Nacht seiner Familie entrissen worden war, um niemals wieder zurückzukehren.

Betäubt beugte er sich hinab, um das Foto aus den Scherben zu bergen. Sein Gehirn registrierte am Rande, dass das Glas wohl nicht mehr zu reparieren war, doch der Rahmen an sich war noch intakt.

Als hätte die Bewegung seine Mutter und Schwester aus ihrer Erstarrung befreit, fingen beide an, ihm langsam und ungelenk beim Aufräumen zu helfen. Niemand sagte ein Wort. Es war nicht nötig. Sie alle verstanden, was gerade geschehen war und was noch geschehen konnte. Es weinte auch niemand, nicht dieses Mal.

Um seinem Kopf etwas zum Grübeln zu geben, fragte sich Harri, woran das wohl lag. War es die Hoffnung, dass es sich von selbst wieder fügen, dass es irgendwie schon gut gehen werde, weil es die letzten Male auch gut gegangen war? Oder hatten sie sich mittlerweile schlicht daran gewöhnt? Es war nun wahrlich nichts Neues mehr für sie, sich mitten in der Nacht vom Vater verabschieden zu müssen, ohne zu wissen, was ihn – oder sie selbst – erwartete. Das Leben ging dennoch weiter, das tat es immer irgendwie.

Am nächsten Morgen machte sich Mama in aller Frühe auf. Sie hoffte, den Direktor der Sowchose vor Arbeitsantritt sprechen zu können. Nur weil haltlose Anschuldigungen gegen seinen Vater nichts Neues waren, hieß es nicht, dass sie nicht alles versuchen würde, um sie zu entkräften.

Harri hasste es, sie nicht begleiten zu können. Er hatte mit dem Gedanken gespielt, die Schule an diesem Tag zu schwänzen, aber Mama hatte nichts davon hören wollen. Sie war der Meinung, es würde kein gutes Licht auf sie alle werfen, wenn er plötzlich mit so etwas anfing.

Doch wenn Harri ehrlich war, hätte er sich den heutigen Schulbesuch auch sparen können. Seine Gedanken kreisten unablässig um seinen Vater und die Frage, ob Mama etwas für ihn erreichen würde. Es war ihm einfach nicht möglich, sich auf die Vorträge seiner Lehrer zu konzentrieren. Und er rechnete es ihnen hoch an, dass ihn die meisten von ihnen in Ruhe ließen. Ob es daran lag, dass sie von der Verhaftung seines Vaters schon gehört hatten oder – was viel wahrscheinlicher war – sie es auf einen schlechten Tag eines ansonsten hervorragenden Schülers schoben, wusste er nicht. Eigentlich war es ihm auch egal.

Nur Sergej Alexandrowitsch, sein Lehrer für Literatur, nutzte die Gelegenheit, um ihn vorzuführen. Er rief ihn nach vorne und löcherte ihn mit Fragen zu Tolstois Krieg und Frieden, weil er – zu Recht – annahm, dass Harri die vorangegangene Diskussion des Werks nicht mitbekommen hatte.

Zum Glück hatte er das Buch bereits letztes Jahr gelesen, sodass ihm nach den anfänglichen Schwierigkeiten bei den ersten zwei Fragen mehr und mehr Details aus dem Roman einfielen.

Schließlich entließ ihn der Lehrer mit saurer Miene aus seinem Verhör. »Setzen, Drei.«

Harri fand, dass er sich deutlich besser geschlagen hatte, doch er wusste aus Erfahrung, dass es nichts bringen würde, sich mit Sergej Alexandrowitsch darüber zu streiten. Außerdem erschien es ihm jetzt nicht mehr wichtig genug. Seine Literaturnote interessierte ihn angesichts der Tatsache, dass sein Vater fort war, herzlich wenig.

Er schaffte es gerade so, die letzte Schulstunde abzusitzen, bevor er aus dem Klassenraum nach draußen stürmte.

Seine Schwester wartete bereits ungeduldig vor dem Gebäude auf ihn. »Sollen wir einen Schlenker zu Mama machen?«, fragte sie.

Er nickte. Emma wirkte ebenso nervös und aufgeregt wie er. Auf keinen Fall konnten sie bis zum Abend warten, alles wäre besser als diese quälende Ungewissheit.

Es war nicht schwierig, Mama zu finden. Schon von Weitem hörten sie den Gesang der Frauen, die auf dem Feld gerade die Trauben ernteten. Harri und seine Schwester folgten den Klängen, bis sie ihre Mutter entdeckten.

Sie drückte den Rücken durch und wischte sich den Schweiß von der Stirn. Müde ließ sie ihre Schultern kreisen und sah sich um. Sie stockte, als sie ihre Kinder entdeckte. Alarmiert eilte sie auf sie zu. »Ist etwas passiert?«

»Nein«, sagte Emma schnell. Dann senkte sie die Stimme. »Wir wollten nur hören, ob es etwas Neues gibt.«

Mama schaute sich rasch um und scheuchte sie einige Schritte weiter weg von den arbeitenden Frauen. »Ich habe mit Direktor Klydeschev gesprochen«, flüsterte sie. »Er wusste nichts davon, dass man Papa verhaften wollte, und war sehr überrascht, als ich es ihm erzählte. Er versprach mir, sich für ihn einzusetzen. Er meinte, wenn es kein reales Vergehen gebe, werde er ihn schon freibekommen.«

»Gott sei Dank!«, entfuhr es Emma leise.

»Ja.« Mama lächelte, doch der Ausdruck der Sorge schwand nicht aus ihrem Gesicht. »Jetzt können wir nur noch hoffen und beten.«

Kapitel 22

Harri hatte gerade seine Hausaufgaben beendet, als Mama atemlos hereinstürmte. »Wir müssen packen«, sagte sie knapp. »Übermorgen werden wir umgesiedelt.«

»Was?« Verständnislos starrte Harri sie an, während der Sinn ihrer Worte allmählich zu ihm durchdrang. »Wieso?«

Sie zuckte ratlos mit den Schultern. »Das hat man mir nicht gesagt. Direktor Klydeschev hat heute einen Anruf erhalten. Wir können uns wohl glücklich schätzen, dass man uns überhaupt vorgewarnt hat. So können wir wenigstens ein paar Sachen zusammenpacken, das Ferkel schlachten.« Sie schaute sich suchend um. »Wo ist deine Schwester?«

»Draußen im Garten.« Harri stand auf und ging auf Mama zu, deren Blick hektisch durch den Raum streifte. Vermutlich überlegte sie gerade, was sie mitnehmen sollten. »Setz dich hin, gönn dir eine Pause, Mama«, sagte er sanft. »Du bist bestimmt den ganzen Weg hierher gerannt, oder?«

Sie nickte und ließ sich widerwillig auf einen Stuhl sinken. »Wir haben keine Zeit zu verlieren.«

»Weißt du, wohin man uns umsiedeln wird?«

»Weiter nach Osten, nach Kasachstan, soweit ich weiß.« Sie schnappte nach Luft, als wäre ihr gerade etwas eingefallen.

»Dort sind die Winter deutlich kälter! Ich muss den Jacken ein wärmeres Futter einnähen. Hoffentlich finden wir noch genug Watte.«

»Ich sage Emma Bescheid, damit sie zum Laden läuft und welche besorgt. Ich selbst kümmere mich derweil um das Schwein.«

»Danke.« Seine Mutter lächelte ihn liebevoll an.

»Nicht dafür, Mama«, entgegnete Harri düster.

Sie hatten das Ferkel vor ein paar Wochen gekauft, um einen besonderen Braten für Weihnachten und geräucherten Schinken für den Winter zu haben. Daraus würde nun nichts mehr werden. Genauso wenig wie aus seinen anderen Träumen. Hier am Rand von Baku war die Universität für ihn in greifbarer Nähe gewesen. Harri wusste zwar nicht genau, wo sie zukünftig leben würden, doch er bezweifelte stark, dass die Hochschulen in den weiten Steppen Kasachstans besonders eng gesät waren.

Sofort schalt er sich selbst für seine Gedanken. Wie unwichtig seine Ingenieurskarriere doch im Vergleich zu der Tatsache war, dass sie schon wieder alles, was sie sich mühsam aufgebaut hatten, zurücklassen und erneut von vorne beginnen mussten. Ganz zu schweigen davon, dass sie ohne Vater gehen würden. Seine Verhaftung lag schon eine Woche zurück. Und noch immer hatte sich nichts ergeben. Sie wussten nur, dass er im Gefängnis von Baku saß, während die Behörden seinen Fall prüften, oder zumindest so taten als ob. Was kümmerte es die Obrigkeit, dass der Vater unschuldig hinter Gittern schmorte, während seine Familie ohne ihn in die Ferne aufbrach?

Emma grub hinter dem Haus gerade Kartoffeln aus, als Harri mit dem quietschenden Ferkel unter dem Arm zu ihr trat. Überrascht schaute sie auf. »Was hast du mit dem armen Tier vor?«

»Ich soll es schlachten.«

»Was? Nein!«, rief sie entrüstet aus. »Das ist für Weihnachten! Ich wollte eine ganz besondere Leberwurstpastete daraus machen.«

»Das geht leider nicht.« Er atmete tief durch und sprach die bittere Wahrheit offen aus. Es brachte ohnehin nichts, sie zu beschönigen. »Wir werden umgesiedelt, nach Kasachstan. Übermorgen.«

Seine Schwester starrte ihn aus erschrockenen, weit aufgerissenen Augen an. »Aber wieso?«

Er zuckte mit den Schultern. »Ich könnte raten«, sagte er langsam. Er hatte in den letzten Wochen einiges mitgekriegt – Getuschel und Gerüchte, Nachrichten von Vätern, die noch immer an der Front waren. »Die Wehrmacht dringt immer weiter vor. Vielleicht hat man Angst, dass wir überlaufen, dass wir denen helfen könnten. Vielleicht liegt es daran, dass wir Verwandte im Ausland haben.« Ein Cousin seines Vaters war gleich nach der Oktoberrevolution nach Kanada ausgereist.

»Aber zu denen haben wir doch gar keinen Kontakt.«

»Das weiß ich und du weißt es auch. Aber das heißt noch lange nicht, dass die Behörden das auch glauben. Wie auch immer«, er machte eine hilflose Geste, »das Wieso spielt keine Rolle. Wir wurden weder gefragt, noch haben wir ein Mitspracherecht. Wir sollten uns also lieber vorbereiten. Mama möchte, dass du zum Laden läufst und so viel Watte kaufst, wie du kriegen kannst. Sie möchte unsere Winterjacken besser füttern. Und danach kannst du mir helfen, das Fleisch einzumachen.«

Emma zögerte. »Und was wird jetzt aus Papa?«, fragte sie zitternd.

Wie gern hätte Harri etwas gesagt, um sie zu trösten, ihr das Gefühl zu geben, dass alles gut werden würde. Aber das konnte er nicht. Er wusste nicht, was mit seinem Vater geschehen würde, und die traurige Wahrheit war, dass es für dessen

Schicksal keinen Unterschied machte, ob seine Familie in der Nähe war oder weit weg. Sie hatten keinen Einfluss darauf. »Wenn er freikommt, wird er uns bestimmt folgen können«, sagte er schließlich. Mehr Hoffnung konnte er ihr nicht geben.

Er hatte das Ferkel gerade zerlegt und die Fleischstücke zum Schmoren in Töpfen in den großen, gemauerten Ofen neben dem Haus gestellt, als seine Mutter heraustrat. Nachdenklich blieb sie neben einem Baum stehen und ließ die Finger sanft über dessen Rinde gleiten.

»Diesen Baum hat dein Vater letzten Herbst für mich gepflanzt«, sagte sie leise. »Weil er weiß, wie sehr ich Pfirsiche mag. In diesem Jahr hat er erstmals Früchte getragen. Weißt du noch, wie herrlich saftig und süß sie gewesen sind?«

Harri nickte stumm. Er konnte sich noch genau erinnern, wie er und Vater den Baum gemeinsam auf dem Markt ausgesucht hatten, um Mama eine Freude zu machen.

»Weißt du, was das Merkwürdige ist?«, fuhr sie leise fort. »Wir haben bisher in jedem Garten einen Pfirsichbaum gehabt. Und jedes Mal, wenn er zum ersten Mal richtig geblüht hat, mussten wir fort. So ist es auf der Krim gewesen, dann in Armawir und jetzt hier. Verrückt, nicht wahr?« Fast zärtlich wanderten ihre Finger über die raue Rinde, während Harri nach Worten rang.

»Das habe ich nicht gewusst«, murmelte er schließlich. Die Trauer seiner Mutter um diesen einen Baum schnürte ihm die Kehle zu.

»Versprich mir eins«, sagte sie plötzlich fest und ließ die Hand sinken. »Wo auch immer wir hinkommen, pflanze keinen Pfirsichbaum für mich.« Abrupt wandte sie sich ab und hastete zurück ins Haus.

Am nächsten Tag durften seine Schwester und er die Schule schwänzen, um ihren Umzug weiter vorzubereiten. Es machte keinen Unterschied, ob sie einen Tag mehr oder weniger mitbekamen. Mama war noch einmal zu ihrer Arbeitsstelle gegangen, um ihre Sachen und Unterlagen abzuholen. Am Vortag war sie von der Aussicht einer erneuten Umsiedlung so schockiert gewesen, dass sie nicht sofort daran gedacht hatte.

Ratlos schaute sich Harri im Schlafraum um, den er sich mit seiner Schwester teilte. Sein Blick schweifte über die Bücher im Wandregal, die schöne Tagesdecke auf seinem Bett, die Mama ihm zum Geburtstag genäht hatte, die Bilder, die seine Schwester in Aquarell gemalt hatte. Wie sollte er sich nur entscheiden? Was mitnehmen?

Zwanzig Kilo pro Person, hatte Mama ihnen erklärt, einen Koffer voll, mehr durften sie nicht mitnehmen. Natürlich war es nicht sein erster Umzug, doch diese Beschränkung hatte es für ihn noch nie gegeben. Beim letzten Mal waren Mutter und er noch zweimal zurück nach Aghstafa gefahren, um all die Dinge zu holen, die ihnen am Herzen lagen.

Harri seufzte und schlug den Koffer auf. Kleidung, Decken und Nahrung waren das Wichtigste, er musste pragmatisch denken, durfte sich nicht von sentimentalen Gedanken leiten lassen. Rasch begann er damit, seine Sachen zusammenzulegen. Seine Decke rollte er ganz eng zusammen, damit sie möglichst wenig Platz einnahm. Doch auch so war sein Koffer schon fast voll, nachdem er sie ebenfalls hineingelegt hatte. Harri schluckte und wandte trotzig die Augen von seinem Bücherregal ab. Er hatte von Anfang an gewusst, dass er diese Schätze nicht würde mitnehmen können, dennoch tat es weh.

Er erhob sich und ging entschieden aus dem Zimmer. Was er zurückließ, war nichts weiter als Druckerschwärze und Papier, die Worte und Geschichten, die sie enthielten, konnte ihm keiner mehr nehmen, denn die hatten sich unwiderruflich in sein Gedächtnis eingebrannt.

Harri fand seine Schwester unglücklich am Esstisch sitzen. Hastig wischte sie sich die Augen trocken, als sie ihn kommen hörte.

»Wie weit bist du?«, fragte er leise.

»Fast fertig.« Emma schniefte.

»Gut, dann kannst du mir gleich mit Mamas Sachen helfen.« Er hätte gern etwas gesagt oder getan, um sie zu trösten, aber er wusste nicht, was. Ihn quälten die gleiche Traurigkeit und Angst, auch wenn er besser darin war, sich nichts anmerken zu lassen.

Er holte Mamas Nähmaschine und stellte sie auf den Tisch. Er war sich sicher, dass sie sie würde mitnehmen wollen. Ebenso wie das dicke Fotoalbum, das sie bisher überallhin begleitet hatte. Es enthielt Bilder von Emma und ihm, als sie noch klein waren, und einige von der Hochzeit ihrer Eltern. Es gab sogar ein paar verblasste, unscharfe Bilder von seinen Großeltern und natürlich von Onkel Otto.

Wohin sie auch gingen, dieses Album würden sie nicht zurücklassen.

Das Mittagessen verlief sehr schweigsam an diesem Tag, zu sehr war jeder mit seinen eigenen Gedanken beschäftigt.

»Töpfe«, sagte Emma plötzlich. »Wir müssen auch ein paar Töpfe und Teller mitnehmen.« Bedauernd, fast zärtlich strich sie über den Rand des hübschen Porzellantellers, der mit bunten Blümchen verziert war.

Vater hatte das Service Mutter vor drei Jahren zum Geburtstag geschenkt. Harri konnte sich noch genau erinnern, wie glücklich sie beide darüber gewesen waren, dass er etwas so Schönes hatte ergattern können.

»Das werden wir wohl nicht mitnehmen können«, sagte Emma leise.

Harri nickte stumm. Die Teller waren zu zerbrechlich und für eine weite Reise ins Ungewisse alles andere als geeignet.

»Wir haben doch noch die Metallschüsseln, oder?«, fragte er ruhig. »Die, die wir immer mit aufs Feld nehmen. Die sollten wir einpacken.«

»Ja.« Sie legte die Gabel ab. Ihr Teller war noch halb voll.

»Du solltest aufessen«, ermahnte er sie sanft. Sie hatten beide keine Ahnung, was ihnen bevorstand.

Sie schnaufte bitter, widersprach jedoch nicht.

Am Nachmittag kam Mama in Begleitung einer Frau nach Hause. Harri kannte sie flüchtig. Natalja war eine Kollegin von Mama, mit der sie sich recht gut verstand. Nataljas Mann war gleich in den ersten Kriegswochen gefallen, und seitdem bemühte sie sich, ihre beiden Kinder alleine durchzubringen.

»Ich dachte, Natalja könnte ein paar von den Sachen haben, die wir sowieso nicht mitnehmen«, erklärte Mama. »Ich gebe sie lieber ihr als irgendwelchen Fremden«, fügte sie leise hinzu.

Sie nickten. Ihm fiel auf, dass sie beide es vermieden, die Frau anzusehen, die nun zögerlich ein paar Dinge, die Mama ihr zeigte, in eine große Stofftasche steckte – eine bestickte Tischdecke, eine Blumenvase, einen Kuchenteller.

»Sie kann die Bücher haben«, krächzte Harri plötzlich. Seine Stimme hörte sich in seinen eigenen Ohren fremd an. Doch Mama hatte recht. Es war besser, wenn Natalja und ihre Kinder sie bekamen als irgendwelche Männer vom Zentralkommissariat.

»Bist du sicher?«, fragte Mama leise.

»Ja.« Er zuckte mit den Schultern. »Ich kann sie ohnehin nicht mitnehmen.«

»Und meine Puppen«, raunte Emma. Sie hatte zwei. Und obwohl sie eigentlich schon zu alt war, um mit ihnen zu spielen, wusste Harri, dass sie noch immer sehr an ihnen hing.

»Das musst du nicht, mein Schatz«, sagte Mama besorgt.

»Doch.« Emma lächelte tapfer. »Irgendwann muss ich mich doch von ihnen trennen.«

Mama lächelte sie stolz und zugleich gerührt an, dann führte sie Natalja in das Zimmer ihrer Kinder.

Am Ende musste sie der Frau noch einen weiteren Stoffbeutel für all die Dinge geben, die sie bekommen hatte. Natalja bedankte sich überschwänglich und wollte Mama ein paar Rubel zustecken, die sie jedoch nicht annahm.

»Wir hätten es sowieso zurücklassen müssen«, sagte sie. Dann schaute sie sich aufmerksam in der Stube um. »Danke, dass ihr alles schon so gut vorbereitet habt«, lobte sie die Kinder und rückte ihre Nähmaschine zurecht. »Eine Sache muss ich noch tun, dann kann ich den Rest einpacken.«

»Was hast du vor?«, fragte Harri.

Ihr Gesicht verriet keine Regung. »Ich habe heute eine Nachricht erhalten. Wir sollen Eurem Vater wärmere Kleidung bringen.«

Harri schnappte überwältigt nach Luft. »Dann … Dann kommt er mit uns?«

Seine aufkeimende Freude erstarb in dem Moment, als Mama kaum merklich den Kopf schüttelte.

»Davon stand da nichts.« Konzentriert fädelte sie einen Faden in die Maschine ein. Und Harri wurde das Gefühl nicht los, dass sie es nur tat, um einer Antwort auszuweichen.

»Was ist los, Mama?«

Sie seufzte. »Ich weiß es nicht. Vielleicht braucht er wirklich nur wärmere Kleidung, weil der Winter kurz bevorsteht und sie wissen, dass wir die Gegend verlassen, dass wir ihm also in ein paar Wochen nichts mehr werden bringen können. Vielleicht …« Sie zögerte und warf ihren Kindern einen prüfenden Blick zu. »Vielleicht soll er aber auch verlegt werden, in eine kältere Gegend.«

»Du meinst, man hat ihn verurteilt?«, japste Emma erschrocken.

»Ich weiß es nicht.« Mamas ganze Hilflosigkeit und Angst klangen in diesem Satz mit. »Ich weiß nur, dass euer Vater warme Sachen braucht, und genau die werde ich ihm verschaffen.« Sie straffte die Schultern. »Wenn wir sonst schon nichts für ihn tun können, dann wenigstens das. Morgen früh werde ich die Sachen zum Gefängnis bringen. Vielleicht habe ich Glück und man lässt uns ein paar Worte mit ihm wechseln. Und wenn nicht, werde ich bitten, ihm einen Brief von uns zu überbringen.«

»Ich komme mit dir«, sagte Harri fest.

»Ich auch!«, fügte Emma entschlossen hinzu.

Mama nickte. »Ihr habt recht. Wir sollten morgen zusammenbleiben. Wir wissen nicht genau, wann die Männer kommen. Und ich möchte auf keinen Fall von euch getrennt werden.«

Am nächsten Morgen wollten sie gerade zum Gefängnis aufbrechen, als sie ein lautes Klopfen an der Tür vernahmen. Die drei wechselten erschrockene Blicke. Sollte es schon so weit sein?

Mama hastete zur Tür und riss sie auf. »Natalja!«, entfuhr es ihr erleichtert.

»Ja.« Die junge Frau lächelte. »Ich dachte, vielleicht braucht ihr noch Hilfe. Ich kann euch was kochen, während ihr unterwegs seid.« Sie hob einen Korb mit Kartoffeln und Möhren in die Höhe.

»Das ist wirklich nicht nötig«, wehrte Mama überrascht ab. »Du hättest dir dafür nicht extra freinehmen müssen.«

»Doch.« Natalja lächelte sie voller Wärme an. »Das ist doch das Mindeste.«

»Danke«, sagte Mama schlicht. »Wir sind so bald wie möglich zurück.«

»Viel Glück.« Sie drückte aufmunternd Mamas Hand.

Es fühlte sich komisch an, das Haus zu verlassen, auch wenn Harri wusste, dass sie noch einmal dorthin zurückkehren würden. Es war, als hätte er innerlich bereits Abschied davon genommen, als würde es – und alles, was noch darin war – nicht länger ihnen gehören. Ihr Leben an diesem Ort war vorbei, es würde keine Sonnenuntergänge mehr geben, die sie von den Treppenstufen aus zusammen betrachteten, während ihnen der Duft reifer Trauben um die Nase wehte.

Während er zügig neben seiner Mutter und Schwester dahinschritt, fragte er sich unwillkürlich, was die Zukunft für sie bereithalten würde. Bisher war der ganz bittere Kelch stets an ihnen vorübergegangen, doch er spürte, dass ihr Glück zu bröckeln begann. Sein Vater war im Gefängnis und sie wussten nicht, was mit ihm geschehen würde. Spätestens seit Beginn des Krieges war selbst das wenige Wohlwollen, das man den Deutschen entgegengebracht haben mochte, dahin. Die Tatsache, dass man sie erneut von dem Ort vertrieb, wo sie sich niedergelassen und heimisch eingerichtet hatten, führte das überdeutlich vor Augen. Sie alle standen nun unter Generalverdacht, einfach, weil sie Deutsche waren.

Entschieden kämpfte Harri die Wut und Angst nieder, die ihn bei diesen Gedanken überkamen. Zum ersten Mal war ihm gänzlich bewusst, wie schlecht die Chancen seines Vaters standen. Und es gab nichts, was sie dagegen tun konnten.

Er sah, wie krampfhaft Mama die warme Jacke, die sie für ihn gemacht hatte, an ihre Brust presste. Als könnte dieses Stück Stoff ihren Mann tatsächlich schützen, ihm irgendwie das

Überleben erleichtern. Wie leer und wie absurd diese Hoffnung doch war.

Dennoch spürte er, dass diese Hoffnung das Einzige war, das seine Mutter in diesem Moment aufrecht hielt. Sowie die Gewissheit, dass sie alles in ihrer Macht Stehende tat, um ihren Mann zu retten.

Ob es genügte oder nicht, würden das Schicksal oder Gott oder die Partei entscheiden.

»Was machen Sie denn noch hier?«, fragte der Mitarbeiter des Zentralkommissariats hinter der Glasscheibe irritiert, als Mama ihm ihren Namen nannte. Das Gefängnis befand sich direkt im Keller des Bürogebäudes.

»Wir bringen die Wintersachen für Samuel Pfeiffer«, entgegnete sie verwirrt. »Ich habe eine Nachricht bekommen, dass …«

»Ja, ja, das weiß ich«, unterbrach sie der Mann ungeduldig. »Aber Sie werden heute ausgesiedelt. Die Autos sind schon unterwegs. Sie müssen sich beeilen.«

»Ja, natürlich«, stammelte Mama erschrocken.

Und auch Harri wurde es mulmig zumute. Würden sie Ärger bekommen, wenn man sie nicht zu Hause vorfand?

»Darf ich kurz mit meinem Mann sprechen, bitte?«, fragte Mama dennoch.

Harri wusste, dass es womöglich ihre letzte Chance war, sich von ihm zu verabschieden.

Der Mann musterte sie schweigend. »Also gut«, seufzte er schließlich. »Geben Sie mir die Sachen her, wir müssen sie erst untersuchen, bevor wir sie ihm aushändigen können.«

»Sicher.« Mama reichte ihm dankbar das Bündel.

»Kommen Sie«, sagte er freundlich.

»Wissen Sie, was mit Samuel geschehen soll?«, fragte Mama stockend.

»Es tut mir leid.« Der Mann schüttelte bedauernd den Kopf. »Ich denke, es wird noch ein paar Anhörungen geben, bevor über seinen Fall entschieden wird.«

Mama lächelte tapfer. Das war immerhin besser, als wenn die Verurteilung bereits feststand.

Der Mann führte sie in den Innenhof des Gebäudes zu einem vergitterten, kleinen Fenster, das vom Boden aus etwa dreißig Zentimeter hoch war. Er hockte sich davor hin. »Pfeiffer!«, rief er laut. »Besuch für Sie!«

Mit angehaltenem Atem wartete Harri ab, ob sein Vater tatsächlich erscheinen würde.

»Samuel!« Mama fiel auf die Knie und streckte die Hand durch die Gitterstäbe, um sein Gesicht zu berühren.

»Vater!« Harri und seine Schwester taten es ihr gleich und drückten seine Hände, die sich fest um die Gitter schlossen.

»Was ist los?«, fragte Vater alarmiert.

»Wir werden umgesiedelt!«, erklärte Mama schnell. »Nach Kasachstan. Hier.« Sie kramte hastig in ihrer Tasche und förderte ein zusammengefaltetes Blatt Papier zutage.

»Was ist das?«, fragte der Mann, der sie begleitete, streng.

»Eine Adresse.« Mama reichte ihm den Zettel. »Die Adresse einer Freundin. Ihr werde ich schreiben, wenn wir am neuen Ort angekommen sind.«

Der Mann nickte und gab das Papier frei.

Mama steckte es zitternd durch die Gitterstäbe. »Sie wird dir sagen, wo wir sind, wenn du …« Sie räusperte sich und sprach schnell weiter, »wenn du wieder frei bist.«

»Ihr müsst fort?«, fragte Vater entmutigt. »Nach Kasachstan?«

»Ja. Aber mach dir keine Sorgen.« Sie lächelte trotz ihrer Tränen. »Wir kommen klar. Und Natalja wird dir sagen, wo du uns finden kannst.«

»Ich folge euch, sobald ich kann«, versprach Vater fest. »Ich liebe euch.«

»Wir lieben dich auch.« Sie schluchzte, und auch Harri fiel es schwer, seine Tränen zurückzuhalten.

»Passt gut auf euch auf.«

Harri spürte, wie Vaters starke, warme Hand die seine drückte. »Das werden wir«, versprach er ihm.

»Das reicht. Sie müssen jetzt los«, drängte der Mitarbeiter des Zentralkommissariats.

»Bis bald«, flüsterte Mama und küsste ihre Fingerspitzen, bevor sie sie ihm an die Wange drückte.

»Kommen Sie.« Der Mann zog sie hoch.

Harri verdrehte den Kopf, um bis zum Schluss seinen Vater sehen zu können, der sein von Sorge und Sehnsucht gezeichnetes Gesicht ganz eng an die Gitterstäbe presste.

Dann bogen sie um die Ecke und er entschwand seinem Blick.

Harri atmete tief durch und riss sich zusammen, bevor ihn der Abschiedsschmerz überwältigen konnte. Sein Vater lebte, und er war nicht in unmittelbarer Gefahr. Das musste für den Moment genügen.

Im Laufschritt legten sie den Weg nach Hause zurück, die ganze Zeit darauf gefasst, dass ihnen ein Wagen mit verärgerten Männern entgegenkam. Doch sie hatten Glück.

Natalja wartete mit einem dampfenden Kartoffeleintopf auf sie, ansonsten war weit und breit niemand zu sehen. Erleichtert setzten sie sich, um hastig das Mittagsmahl zu sich zu nehmen.

Harris Magen fühlte sich an, als läge ein eisiger Klumpen darin, so aufgeregt war er. Es fiel ihm schwer, ruhig zu sitzen, und Hunger verspürte er überhaupt keinen, dennoch löffelte er pflichtschuldig seine Suppe. Er hatte es am Vortag selbst zu seiner Schwester gesagt, es war wichtig, gut gesättigt zu sein. Von nun an würden sie vermutlich sparsam mit ihrem Essen umgehen müssen.

Sein Teller war halb leer, als er vor dem Haus das Rattern eines Motors hörte.

»Iss weiter«, sagte Mama bestimmt, als er nervös aufspringen wollte. Sie selbst erhob sich erst, als es an der Tür klopfte. Drei bewaffnete Männer standen davor, als sie öffnete. Im Hintergrund konnte Harri einen Lastwagen mit offener Ladefläche erkennen.

»Hilde Pfeiffer?«, fragte einer der Männer.

»Ja. Kommen Sie doch rein.« Sie lächelte höflich.

Der Mann zögerte überrascht.

»Wir sind gleich fertig«, fuhr sie unbeirrt fort. »Die Kinder essen noch. Wenn Sie möchten, können Sie gerne auch etwas haben.«

»Danke, aber wir haben einen straffen Zeitplan.«

»Wie gesagt, wir sind gleich fertig. Vielleicht wollen Sie solange hinter dem Haus ein paar Trauben pflücken?« Harri hatte den Großteil hängen lassen, weil sie sich unterwegs ohnehin nicht lange halten würden.

Der Mann zögerte, dann nickte er seinen Begleitern zustimmend zu. »Haben Sie vielleicht einen Korb?«, wandte er sich noch einmal an Mama.

»Natürlich.« Sie reichte ihm einen. »Sie können ihn gerne behalten.«

Der Mann räusperte sich. »Danke«, murmelte er. Die ruhige Würde, mit der sie sich hielt, schien ihn in Verlegenheit zu bringen. »Bis gleich, Genossin.«

Mama schaute ihm nach, bis er die Tür hinter sich geschlossen hatte. Dann setzte sie sich wieder hin, um ihre Mahlzeit zu beenden.

»Ich mache das schon«, sagte Natalja hastig, als Mama begann, das leere Geschirr abzuräumen. Harri sah, wie Mamas Blick bedauernd auf dem hübschen Service hängen blieb. Es war das letzte Mal, dass sie daraus gegessen hatten.

»Danke. Wenn du möchtest, kannst du es auch haben«, sagte Mama leise. Dann schaute sie sich ein letztes Mal in dem Haus um, das nicht länger ihres war.

Harri folgte ihrem Beispiel. Es sah aus wie immer. So wenig nahmen sie mit, dass es kaum auffiel. Die weißen Gardinen hingen am Fenster, eine Vase mit Blumen stand auf dem Regal, auf dem nur das gerahmte Familienbild fehlte. Nichts deutete darauf hin, dass sie in wenigen Minuten ihr Zuhause verlassen würden, um niemals wieder zurückzukehren.

»Sind Sie so weit?« Der Mann trat wieder herein, einen Korb voller saftiger Trauben auf dem Arm.

»Ja.« Mama nahm den Griff ihres Koffers. Harri nahm die beiden anderen.

»Gut, dann kommen Sie mit.«

»Lebt wohl«, sagte Natalja.

»Ihr auch«, erwiderte Mama. Ohne sich noch einmal umzudrehen, verließ sie mit geradem Rücken das Haus. Harri und seine Schwester folgten ihr.

Am liebsten hätte Harri angesichts der Ironie laut gelacht, als er erkannte, wohin man sie brachte. Scheppernd fuhr der Wagen in den Innenhof des Zentralkommissariats und kam dort schließlich zum Stehen. Sie hätten sich am Vormittag gar nicht so abzuhetzen brauchen.

Etwa dreißig andere Menschen warteten dort bereits auf das, was kommen würde. Er kannte viele von ihnen, wenn auch nur flüchtig. Manche der Kinder gingen in seine Schule und alle gehörten – soweit er feststellen konnte – der deutschen

Minderheit an. Sie waren also nicht die Einzigen. Die Regierung hatte damit begonnen, sie für ihre Herkunft abzustrafen.

»Los, absteigen!«, kommandierte der Fahrer.

Gehorsam sprang Harri von der Ladefläche und nahm die Koffer entgegen, bevor er Mama und Emma herunterhalf.

»Kannst du ihn sehen?« Emma stellte sich auf die Zehenspitzen und reckte den Hals, um über die versammelten Menschen hinwegblicken zu können.

Harri brauchte nicht zu fragen, nach wem sie Ausschau hielt. »Komm mit.« Er vergewisserte sich, dass Mama ein Auge auf ihr Gepäck hatte, und zog seine Schwester mit sich durch die versammelte Menge. Sie blieben erst stehen, als sie das vergitterte Fenster erreichten, durch das sie nur wenige Stunden zuvor mit ihrem Vater gesprochen hatten. Doch dieses Mal wurden sie enttäuscht. Ein großes Holzbrett war von innen vor dem Fenster befestigt worden, um die Kontaktaufnahme zu den Insassen zu verhindern. Vermutlich wollte man jegliche zusätzliche Unruhe vermeiden.

Langsam kehrten sie zu ihrer Mutter zurück, die sich stirnrunzelnd umsah. Auch Harri fielen nun die bewaffneten Männer auf, die um den Innenhof patrouillierten. »Was geschieht jetzt?«, fragte er leise.

»Ich weiß es nicht.« Mama setzte sich auf einen Koffer. »Man wird es uns wohl bald sagen. Im Augenblick können wir nur warten.«

Während die Sonne langsam über den Himmel kroch und es allmählich kühler und dunkler wurde, kamen immer wieder Lastwagen mit weiteren Umsiedlern an. Irgendwann wurde der Platz so voll, dass die Menschen nicht mehr in Grüppchen, sondern als geschlossene Menge saßen oder standen.

Missmutig ließ Harri den Blick über die Versammelten schweifen. Jetzt waren ihm die meisten von ihnen fremd. Offensichtlich hatte man beschlossen, die deutschen Familien aus der ganzen Umgebung einzusammeln. Das hier war kein Einzelakt mehr, es war eine Massendeportation.

Unwillkürlich rückte er näher an seine Mutter heran. Er hatte kein gutes Gefühl bei der Sache. Irgendwie hatte er geglaubt, dass man sie einfach an einen anderen Ort bringen würde, dass sie dort ein neues Haus haben würden, Mama eine neue Arbeit. Doch allmählich erkannte er, dass es dieses Mal nicht so einfach werden würde. Dieses Mal wartete am Zielort kein Vater auf sie, der bereits alles für ihre Ankunft vorbereitet hatte. Und dieses Mal würden sie nicht die Einzigen sein, die ankamen, nicht die Einzigen, die Wohnung und Arbeit suchten.

Mama legte ihm den Arm um die Schultern, aber sie sagte nichts. In ihren Augen spiegelten sich die gleichen Gedanken, die auch ihm durch den Kopf gingen.

»Habt ihr Hunger?«, fragte sie schließlich leise.

»Ja«, sagte Emma und rieb sich die kalten Hände. Selbst hier im Süden merkte man bereits den voranschreitenden Herbst.

»Zieht eure Jacken an«, sagte Mama ernst, bevor sie das mitgebrachte Essen verteilte. »Es sieht so aus, als müssten wir heute auf diesem Hof übernachten.«

Kapitel 23

Oktober 1941, Siedlung Sor-El, Sowjetrepublik Komi

»Hast du das auch gehört, Mama?« Wie ein Wirbelsturm fegte Erich ins Haus.

Anna, die gerade müde an einem Tee nippte und versuchte, Yvo bei einer schwierigen Algebra-Aufgabe zu helfen, schreckte alarmiert hoch. »Was ist passiert?«

Dann trat Wilhelm ein und zog die Tür hinter sich zu. Als ihn Annas fragender Blick traf, zuckte er nur resigniert mit den Schultern.

»Die Ukraine, Mama!« In Windeseile entledigte sich Erich seiner schmutzigen Arbeitskleidung. »Es heißt, die Deutschen hätten sie jetzt ganz erobert! Sie steht unter deutscher Verwaltung.« Er verschwand im Nebenraum und tauchte gleich darauf mit einer sauberen Hose und seinem Sonntagshemd wieder auf.

»Was hast du vor?«, entfuhr es Anna verwirrt. Normalerweise lief er zu Hause nicht ganz so fein herum.

»Ich gehe in den Klub!«, beschied er ihr.

»Jetzt noch?« Es war schon spät, und sie waren erschöpft von dem langen Arbeitstag. Zumindest Willi und sie. Bei ihrem

Sohn konnte sie keine Spur von Müdigkeit entdecken. Seine Wangen waren gerötet und seine Augen glänzten fieberhaft.

»Vielleicht kommt noch mal was im Radio. Und wenn nicht, gibt es dort bestimmt jemanden, der mir Genaueres berichten kann.«

»Aber halte dich bedeckt«, ermahnte Anna ihren Sohn streng. Sie konnten es sich auf keinen Fall leisten, unangenehm aufzufallen.

»Vielleicht sollte ich mitkommen.« Ächzend erhob sich Wilhelm von dem Stuhl, auf den er sich hatte fallen lassen.

»Bleib sitzen, Papa«, hielt Erich ihn zurück. »Ich schaffe das schon. Keine Angst, ich weiß, was auf dem Spiel steht.«

»Bist du ganz sicher?«

»Ja.« Er schnaufte. »Ich gehe nur in den Klub und rede mit ein paar Freunden.«

»Also gut.« Anna lächelte, um ihre Besorgnis zu überspielen. »Aber bleib nicht zu lange weg.«

»Ich komme wieder, sobald ich weiß, was da los ist.«

Sie nickte und schaute ihm bekümmert hinterher.

Yvo stand auf und packte ihr Schulbuch weg. »Ich gehe die Kuh melken.«

»Danke, mein Schatz.«

Anna erhob sich ebenfalls, um den Tisch fürs Abendessen zu decken. Doch ihre Gedanken waren ganz woanders. »Meinst du, es stimmt?«, wandte sie sich leise an Wilhelm. »Dass die Ukraine jetzt zu Deutschland gehört?«

Er zuckte mit den Schultern. »Wäre nur logisch. Wir hatten der Wehrmacht da kaum etwas entgegenzusetzen. Es war nur eine Frage der Zeit.«

Entsetzt ließ Anna den Kopf sinken. »Wir hätten Rita niemals fortschicken dürfen. Wenn ihr etwas zustößt, dann ist es meine Schuld, ganz allein meine.«

»Nein.« Wilhelm legte tröstend den Arm um ihre bebenden Schultern. »Ist es nicht. Wir beide haben das entschieden. Und wir haben nur das Beste für sie gewollt.« Er zögerte. »Ich denke, du machst dir zu viele Sorgen. Es geht ihr bestimmt gut.«

»Sie ist in einem vom Feind eroberten Gebiet. Wie soll es ihr da gut gehen?«, entfuhr es Anna heftig. Endlich sprach sie aus, was ihr seit Wochen durch den Kopf ging, doch sie fühlte sich dadurch nicht befreit, im Gegenteil. »Hast du die Berichte von den Gräueltaten der Soldaten nicht gehört? Von dem, wie sie mit der Bevölkerung umgehen?« Es grenzte an ein Wunder, dass Erich deswegen noch nicht völlig durchgedreht war.

»Es ist nur Propaganda, weiter nichts«, widersprach Wilhelm ruhig. »Und es ist nicht der Feind, der ihre Stadt besetzt, es sind ihre Landsleute. Der Feind ist ganz woanders.« Die Bitterkeit in seiner Stimme überraschte sie. Noch nie hatte er so offen zu verstehen gegeben, wie er dem sowjetischen Regime gegenüber empfand. Sie konnte es ihm nicht verübeln. Bisher hatten sie alle nur wenig Gutes von ihm erfahren. Aber das bedeutete leider nicht, dass es ihnen unter Deutschen anders ergehen würde.

Seit Jahren träumte Anna davon, irgendwann nach Deutschland gehen, unter ihresgleichen leben zu können, bewahrte die Erinnerung an die *alte Heimat*, die sie selbst niemals gesehen hatte, in ihrem Herzen, doch tief in ihrem Inneren spürte sie, dass es genau das war – ein Traum, nicht mehr. »Wir werden immer zwischen den Stühlen sitzen«, erkannte sie plötzlich. »Was auch geschieht, wir werden immer die Fremden sein, die anderen. Die Deutschen oder die Sowjets, je nachdem, aus welcher Richtung man uns betrachtet. Wir haben keinen Platz in dieser Welt.«

»An der Wolga hätte es anders sein können«, sagte Wilhelm bedauernd.

Anna nickte. Eine eigene deutsche Republik – darauf hatten viele lange Zeit gehofft, darauf hingearbeitet. Doch dieser unselige Krieg hatte auch diesen Bestrebungen ein Ende gesetzt. Die gesamte deutsche Bevölkerung – rund dreihundertfünfzigtausend Menschen – hatte man innerhalb weniger Tage nach Sibirien oder weiter nach Osten verschleppt. Diejenigen unter ihren Freunden, die noch Verwandte an der Wolga hatten, warteten seitdem händeringend auf Briefe, auf ein Zeichen, dass ihre Familien überhaupt noch lebten.

Anna seufzte. Sie selbst hatten es hier gar nicht so schlecht. Besser sogar, als wenn sie auf der Krim geblieben wären. Bei dem schnellen Vormarsch der Wehrmacht konnte es nicht mehr lange dauern, bis man auch von dort die Deutschen *umsiedelte*, damit sie dem Feind nicht helfen konnten.

»Ich bin sicher, Rita geht es gut«, betonte Wilhelm noch einmal, der ihr langes Schweigen anscheinend falsch gedeutet hatte.

Sie nickte dankbar, auch wenn seine Worte sie nicht zu trösten vermochten. Doch es half nichts, sich weiter mit Sorgen zu quälen. Was auch immer geschehen würde, es lag nicht in ihrer Macht, es zu verhindern.

* * *

Baku, Sowjetrepublik Aserbaidschan

Mit großen Augen starrte Harri das riesige Frachtschiff an, das sie – zusammen mit allen anderen Umsiedlern – ans andere Ufer des Kaspischen Meeres bringen sollte. Er wusste, dass gleich dahinter Kasachstan begann, doch er konnte sich nicht vorstellen, dass man sich damit begnügen würde, sie einfach nur über das Meer zu setzen. Aus der Schule wusste er, dass

Kasachstan etwa dreißigmal so groß war wie die Republik, die sie gleich verlassen würden. Und er konnte sich die unendlichen Weiten, die Entfernungen, diese gewaltigen, leeren Steppen einfach nicht vorstellen.

Die Wahrheit war, dass sie keine Ahnung hatten, was sie erwartete – weder, wie weit man sie fortbringen, noch, was sie dort vorfinden würden.

Langsam setzte sich die Menge in Bewegung. Der Strom der Menschen, die in dem großen, dunklen Loch verschwanden, das in den Bauch des Schiffes führte, schien kein Ende zu nehmen.

Harri umklammerte mit aller Kraft die Griffe der beiden Koffer, während er sich bemühte, seine Mutter und Schwester, die genau vor ihm gingen, im Gedränge nicht zu verlieren. Er bezweifelte, dass er sie in dieser Menge wiederfinden würde, wenn sie sich trennten.

Der breite Steg schwankte leicht unter den Schritten der Menschen. Harri dankte im Stillen der Vorsehung, dass jemand schlau genug gewesen war, ein Geländer zu montieren, sonst wäre mit Sicherheit mehr als einer in das tiefe, dunkle Wasser gestürzt.

Dann erreichten sie endlich das Schiff. Muffige Luft schlug ihnen entgegen. Der Raum war dunkel, lediglich unterbrochen von kleinen Lampen, die an den Wänden hingen. Noch fiel das Tageslicht durch die hohe Pforte herein, doch sobald man die Türen schloss, würde es äußerst düster werden. Harri, der seiner ersten Schiffsreise mit einer gewissen Aufregung entgegengesehen hatte, schaute sich beklommen um. Das würde definitiv kein Vergnügungsausflug werden. Zum Glück würde die Überfahrt nicht allzu lange dauern. Morgen um diese Zeit mussten sie bereits da sein.

»Harri, wo bleibst du denn?« Mama war stehen geblieben und zupfte ungeduldig an seinem Ärmel. »Komm, wir müssen uns einen guten Platz suchen.«

Nur mit Mühe gelang es ihm, nicht laut aufzulachen. Es gab hier keine *guten* Plätze. Sie befanden sich in einer großen, leeren Halle, die sich zusehends mit Menschen füllte. Seine Beklemmung nahm zu. Er fühlte sich wie lebendig begraben.

Im dämmrigen Licht der Lampen konnte er an der hinteren Wand eine Treppe erkennen, die nach oben führte.

Natürlich!, dämmerte es ihm plötzlich. Das Frachtschiff hatte mehrere Ebenen. Vielleicht sah es oben besser aus. Er versuchte, sich zu erinnern, ob er von außen Fenster oder Bullaugen gesehen hatte, konnte es aber nicht mit Sicherheit sagen.

»Geht weiter, verteilt euch!«, drang die strenge Stimme eines Soldaten herein.

Harri drehte sich um. Die Schlange der Passagiere, die draußen auf ihre Verladung warteten, schien nicht kürzer zu werden. Wenn sie alle wirklich in dieses Schiff passen sollten, mussten sie sich auf mehreren Ebenen verteilen. Er schüttelte sich, als er daran dachte, dass es auch unter ihm noch Decks geben musste. Nein, dorthin wollte er auf keinen Fall.

Hastig schloss er zu Mama und Emma auf und drängte sich an ihnen vorbei. »Folgt mir.«

»Was hast du vor?«, fragte Mama erstaunt, setzte sich aber ebenfalls in Bewegung.

»Wir suchen uns weiter oben einen Platz.«

Geschickt manövrierte er sie zwischen den Menschen hindurch, die sich in Grüppchen auf dem Boden niederließen, bis er die Treppe nach oben erreichte. Er hatte sich nicht geirrt. Daneben führte eine andere zu den tieferen Ebenen.

Mit den Koffern in der Hand setzte er den Fuß auf die erste Stufe. Mama und Emma folgten ihm. Aus dem Augenwinkel sah er, dass eine weitere Familie sich ihnen anschloss.

Oben war die Luft etwas frischer, und es drang sogar ein wenig Tageslicht herein. Sofort entdeckte Harri auch den

Grund dafür. Es gab zwar keine Bullaugen, doch an den Seiten waren mehrere Lüftungsklappen angebracht, die leicht geöffnet waren.

Eine Handvoll anderer Grüppchen hatte es sich hier bereits bequem gemacht. Sie waren nicht die Ersten, die auf diese Idee gekommen waren.

Harri deutete auf ein Stück Wand in der Nähe einer Klappe. »Wie wär's dort hinten?«

»Sehr gut.« Mama nickte.

Sie holten eine Decke heraus, die sie auf dem harten Boden ausbreiteten, um es etwas wärmer und bequemer zu haben. Erleichtert ließ sich Harri darauf sinken.

Es tat gut, endlich die Beine ausstrecken zu können. Sie hatten die ganze Nacht und den halben Tag auf dem Innenhof des Zentralkommissariats verbracht, auf den Koffern sitzend, Rücken an Rücken gelehnt, um wenigstens ein wenig ruhen zu können, während Lastwagen um Lastwagen immer neue Umsiedler herankarrten.

Irgendwann in dieser Nacht hatte sich Harri endgültig von der Vorstellung einer geordneten, humanen Umsiedlung verabschiedet. Die Männer, die sie bewachten, hatten weder Freundlichkeit noch Respekt für sie übrig gehabt, sondern ihnen nachdrücklich das Gefühl gegeben, unerwünscht – ja sogar Feinde – zu sein. Es kümmerte sie nicht, dass sich unter den Umsiedlern Frauen mit kleinen Kindern befanden, die zum Teil nicht den Eindruck machten, dass sie – im Gegensatz zu seiner eigenen Familie – die Möglichkeit bekommen hatten, zu packen und sich irgendwie auf das vorzubereiten, was ihnen bevorstand. Es schien den Männern schlichtweg egal zu sein, was mit den Menschen geschah, die sie hier zusammentrieben.

»Wollt ihr was essen?«, fragte Mama.

»Ja.« Harri ahnte, dass sie sich ihre Lebensmittel besser aufsparen sollten – die Reise würde mit Sicherheit sehr lang werden, und ihr bisheriger Verlauf vermittelte nicht gerade den Eindruck, dass man sie unterwegs gut versorgen würde. Doch der kalte Ferkelbraten, den sie dabeihatten, machte es ihm schwer, das Knurren seines Magens zu ignorieren.

Als Harri die Augen kaum noch offenhalten konnte und die Ebene, auf der sie sich befanden, ebenfalls voll mit Menschen war, ging ein Zittern durch den gewaltigen Schiffskörper. Brummend setzten sich die Motoren in Bewegung. Das Schiff ächzte und knirschte, als es langsam ablegte und immer weiter auf das offene Meer hinaussteuerte.

Die Überfahrt an sich verlief ereignislos. Um der quälenden Langeweile zu entgehen, döste Harri in den dämmrigen Lichtverhältnissen die meiste Zeit vor sich hin oder rief sich Geschichten in Erinnerung, die er früher einmal gelesen hatte. Mama und Emma verhielten sich ähnlich still, hingen ihren eigenen Gedanken nach über das, was sie zurückgelassen hatten, oder das, was sie erwarten mochte.

Nur hin und wieder drang das Gequengel kleinerer Kinder an sein Ohr. Sie langweilten sich, hatten Hunger, Durst oder Angst – nichts, was durch Geflüster der Eltern nicht besänftigt werden konnte. Noch schien es den Umsiedlern gut zu gehen, sie alle hatten genug Nahrung und Wasser für die ersten Tage eingepackt. Und doch fragte sich Harri immer wieder, was danach geschehen würde.

Der Tag neigte sich bereits dem Abend zu, als das große Frachtschiff endlich in einem Hafen anlegte. Bewaffnete Männer trieben die Menschen in langen Schlangen zusammen und achteten darauf, dass keiner zurückblieb. Sie hatten lange Listen dabei und hakten jeden einzelnen Namen darauf ab.

Als schließlich die Letzten das Schiff verlassen hatten, war es dunkle Nacht. Man führte sie zum Bahnhof, wo bereits mehrere

Züge auf sie warteten. Es schien, als hätten die Behörden einfach das erstbeste verfügbare Gefährt gewählt. Manche Waggons waren offensichtlich für den Viehtransport gedacht, andere – deutlich sauberere – für teurere Waren. Manche hatten nicht einmal ein Dach.

Harri schauderte, als er daran dachte, Tage – oder gar Wochen – in so einem Gefährt verbringen zu müssen. Hilfe suchend schaute er Mama an, die tapfer seine Hand drückte.

»Wir schaffen das«, sagte sie fest.

Er nickte. Etwas anderes blieb ihnen auch nicht übrig.

Sie verbrachten endlose Tage in ihrem Waggon, der manchmal länger stand als fuhr. Der Mann, der ihnen ab und zu etwas Wasser brachte, erklärte, dass sie die Schienen für wichtige Lieferungen freihalten mussten – Waffen etwa oder Vorräte für die Front.

Der Hunger wurde zu ihrem ständigen Begleiter. Sieben Tage lang hatte das Essen gereicht, das sie von zu Hause mitgenommen hatten – deutlich länger als bei den meisten anderen. Das hungrige Weinen der Kinder hörte gar nicht mehr auf. Dann starb das erste von ihnen.

Mit stummem Grauen schaute Harri zu, wie der leblose Körper eines etwa dreijährigen Jungen aus den Armen seiner schluchzenden Mutter genommen wurde. Ohne auf ihre verzweifelten Schreie zu achten, brachten die bewaffneten Männer ihn fort. Harri wusste nicht, was sie mit ihm taten. Er hoffte sehr, dass sie ihn irgendwo begruben, auch wenn es viel wahrscheinlicher war, dass sie ihn einfach in der endlosen Steppe liegen ließen.

Der Junge blieb nicht das einzige Opfer. Immer wieder sah Harri, wie auch aus den anderen Wagen diejenigen heruntergehoben wurden, die nicht zäh genug gewesen waren.

Mit zunehmender Sorge betrachtete er das Gesicht seiner Schwester, das immer schmaler und eingefallener wurde, oder Mamas große Augen, die viel zu tief in ihren dunklen Höhlen lagen.

Am meisten quälte ihn, dass dieses Leid so völlig unnötig war. Sie hatten genügend Geld, um sich selbst zu versorgen – und er nahm an, dass es den meisten anderen genauso erging. Sie kamen auch an genügend kleinen Dörfern und Ortschaften vorbei, wo sie etwas hätten kaufen können. Doch es war ihnen nicht gestattet.

Vielleicht hatte man Angst, dass sie weglaufen könnten, auch wenn das völlig unsinnig war. Wohin hätten sie denn fliehen sollen, mitten im Nirgendwo? Außerdem würde niemand seine Familie zurücklassen.

Schließlich, als Emma nur noch zusammengesunken in ihrer Ecke lag, hielt Harri es nicht mehr aus. Der Zug stand wieder einmal still, und in der Ferne konnte er die Jurten der kasachischen Nomaden erkennen. Zumindest war es ihnen bei diesen Gelegenheiten erlaubt, den Waggon zu verlassen, um kurz austreten zu können. Er hoffte, dass er dabei mit einem der Wachmänner ins Gespräch kommen konnte, die diese Pausen gerne nutzten, um zu rauchen und frische Luft zu schnappen.

Harri kroch näher an seine Mutter heran. »Kannst du mir einen Rubel geben?«, fragte er flüsternd.

Überrascht schaute sie ihn an. »Was willst du damit?«

»Uns etwas zu essen besorgen.«

Besorgt schüttelte sie den Kopf. »Sie werden dich erschießen, wenn du versuchst, dich vom Zug zu entfernen.«

»Darum geht es nicht.« Er war nicht so verrückt, sich auf eigene Faust zu dem Dorf durchschlagen zu wollen. Aber vielleicht konnte er einen der Wachmänner überreden, es für ihn zu tun.

»Du willst einen der Soldaten fragen?«, dämmerte es ihr langsam. Er hörte ihrem Tonfall an, dass sie es für keine gute Idee hielt. Er wusste selbst, dass es riskant war. Bisher hatten die Männer sie in Ruhe gelassen. Doch wenn sie Wind davon bekamen, dass hier etwas zu holen war, konnte sich das schnell ändern.

»Was sollen wir denn sonst tun?« Sein verzweifelter Blick wanderte zu seiner Schwester. Es stand nicht gut um sie. Und auch Mama und er würden nicht mehr lange durchhalten.

»In Ordnung.« Sie richtete sich ein wenig auf und kramte in der Innentasche ihres Mantels. Schließlich förderte sie einen zerknitterten Geldschein zutage. Harri wusste, dass der Großteil ihrer Ersparnisse gut versteckt im Koffer lag. Den würden sie ganz gewiss nicht hervorholen.

»Danke.« Er versteckte den Rubel in seiner Faust und schlängelte sich an den anderen Menschen vorbei zum Ausgang.

Zwei seiner Mitreisenden waren ebenfalls draußen, etwas abseits der Wachen, und redeten leise miteinander. Das waren die beiden einzigen Männer aus seinem Waggon. Ansonsten gab es nur Frauen, Kinder und ein paar Heranwachsende wie ihn. Er wusste, warum das so war. Viele der Männer waren verhaftet worden, ein Teil war in den ersten Kriegswochen an der Front gefallen. Erschreckend viele Familien, die man nun umsiedelte, waren verwaist.

Er nickte den beiden knapp zu und näherte sich dann den Wachen, die scherzend und rauchend ein paar Schritte entfernt standen.

Der Kontrast zwischen ihren satten, frohen Gesichtern und dem Elend, das auf der anderen Seite der Holzwand im Inneren des Wagens herrschte, diese Ungerechtigkeit, schnürte ihm für einen Moment die Luft ab.

Mühsam kämpfte Harri die Wut und den Hass herunter. Damit kam er nicht weiter. Er durfte sich das – ohnehin kaum vorhandene – Wohlwollen dieser Männer nicht verscherzen.

Er räusperte sich, unsicher, wie er ihre Aufmerksamkeit erlangen sollte.

Überrascht drehte sich einer von ihnen um. »Was willst du, Bursche?«

Harri straffte die Schultern. Jetzt oder nie. »Wir brauchen Nahrung, die Menschen verhungern.«

Der Mann maß ihn mit einem unwilligen Blick. Harri konnte sich sehr gut vorstellen, welchen Anblick er bot – lang, knochig und hager. Er war noch nie besonders füllig gewesen, doch nach den letzten, entbehrungsreichen Tagen glich er schon fast einem Skelett. Seine ehemals gut sitzende Kleidung schlackerte um seinen ausgemergelten Körper, und ohne die Hosenträger hätte ihm die Hose vermutlich in den Kniekehlen gehangen. Ungerührt hielt er dem Blick des Mannes stand.

»Wir können euch nicht alle durchfüttern«, sagte dieser schließlich und hatte zumindest den Anstand, bedauernd mit den Schultern zu zucken. »Wir hätten schon längst ankommen sollen«, fügte er leiser hinzu und spuckte auf den Boden.

Erschüttert starrte Harri ihn an. Das ergab Sinn. Sie hatten nie vorgehabt, so lange unterwegs zu sein, und deshalb auch keine Vorräte für die Menschen dabei, die sie gegen ihren Willen verschleppt hatten. Doch die Reise verzögerte sich, die Schienen mussten freigehalten werden, und eine Überfahrt, die nur knapp über eine Woche hätte dauern sollen, zog sich nun ins Unermessliche.

Harri schaute zu der Siedlung hinüber, sah die Schafherde, die davor graste. Dort gab es Nahrung – zumindest Milch und Fleisch. Vielleicht auch einen Topf warmer Suppe.

»Sie müssen uns nicht durchfüttern«, sagte er fest, »sondern uns nur die Möglichkeit geben, es selbst zu tun.«

»Wie meinst du das?« Ein interessierter Glanz trat in die Augen der Männer.

»Vielleicht wäre jemand in dem Dorf bereit, uns Essen einzutauschen«, sagte Harri schnell. Eine innere Stimme verriet ihm, dass es gerade nicht so klug war, von Geld zu reden.

Seine beiden Mitreisenden, die sich bisher etwas abseits gehalten hatten, traten neugierig näher.

»Wir könnten rübergehen und fragen«, schlug einer von ihnen zögerlich vor.

»Nein.« Der Wachmann schüttelte den Kopf. »Sie dürfen sich nicht vom Zug entfernen. Wir übernehmen das für Sie.« Er zwinkerte seinem Kameraden verschwörerisch zu.

Harri wusste, was das bedeutete. Sie würden die Lebensmittel, die sie im Dorf günstig erwarben, zu Wucherpreisen an die Siedler verkaufen oder eintauschen. Aber es wäre immer noch besser als nichts.

»Und jetzt rein da!« Der Soldat deutete mit dem Kopf auf die Waggontür.

Gehorsam stiegen Harri und die beiden anderen Männer hinein. Er hörte, wie die Tür hinter ihnen verriegelt wurde. Dann drang die leise Diskussion der Soldaten zu ihm, die versuchten, sich zu einigen, wer bleiben und wer gehen sollte. Schließlich verschwand einer von ihnen aus seinem Sichtfeld, vermutlich ging er am Zug entlang zur Lok.

Da er sonst nichts zu tun hatte, blieb Harri an den Türen stehen und schaute in die weite Ebene hinaus. Er musste zugeben, dass er sich allmählich an die Aussicht gewöhnte. Die Steppe hatte etwas Beruhigendes, Erhabenes an sich. Wenn man sie betrachtete, wurde der Kopf frei und das Herz weit. Selbst die Luft roch hier anders, als er es bisher gekannt hatte – würziger, frischer. Er hatte nicht gewusst, dass so gewaltige unbewohnte Flächen, die nur hin und wieder von Nomaden oder riesigen Herden von Saigas – den hiesigen Steppenantilopen – durchkreuzt wurden, tatsächlich existierten.

Es dauerte eine Weile, bis er ein halbes Dutzend Männer entdeckte, die mit großen Eimern in den Händen zu der kleinen Siedlung hinübergingen.

Erleichtert kehrte Harri zu seiner Familie zurück und streichelte kurz Emmas eingefallene Wange. Heute Abend würden sie endlich wieder etwas zu essen bekommen.

Die Reise dauerte noch weitere zehn Tage. Doch immerhin bekamen sie von nun an tatsächlich hin und wieder gegen Wucherpreise eine Schüssel Suppe oder ein paar kleine kasachische Fladenbrote, denen noch der Geruch des Schaffetts anhaftete, in denen sie gebacken worden waren. Es war nicht viel, doch es reichte zum Überleben. Und dann erreichten sie endlich ihre Endstation – Timofehevka im nördlichen Teil Zentralkasachstans.

Als der Befehl zum Aussteigen kam, konnte Harri es kaum fassen. Die Aussicht, endlich der stumpfen Enge des Waggons zu entkommen, sich frei bewegen zu können und wieder eine Aufgabe zu haben, erschien ihm fast wie der Gipfel des Glücks. Neugierig und aufgeregt zugleich sprang er vom Zug, um seiner Mutter und Schwester beim Aussteigen zu helfen.

Der kalte Wind pfiff ihm um die Ohren, und er knöpfte hastig seine Jacke zu. Hier spürte man deutlich, dass der Oktober schon halb vorüber war. Harri blickte sich um. Es wirkte, als hätte man diesen Ort einfach mitten in der Steppe errichtet. Wobei *errichtet* es nicht ganz traf, die Siedlung war noch im Aufbau.

Die Neuankömmlinge wurden in dem Rohbau eines großen Gebäudes untergebracht. Ein Schild am Eingang verkündete, dass es einmal eine Schule werden würde. Es roch feucht nach Beton und frischem Mörtel, doch es hatte ein Dach und schützte vor Wind.

Wieder begannen die Menschen, sich ein geeignetes Plätzchen zu suchen, machten es sich mit ihren Decken auf dem harten Boden bequem. Harri war fassungslos. Das sollte es also sein?

In den Gesichtern seiner Mutter und Schwester erkannte er die gleiche Ernüchterung, die gleiche Bitterkeit und Verzweiflung. Dafür hatten sie ihr gemütliches Häuschen aufgeben müssen, das Vater und er mit eigenen Händen ausgebessert und verschönert hatten?

Überall um ihn herum schlossen Menschen resigniert die Augen oder vergruben ihre Gesichter in den Händen. Sie klagten nicht einmal mehr über ihr Leid. Nur die kleineren Kinder liefen lachend in den Fluren umher, froh über ihre wiedergewonnene Bewegungsfreiheit.

Harri ließ sich schwer neben seiner Schwester zu Boden gleiten.

»Was wird jetzt geschehen, Mama?«, wollte sie wissen.

Das war die Frage, die auch ihn beschäftigte.

»Ich weiß es nicht.« Mama versuchte sich an einem tröstenden Lächeln, doch es war deutlich, wie sehr die vergangenen Tage an ihren Kräften und ihrem Lebensmut gezehrt hatten. »Ich nehme an, man wird es uns morgen sagen.«

»Ich sehe mal nach, ob ich etwas Wasser für uns finde.« Harri stand wieder auf. Er hasste es, untätig herumzusitzen und auf sein Schicksal zu warten. Er wollte die Zeit zumindest nutzen, um sich einen Überblick über seine neue Umgebung zu verschaffen.

Kapitel 24

Nach einer unbequemen Nacht wurden sie am nächsten Morgen bereits bei Tagesanbruch geweckt. Erneut erschienen Soldaten mit langen Listen und teilten die Menschen in mehrere Gruppen ein. Wie es aussah, würde nur etwa ein Drittel der neuen Siedler in Timofehevka bleiben, die restlichen sollten auf die umliegenden Ortschaften verteilt werden. Als ihr Name aufgerufen wurde, gesellte sich Harri mit seiner Familie zu denjenigen, die weiterziehen sollten. Ihm war es egal. Er schätzte, dass es keinen großen Unterschied machte, wo sie sich letztendlich niederlassen würden.

Sobald alle Menschen aufgeteilt waren, setzten sich die Gruppen in Bewegung. Etwa zwanzig Menschen zogen mit Harris Familie weiter. Ihnen wurden zwei Pferdekarren zugewiesen, auf denen sie ihr Gepäck verstauen konnten. Obendrauf wurden die kleinsten Kinder gesetzt. Alle anderen sollten zu Fuß gehen.

Es war ein langer, mühsamer Marsch, und unwillkürlich fragte sich Harri, was ihr Ziel sein mochte. Denn so weit das Auge reichte, konnte er rein gar nichts erkennen, nur die einsame, staubige Landstraße, die sich wie eine endlose Schlange durch das Steppengras zog.

Als es zu dunkel wurde, um den Weg zu erkennen, zündeten die beiden berittenen Männer, die sie begleiteten, Fackeln an. Einer ritt damit an die Spitze, der zweite bildete das Schlusslicht.

Immer langsamer schleppten sich die erschöpften Menschen voran, nun wurden auch die Frauen und größeren Kinder abwechselnd auf die Pferdekarren gehoben, damit sie sich ein wenig ausruhen konnten.

Schließlich, als Harri das Gefühl hatte, keinen Schritt mehr gehen zu können, kamen die Lichter einer Siedlung in Sicht. Die Wachen führten sie zu zwei dunklen, kleinen Häusern. »Wir sind da!«, verkündete einer der Männer erleichtert. »Hier können Sie bleiben. Morgen früh müssen Sie sich beim Direktor der Sowchose melden.« Damit ließen sie sie allein und ritten davon, um sich selbst einen Platz für die Nacht zu suchen.

Ratlos verharrten die Neuankömmlinge kurz, dann machten sie sich daran, ihr Gepäck von den Karren zu laden. Anschließend verteilten sie sich zögernd auf die beiden Häuser.

In der Dunkelheit, die nur vom Schein des Mondes erhellt wurde, konnte Harri nicht viel von der Ausstattung der Gebäude erkennen. Durch einen unbeheizten Vorflur gelangte man in die Hauptkammer, die etwa drei mal vier Meter maß und immerhin einen Ofen neben dem Eingang hatte, der allerdings nicht angefeuert war. Direkt vor dem Fenster stand ein kleiner Tisch, ansonsten schien es an den Seiten noch zwei Betten zu geben. Schnell stellte er seinen Koffer darauf. Zwei Betten für zehn Menschen – man brauchte wirklich nicht gut rechnen zu können, um zu kapieren, dass das nicht funktionierte. Zumindest Mama und Emma sollten es diese Nacht möglichst bequem haben.

Die andere Liege wurde stillschweigend einer Frau und deren zwei kleinen Kindern überlassen. Harri selbst wickelte sich neben einer vierköpfigen Familie mit zwei heranwachsenden

Jungs auf dem Boden in seine Decke. Bald darauf forderte die Erschöpfung ihren Tribut und er schlief ein.

Mit gemischten Gefühlen machten sie sich am nächsten Tag auf zum Verwaltungsbüro der Sowchose. Je mehr Harri von seiner neuen Umgebung mitbekam, desto mehr schwand seine Hoffnung, hier wieder zur Schule gehen zu können. Er wusste, dass er großes Glück gehabt hatte, bis zur zehnten Klasse lernen zu dürfen, die meisten Schulen boten eine achte oder neunte Klasse gar nicht mehr an.

Das Gespräch mit dem Direktor des Betriebs bestätigte seinen Verdacht. Emma würde im Nachbardorf noch die siebte Klasse beenden können, er wurde direkt der Arbeit in den Pferdeställen zugeteilt. Seine Mutter würde von nun an im Kornlager ihren Beitrag leisten.

»Wohnen können Sie weiterhin in dem Ihnen zugewiesenen Haus«, erklärte der Direktor, als wäre es eine besondere Gnade.

»Aber da ist nicht genug Platz für uns alle!«, empörte sich Mama. »Zehn Menschen, drei Familien auf kleinstem Raum mit nur zwei Betten und einem Tisch!«

Der Mann runzelte unwillig die Stirn. Anscheinend war er keinen Widerspruch gewöhnt. »Es ist ja nicht für immer«, sagte er dennoch versöhnlich. »Eine Brigade arbeitet bereits an der Errichtung neuer Wohnhäuser. Es sollen in den nächsten Monaten noch viel mehr Siedler kommen.«

Mama nickte. Die Aussicht darauf, dass sich ihre Wohnsituation irgendwann ändern würde, schien sie ein wenig zu besänftigen.

»Sehr schön.« Der Direktor lächelte zufrieden und blickte auf seine Unterlagen hinab. »Heute können Sie den Tag nutzen, um sich häuslich einzurichten. Morgen um acht melden Sie sich bitte bei Ihrer neuen Arbeitsstelle.« Damit war ihre Audienz vorbei.

»Es tut mir leid«, sagte Mama leise, während sie zu ihrem Haus zurückgingen.

»Was denn?«

»Dass du nicht länger zur Schule gehen kannst.«

Harri zuckte mit den Achseln, um sie nicht merken zu lassen, wie sehr es ihn in Wirklichkeit traf. »Aufgeschoben ist nicht aufgehoben«, erwiderte er leichthin.

Sie drückte liebevoll seinen Arm. »Du wirst es schaffen«, sagte sie fest. »Ich weiß, dass du es schaffen wirst.«

»Danke, Mama.« Er atmete tief durch. »Und jetzt sollten wir wohl versuchen, etwas zu essen aufzutreiben. Ich sterbe nämlich vor Hunger!«

Aus einem der Häuser, an denen sie vorbeigingen, roch es herrlich nach gebratenen Eiern. Harris Magen knurrte vernehmlich. Kurz entschlossen öffnete Mama das Gartentörchen, ging die wenigen Stufen zur Haustür empor und klopfte fest an. Durch ihr Erscheinen aufgeschreckt, flatterten mehrere Hühner gackernd davon.

Es dauerte eine Weile, bis eine ältere Frau ihnen öffnete. Hinter ihr konnte Harri die dunklen Schöpfe von zwei kleinen Kindern erkennen.

»Kann ich helfen?« Die Frau putzte sich die feuchten Hände an ihrer Schürze ab.

»Ja.« Mama lächelte sie freundlich an. »Wir sind neu hier, gestern Abend erst angekommen. Meine Kinder haben Hunger.« Sie deutete auf Harri und seine Schwester, die vor dem Zaun auf sie warteten. »Vielleicht können Sie uns ein paar Eier verkaufen? Und ein Pfund Mehl?«

Die Frau musterte sie aufmerksam – die ehemals gute, jetzt staubige und zerknitterte Kleidung, die aufrechte Haltung, die ordentlich zurückgekämmten Haare. Schließlich nickte sie. »Warten Sie hier.« Sie schloss die Tür hinter sich und verschwand im Haus. Bald danach kehrte sie mit fünf Eiern und einer kleinen Tüte aus Zeitungspapier zurück. Mama reichte ihr ein paar Münzen und nahm zufrieden die Sachen entgegen, die sie ihr reichte. »Danke. Auf Wiedersehen.«

Strahlend kehrte sie zu Harri und Emma zurück. »Gleich gibt es ein Festmahl«, versprach sie ihnen.

Während Mama die Eier aufschlug und ein bisschen Mehl darunter rührte, feuerte Harri den Ofen an. Bald darauf erfüllte wohlige Wärme den kleinen Raum. Seine Schwester bemühte sich indessen, ihre Sachen so zu verstauen, dass sie möglichst wenig Platz einnahmen und gleichzeitig halbwegs griffbereit lagen.

Sobald der Ofen heiß genug war, stellte Mama eine Pfanne auf den Herd, ließ einen Löffel des restlichen mitgebrachten Schmalzes darin aus und goss etwas vom Eierteig dazu. Harri glaubte, noch nie etwas so Köstliches gerochen zu haben wie diese arg improvisierten Pfannkuchen.

»Mmh, das duftet aber gut!« Richard, der einzige erwachsene Mann in ihrer neuen, kleinen Gemeinschaft, trat in Begleitung seiner Frau und der beiden Jungs ins Haus. In der Hand hielt er einen Milchkanister, der etwa drei Liter umfasste. »Vielleicht können wir den Teig damit strecken?«, fragte er gut gelaunt und hielt den Kanister hoch.

»Sicher.« Mama hielt ihm die Rührschüssel hin, damit er einen ordentlichen Schluck hineingeben konnte. Dann rührte sie noch etwas mehr Mehl hinein, bis sie mit der Konsistenz des Teigs zufrieden war.

»Wascht euch schon mal die Hände«, wies Richards Frau Jakobine die Kinder an.

Harri folgte den beiden nach draußen und half ihnen, den vollen Wassereimer aus dem Brunnen zu holen. Dabei kratzte er sich unablässig den Kopf. Was hätte er dafür gegeben, sich endlich den Dreck der letzten Wochen von seinem Körper waschen zu können, von den Mitbewohnern, die er sich unterwegs irgendwo eingefangen hatte, ganz zu schweigen.

Am nächsten Morgen machte sich Harri nervös auf den Weg zu den Ställen. Er hatte noch nie viel mit Pferden zu tun gehabt und recht wenig Ahnung, wie man mit ihnen umging. Ein- oder zweimal hatte er unter Aufsicht seines Vaters einen geliehenen Karren gelenkt, das war aber auch schon alles.

Zumindest waren die Ställe nicht schwer zu finden und Harri schaute sich unschlüssig auf dem großen Hof um, den sie umgaben. Ein paar Burschen gingen bereits ihren Aufgaben nach, striegelten die Tiere oder spannten sie an. Er wünschte, er hätte gewusst, was er tun sollte.

»Bist du der Neue?« Ein Mann trat auf ihn zu und begutachtete ihn prüfend.

»Ja. Ich bin Harri«, stellte er sich vor.

»Sehr schön. Dann zeige ich dir mal, was zu tun ist.« Der Mann setzte sich in Bewegung, und er beeilte sich, mit ihm Schritt zu halten. »Deine Aufgabe ist es, Heu aus der Steppe einzubringen. Das lädst du dahinten ab und fährst wieder los.« Er deutete auf einen großen Schuppen. »Zwei Fuhren am Tag sind die Norm. Manche der Burschen schaffen drei.« Er zeigte auf zwei kräftige junge Männer, die gerade zwei herrliche Pferde vor ihre Karren spannten. »Noch Fragen?«

»Welches Pferd darf ich nehmen?«

Der Mann grinste. »Ich schätze, da bleibt dir nicht mehr viel Auswahl.« Harri folgte seinem Blick. In der Tat stand nur noch ein einziges Pferd herrenlos in seiner Box. »Die Dicke Maja ist etwas langsam, aber für dich vermutlich gerade recht. Du machst mir nicht den Eindruck, als könntest du mit einem temperamentvolleren Tier umgehen.«

Harri verkniff sich eine Erwiderung. Stattdessen versuchte er, sich aus der Entfernung einzuprägen, wie die anderen ihre Pferde vor die Karren spannten. Auf keinen Fall wollte er sich die Blöße geben, dass er nicht einmal das vernünftig hinbekam. Der Vorarbeiter schien von vornherein kein großes Vertrauen in seine Fähigkeiten zu haben.

»Dahinten ist ein freier Karren. Darauf müsste auch eine Heugabel liegen. Viel Spaß.« Der Mann entfernte sich pfeifend.

Zielstrebig lief Harri auf die Dicke Maja zu. In seinem Rücken konnte er die Blicke der anderen Burschen spüren, die Neugier darauf, wie sich der Neue anstellen würde. Er biss die Zähne zusammen und öffnete die Stalltür. Das Pferd schnaubte leise, als er sich ihm näherte, rührte sich sonst jedoch nicht vom Fleck. Harri streckte die Hand aus, legte sie um das Halfter und zog vorsichtig daran. Nichts geschah. Er zog ein wenig fester.

Die Jungs auf dem Hof lachten laut, bevor sie sich abwandten und ihre Tiere schnalzend in Bewegung setzten.

»Nun komm schon«, beschwor Harri die Stute mit zusammengebissenen Zähnen und zerrte energisch am Halfter. Sie schüttelte den Kopf und setzte unwillig einen Fuß nach vorn.

»Gut so«, lobte er sie und führte sie unsicher aus der Box.

Ganz ohne sein Zutun ging sie weiter und stellte sich in die richtige Position vor den Karren. Sie schien genau zu wissen, was jetzt kam.

Harri atmete erleichtert auf, schnallte ihr hastig das Geschirr um und betete, dass es halten würde. Dann stieg er auf den Kutschbock, nahm die Zügel und schnalzte mit der Zunge.

Behäbig setzte sich die Dicke Maja in Bewegung. Sobald er den Hof verlassen hatte, schaute sich Harri um, konnte jedoch keinen der anderen Jungs mehr entdecken. Er fluchte leise und lenkte sein Gefährt nach rechts, fort von dem bewohnten Teil der Siedlung. Er hoffte, dass er die anderen in der Weite der Steppe wiederfinden würde.

Bald hatte Harri den bewirtschafteten Teil der Fläche hinter sich gelassen. Während er die unebene Landstraße entlangholperte, behielt er die Böschung rechts und links sorgsam im Auge. Das trockene Gras stand fast hüfthoch. Endlich erspähte er eine Schneise, die die anderen Karren hinterlassen haben mussten. Zumindest hoffte er, dass es nicht ein Traktor oder ein anderes Fuhrwerk gewesen war.

Harri zögerte, dann lenkte er seinen Wagen entschieden in die Spur. Wieso nur hatten die anderen Jungs nicht auf ihn gewartet? Wieso hatte er nicht selbst nach dem Weg gefragt? Der Gesichtsverlust wäre auch nicht größer gewesen, als wenn er den halben Tag in der Wildnis herumirrte und mit leeren Händen zurückkehrte.

Doch er wusste, wieso er es nicht getan hatte. Er wollte diesen Bauernburschen beweisen, dass er nicht schlechter war als sie. Nur so würde er sich ihren Respekt erwerben können. Man bekam nicht viele Chancen für einen ersten Eindruck. Und wenn der missriet, musste man das verdammt lange ausbaden.

Er erreichte eine kleine Anhöhe und stellte erleichtert fest, dass er den richtigen Weg gewählt hatte. In der Senke hinter dem Hügel waren die anderen gerade dabei, das getrocknete Gras zusammenzurechen und auf ihre Wagen zu laden.

So schnell die Dicke Maja es zuließ, fuhr Harri zu ihnen hinunter. Lautes Gejohle begrüßte ihn.

»Hast du es auch endlich geschafft?«, fragte einer mit gutmütigem Spott.

Harri zuckte mit den Achseln und machte sich an die Arbeit. Er hatte seinen Karren gerade einmal halb voll, als die Ersten bereits wieder losfuhren. Doch ihm machte das nichts. Er wusste, dass er seine Norm erfüllen würde. Notfalls würde er die Mittagspause durcharbeiten.

Während er das Gras mit der Heugabel auf seinen Wagen schaufelte, beobachtete er unauffällig die anderen Jungs. Die meisten von ihnen stellten sich dabei weder geschickter noch schneller an als er. Ihr einziger Vorteil lag in ihrer Erfahrung mit den Pferden, doch die würde er auch bald bekommen.

Durch die Arbeit wurde ihm warm und er legte seine Jacke sorgfältig auf den Kutschbock. Jemand stimmte ein Liedchen an und Harri fiel aus vollem Halse ein. Die Jungs wechselten einen überraschten Blick und grinsten ihn dann freundschaftlich an. Harri lächelte erfreut zurück. Zumindest die meisten von ihnen schienen ihn vorbehaltlos zu akzeptieren.

Als er abends nach Hause kam, stolperte er beinah über einen Bottich mit Wasser, der herrenlos im Vorflur stand. Vorsichtig öffnete Harri die Tür in den Innenraum und sah, wie seine Mutter Emmas nasse, lange Haare mit einem feinen Kamm bearbeitete. Auf dem anderen Bett machte Jakobine das Gleiche mit einem ihrer beiden Söhne. Berta, eins der beiden kleinen Mädchen, die mit ihrer Mutter die Liste der Mitbewohner vervollständigten, stand neugierig daneben. Ihre Haare glänzten ebenfalls feucht.

»Gleich bist du dran!«, verkündete sie fröhlich, als sie Harri entdeckte. »Dann machen sie bei dir auch so.« Sie legte Daumen und Zeigefinger aneinander und machte ein klickendes Geräusch mit ihren Fingernägeln. »So macht man die ekligen Käfer tot!«, erklärte sie altklug und sichtlich stolz auf ihr neu erworbenes Wissen.

Harri kratzte sich am Hinterkopf, hörte jedoch augenblicklich damit auf, als er ihren wissenden Blick bemerkte.

»Sei so lieb und trag bitte das schmutzige Wasser nach draußen«, sagte Mama. »Das neue müsste jetzt warm genug sein.« Sie deutete auf den großen Metalltopf auf dem Herd.

Harri nickte und schleppte den Bottich vor die Tür, wo er das Wasser ohne Umschweife auf die Erde kippte. Anschließend ging er wieder hinein, schüttete warmes, sauberes Wasser in den Kübel und streifte sein Hemd ab. Dann begann er, sich den Kopf, Hals und Oberkörper sorgfältig einzuseifen.

In den nächsten Wochen kehrte eine geschäftige Routine in ihre kleine Gemeinschaft ein. Am frühen Morgen brachen alle auf – zur Arbeit oder zur Schule – und kehrten abends erschöpft zurück. Dennoch ließen es sich die Mütter nicht nehmen, alle Köpfe auf Ungeziefer zu kontrollieren. Harri hasste diese Prozedur, wenn er zusammengekauert und gebückt auf dem Boden hocken musste, damit Mama im schwachen Schein der Öllampe etwaige Läuse und Nissen entfernte. Doch er musste zugeben, dass dieses Vorgehen äußerst effektiv war. Nach etwa drei Wochen waren sie alle von den lästigen Tierchen befreit. Und er tat alles, damit das so blieb. Auf der Arbeit hielt er sich von den Burschen, die sich ständig kratzten und scheuerten, möglichst fern.

Mama hatte bei der ersten Gelegenheit einen Brief an Natalja in Baku geschickt, und nun warteten sie gespannt auf Neuigkeiten, hin- und hergerissen zwischen Hoffnung und Angst vor dem, was sie ihnen über Vater schreiben würde. Es war nun zwei Monate her, dass sie ihn zum letzten Mal gesehen hatten. Die Gewissheit, dass sein Schicksal längst entschieden sein musste, ohne dass sie davon Kenntnis hatten, zermürbte sie.

Vor einer Woche hatte Mama einen weiteren Brief an Natalja geschickt, aus Sorge, der erste könnte sein Ziel nicht erreicht haben. Es war Krieg und die Post funktionierte alles andere als zuverlässig. Briefe schienen eine ganze Ewigkeit zu brauchen. Harri konnte sich noch sehr gut an ihre eigene Reise erinnern. Da wunderte es ihn nicht, dass Post nicht mehr rechtzeitig ankam.

Auf der Arbeit hatte er sich mittlerweile an den Umgang mit Pferden gewöhnt, auch wenn die Dicke Maja nach wie vor für ihn reserviert zu sein schien. Anfangs hatte es ihn noch gewurmt, dass er mit dem trägsten Pferd geschlagen war, doch inzwischen hatte er sich damit abgefunden. Sie mochte langsam sein, aber sie war stark und ausdauernd, und sie hatte ihn bisher nie im Stich gelassen. Und die Stunde am Tag, die sie für ihre Wege länger brauchte, machte er durch seine eigene Anstrengung wieder wett.

An diesem Morgen beobachtete Harri besorgt den Himmel, als er mit den anderen Jungs wieder loszog. Es war eindeutig, dass der Winter kurz bevorstand, die Wolken schienen jetzt bereits voller Schnee zu hängen und der Wind war eisig kalt. Lange würden sie ihre Fahrten nicht mehr machen können. Doch noch war es nicht so weit, und jeder Ballen Heu, den sie für den Winter einlagern konnten, war wichtig, um das Überleben der Tiere bis zum Frühjahr zu sichern.

Längst hatten sie die nähere Umgebung der Siedlung abgegrast und mussten für ihre Ladung jeden Tag weiter fahren.

Endlich hatten sie die richtige Stelle erreicht und machten sich steifbeinig an die Arbeit. Trotz der dicken Wollhandschuhe hatte Harri kaum noch Gefühl in seinen Fingern. Er hatte es sich angewöhnt, die Zügel nur mit einer Hand zu halten, während er die andere unter das Gesäß schob, um sie ein wenig aufzuwärmen. Trotzdem biss die Kälte schmerzhaft in seine Glieder. Fast schon freudig packte er die Heugabel von der Ladefläche, um sich durch die körperliche Anstrengung ein wenig aufzuwärmen.

Er hatte seinen Wagen etwa zur Hälfte beladen, als die ersten Schneeflocken zu fallen begannen.

»Los, beeilt euch!«, kommandierte Vadim, der Älteste der Gruppe, der auch das schnellste Pferd besaß. Er hatte seinen Wagen bereits fast voll.

Harri hörte die Unruhe in der Stimme des Burschen und verdoppelte seine Anstrengungen. Auch er hatte keine Lust, im Schnee nach Hause zu fahren.

Der Wind frischte auf. Immer dichter tanzten die weißen Flocken durch die Luft. Beim Atmen flogen sie ihm in den Mund, und sie setzten sich auf seinen Wimpern ab, sodass er blinzeln musste, um besser sehen zu können.

»Das reicht!«, rief Vadim. »Alle zurück!« Er klang erschrocken. Harri wandte den Kopf und erkannte durch den Schleier des Schnees, dass der Bursche bereits auf dem Kutschbock saß und sein Gespann wendete. »Los! Los!«, trieb er sein Pferd an.

Unschlüssig sah sich Harri um. Er hatte seine Norm noch nicht erfüllt. Wenn der Wagen bei seiner Rückkehr nicht voll war, würde man ihm den Lohn kürzen. Hektik brach bei den anderen Jungs aus. Hastig kletterten sie in ihre Wagen und angelten nach den Zügeln.

Er kannte sich mit diesem Wetter und in dieser Gegend noch nicht genug aus, um eine Gefahr realistisch einschätzen zu können, hatte noch nie einen richtigen Schneesturm miterlebt. Also beschloss er, den Instinkten der anderen zu vertrauen, die so etwas bestimmt nicht zum ersten Mal mitmachten.

Er warf seine Heugabel auf die Ladefläche, kletterte auf den Kutschbock und wischte den Schnee von der Sitzfläche. Der Sitz und die Zügel waren eisig kalt, doch Harri achtete nicht darauf, als er Maja das Zeichen zum Lostraben gab. Schwerfällig setzte sich der Wagen in Bewegung. Mit einem mulmigen Gefühl im Bauch sah Harri, dass eine dicke Schneeschicht an den Rädern klebte.

»Los, mach schon!«, trieb er die dicke Stute an, den anderen Gespannen hinterher.

Zum Glück hatten die anderen tiefe Spuren im Schnee hinterlassen, an denen er sich orientieren konnte. Dennoch bemerkte er erschrocken, dass der Abstand zu den Wagen vor ihm immer größer wurde. Schon jetzt konnte er sie nur als dunkle Schemen erkennen. Die Welt um ihn herum schien nur noch aus Watte zu bestehen, der Schneesturm ließ ihn nicht weiter als zwei oder drei Meter schauen.

»Los!«, wiederholte Harri verzweifelt und schnalzte mit der Zunge. Die dichten Flocken füllten die Spurrillen so schnell auf, dass er sie kaum noch ausmachen konnte. Immer heftiger trieb er sein Pferd an, versuchte, zu den anderen Burschen aufzuschließen, fluchte und schrie.

Bis er schließlich mit einem kalten Gefühl im Bauch erkannte, dass er sie niemals mehr einholen würde. Sie waren fort und hatten ihn im Stich gelassen, allein in dieser unendlichen weißen Einöde.

Harri drehte den Kopf nach allen Seiten, bemühte sich, etwas zu erkennen. Er musste die Landstraße doch schon erreicht haben, oder? Irgendwo hier musste sie sein. Doch er konnte keine Anzeichen entdecken, hatte kein Gefühl mehr für die Entfernung, die er zurückgelegt, oder die Zeit, die er dafür gebraucht hatte. Um ihn herum schien der Sturm noch stärker zu werden. Seine Füße auf dem Kutschbock waren bereits eingeschneit. Hektisch trat Harri den Schnee beiseite, als ob es einen Unterschied machte. Er konnte seine Hände und Füße kaum noch spüren. Wangen und Nase brannten vor Kälte. Panik stieg in ihm auf, die Welt um ihn herum begann sich zu drehen. Er hatte keine Ahnung mehr, wo die Siedlung lag, in welche Richtung er sich wenden sollte.

Fieberhaft versuchte Harri, seine Angst zu bekämpfen, einen Ausweg in der zunehmenden Dunkelheit zu entdecken.

Wieso wurde es überhaupt dunkel? Es konnte doch erst Mittag sein. Doch der Himmel hing voll bleierner Wolken, die kaum noch Sonnenlicht durchließen. Ihm war kalt, so kalt.

Noch einmal ließ er seine Zunge schnalzen, ohne zu wissen, ob die Stute ihn in dem Getöse überhaupt noch hören konnte, und klopfte mit den Zügeln leicht auf ihren Rücken. Maja ging langsam weiter, müde und scheinbar ziellos, vermutlich war sie genauso durchgefroren und verloren wie er.

Irgendwo heulte ein Wolf.

Der Laut jagte einen Stromstoß durch Harris Körper, auf den vollkommene Resignation folgte. Er würde hier sterben, erkannte er mit plötzlicher Gewissheit. Entweder würde er erfrieren oder die Wölfe kriegten ihn. Die Zügel entglitten seinen kraftlosen Händen. Teilnahmslos sah er zu, wie sie seitlich zu Boden rutschten und hinter Maja her schleiften. Sie schien den Unterschied nicht zu bemerken. Langsam setzte sie einen Fuß vor den anderen, immer wieder und ohne innezuhalten. Vielleicht wollte sie sich selbst damit einfach nur warmhalten.

Das Heulen ertönte erneut. War es näher gekommen? Harri wusste es nicht.

Einer plötzlichen Eingebung folgend, kletterte er nach hinten, spürte, wie Schnee und Heu unter seinem Gewicht nachgaben, und wühlte sich tief in das duftende Gras hinein. Er rollte sich zu einer Kugel zusammen, räumte einen kleinen Bereich vor seinem Gesicht frei, damit die Halme ihm nicht in die Haut pikten und ihm Luft zum Atmen blieb. Dann schloss er die Augen und gab sich dem Duft nach Sommer und Sonne hin, der dem trockenen Heu noch immer anhaftete. Hier konnte er vergessen, was draußen gerade tatsächlich geschah, konnte so tun, als wäre alles in Ordnung, als läge er auf einer blühenden Wiese, geborgen und warm.

Seine letzten Gedanken galten Mama und Emma, die vergeblich auf seine Rückkehr warten würden, und seinem Vater, den er jetzt wohl doch nicht mehr wiedersehen würde.

Ein plötzlicher Ruck brachte Harri irgendwann wieder zu sich. Verschlafen und verwirrt öffnete er die Augen. Er war von undurchdringlicher Finsternis umgeben, es kratzte und pikte überall an seinem Körper, und er brauchte ein paar Herzschläge, um zu verstehen, wo er sich befand. Sein erster Impuls war, sich in eine sitzende Position hochzukämpfen, doch er unterdrückte diesen entschieden. Solange er nicht wusste, was außerhalb seiner schützenden Umgebung vor sich ging, wollte er lieber kein Lebenszeichen von sich geben.

Der Karren stand still – das war das Erste, was Harri ins Bewusstsein drang. Vermutlich war das plötzliche Fehlen der Bewegung sogar das, was ihn aufgeweckt hatte. Jetzt blieb nur die Frage nach dem Warum. Er lauschte angestrengt, voller Angst, das Heulen oder Knurren von Wölfen zu hören. Doch es war alles still. Selbst der Wind schien nicht mehr so heftig zu pfeifen wie zuvor.

Majas leises Schnauben drang zu ihm durch.

Sie war also auch noch da, durchfuhr es Harri erleichtert. Sie schnaubte erneut. Mittlerweile kannte er die Stute gut genug, um die Ungeduld in dem Laut zu erkennen. So gab sie ihm meist zu verstehen, dass er gerade etwas falsch oder nicht schnell genug machte.

Harri gab sich einen Ruck. Er würde sich ohnehin nicht ewig in dem Haufen verstecken können. Langsam richtete er sich auf und streckte vorsichtig den Kopf aus dem Heu.

Es war dunkel. Nur noch vereinzelt fielen Schneeflocken auf ihn herab. Abgesehen davon konnte er so gut wie gar nichts erkennen. Zumindest schien alles ruhig zu sein und er selbst nicht in unmittelbarer Gefahr. Harri befreite sich von dem restlichen Heu und tastete sich nach vorne. Sobald sich seine Hände um die Rücklehne des Kutschbocks schlossen, kletterte er vorsichtig hinab. Dabei stieß sein Fuß gegen etwas Hartes, Festes. Mit ausgestreckten Armen drehte er sich um. Es war ein Brett, wie er gleich darauf feststellte. Hastig zog Harri die Handschuhe aus und tastete weiter umher. Vor Aufregung begann sein Herz wie wild zu trommeln. Es war eine Wand! Ein Haus – oder zumindest ein Schuppen.

Seine suchenden Finger fanden einen Türknauf und öffneten ihn. Sofort schlug ihm der warme Duft nach Stroh und Pferd entgegen. Lachend fuhr Harri herum und umarmte stürmisch die Dicke Maja. »Du hast es geschafft!«, rief er glücklich. »Du hast uns nach Hause gebracht!«

Sie schnaubte erneut und versuchte, nach ihm zu schnappen. Offensichtlich neigte sich ihre Geduld dem Ende zu. Harri spürte die kalte Nässe, die ihren Rücken bedeckte und vom geschmolzenen Schnee stammen musste, und streichelte sie beruhigend. »Ist ja gut, mein Mädchen«, raunte er liebevoll. »Ist ja gut. Gleich darfst du ins Trockene.«

Harri wusste, dass es im Stall neben der Tür eine Laterne gab. Er tastete auf der Fensterbank herum, bis er das Päckchen Streichhölzer fand, das dort bereitlag, und zündete eins an. Sofort erfüllte warmes, gelbes Licht den Raum und er beeilte sich, die Laterne anzumachen, bevor das Feuer ihm die Finger verbrannte. Dann stellte er die Lampe so ab, dass ihr Schein Maja und den Wagen beleuchtete, und machte sich daran, das Pferd auszuspannen und zu versorgen.

Nachdem er sie sorgfältig abgerieben hatte, brachte Harri ihr einen ganzen Schwung frisches, duftendes Heu. »Das hast du dir wirklich verdient, mein Mädchen«, flüsterte er dankbar und streichelte liebevoll ihren warmen Hals. Sie hatte ihn gerettet. Ohne sie hätte er den Weg niemals gefunden.

Er drückte sie erneut, dann nahm er die Laterne und machte sich auf den Heimweg. Obwohl der Gedanke, einfach bei Maja im Stall zu übernachten, überaus verlockend war, wusste er, dass Mama sich Sorgen um ihn machen würde. Und er wollte sie nicht länger im Ungewissen lassen.

Er hatte die Tür gerade geöffnet, als Mama ihn schon stürmisch in ihre Arme zog. Sie musste wohl an der Schwelle auf ihn gewartet haben. Weiter hinten auf dem Bett konnte er Emma mit nassen Wangen und rot geweinten Augen sitzen sehen. Die anderen Bewohner ihrer kleinen Hütte schliefen bereits tief und fest.

»Geht es dir gut? Bist du verletzt?«, fragte Mama, ohne ihn aus ihrem Klammergriff zu entlassen.

»Mir geht es gut«, beruhigte er sie. »Ist nur etwas kalt. Kann ich … Kann ich vielleicht einen Tee haben? Und ein Stück Brot?« Erst jetzt fiel ihm auf, wie hungrig er war.

Mama gab einen Laut von sich, der halb Lachen und halb Schluchzen zu sein schien. »Alles, was du willst, mein Junge«, sagte sie.

Vorsichtig, um nicht auf die am Boden schlafenden Menschen zu treten, ging Harri zum Bett und ließ sich darauf nieder.

»Geht es dir wirklich gut?«, fragte Emma und umarmte fest seine Schultern.

»Ja, alles in Ordnung. Du kannst jetzt schlafen«, sagte er sanft.

Sie nickte gähnend und rückte näher an die Wand, um sich auszustrecken.

»Was ist geschehen?«, fragte Mama leise und reichte ihm eine Tasse süßen schwarzen Tees.

Dankbar schloss Harri seine Finger darum, spürte, wie die Wärme allmählich in seinen Körper zurückkehrte. »Ein Schneesturm hat uns überrascht«, sagte er schließlich. »Du weißt, dass mein Pferd das langsamste von allen ist, ich habe den Anschluss verloren, als alle hastig aufgebrochen sind. Durch den Schnee konnte ich nichts mehr erkennen, wusste nicht, wohin ich fahren sollte. Also habe ich mich irgendwann ins Heu verkrochen und meine Stute einfach gehen lassen. Ich habe nie damit gerechnet, dass sie mich nach Hause bringt.« Er konnte sein Glück noch immer nicht fassen. »Aber sie hat es getan. Sie ist geradewegs zum Stall zurückgelaufen.«

Glücklich streichelte Mama seine Wange. »Da hat wohl ein Schutzengel bei dir auf dem Kutschbock gesessen.« Sie ging zum Herd und schöpfte eine Schale voll Suppe. »Hier, die habe ich extra für dich warmgehalten.«

»Danke.« Hungrig löffelte Harri die warme Brühe in seinen Mund. »Das tut gut.«

Mama lächelte. »Heute haben wir noch eine gute Nachricht bekommen.« Sofort dachte er an seinen Vater, aber bevor er sie danach fragen konnte, fuhr Mama schon fort. »Die neuen Häuser sind endlich fertig. Nächste Woche können wir eins davon beziehen.«

»Wirklich?« Abgesehen von der Begnadigung seines Vaters war dies die schönste Neuigkeit, die er sich vorstellen konnte. Er mochte ihre Mitbewohner, und sie kamen auch alle halbwegs gut miteinander klar, doch die Aussicht darauf, endlich einmal ein paar Quadratmeter nur für ihre Familie zu haben und nicht bei jedem Schritt befürchten zu müssen, auf etwas – oder jemanden – zu treten, erschien ihm inzwischen wie das höchste Glück.

Unglaublich, wie selbstverständlich so etwas früher gewesen war. Und wie schnell sich die eigenen Wünsche den äußeren Umständen anpassten.

Am nächsten Morgen ging Harri wie gewohnt zur Arbeit. Bei seiner Ankunft wurde er aufgeregt umringt.

»Du hast es geschafft!«

»Wann bist du angekommen?«, drang es von allen Seiten zu ihm.

»Maja hat mich gerettet«, erklärte er schlicht und schaute liebevoll zum Stall hinüber, wo die Stute gerade ihre morgendliche Portion Heu fraß.

»Sag bloß?«, entfuhr es Vadim ungläubig. »Wir dachten, wir hätten dich verloren«, fügte er schuldbewusst hinzu. »Aber als mir auffiel, dass du nicht hinter uns warst, war es schon zu spät, um umzukehren. Wir hätten dich sowieso nicht mehr finden können.«

Ihr habt es nicht einmal versucht, hätte Harri ihm am liebsten geantwortet, doch er zuckte nur mit den Schultern. Sie alle hatten bloß daran gedacht, sich selbst zu retten, das konnte er ihnen kaum verdenken.

»Hast du … Hast du was von Vanja gehört? Ist er mit dir zusammen zurückgekommen?« Alexej Petrovitsch – ihr Vorgesetzter – hatte sich durch die versammelte Menge einen Weg gebahnt.

»Vanja?« Erst jetzt fiel Harri auf, dass einer der Jungs tatsächlich fehlte.

»Ja. Ihn haben wir unterwegs auch verloren. Man konnte aber auch gar nichts erkennen«, erklärte Vadim und vermied es, ihn anzusehen.

Harri nickte betrübt. »Nein. Ich war allein.« Er verstummte. »Sollen … Sollen wir nach ihm suchen?«

»Ja«, entgegnete Alexej Petrovitsch fest. »Das werden wir jetzt tun. Aber dieses Mal bleiben alle in Sichtweite, verstanden?«

»Sicher.« Harri war bestimmt nicht mit Absicht hinter den anderen zurückgefallen.

»Gut. Dann los. Heute werden wir reiten. Du kannst doch reiten, oder?«

»Ich schaffe das schon«, brummte Harri. Er war sich sicher, dass Maja sich dabei nicht allzu bockig zeigen würde.

»Dann sattelt mal eure Pferde«, befahl der Vorarbeiter den Jungs.

Sie mussten nicht lange nach Vanja suchen. Der Schneesturm war vorübergezogen und hatte alles mit einer knietiefen, pulvrigen Schicht bedeckt. Nach knapp einer Stunde hatten sie die dunklen Umrisse eines Karrens gesichtet. Vanja lag zusammengekauert auf dem Kutschbock – erfroren. Sein Pferd war fort.

Während Harri schockiert auf den Körper des Jungen starrte, der er selbst hätte sein können, fanden die anderen in ein paar Metern Entfernung die Überreste des Pferdes. Es war von Wölfen gerissen und zerfleischt worden. Vermutlich war Vanja dem gleichen Schicksal nur entgangen, weil das Pferd dem Rudel genügt hatte. Dennoch hatte es dem Jungen nicht viel geholfen. Auf sich allein gestellt und ohne die Möglichkeit, nach Hause zu kommen, war er in der Nacht jämmerlich erfroren.

Alexej Petrovitsch gab einem der Jungs das Zeichen, sein Pferd vor den Karren zu spannen, dann machte sich die traurige Kolonne auf den Rückweg.

Die ganze Zeit über gingen Harri die Worte seiner Mutter nicht aus dem Kopf. Er musste einen wirklich verdammt guten Schutzengel an seiner Seite gehabt haben.

* * *

In der darauffolgenden Woche bekam Harris Familie tatsächlich ein eigenes Häuschen zugewiesen. Es handelte sich um einen steinernen Rohbau, der aus einer Küche und zwei Schlafräumen bestand. Hinter dem Haus war genug Platz, um im Frühjahr einen Gemüsegarten anzulegen und einen Schuppen zu errichten. Harri stellte sich bereits vor, wie alles aussehen würde. Hühner würden gackernd im Hof herumlaufen und vielleicht hätten sie dann auch ein Schaf oder eine Ziege.

Doch zuvor musste das Haus in Ordnung gebracht werden. Von nun an verbrachte Harri seine Abende damit, die Wände und die Decke zu tünchen sowie die Fensterrahmen und Türen zu streichen, während Mama und Emma die Vorhänge nähten, die bald die Fenster ihres neuen Heims zieren sollten. An einem klaren Winternachmittag bekamen Mama und er sogar ein paar Stunden frei, um mit einem Pferdeschlitten nach Timofehevka zu fahren und einige Dinge einzukaufen, die sie dringend benötigten – Stühle, einen Tisch und sogar einen Teppich. Als sie schließlich kaltgefroren aber zufrieden zu Hause ankamen, wartete Emma aufgeregt auf sie. In der Hand hielt sie einen hellen Umschlag. »Er ist von Natalja!«, rief sie stürmisch und wedelte damit in der Luft.

»Zeig mal her.« Atemlos nahm Mama den Brief entgegen und öffnete ihn. Sie keuchte auf und fasste sich an die Brust.

»Was ist?«, drängte Harri, der nicht entziffern konnte, ob ihre Reaktion Freude oder Verzweiflung verhieß.

»Er ist von Papa. Natalja hat den Brief an uns weitergeschickt. Er ist frei!«, raunte Mama. Tränen traten ihr in die Augen, und sie wischte sie hastig fort. »Sie haben ihn freigesprochen«, wiederholte sie glücklich.

Jubelnd warf sich Emma auf sie.

»Von wann ist der Brief?«, fragte Harri, von Erleichterung überwältigt.

»Vom zwanzigsten November. Er schreibt, dass er gleich nach seiner Freilassung ebenfalls umgesiedelt wurde, nach Kasachstan.« Sie lachte befreit. »Er lebt jetzt in der Nähe von Akmolinsk und arbeitet als Buchhalter in einer Kolchose. Er will um die Erlaubnis bitten, zu uns zu ziehen.« Sie ließ den Brief sinken und schloss ihre Kinder fest in die Arme. »Schon bald werden wir wieder mit ihm vereint sein.«

Die Geschichte der Familien Scholz und Pfeiffer wird fortgesetzt in

»Tage des Sturms: Von Hoffnung getragen«

Februar 1942: Die Neuigkeiten über den rasanten Vormarsch der Wehrmacht fegen wie ein Sturm durch die gesamte Sowjetunion. Harald Pfeiffer ist sechzehn, als er in das Zwangsarbeitslager in Tscheljabinsk einberufen wird. Während um ihn herum erwachsene Männer zu Hunderten sterben, kämpft er mit aller Macht ums Überleben.

Auch die zwanzigjährige Yvo Scholz kommt nach Kriegsende mit ihrer Mutter in die russische Industriestadt, auf der Suche nach ihrem Bruder Erich, der ebenfalls in das Arbeitslager verschleppt worden war.

Als sich die Pfade von Yvo und Harri kreuzen, ist es für beide Liebe auf den ersten Blick. Doch angesichts der Anfeindungen und Diskriminierungen, die ihnen als Deutsche noch immer begegnen, ist es für sie nicht leicht, sich eine neue Existenz aufzubauen.

Glossar

Kolchose: Ein landwirtschaftlicher Kollektivbetrieb, der von seinen Mitgliedern gemeinsam bewirtschaftet und verwaltet wird

Kulak: russ. *Faust,* abwertende Bezeichnung für wohlhabende Bauern beziehungsweise Personen mit eigenem Besitz

Sowchose: Ein landwirtschaftlicher Betrieb im Staatsbesitz

Trotzkist: Ein Anhänger der Ideen von Leo Trotzki, die nicht der staatlich vorgegebenen Gesinnung entsprachen

Kleine Namenskunde

In der russischen Sprache umfasst der vollständige Name eines Menschen drei Teile: den Vornamen, den Vaternamen und den Nach- beziehungsweise Familiennamen. Der Vatername wird dabei mit einer Endung versehen, die dem Geschlecht des

Kindes entspricht. Eine höfliche Anrede besteht in der Regel aus dem Vor- und dem Vaternamen.
Beispiel: Anna Friedrichowna Scholz. Dabei wird *Friedrichowna* vom Namen ihres Vaters *Friedrich* abgeleitet. Hätte Anna einen Bruder, hieße er Anton Friedrichowitsch.

Quellen

Verlautbarung von Jurij Borisowitsch Levitan im Sowjetradio vom 22.06.1941: http://www.zukunft-braucht-erinnerung.de/jurij-borisowitsch-levitan/